文
景

Horizon

社 科 新 知　文 艺 新 潮

THE SILENT TRAVELLER IN SAN FRANCISCO

旧金山画记

By Chiang Yee

[美] 蒋 彝 著
焦晓菊 译

上海人民出版社

一大片白色的雾气进入金门大桥

从双子峰上看到的市场街和海湾

一辆有轨电车顺着加利福尼亚大街向上驶来

几只褐鹈鹕飞向金门大桥

奥克兰梅里特湖（Lake Merritt）上的鸟儿

塔玛佩斯山上的日出

从双子峰上看到的风景，迷幻如海市蜃楼

从苏特罗花园眺望太平洋上的落日

渔人码头上出售的螃蟹

唐人街的春节

联合广场上的东方来客

越过海豹岩远眺澳大利亚故土

正午时分的伯克利校园

电报山上的月夜美景

两只天鹅在美术馆前面互相追逐

加利福尼亚瀑布与优胜美地瀑布

献给　罗伯特和塞尔玛·莫里斯

多此一举的序文

从渺不可知的远古时代开始，有多少海鸥曾在旧金山的海滩上留下指爪之印？有没有海鸥凝视自己的印迹，或者为太平洋刮来的大风卷起沙尘、顷刻之间淹没爪印而烦忧？

不同于这些海鸥，我只是个卑微的凡夫，来自地球的另一侧，打从1953年起，我漫步旧金山非止一次，而是多达十次。每次我都用粗略的写生和潦草的字迹记录我在各处留下的足迹。“为了什么？”我不知道。不过，有时，当我在散步途中听到海鸥在我头顶上尖叫，我会哑然失笑。它似乎在说：“真像过去的人科动物！真的有必要吗？我所欲者鱼也！”

有好多次，我放弃用写作和绘画记录旧金山留给我的印象，因为这没有必要。但海鸥确实来到了旧金山，并在海滩上留下了它们的指爪之印。这些印迹会在沙子上保留一会儿，直到一阵猛烈的海风刮过。因此，我坚持时不时地润色自己的笔记和写生。它们现在已作为一本书出版。我能指望它们像旧金山海滩上的海鸥爪印那样存留片刻吗？

虽则没有必要，但我最好还是说明一下，拙著并未如我期望的那样很快出版，里面的内容也不是按照我游历的时间安排。它既非历史著作，亦非批评论文。旧金山一直都在变化，而且变化如此之快。这里不仅发生了可以预见的变化，例如房屋占据了每一片开放空间，而且也发生了不可预料的变化——恶魔岛上那个坚不可摧的监狱已不复存在。我顺应变化，但我认为没必要改变我对恶魔岛的第一印象。于是它就在拙著中保留了下来。我很高兴，作为严苛监狱的恶魔岛不单单是我这双棕色眼睛的眼中钉！

此外，生活中总有一些不可避免的事情发生：我的六位朋友——哈里·考埃尔（Harry Cowell）、约翰·古尔丁·里特尔（John Goulding Little）、理查德·肖特（Richard Short）、约瑟夫·亨利·杰克逊（Joseph Henry Jackson）、约翰·豪威尔（John Howell）和范·威克·布鲁克斯（Van Wyck Brooks），他们全都想知道我对旧金山的看法——已经与世长辞。据我所知，他们都是些好人。如果他们真的如我幼时相信的那样仍在天堂活着，他们或许会读到我对他们的感激——哪怕我的感激微不足道。

蒋彝

1963 年 7 月写于纽约

第一章　殊途同归

在中文里，三藩市又名“旧金山”，意思是“老的那座金山”。19世纪60年代，中国南方有大量劳工被输送至加州，修建太平洋铁路。他们都是些素朴的农夫，辛苦劳作，省吃俭用，为的是时不时地汇钱回家。久之，乡邻便把他们工作的地方称为“金山”。就在雅拉丘陵（Sierra Foothills）的萨特锯木厂（Sutter's Mill）发现金子后，这些中国劳工大部分都即刻改行前往掘金，寄回家的钱更多了。他们又叫来儿子、亲友一起工作。在家书中，为避免与新近在萨特锯木厂发现的金矿混淆，他们便将三藩市称为“旧金山”。此后，很多来自华南的中国人都在加州找到更好的谋生之途。他们初看似与早期来自美国北部和欧洲的淘金者相似，但其实只是帮人掘金。

虽则19世纪初的中国公文中就已提及三藩市，但知晓该地的却仅限于华南沿海地区的居民，因其有亲友移民于此。即便在一个世纪后，出生于华中的我也是在离开故土后才听人说起旧金山。自然，我做梦也想不到自己会来到这里。

一个人出生于何处纯属偶然，而人生恰恰由种种非福即祸的偶然串成。单次的偶然之幸会带给人意外之喜，旧金山于我便是如此。

萨特将军在自己的工厂旁

1946年6月的一次邂逅将我带至此地。当时我恰巧在首次造访纽约后返回伦敦。客居英国多年，又幸免于“战期”掉落并炸毁我伦敦寓所的炮弹。战争甫一结束，我便感觉自己需要换换环境。预订前往美国的船票实非易事，但我还是在丘纳德（Cunard）公司的客轮“玛丽女王号”（Queen Mary）上弄到一个卧铺。它于1945年12月将两千名美军战争新娘与七百个婴儿送回美国。我在纽约一住就是半载，几个月后又在拙著《纽约画记》（*The Silent Traveller in New York*）中记录了我的经历。最后，我搭乘“埃里克森号”轮船返回英国，与三十名旅伴同住一间统舱。就在我将自己的行李堆放在一张下铺上时，耳畔传来一声欢快的问候，来自我上铺的鲍勃·莫里斯（Bob Morris）。我们很快结成挚友，在整个旅途中同餐共宿，一起漫步、闲谈。我得知鲍勃出生于英国，却在十四岁时去了加拿大，几年后在那里娶妻成家。如今他已经和太太塞尔玛（Thelma）移居旧金山多时，在那里经营自己的生意。

在他停留英国期间，我们几乎天天见面，他向我讲了旧金山的很多故事。未几我便开始考虑到旧金山一探究竟。鲍勃在英国待了两个月后返家，但我们经常书信往来，他每次都力劝我前往。到1952年11月，在我的出版商的建议下，我长达一年的美国之旅终于成行，我打算先到波士顿住上半年，再到旧金山度过余下的时间。我写信给鲍勃·莫里斯告知他我的计划。彼时他和塞尔玛已在加州首府萨克拉门托（Sacramento）开了家新店，又在市郊的卡迈克尔（Carmichael）造了新居。他们邀我先去小住几日，说他们有个朋友在旧金山有个房子可供我居住。这个安排倒也周详。我选择乘坐火车从波士顿前往西海岸，中途在芝加哥停留一日，到芝加哥艺术学院（Chicago Art Institute）欣赏布伦戴奇典藏（Brundage Collection）中一些中国远古时代的精美青铜器，又到芝加哥自然历史博物馆（Chicago Museum of Natural History）欣赏巴尔典藏（Bahr Collection）中的各种玉器。我还在丹佛（Denver）的牛津酒店住了两晚，仅仅因为它与我自1940年以来寄居的英国牛津同名。我参加了一个落基山旅游团，游览“野牛比尔”的墓地（Buffalo Bill's grave）、红石露天剧场（Red Rock Openair Theatre）和很多雄美的山景。我又到丹佛的华盛顿公园畅畅快快地漫步一遭，才踏上火车，继续前往萨克拉门托的旅程。

鲍勃和塞尔玛到车站接我。这是我和塞尔玛头回见面，她满面微笑，对我盛情相迎。在他们随后带我参观的景点中，州议会大楼周围

“野牛比尔”的墓地

的国会山公园（Capitol Park）尤其令我难忘，那里正在举行长达一周的菊展，且正值菊花盛期。数百株绽放的菊花蔚为壮观。这让我的思绪突然转向英格兰北部，我的好友威廉·米尔纳爵士（Sir William Milner）曾带着骄傲而欣喜的笑容，带我到他的温室里去看两三株盛开的菊花。我对这种花卉情有独钟，因为它原产于中国，是在19世纪50年代传到欧洲的，然后又由哈佛大学阿诺德植物园（Arnold Arboretum）的欧内斯特·威尔逊（Ernest Wilson）引入美国。

小住萨克拉门托的几日很快过去，我该去旧金山了。早餐后，鲍勃准备好车子，不久我们便坐车沿着蜿蜒的萨克拉门托河驶去。这是在萨克拉门托上游交汇的两条大河之一，另一条河叫亚美利加河（American River）。为了让大型汽船和货船能在这条河上行驶，当地正在规划一个大型项目，打算在上面修建港口和码头。他们告诉我，在随后的若干年中，萨克拉门托将飞速发展，变得更加富庶。我默默地问自己："自从美国建国以来的两百年间，它的每一座城市不都一直保持着稳步发展吗？”弗里波特（Freeport）是我们离开首府后遇到的第一座城市，从这里经过时，我瞥见了那条河，它的河水中满是沙子，黄中泛红，让我想起故乡九江旁边的长江，几丝乡愁油然而生。倏忽间，头顶上一群大雁朝内华达山脉（Sierra Nevada）飞去，那里群峰高耸，山顶白雪皑皑，被蓝天映衬得格外醒目。

我的目光追随飞翔的雁群，直到它们变成一个个小黑点、几乎看不见才罢休。我们已经抵达萨克拉门托河沿岸的第二座城镇胡德（Hood），但鲍勃决意朝着雁群的方向行驶，为的是让我享受这特别的野趣。于是我们转而南下，向富兰克林（Franklin）驶去。他推测大雁会飞到稻田里捡食稻谷，因为萨克拉门托山谷极其肥沃，有飞机撒播的大片水稻。我哑然失笑，不知该如何向我那些在中国稻田里劳作的同胞解释这里的水稻种植方式才好。然而，等到我们抵达那里时，大雁却踪影全无，早已飞往别处觅食了。

河流两岸生长着一丛丛柳树，嫩枝恰染鹅黄，丝丝缕缕，如同金色阳光。这让我再次忆起流经故乡的长江，那里的江岸上也是垂柳成

头顶上一群大雁朝内华达山脉飞去

行。但两条河流却大不相同。阳春三月的扬子江畔，桃红杏粉，为和煦的阳光平添几分醇香，树下更有成片的青草和灯芯草，郁郁葱葱；而萨克拉门托河岸上则是一片沙滩，在酷热骄阳的炙烤下，让人昏昏欲睡。此刻，我们驾车飞驰，一排排经过修剪的树木接连不断地被我们甩到身后，似乎永远没有尽头，仿佛在接受我们的检阅。塞尔玛告诉我，这些都是巴特利特梨树（Bartlett pear），可结出全世界最甘甜的梨子。不久后，我在美国见到的第一座平旋桥便闯入我的眼帘。但我更感兴趣的是远处迪亚布罗山（Mount Diablo）青灰色的山坡。它跟我们刚刚穿过的萨克拉门托河谷的大片平原对比鲜明。

接下来我们又飞快地经过两座河畔小镇，沃尔纳特格罗夫（Walnut Grove）和赖德（Ryde），然后便来到艾列顿（Isleton），这里的芦笋闻名于世，至少是畅销全美。坐在飞驰而过的汽车里，我未能细看这种贵重的农作物，仅瞥见一片片田地长满细长的植物，犹如精心编织的地毯。这让我想起已故的雷吉纳德·法瑞尔（Reginald Farrer），他是一位著名的英国植物学家，曾到中国去为皇家园艺学会（Royal Horticultural Society）搜集新的植物种类，并在甘肃省兰州府惊讶地看到几株芦笋，它们作为稀罕植物被种植在一只漂亮的中国陶瓷花盆里。芦笋在中国被称为“龙须菜”，并非随处可见的野生植物，我猜测它是欧洲人——尤其是英国人——在19世纪侨居上海和其他大城市时带到中国来的。此后芦笋便作为一种鲜美可口的植物而为中国人所知晓，但出于某种原因，中国人不太把它当作食物。中国学者似乎倒是被它精致的枝干和脆弱但形状漂亮的叶子所吸引，开始把它们当作书房里的一种额外的装饰，种在陶瓷花盆里。我甚至见过一位19世纪的中国宫廷画家所绘的绢本芦笋。这证明了中国那句俗话“性相近，习相远”所言不虚。换言之，世间之人本性并无差别，只是一方水土一方人，习俗各异罢了。例如，我们中很多人对随处盛开的花朵不以为意，但若是有个因纽特人突然在冰天雪地的荒原中找到一朵初开的美丽花朵，他会作何反应呢？

不过，现代科学所取得的巨大进步消减了很多人心中的忧伤与遗憾。它帮助人们在自然条件不足的地方种植作物，还提供了各种途径将当地无法种植的特殊食物运来。虽然因纽特人那些并不遥远的先祖或许对鲜花与芦笋都闻所未闻，但在阿拉斯加的一些中心城镇，如今因纽特人看到鲜花甚至食用芦笋且不以为奇也并非没有可能。鲍勃夫妇打断了我的思绪，将河对岸的大片德尔蒙（Del Monte）水果罐头厂厂房指给我看。工厂似乎很大，我无法想象，一个水果罐头厂竟然能占据这么大一块地方，直到我回想起自己造访过的众多美国城镇，想起那里的超级市场同样规模宏大。我对德尔蒙非常熟悉，因为我有个英国朋友喜爱他们的小罐头，我时不时地设法寄一些到大西洋彼岸。我知道，即便是在一些只有一个小杂货铺的美国小村庄，要购买这种水果罐头也并非难事。这是现代交通带来的巨大便利。星条旗之下，任何地方的人们都能吃到同样的食物。我造访陌生之地是为了寻找其与众不同的独特特征。在法国和中国，各地的物产或许仍然各具特色。然而，凭借快捷的交通以及各地之间持续的人口流动，这种情况恐怕很快将被改变。在欧洲和中国的任何小城镇，修建于不同时期的建筑都展示了它们独特的历史。而大多数美国城镇似乎都是按照相同模式建造的，每个都至少有一家相同类型的邮局、银行、药店和超市。在我看来，它们全都一模一样。我跟鲍勃说，我们刚刚经过的几个河畔小镇全都彼此相似，其实与我在新英格兰和其他各州见过的城镇并无多大区别，这时他笑了起来，提醒我："别这么早就下结论，等着瞧吧，到了旧金山你就知道了！"

此刻，我们已来到横跨于圣华金河（San Joaquin River）上的安提阿克桥（Antioch Bridge）。萨克拉门托河在此汇入圣华金河，最终注入太平洋。鲍勃告诉我，他曾在1926年和1927年乘坐河船往返于萨克拉门托与旧金山之间。其中两艘叫“三角洲国王号”（Delta King）和“三角洲王后号”（Delta Queen），跟马克·吐温描述的那些在密西西比河上航行的河船是同一类型。在“三角洲国王号”与“三角洲王后号”运营的时代，这条河里也有许多中国舢板上下穿梭，全都由中国人驾驶。我们经过的所有河畔城镇里都曾满是中国店铺和华人。那时它们全都有自己的唐人街，就跟现在旧金山的那个一样。此刻我才明白过来，为何加州大学的首批中国学生之一在大约五十年前把萨克拉门托河描述成一条完全中国化的河流，一如长江或珠江，河上的各种营生也与中国的毫无二致。顺着一条中国化的河流前往旧金山，这对我是多么恰当！我记得，仅仅几天之前，当鲍勃和塞尔玛带我从唐纳湖（Donner Lake）上观看马瑟洛德区（Mother Lode Country）[1]时，我们恰巧碰到一个名叫“华人营地”的地方，在早年的淘金热中，曾有四千多名华人居住于此，其中有位老太太被所有金矿矿工——不论是华人还是美国人——当作老奶奶。那些受雇掘金的华人肯定曾在此扎营。他们修建起屋舍、街巷，甚至还有一些小花园，就跟他们身后的故国一样。他们全都来自华南，以广东人为主，于是便把自己居住的街区称为“唐人街”，因为广东是在7世纪的唐朝被纳入中国版图的，他们也就以“唐人”自称了。这个唐人街必定是美国的首座中国城。不过，当我们来到“华人营地”时，这个地方已几乎沦为鬼城。一座房屋歪歪倒倒，跟另外两三所房子远远隔开，我们看到一个年轻人正在屋前修理一辆破自行车。仅此而已，没有一片中国店铺，没有一个华人，甚至看不到一个汉字。一度繁荣富庶、举国闻名的区域最终遭到废弃，被人遗忘，在漫长的中国历史上，此

［1］ Mother Lode Country 原意为金矿母脉区，又译为金乡。——译者注

类例子不胜枚举。一位早期的希腊哲人曾说：“时间是运动的扩展。”我们无法阻止“运动”扩展，因此不得不接受“变化”。*我强忍哀伤，不让自己为萨克拉门托河上那些消失的中国城而难过。

这时，我们的车子刚好经过工业城市匹兹堡（Pittsburg），它和宾夕法尼亚州那座著名的城市同名。但鲍勃说这里也有美国最大的钢铁厂之一，其产品畅销全国，行销全世界。在车速飞快的开阔地带，我不由自主地感觉行驶于同一条高速公路上的其他汽车比我们这辆车更小，甚至感觉那些城镇也仅仅与村子大小相当，其居民矮小如侏儒。高速公路系统是现代美国最伟大的成就之一，不过我却认为它使得那些在上面移动的人比平常更加以自我为中心，也更为自负。坐在这辆飞速行驶、一站直达的轿车里，我感觉公路如此漫长，无穷无尽，不同地点之间的距离几乎为零，而美国则变成一片畅通无阻、毫无特色的广阔土地，上面布满一条条平行线，间或有个大圆圈或弯道，大群五颜六色的甲虫排成一串，在这些平行线上奔跑，无休无止。看不到居民，看不到丘陵、群山和石头的形状，所有树木看起来都像深蓝色的斑点或者随意泼洒的绿色墨汁。看不到一只飞翔的鸟儿，因为它们已经如同昆虫般小得无法识别。那么人又变成何等模样了呢？我问自己。我绷紧了神经，为了快速捕捉不断移动的风景，我的眼球似乎正在膨胀。难怪现代艺术如此强调这一点，它希望以此吸引人们的注意力。

鲍勃将车开到一座桥上，混杂于大量别的车辆之间，在其中一条平行车道上疾驰。此刻我们正在瓦列霍（Vallejo），迪亚布罗山模糊的山体已经消失，取而代之的是很多鲜绿的小山丘，形如小圆面包，从我们的两侧飞快后退，我感觉自己就像坐在一块电影银幕前。

* 参见亚里士多德《物理学》第四章。——编者注

突然之间，一片广阔的水面映入眼帘，我们已抵达圣巴勃罗湾（San Pablo Bay）。在遥不可及的远方，一座巍峨高山耸立于一些山丘之后，我得知那就是塔玛佩斯山（Mount Tamalpais）。我们的车子继续与前前后后的许多其他车辆向前移动。谁都没有片刻迟疑，也没有一辆车停下。我从未把这么熙熙攘攘的车流与原本宁静的乡村联系起来。在中国，城乡之间差别甚大：前者一片静谧，空气新鲜；后者嘈杂喧闹，尘土飞扬。中国的诗词散文中有很多描绘乡间安详之美的段落，却无法用以形容我们此刻经过的加州乡村。无疑，这里有时肯定也存在一小片寂静之地，但酷热的明晃晃的阳光照射着我的眼皮，迫使我奋力睁大眼睛，也为我从风景中驱走了宁静。一路上，天空都保持深蓝，蓝得就像中国人夏天在庭院里用作遮阳天棚的大块条状青布。但我头顶上这顶天棚却无边无际，没有撑杆，上面有一轮明艳的太阳。闪耀的阳光似乎从公路上搅起团团尘埃，将它们到处撒布于山丘边缘，恍如黄烟弥漫。在时时刻刻的炙烤之下，初染新翠的小山和树木也显得无精打采。

高速公路上的一条条平行线此刻变成各种线条构成的复杂混合体，让我双眼迷乱。公路上的交通似乎也更加拥挤了。现在道路两侧排列着很多屋舍与汽车旅馆。红红绿绿的霓虹灯招牌在无情的阳光下闪烁，如同显微镜载玻片上的一条条纹理。周围的景致愈加生动多变。塔玛佩斯山笔直地矗立在我右方的平地之上，此刻，它隐约可见的小山尖就像一幅巨大的蓝灰色画布，上面画着一道道参差不齐的斜线；而在我的左方则有一条条闪烁的银线，很可能是远处的水面。在靠近塔玛佩斯山山脚的地方，一个个圆圆的山丘上林木繁茂，点缀着一些白蘑菇似的房子，一座接一座地飞快闪现在眼前。在它们的对面，冒出一些没有树木的山丘，在明亮的阳光照射下，活像热气腾腾的小圆面包，山丘上点缀着大量小房子，就像色彩艳丽的真菌。

我的朋友打算尽量带我看看沿途的趣味景致，现在，我们的汽车离开高速公路，顺着路牌朝索萨利托（Sausalito）驶去。不久，无数的桅杆便从仓库林立的码头区冒了出来。这里有各种各样的豪华游艇和帆船，属于湾区的富有居民。索萨利托的计划是跻身于全球最好的游艇中心。我眺望广阔海面上的一根根桅杆，朋友指着遥远的对岸，那里布满白色的星星点点，正是旧金山的所在。我们驶离码头区，车子一拐弯，旧金山就消失了，这时我下意识地像猫一样用手抹了一把脸。惊鸿一瞥，我想，可是这座城市到底是何种模样呢？

接着，太阳忽地不见了踪影，让我困惑不已。仅仅片刻之前还是万里无云。现在我们面前却是成团翻滚、旋转的微粒，仿佛在某个超自然生灵的指挥下，为我们表演某种新奇的魔法。它们不像通常的云朵那样高高飘浮在我们上方，而是飞快地逼近地面，就要吞没我们车前的所有山丘了。而那些小山有的很快隐没于其中，有的如同蒙着薄纱，另外一些却依然历历分明。这一幕景色像极了某位宋代大师笔下雾霭蒙蒙的山水画。与此同时，我似乎看见这铺天盖地的云雾在继续旋转，忽而这里浓，忽而那里淡，所有山丘似乎都在争先恐后地奔跑，一个小丘倏地冒出来，接着又被另一个取代。整个这一幕都充满灵气，变幻万千，让我兴奋不已。我想象自己回到了中国东部的东海县，大约三十年前，我曾在此教书。一个周日的早上，我和一位同事骑马登上那里的一座著名的石头山，即位于黄海边的云台山。这座山之所以闻名，是因为中国早期最著名的画家之一——公元4世纪的顾恺之（藏于伦敦大英博物馆的《女史箴图》[*]便是其代表作）——曾撰文介绍他是如何摹画此山的。这座大山里处处怪石嶙峋，罕有树木，就连灌木与野草也颇为稀少。整个东海县几乎都是一片荒芜，僻壤穷

---

* 藏于大英博物馆的《女史箴图》是唐代摹本，另有南宋摹本藏于故宫博物院。——编者注

乡，居民寥寥。对艺术和探险均兴趣盎然的我不禁想造访这座名山。有人告诉我们：“没有多少人爬上山去。”不过还是给我们介绍了一个养马供人骑着上山的人。我们租了两匹马，我的朋友纵马而去，跑到我前面。那是一个阳光明媚的清晨，暂时还算风和日丽，视野清晰。但顷刻之间，云雾滚滚而来，抹去了前面的景色。它们似乎顺着狭窄的小径向我们奔涌而至。我落在朋友的后面，望着他向前缓缓移动，眼前的一切让我充满敬畏与灵感。用下面这两句耳熟能详的李白诗句描绘当时的景色就再恰当不过了：

山从人面起，云傍马头生。

山從人面起雲傍馬頭生

我朋友和他的马逐渐变得模糊，然后便消失无影了。而我骑着马也完全被云雾吞没。突然之间，一阵大风驱散了我们头顶上的飞云。我的朋友措手不及，被刮下马来。他是一位训练有素的拳师，因此仅躯干而非头部撞到岩石，幸未受伤，于是他笑着重新爬上马背。我们俩都还年轻，很享受那一刻的惊险与美景，不知身在何处，亦不在乎何时返回城里。我们已经在山间攀登了四个小时，因为相信良马识途，故而毫无迷路之忧。此刻，一道巨大的光线刺透厚厚的云团，一些岩石陡然露出身形，轻灵精致，无与伦比。我朋友的马扭头朝着阳光跑去，我们终于钻出云层，顺着一条阳光照耀的小径折返，回去吃晚饭。时光荏苒，三十多年转瞬即逝，我还是头一回想起这次旅行。

现在，我们驾车顺着这条精心铺砌的美国公路飞快行驶，回忆起那趟出游来真是美好。我们前面的大多数汽车都逐渐模糊，很快就无影无踪了。我们全都被浓浓的云或雾吞没。群山消隐，仅在我的右侧露出一条流动的斜线。就在此时，一座独特的朱红色天桥腾空而出，尽管在翻腾的云团中若隐若现，却让我惊诧之余又顿觉欣喜。这景色实在是蔚为壮观，惊心动魄！我不再沉浸于骑马攀登云台山的回忆之中，而是想起了攀登泰山南天门的情形，它所在的山东省也就是两千五百年前孔夫子的诞生之地。泰山是中国最神圣的名山之一，早在孔夫子降生之前，就已有众多古代帝王到此朝拜。泰山之巅建有一座中式寺庙，要抵达此处，就必须经过那道修建于两条多岩巨峡之间的南天门。我们拾级而上，远远地便可从下方看到它，透过蒙蒙细雨或阳光中的雾岚，它仿佛飘浮于半空之中。我觉得此刻在前方空中若隐若现的那道门必定是中式的，因为中国一向偏爱把宫门、牌楼以及寺庙的圆柱刷成朱砂红。三十多年前，这一幕不同寻常的景色于我是多么熟悉，我又怎能不为之心动？实际上，它让我陶醉于其中！

不过，作为一个凡夫俗子，我还是回到现实，明白自己正乘坐汽车经过一座桥，鲍勃和塞尔玛告诉我，那就是大名鼎鼎的金门大桥（Golden Gate Bridge）。“可为什么把它刷成中国红？”不等我的朋友告诉我，不等我听他们回答，又一道红色拱门赫然出现，比第一道更红，并且同样飘浮于空中。它的另一部分旋即从下方冒出来，整个看起来就像一道悬在空中的红色阶梯，仿佛能让我沿着它登上天堂。我们正在经过金门大桥的第二道桥塔。云雾愈来愈浓，我几乎无法看清车前几码远的地方。其他汽车的声音清晰可闻，其踪影却渺不可见。两侧暗淡的黄色灯光竭力刺透雾霭。我们根本无法辨别自己是否再次进入了开阔的乡村，因为四面八方什么都看不见，笼罩在一片神秘气氛之中。

此刻雾气渐渐稀薄，露出一条笔直的街道，两侧房屋、商铺林立，绵延不尽。经过漫长的行驶，我们终于停下车来，好让我看看科伊特塔（Coit Tower），瞥一眼它周遭的景色。我们在双子峰（Twin Peaks）之一的顶上再次停车，但狂风吹袭，我们几乎无法站立。接下来我们又到唐人街吃了顿饭。最后鲍勃和塞尔玛把我安置在其朋友位于湖滨街（Lake Street）的房子里，而他们则到酒店过夜。一日之间，所见种种，目不暇接，我实在有些头晕目眩！与朋友告别时，我几乎说不出话来；我需要时间梳理这一切。

躺在床上，我总结自己对这座城市的第一印象：四面环水，干净清新，但又显得神秘而令人难以接近，布局杂乱如无数响尾蛇，众多街道向外伸展，似章鱼而触手更多，前卫得让人感到陌生，又传统得让人觉得熟悉，潜意识里充满诗意，外表冷峻而内里人性化，既有明显的美国特色，又独具旧金山风格。我任由想象力驰骋，渴望用事实验证我的幻梦。

第二章　漫步沉思

我听说，市场街（Market Street）从前有个绰号叫“黄金之路”。那是八九十年前的事了。1953 年 2 月，当我第一次到这里闲逛时，它似乎与这个绰号相去甚远。但每次走到这里，我都不由自主地想起这个诗意的名称。毕竟，这座城市之所以闻名于世，并非因为它是具有重要历史意义的战场或一国的首善之区，而是因为人们偶然在它附近发现金矿。可以说整座城市都建立在黄金之上。倘若它附近未发现金子，也未出现“淘金热”，旧金山还会举世闻名吗？肯定会的。它的自然环境舒适宜人，气候温和，气氛友好，这一切让它尽显魅力。但发现黄金以及由此带来的“淘金热”在人类史上前无古人，与此相关的故事犹然在耳，不容忽视。每次我顺着市场街一路漫步，要么从位于市政中心（Civic Center）附近的起点开始，要么从反方向逛回来，我都会想起那句著名的中国俗语：“金用火试，人用钱试。”在不久之前，旧金山的很多人确实被金子熔化了，但如今这座城市已变得愈加理智而健康。想起人类的未来，我发现这一点颇令人欣慰——尽管过去几年政治上山雨欲来。

我在市场街悠闲漫步——真的是优哉游哉，因为它两侧的人行道相当宽阔，即便它是西海岸最热闹的市场，人们也完全可以在此轻松溜达。这让我想起蒙哥马利街（Montgomery Street），黄金首先聚拢于彼，由此，它很快成为西方的金融中心。蒙哥马利街是这座城市第一条在历史上举足轻重的街道，因为它直通停泊船只的海滨，且靠近生活在电报山（Telegraph Hill）四周的首批定居者。这座城市便从这里发展起来。市场街的设计者是都柏林土木工程师贾斯珀·奥法雷尔（Jasper O’Farrell），他早先曾为墨西哥政府工作，在湾区测量政府拨发的土地，后来才受雇于美国当局。在他规划市场街之时，不同寻常的宽阔街道并不受居民欢迎，因为这会侵犯土地所有者的权利，于是他们决定对他处以私刑。奥法雷尔被迫逃跑，远避尘嚣。当时的人以暴代法。大约一百年过去了，如今，尽管市场街的人行道依然足够宽阔，但其机动车道却似乎过于狭窄，无法顺畅地吞吐全部车流。现在这里的局面与当初已有云泥之别——尽管有些人仍然希望以暴代法。

市场街

顺着市场街一路行来，我的思绪不时回到过去。据说，位于亚美利加河河畔的萨特锯木厂刚一发现金子，一众贩夫走卒、酒吧招待、理发师甚至扫大街的——如果当时有这个行业的话——都放下自己手头的工作，锁好大门，贴上“停业掘金”的告示便离开了。有些人将妻子留在家中，让她们等着丈夫背着一袋黄金回家。整座城市肯定都顿时为之一空，看不见一个男人。不过把它称为“女儿国”也未必合适，因为起初很少有女人来到这里。在早期的拓荒时代，敢于跟随丈夫或情人乘坐篷车穿越整个国家的女人如凤毛麟角。然而，这座城市也不会长久沦为空城。发现金子的消息很快传遍全世界，一艘艘装满新面孔的船只接踵而至，停泊在海湾里。船上的人一上岸便立刻启程前去掘金。蒙哥马利大街周边肯定一直都很热闹。几乎没人愿意待在城里经营提供日用品的商店。各种商品价格飞涨，光是买一只鸡蛋就要花一美元，威士忌的售价则高达每桶一万美元。连洗衣服的人也没有了。矿工们的脏衣服被成吨成吨地运往三明治群岛（Sandwich Islands）亦即现在的夏威夷州去清洗。作为出生于中国的华人，我终于弄清大量华人是如何进入洗衣业的，不禁哑然失笑。实际上，很多广东人当时已经开始移民，有些在库克船长（Captain Cook）发现南太平洋诸岛（South Sea Islands）后不久便来到这些岛上谋生。广东人以航海为生，因为他们濒海而居，习惯了海上和岛屿生活。那些定居于夏威夷的人现在抓住“淘金热”之机，靠着为金矿工人洗衣来改善生活条件。在他们赚到足够的本钱后，便迁居旧金山。他们还把自己的很多亲戚带来从事体力劳动，充当仆役、洗衣工或进入餐饮业。广东人在中国以“诚恳勤劳、善于经商”而著称。他们很快证明了自己的能力，将生意扩展到几乎全美各州。他们还为所有华裔——不管是否广东人——赢得“洗衣最干净且用手洗”的名声。我自己就无数次碰到别人询问我的洗衣店店址！在旧金山，我经常开玩笑说我有一个以“Yee”为店名的连锁店，因为在广东话里叶氏是一个很常见的姓氏，读音与我的名字相似，不过我其实姓蒋。

关于“淘金热”，我的朋友塞尔玛和鲍勃·莫里斯曾给我讲过一个非常有趣的故事。尽管很多人什么都没有淘到，但也有更多的人如愿以偿，他们的口袋里日渐装满金粉和金块。他们会在晚上回城掏出袋中的黄金，第二天再继续淘金，将袋子重新装满。金子在他们的衣兜中闪闪发光，让他们因为贪欲而瞪大眼睛，张大嘴巴。某个精明的生意人想到在淘金地附近修建一所豪华旅馆，这样矿工们就可在这里花掉他们的金子了。铁路已经修好，很快旅馆也完工了。他从新英格兰各州招募了一些女子到旅馆里充当女仆。火车载着她们，在抵达旅馆之前的一个小站停下车来，数千名金矿矿工爬进车厢，向女人们展示自己装满黄金的口袋，并向她们求婚。当火车到达旅馆所在的那一站时，车上的女人不论老幼都已下车。旅馆没法经营，它也从未开业。女人成了稀罕的宝贝，成百上千娶不到老婆的男人只好悲哀地望着自己的金子，将它们全部花在了威士忌上。没有男人的城市是空城，而没有女人的城市则意味着混乱。

不过，女人稀缺的情况在旧金山没有持续很久。很多女人从世界各地被吸引到这座新的黄金城。很快巴巴里海岸（Barbary Coast）的红灯区便聚集了来自世界各地的人，在全球都鼎鼎有名了。来自其他大陆的姑娘们成为各种故事的主角，但中国姑娘似乎在一本题为《巴巴里海岸》（*Barbary Coast*）的书里占据了更大的篇幅。中国早就拥有类似于《天方夜谭》和《十日谈》的故事书。16世纪的著名小说《金瓶梅》就证明中国人本质上与其他民族并无多大区别。该书的一个全译本最近已经在西方的书店售卖。不到一百年前发生在巴巴里海岸的那些不同寻常的事情毕竟不算多么稀奇古怪。巴巴里海岸现在已名声不再，但人的本性是否有变化？关于人类卑劣本性的问题，我不知道古代埃及人和希腊人是否找到答案，但古代中国人没有找到。现在，西方人已经听说过孔子，但很多人并不知道儒家思想存在两个学派，一个倡导“人之初，性本善”，而另一个则相信人性本恶，人需通过训练才可变得善良。或许第二个学派解释了为何曾经发生在巴巴里海岸的事情如今已经从旧金山消失。

为什么市场街又被称为“黄金之路”呢？我曾经读到，某位琼斯博士——他肯定受过良好教育，才敢以博士自诩——曾染上真正的“拜金热”。他在地上铺一块白布，再将金粉撒在布上，然后赤脚踩着金粉走过去。他甚至脱去衣服，赤身裸体地在金粉上打滚。最后他用手捧起所有的金粉，撒到自己头上，接着便倒在地上，呼呼大睡。另一个故事讲到一个人在狂热之中梦见自己拥有一堆堆金子，必须修建一座宫殿，让几千名奴隶为他工作，还有几千名美女争夺他的爱情。然而，市场街那个特殊的绰号并非来自这些怪人，而是来自旧金山的威廉·C. 罗尔斯顿（William C. Ralston），他修建了皇宫酒店（Palace Hotel）。奇怪的是，酒店不是用黄金造的，而是用来自内华达的白银造的，因为他拥有康斯托克矿业（Comstock Lode mines）最大的股份。不幸的是，尽管他设计并开始修建这座酒店，他自己却未能活着看到酒店举行盛大的开业庆典。有数百个奇异的故事讲述了他在旧金山的生活，被人们津津乐道，甚至到我首次造访这座城市时也仍在流传。我没在市场街找到从前皇宫酒店的丝毫踪迹，不过，当我走过那片沿着马林路（Marin Road）延伸的海滩时，却发现了一块孤零零的纪念碑，其水泥基座上有一面罗尔斯顿的浮雕肖像，还不算过分夸谀。在一大片广阔的草坪上，这块纪念碑看起来很不起眼，无足轻重。我得知，在皇宫酒店即将竣工时，罗尔斯顿因有人谣传他的加州银行损失数百万美元而在附近投水自杀。他无法阻止谣言的传播，此前，在当时担任铸币厂化验员的一个匈牙利朋友帮助下，他曾阻止过一次。这一次他没有匈牙利朋友帮忙了，除了自沉，别无他法。他的一生如此起伏跌宕，这样的结局是多么悲惨啊！在瞬息万变的旧金山，我不禁怀疑，罗尔斯顿这块不起眼的纪念碑还能存留多久？

尽管罗尔斯顿的这块纪念碑早晚会消失，但在未来的几代人中，他的名声却还将继续在旧金山流传。我确信罗尔斯顿深爱着这座城市，希望为它扬名世界而做些事情。凭借他那个喜欢空想的脑子，他规划并完成了罗尔斯顿皇宫酒店，它被称为“鸿运酒店”（Bonanza Inn）[1]，是美国首家豪华酒店。它于1875年建成，但在1906年的地震和大火中全部毁于一旦。它仅仅存在了三十年，但那是怎样辉煌的三十年啊！它助力创造了旧金山的鸿运时期，五光十色，极尽奢华

[1] Bonanza 原意为富矿带，引申出“财源”“鸿运”的意思。——译者注

之能事，几乎令人难以置信。它在为菲利普·谢里登将军（General Philip Sheridan）举行并由他致辞的盛大招待会中开门营业。1879年9月20日，当尤利西斯·S. 格兰特将军（General Ulysses S. Grant）踏进酒店时，数千人挤满其公共大厅、走廊和六个阳台，欢声雷动。后来，夏威夷国王大卫·卡拉卡瓦（David Kalakaua）、王后卡皮欧拉妮（Kapiolani）和公主利留卡拉尼（Liliuokalani）都曾入住酒店，国王也是在这里去世的。巴西皇帝佩德罗一世（Dom Pedro）、荷兰女王、俄国大公以及符腾堡和普鲁士的国王——没有慈禧太后——都曾在此就餐。虽然一些现代酒店比它更富丽奢华，但谁能像它拥有这么高贵的顾客？如今，全世界的国王与王后已屈指可数，皇帝更是少见，或许伦敦多彻斯特酒店（Dorchester Hotel）或现代纽约的华尔道夫—阿斯托里亚酒店（Waldorf-Astoria）的客户名单能够与之媲美。不过旧金山从来都不是政治中心，在远离全球重要事务的地方，单单一家酒店怎么能享有如此盛名？据说罗尔斯顿花了六千五百万美元才将它建成，很多现代豪华酒店的建筑费用肯定达到它的两倍甚至三倍，但却没有铺着大理石的宽敞公共空间，也没有这样巨大、辉煌的庭院让那些显贵的马车通过。在我看来，这种企业为全美国赢得了享受鸿运的名声，直至今日。在美国之外，仍然有很多人相信，所有现代美国人都像旧金山鸿运时期那些淘到金子的人一样生活。在那时，通往皇宫酒店的市场街人行道上撒着金粉，因此得名为“黄金之路”。

在顺着市场街漫步时，另一个出现在我脑海中的企业是班克罗夫特的历史工厂（Bancroft’s History Factory）。它并非寻常意义上的工厂，而是休伯特·豪·班克罗夫特（Hubert Howe Bancroft）修建的一座五层砖楼，里面容纳着他那家生意兴隆的图书与文具公司。班克罗夫特自己生活在顶楼上，在那里撰写了他那套鸿篇巨制的历史著作——关于太平洋沿岸各州北美印第安人的有五卷，关于中美洲的有

铸币厂

三卷，关于加利福尼亚的有十一卷，关于墨西哥的有六卷，还有另外一些涉及西部的十一个州和阿拉斯加。一个人怎么能有如此丰富的著述？班克罗夫特承认并非所有工作都由他自己完成，他雇用了二十个受过良好教育的能干员工——其中一些懂得六七门不同的语言——来帮忙，从他收集的六万份地图、书籍、手稿以及成千上万语言各异的报纸中挑选和汇编资料。作为主编，班克罗夫特就像一家大型工厂的经理一样监督他们所有人的工作。在那个时候，这肯定是写作与出版行业中的一种全新的冒险，一种百科全书式的工作，也是此类事业在美国的头一家。数世纪之前，中国便已编纂出类似的著作，例如出生于公元前 145 年前后的司马迁独立编纂出《史记》。这是一部有关中国的历史，起于远古时代，迄于公元前 100 年左右，凡 130 卷，多达 526,500 字。1747 年，中国又统一编定了巨著《二十四史》，共 219 卷。* 在过去的二十来年里，美国也开始出现大量百科全书式的著作。鲍斯韦尔（James Boswell）的《伦敦日志》（*Journals*）或许是首部以这种综合方式完成的名人之作。我的朋友威尔马斯·刘易斯（Wilmarth Lewis）将自己收藏的霍勒斯·渥波尔（Horace Walpole）文献悉数捐给耶鲁大学，曾带着范·威克·布鲁克斯和我，去参观他那个被他戏称为“工厂”的编辑部，并告诉我们，他希望将渥波尔的所有文献整理成二十或三十卷，全部出版，当时他正与十八位学者一起编辑这套著作。我的另外两位朋友莱曼·巴特菲尔德（Lyman Butterfield）和温德尔·加勒特（Wendell Garrett）也在整理亚当斯（Adams）家族的文集，且刚刚出版了头两卷，随后还将出版更多。而我的第三位朋友朱利安·博伊德（Julian Boyd）——他是熊湖协会（Bear Lake Congress）的主席，我则是该组织的成员——将在普林斯顿大学推出多卷本的托马斯·杰斐逊文集。美国几乎每所大型出版社和大学都在进行此类工作。在目睹其中投入的大量劳动之后，我对班克罗夫特的崇敬更甚于从前了。他从事这样一项艰巨的工作，却没有任何经济支持或鼓励，而且帮手也相对较少。他的拓荒者精神不可征服。弥漫于旧金山全城的正是此种拓荒者精神，此外这里还有如画的自然环境，常常让我流连忘返。班克罗夫特的红砖大楼已被 1906 年的地震与大火夷为平地，不幸的是，他的声名似乎也随之消失了。我曾向很多人打听他的生平与脾性，可是就连知晓其姓名的人也寥寥无几。旧金山应该为本市各个领域的英杰、先驱如许之众而自豪。而班克罗夫特便是其中之一。

* 此处当指乾隆四年（1739）至乾隆四十九年（1784）年编定的武英殿版《钦定二十四史》，共 3213 卷。——编者注

市场街的第三栋楼厦位于鲍威尔街附近。“黄金之路”的绰号更多地归功于此而非“图书工厂”。这便是“幸运儿鲍德温”（Lucky Baldwin）* 那栋造价两百万美元的黄金大厦（House of Gold）。鲍氏虽幸运，然相较于罗尔斯顿，他风云叱咤的一生以及他紧邻“皇宫”的酒店未免稍稍逊色。

1906 年地震与大火之前的市场街是何等风貌？现在难以追想。能保存原貌至今的想必只剩下位于其两端的渡轮大厦（Ferry Building）和双子峰了，而前者已是风光不再。在这条 3 英里（约 4.8 千米）长的街道上，能代表旧金山昔日光彩的地标恐怕只有一处，那便是洛塔喷泉（Lotta's Fountain），一处无趣粗糙又无足轻重的历史遗迹，但却有一段承载了种种情感、令人怀旧的历史。在这条车流如潮、高楼林立的街道上，它很不起眼。不过，每次我从干尼街（Kearny Street）或吉里大道（Geary Boulevard）顺着这条大街走来，它那种与周遭格格不入的污黄色都会吸引我的目光。这座喷泉是为纪念一位出生于他乡却成长于旧金山的女优洛塔 · 克拉布特里（Lotta Crabtree）而修建的，在 19 世纪 60 和 70 年代，她曾是响当当的一代名伶。从前的回忆丝丝缕缕，萦绕喷泉，许多老辈人都说起它。但现在的旧金山还剩多少老辈人呢？我遇到的其中少数人认为，要从市场街迁走洛塔喷泉，就会引发激烈的争论。

这让我思索起修建纪念碑的目的来。我曾以为，自己过去在欧洲城市里看到的众多纪念碑都只是个人捐建的。这确为事实，但现在我也意识到，假若一座纪念碑没有毁于地震、战争或其他灾难，那么，除了人们对它所纪念之人的崇敬，能决定它继续存在与否的因素还有另外两个：如果与重要的政治、宗教或文化事件联系起来，如果被

---

* 指伊莱亚斯 ·J. 鲍德温（Elias J. Baldwin，1828—1909），著名商人、房地产投资人。——编者注

列入艺术精品，那么它就能够继续存在下去。很多早期的希腊雕塑虽然其历史意义已渺不可知，却仍被当作艺术品来欣赏。然而，艺术也有风尚，不同趣味亦会产生冲突。我还记得，大约二十五年前，伦敦为纪念“一战”中鏖战沙场的陆军元帅黑格（Haig）立碑一事，就引发了种种争议，碑体设计也受到猛烈批评。此类纪念碑使得许多委员会为筹资、选址、遴选艺术家和确定揭幕日期而举行一场场会议。有时委员会的全体成员不得不为此绞尽脑汁，有些会恼怒之至，甚至准备为之而决斗！在纪念碑落成后，一切争吵暂时平息，而纪念碑本身很快被人忘记。生活就是如此。我很高兴自己留意到洛塔喷泉，不禁想知道其设计和选址是如何确定的。我有幸尚能看到它耸立于原处。

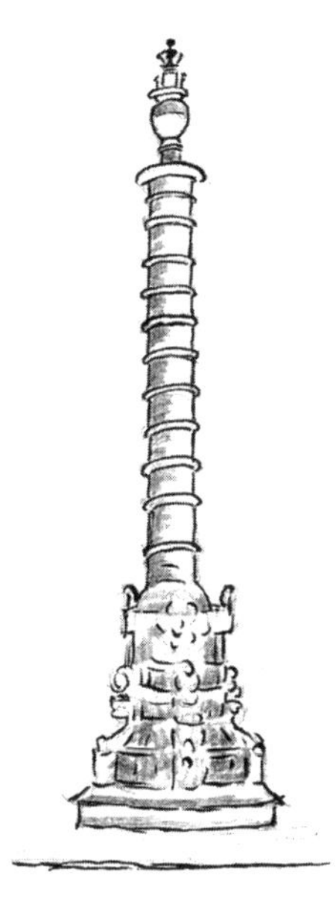

洛塔喷泉

从 1953 年至 1960 年间，我发现旧金山新增了三座建筑：一是修建于格兰特大道（Grant Avenue）一端的“佛教堂”（Buddhist Church，这个名字令我费解），二是电报山上一座比真人还大的哥伦布雕像，三是富国银行（Wells Fargo Bank）那栋多面体的玻璃大厦，它恰好就位于市场街。玻璃大厦在这条大街上独树一帜，因为目前此处尚无类似建筑。我确信，对玻璃和钢筋大楼的狂热会蔓延至旧金山；或许不会出现另一栋与银行大楼一模一样的建筑，但它也会在同类建筑中变得泯然众矣，不复特出。不过，目下它仍能吸引众人的目光，不管是从人行道上还是有轨电车里看去都颇为惹眼。玻璃墙后，身着时髦衣装的迷人女士和相貌英俊的绅士如同电影中人。不幸的是，罗尔斯顿未能活着看到我们步入现代，否则他必定会成为首个建造玻璃钢筋酒店的人。

奇怪的是，目前富国银行的多面体玻璃大楼在许多方面都让我想起从前的一座小型建筑——位于歌赋街（Gough Street）的著名的八角屋（Octagon House），吾友唐·麦克弗森（Don McPherson）曾跟我说起它。单单好奇心很少打动我，但这一次它做到了。我刚刚找到这个地点，就碰到四名工人，他们正将这座旧屋搬上车，运往大街的另一侧。他们似乎全都知道我为何而来，戏谑地问我是否想看看“墨水瓶屋”（Inkwell House）。我不解何意，询问这是否即为八角屋。他们解释说其绰号为“墨水瓶屋”，只因它形如墨水瓶。八角屋最初属于麦克尔罗伊（McElroy）家族，但在1906年的地震中化为瓦砾堆。此次搬迁由加州协会（California State Society）与美国殖民地妇女协会（National Society of Colonial Dames of America）组织，该建筑归它们所有。我饶有兴味地得知，八角形房屋在大约百年之前颇为盛行，整个北美洲就修建了五十座，而旧金山的五座中有四座位于俄罗斯山（Russian Hill），一座位于林孔山（Rincon Hill）。除了歌赋街的这一座，仅存的另一座位于格林街（Green Street）。它们被设计成这种形状是为了让房屋的八个面都能见着太阳。现在富国银行的多面体玻璃大厦应该更为向阳！果真能够如此吗？读到那位建筑师是为一座银行大楼发明这种新的建筑样式时，我不禁暗自发笑。

我在市场街的漫步总是在旧金山市政中心结束。并非我对该大厦存有特殊兴趣，我以此作为终点不过因为自己可在其众多公共长椅上好好休息一下。1953年，我正是在这里首次邂逅我的朋友唐·麦克弗森。从那以后，我们曾多次结伴出游。唐当时负责照料市政中心的花园，他不仅向我介绍了八角屋，而且还跟我说起两条蜿蜒的街道，一条便是大名鼎鼎的伦巴底街（Lombard Street），另一条则顺着太平洋城（Pacific City）延伸。他甚至驱车带去我看了第二条街。我在市

“墨水瓶屋”与富国银行

政中心最喜欢做的事情是围绕这座建筑悠闲漫步，尤其喜欢它向南的一面。其花岗岩地基的底层部分经过切凿，有很大一部分露出墙体，让人感觉整座建筑——从穹顶上的尖顶到所有窗户底部——都竖立于坚实的基础上，那是一个近乎方形的基座。我确信，设计这个大厦的建筑师做梦也想不到，大楼突出的花岗岩地基会成为理想的长椅，在午餐时供众多写字楼雇员休憩。我往往在正午时分赶到那里，通常已经有人或坐于长椅之上，或站立于四周。人越来越多，直到沿着墙根的大部分空间都被占据。我发现这是一个有趣的场合，有各种坐立姿态可供我勾画，而且我还可不时地在一群群人中间听到活泼愉快的讨论。我虽然无法从头到尾听完他们的话题，却仍然感到饶有兴味，因为这让我想起伦敦海德公园（Hyde Park）周日的自由演讲和争论，以及波士顿公园（Boston Common）周末下午的类似集会。唐·麦克弗森告诉我，这堵墙壁有个绰号叫“论战街”（War Street）[1]，但他也评论说，这条“论战街”早就因为有损市容而备受诟病，很快就会被一些新建筑夺走风头。言论自由是民主的象征之一，如果“肥皂箱演

[1] War Street，与 Wall Street 即华尔街音近。——译者注

说家”从海德公园、波士顿公园和旧金山的市政中心消失，我又到哪里寻找这样货真价实的民主象征呢？

旧金山的市场街确实已不复风光，但仍有其独特的习俗。我难以忘怀有一年元旦在这里的所见所闻。此前，我在格兰特大道唐人街上度过了一个热烈的新年前夜。市场街看起来比平常冷清得多，周围只有稀稀拉拉的少量行人和车辆。但整条大街的空中都飘着成团的白色纸屑，从一座座高楼大厦的窗户飘然散落。起初它们如同大片的雪花，接着我留意到其中有很多在飘落过程中染上明媚的日光，顿时变成一片片的金箔银箔。我得知，将刚刚过去的那一年的日历撕碎并扔出窗外是本城的一种习俗。很快，整条大街都撒满纸屑，有些地方厚达 1 英寸（2.54 厘米）。此前我从未在造访的其他城市遇到这

“论战街”

样的习俗，对我来说这是一次难忘的经历。于是我写下一首小诗以资纪念：

火灼金兮金灼人，三藩市里显前因。
皇宫逆旅无余迹，待渡高楼依旧新。
漫说双峰时隐现，且看浮世嚼沙尘。
哑行一事堪须记，元旦家家散碎银。

火灼金兮金灼人
三藩市裡題前因
皇宮遊旅無餘迹
待渡高樓依舊新
漫說雙峰時隱現
且看浮世嚼沙塵
此行一事堪須記
元旦歲歲散碎銀

第三章　侧耳聆听

科学只能描述宇宙中的万事万物，却无法分析用来理解事物的人心。就拿“声音”来说，科学将“声音”分为刺耳与悦耳两大类。刺耳之声只是噪音，而悦耳之声是谱写而成的旋律，其中单音与和弦被连续地连接起来。不管是刺耳还是悦耳，不同的“人心”都对它们各有喜好。而相同的刺耳或悦耳之声也会以类似的方式影响不同的人。作为一个土生土长的中国人，我在辞国之初的那些年里熟悉华乐却对西洋音乐感到陌生。现在，我可以说自己已经熟悉了西洋音乐，但仍然说不清为何自己对其中的一些作品情有独钟。

我曾经尝试侧耳聆听西方世界的许多陌生声音。不幸的是，其中一些声音，如拥挤街道上咆哮的汽车喇叭声、头顶上飞机疯狂的轰鸣声、邻家广播的嘈杂声、地铁经过时沉闷的咔咔声，以及人群在一座高高的公寓大楼下咕哝细语的声音，不管是刺耳还是悦耳，全都强行钻进我的耳朵，迫使我熟悉了它们。

幸好，旧金山有三种陌生的声音从未强行敲打我的耳鼓，而是让我主动怡然谛听。虽然科学家会把它们描述为“刺耳”，它们却赋予旧金山独特的个性，其中之一便是金门大桥的雾号。

伦敦是闻名于世的“雾都”，据说那里的大雾浓如豌豆汤（不过根据我的经历，这样的浓雾多年只见过一次），河流沿岸却没有任何警报声保护航运。另一方面，伦敦的浓雾似乎为英国人提供了幽默的谈资。在 1935 年出现那场浓如豌豆汤的大雾的次日清晨，我从报上读到有七名伦敦行人直接跌入泰晤士河里的消息。我也写了一首小诗调侃一番：

全城都在夜中过，
对此茫茫唤奈何。
怪汝掉头狂笑去，
不知人世有江河。

全城都在夜中過
對此茫茫喚奈何
怪汝掉頭狂笑去
不知人世有江河

最后一行诗句暗示很多伦敦人将大雾视作笑料，对其中潜藏的危险不屑一顾。当然，伦敦距大海尚有一段距离，大型船只仅可按照特定的路线沿泰晤士河溯流而上。就算有雾号声，伦敦的很多地方也听不到。

新斯科舍省（Nova Scotia）海岸上的哈利法克斯（Halifax）也经常笼罩在大雾之中。尽管我在此地并未停留多久，却听说了很多渔夫被大雾吞没的故事。曾经有个渔夫在雾中驾驶帆船，他以为自己在向前行驶，实际却一直停留在同一个地点周围几码远的地方。另一艘船上有人冲他叫道：“如果你在雾中找不到方向，那你就做不了新斯科舍的渔夫！”然而哈利法克斯海岸上却没有雾号发出的警报。

我第一次听到雾号是1953年2月在索萨利托，乘坐吾友莫里斯夫妇的轿车抵达金门大桥时。我吓了一跳，但那种惊诧仅持续了片刻，因为当时我们正与平行车道上的其他车辆以相同的速度在宽阔的桥面上移动，而我全身心地沉浸于雾霭之中。次日清晨，我从湖滨街的劳森宅邸（Lawson House）醒来，耳边传来清晰而有规则的雾号声。然后它停顿片刻，又反复响起。乍然听见，我既惊讶又惊恐。它一下子把我的思绪带回战时的英国。在长达四年的“二战”期间，我有三年都不得不听空袭的警报声，几乎天天如此。我本应习惯这声音，但它每次都把我撕扯得肝肠寸断。它就像铁锤一般敲击着我的脑袋，逼迫我加快步伐。我从未想到居然有空袭警报那样令人不堪忍受的声音。现代生活有太多让人失衡的东西，我认为任何权力机构都不应该为演习之故而拉响警报。

不过，一旦习惯了雾号的声音，我便觉得颇为惬意了。它是一种警报，带着几分哀伤，如泣如诉，但不会扰乱人的心神。“哀伤”暗示了对他人如父母、亲朋的关切。例如，母牛呼唤离群的牛犊或对饲草心满意足时，就会发出哀伤的“哞哞”叫声。旧金山的雾号必定架设在金门大桥外相当远的地方，如此方可指引船只进出港口。那些住处临近金门大桥的人经常听见它的声音，当我住在湖滨街时，它差不多每天早上都会传入我的耳鼓。在远离金门大桥的地方偶尔也能听到，但那不过是随风飘来的声音，它忧伤的腔调柔化为令人宽慰的声音。我曾经在攀登塔玛佩斯山的途中侧耳聆听它随着一阵强风传来，感觉自己如同回到瑞士的阿尔卑斯山，仿佛听到了牧人所唱的约德尔调（Yodelling）* 的回响。我意识到，身为大都会的旧金山在内心深处仍保留了昔日乡村的宁静。我还曾经意外地在俄罗斯山、电报山和

* 约德尔调是流行于瑞士和奥地利山区的一种无词歌唱，特色是用真假嗓音急变互换。——编者注

双子峰附近听到雾号。有天夜里，我意识到次日便是复活节，早上会有大型唱诗班在戴维森山（Mount Davidson）顶上的十字架周围唱歌。我一大早便溜出寓所，并设法叫到一辆出租车载我来到彼处。节日庆典业已开始，一大群人正在歌唱。我并非基督徒，但我怀着对所有宗教的敬畏倾听他们的合唱。突然之间，一阵柔和而略带呜咽的声音随风传来：我凝神细听，发现雾号居然融入了合唱曲调的节拍。我就这样倾听着，直到雾号声与歌声都逐渐消失。

每次我到旧金山，都会听到别人抱怨雾号声令人无法忍受。但在我听来，雾号声却与我对旧金山的感情联系起来。若是在这座城市待上几日却没有听到雾号，我就会特意前往金门大桥，去听它的声音。每当我想起旧金山，耳畔就仿佛会响起雾号声。我坚信，很多旧金山本地人就算以前从未想到它，也会在远离这座城市后反复说：“真希望再次听到雾号声！”

电缆车的声音也对我产生了相同的影响。在它第一次进入我的耳朵时，就像雾号当初一样，听起来并非全然陌生。它顿时将我带回上海街头，四十年前，作为年轻学子的我曾在那里乘坐有轨电车。这些交通工具早已从上海街头消失，我想城里那些由欧洲人、美洲人和中国人构成的多民族人口不会对它们的消失表示反对。倒不是因为有轨电车与上海的历史毫无关系，而是因为几乎没人——尤其是中国人——对这座城市的历史抱有任何感情。尽管上海最初只是一片平坦的沼泽地，但已崛起为全球最富有、人口最多的商业城市之一，只是它的辉煌时代却并不属于中国人。在发展达到鼎盛时，上海被分割成众多外国租界，其中比较大的被称为“国际租界”。有轨电车的经营者是一群外国人，唯有他们能够决定这个企业的存废。要等到中国在1942年成为公认的二战盟国之后，这些租界才放弃其治外法权。想到只有战争才能带来这样的结果，未免令人悲伤，但另一方面战争

旧金山独有的景致

也确实有助于抹去人类史上的一个污点。我在上海生活了两年，但从未喜欢上它。不过有轨电车的铃声却在我的记忆中打下了深深的印记。

讲述上面的事情是为了说明为何电缆车的声音对我具有特殊意义。第一次听到，我还以为它跟有轨电车一样。在翻来覆去地听过这声音后，我意识到它宣告的是电缆车的抵离，而非如有轨电车铃声一般作为警报。电缆车司机有一套特定的打铃方式——先敲击一下前面的铃，再敲一下侧面的铃，然后很快地把这个过程重复三遍。这铃声不单是科学上所谓的刺耳之声，也是以固定节奏联系起来一系列声响。我渐渐开始喜欢上它——当它让我忘记那些飞驰的汽车时尤其如此。它会对我产生奇妙的影响，它微弱的声音即便远远传来，似乎也能盖过附近一辆“凯迪拉克”或“美洲虎”汽车刺耳的喇叭声。我喜欢从诺布山（Nob Hill）上倾听电缆车的铃声，如果是上山的电缆

车，它的铃声就会发出悦耳的颤音，让人顿觉宽慰，脸上绽出微笑。如果是下山的电缆车，其铃声便会逐渐减弱，由响亮变得越来越柔和，直至消失殆尽，缭缭余音，充满深情，仿佛一个年幼的孩童不断回首，向自己深爱的某个人道别，直至渺不可闻。

电缆车的声音仅在旧金山有限的区域内才可听到，以那些与市场相连的繁忙街道为核心。在最初几次造访旧金山时，我听到此起彼伏的铃声，因为当时这里尚有三条电缆车线。如今仅存一条，即加州—鲍威尔线。在最末几次造访旧金山时，我听到越来越多有关彻底废除电缆车的议论。它们已经难以为继。我对上海取消有轨电车无动于衷，但听到人们谈起废除旧金山的电缆车，却忍不住翻来覆去地说："这真是一大憾事！"我通过阅读得知，它曾在旧金山的历史中扮演重要角色。我曾读到安德鲁·S. 哈勒迪（Andrew S. Hallidie）在它设计完成和投入运营时感到兴高采烈，读到它仪式性的首次运行所引起的轰动。它是人类最早在这座城市创造的成果之一，至今仍是一处吸引游人的景致。很多城市都想方设法地要吸引游客和观光者，旧金山为什么就不能投入足够的资金维持其运营呢？在我看来，它是旧金山的一大特色，我很高兴记录下自己对它的赞赏。

第三种让我想起旧金山的声音是海狮的叫声。我说的可不是渔人

码头（Fisherman’s Wharf）一家古玩店外养在水池里的一头孤零零的海狮，而是大海中那些经常光顾海豹岩（Seal Rock）的野生海狮。如果风向正好，偶尔便可在悬崖小屋（Cliff House）的露台上以及大洋海滩一带和苏特罗高地（Sutro Heights）听到它们的叫声。海豹岩虽以海豹命名，却并非普通海豹的游戏场，它们的叫声亦很难随风飘到海岸上来。说到这里，我必须引用 J. G. 伍德（J. G. Wood）写于 1875 年的一段话：

> 它们（加州海狮）是些特别吵闹的动物，只要身在陆地上，就会一直嚷嚷个不停。年老的雄性是其中嗓门最大的，会发出刺耳的鼾声，或者像庄严的雄狮那样咆哮。雌性则会以哀怨、响亮的声音作答，而年幼的海狮也会为这一片吵闹添上自己音量

较小的叫声。一大群海狮的嘈杂叫声堪称震耳欲聋，几乎让人难以忍受。

因此这些在海豹岩上独霸一方的哺乳动物并非普通海豹，而是加州海狮。我不在意伍德用“吵闹”（blatant）一词形容我这些哺乳动物伙伴的交谈。根据《牛津英语词典》，“blatant”的意思是“粗野地大喊大叫”。不管它们的大喊大叫从近处听起来是如何粗野，当这声音穿过雾岚，或远远地越过海面，古今一辙地飘向航海家及其水手和乘客时，音量都会减弱，变得十分柔和。在一次次海上旅行中，一连多日望着茫茫大海之后，我一想到即将到达陆地，那种喜悦从来都是那么强烈。不幸的是，我尚无机会经海路抵达旧金山，但我可以想象，在旧金山朦胧的轮廓映入眼帘之前，海豹岩上加州海狮的叫声是多么令人满足。如果说雾号善意地警告水手当心前方的金门大桥，那么海豹岩上的海狮则像一支大型乐队，向即将到来的访客奏响欢迎的乐曲。拥有这样一支独特的自然乐队，旧金山是多么幸运！

在莫斯比奇（Moss Beach）的望后石港（Pillar Point）到德雷克湾（Sir Francis Drake Bay）之间的太平洋海岸上，我曾看见很多礁石，我不明白为何海狮单独选中悬崖小屋对面的三块礁石建立自己的领地。我曾透过望远镜观察它们的滑稽动作，还曾在大洋海滩和悬崖小屋的露台上倾听它们的叫声。不时传入我耳鼓的叫喊其实只是温和的吠叫，让空气中弥漫着一种满足感。我发现，跟惊涛拍岸的单调声音以及高速公路海滩另一侧那个康尼岛（Coney Island）* 似的游乐场传来的嘈杂声相比，海狮的叫声倒显得和谐动听。众所周知，海豹与海狮的叫声都跟犬吠声类似。就个人而言，我更喜欢从远处倾听犬

---

* 康尼岛是位于美国纽约布鲁克林区的半岛，美国著名的休闲娱乐区域。——编者注

海豹岩上的海狮

吠，不过我也非常清楚，这种吠声并不意味着狗儿对我的到来充满恶意，实际上它很可能是在热情地欢迎我。

我不知道雾号是何时设计、安装并投入使用的。这是一种人造的声音。不过，只要金门大桥周围有雾，它无疑还会继续存在。电缆车的铃声虽然也是人造声音，但我必须遗憾地承认，它的消失是迟早的事情。至于海豹岩上海狮的叫声在遥远的未来是否会消失，那就很难说了，因为人类作为最聪明的哺乳动物，狡诈而又灵巧，而他们的新发明——海洋学——又如此不可预料。不过，我却庆幸自己能够同时侧耳聆听到这三种在旧金山如此典型的声音。

第四章　攀登危塔

因为随口说出的一句话，我居然获得一次出人意料的款待。我向我的朋友弥尔顿·梁（Milton Liang）询问能否登上金门大桥的桥塔。“当然可以。”他回答。弥尔顿是旧金山的一位著名工程师，与金门大桥事务所的结构工程师约翰·古尔丁·里特尔先生一同工作。他开始为我安排，当年（1953 年）的一天早上，我受邀与他一起到事务所去见里特尔先生。来到大桥靠着海湾的那一侧，我们在一家餐厅受到款待，享用了一顿早餐。已经七十六岁高龄的里特尔先生魅力超群，知道关于老旧金山的各种轶闻趣事。他一直笑容满面，滔滔不绝地讲述 1906 年大火与地震的故事。他所在的事务所在地震中毁于一旦。事实上，目前尚在的蒙哥马利大楼（Montgomery Building）是当时唯一巍然屹立的大型建筑。

但真正吸引里特尔的是桥梁工程学。他三句不离本行，一直谈论着修建更多跨越旧金山湾的大桥。到 1935 年，出入旧金山的车流已经非常拥挤、阻塞，因此必须想办法缓解拥堵。据测算，当金门大桥于 1937 年建成通车时，它那六条车道上通过的车辆就达每年 2,280,000 辆。此后车流量又逐渐增加到这个数字的两倍和三倍。

弥尔顿问里特尔能否让我们登上桥塔。里特尔回答说："不，不行。你到那上面去干吗？上面没什么看头。"在带领我们四处参观时，里特尔一直保持着工程师的举止，而弥尔顿则展现了自己的儒家教养，对自己的上级言听计从。我感觉自己就像条狗一样夹着尾巴寸步不离地跟在后面。此刻，我们来到大桥靠旧金山一侧海面的岩石脚下，进入那座水泥建筑，里特尔先生顿时陶醉地睁大眼睛，因为钢缆、吊索和附件的末端正是在这里绑缚在一起。这个地方绝不容任何差池。外面包裹的钢索直径为 36 英寸（91.44 厘米），长度为 7650 英尺（2331.72 米），每条钢索的钢丝数量为 27,572 根，每条钢索由六股钢绞线拧成；钢丝（6 号）的直径为 0.196 英寸（4.9784 毫米）；所用钢丝的总长度为 80,000 英里（128747.52 千米）；而钢索、吊索和附件的重量为 24,500 吨。我很快意识到自己正同两位热爱数字的人在一起。

稍后，弥尔顿和我站在一堵混凝土墙壁面前，而里特尔先生则爬上一道垂直的钢梯，穿过一个敞开的洞。他没来得及问我是否愿意跟着爬上去。此时弥尔顿也随着他上去了。我犹豫了片刻，思绪回到了位于英国约克郡（Yorkshire）的遥远沼泽，当我待在帕斯威尔庄园（Parcevall Hall）时，我经常带着朋友的拉布拉多犬去那里散步。在到达沼泽之前，我们要经过若干田地。约克郡的田地四周都围着矮矮的石墙。那石墙对我来说够矮，对那条拉布拉多犬来说却高得无法逾越。即使矮墙旁边有充当台阶的石头，它也懒得踩着阶石爬过去。每次我越过一道石墙，它都会悲伤地注视着我，暗示自己需要帮助。身在那道垂直钢梯旁的混凝土洞穴中，我根本无法与已经爬上去的里特尔先生和弥尔顿交流。最后我到底还是从洞里爬了上去，站在他们身旁，感觉得意洋洋，但他们俩甚至都没有扭头看我一眼。此刻，我们正站在横跨马林码头（Marin pier）的桥跨下方。他们对我介绍了这个庞大的钢铁构造，它由一条条平行的钢条与横贯始终的对角线构成。从正下方仰望，每根钢条都是庞然大物，轻轻松松就可把我压得粉身碎骨，但它们又如此壮观地高悬于我头顶之上，仿佛没有任何支撑，只因为它的两端相距遥远，从这里压根就看不到。相较于眼前的钢条，我的同伴显得那么渺小。桥上成千上万的汽车来来往往，川流不息，但我站在这里却几乎听不到车流的嘈杂声。这是一项非凡的成就。我看到上方一条遥远的吊索上有个小黑点——那是一名给吊索重新上漆的工人。另外还有几个人在给桥跨两侧的钢条上漆。我得知，这项工作终年不停，每天都有六十二名油漆工在干这活儿。等他们刷到桥的末端，就得回头从另一侧重新开始，再次从头至尾刷上一遍。整个过程不断重复。单单一根钢铁吊索就需要一两天才能刷完。夜晚的雾气会让桥的表面变得潮湿，因此必须翻来覆去地上漆，防止湿气锈蚀钢材。

金门大桥的两座桥塔拥有全球最大的跨度。尽管桥上有无数的车辆驶过，人眼看不到桥梁有任何震动的迹象，但它其实一直在震动。我们来到一个垂直的竖井，里面有个指示器在顺着桥跨上下移动。通常它仅在一两英尺（30.48 至 60.96 厘米）内摇摆，不过在 1951 年 12 月 1 日，其摇摆幅度却达到了八九英尺（243.84 至 274.32 厘米）。那是一场可怕的西风，风速超过每小时 69 英里（约 11 千米），在这个地区是最糟糕的，而一场前所未闻的暴风雨也肆虐了整整一天。金门大桥上的交通自建成以来就从未停止，那一天却中断了差不多两小时。主管们和总经理肯定是头一次对自己修建的桥梁忧心忡忡，幸运的是，它经受住了这场考验。里特尔先生试着向我解释，修桥的工程师们略微高估了那些交叉的钢条的力量，未在主桥跨中使用更长的对角钢条，如此方可避免大桥在最凶猛的暴风雨中剧烈摇摆。里特尔先生使用了大量工程学术语，超出了我的理解能力。我意识到他在带着工程师访客们四处参观时习惯于解释金门大桥的构造，却忘记了我并非工程师，不过他也确实反复询问：“你明白了吗？”曾有一次，我为了让他满意而挤出一个微笑。接着他又似乎要求我用语言作出回答。我犹豫不决，颇为造次地说道：“嗯……是的。”他却飞快地反驳道：“哦，不！你不明白。”然后他拍拍我的肩膀，露出真诚的笑容，将我推进他的车里，坐在弥尔顿旁边。显然，尽管我无法理解他的介绍，他却依旧对工程学话题乐此不疲。

站在石灰岬（Lime Point）上俯瞰海湾，我试着想象在晴朗的日子远眺伯克利的模样。它笼罩在正午时分浓浓的光雾中。或许从石灰岬永远无法清楚地看见伯克利，因为金门大桥周围晨昏皆云雾蒙蒙。里特尔先生从我们站立的地方捡起一块小石头，将它碾成粉末，告诉我马林县这一侧地表的岩石不是沉积岩就是火成岩。然后他指着我们站立处的一条岩缝说，将来这里的岩石有可能会面目全非。他给我看了总工程师约瑟夫·B. 施特劳斯（Joseph B. Strauss）在其报告中说的那句话：“旧金山每个世纪都会遭遇一两次强地震，这样的设想合情合理。圣安德列斯（San Andreas）断层就在这座大桥以西 6 英里（约 9.6 千米）处，它在 1906 年突然出现滑动，给旧金山造成了灾难性后果。但没有证据表明金门大桥本身有因断层而两端错位的危险。即使考虑金门大桥有被一次特别剧烈的地震损坏的可能性，我们也应该记住这样一点：任何足以摧毁大桥的强地震也会完全摧毁旧金山。”因此，“我行我素、不认命”的旧金山便继续修建跨越这个海湾的大桥。里特尔先生脑子里一直在思考修建新桥的计划。

在马林县这边，贝克堡（Fort Baker）的两侧都不向游客开放，因为这两个区域都是军事禁区。但那块警示牌无法阻止里特尔先生的汽车，我也很高兴随他沿着嶙峋的海岸驶往石灰岬灯塔。一块外形漂亮的岩石矗立在距离海岸不远的地方。不过，当我抬头瞥见远处大桥巨大的主桥跨时，灯塔本身就有些相形见绌了。这座灯塔被刷成白色，面对金门大桥刷成红色的钢铁构架，以及开阔的海湾水面上无数碧绿的海浪，它就像个小白点。在旧金山一侧，古老的海角堡（Fort Point）上依然耸立着一座庞大的石头建筑，在观看大桥的全貌时，几乎不会注意到它。在修建大桥之前的旧时代，肯定只有海角堡和石灰岬灯塔掌控着这个全球最大的内陆港。从 1937 年至今的二十多年里，它们的权威已经被彻底抹去。这个昔日的要塞如今成了一座空荡荡的废弃建筑，不过灯塔仍在发挥些微作用。“变化”无处不在，而且还将继续。哀叹或美化变化都不过是徒劳。另一个变化将早晚取代金门大桥，设计大桥的那位总工程师脑子里从没有“一劳永逸”的概念。

在前往巴里堡（Fort Barry）的途中，我们来到灯塔对面，里特尔先生谈起土地开发，展现了自己活跃的头脑和进步的思想。他考虑在这些山坡上建立一个没有军事设施的大型开放空间。我们肯定已经接近罗德奥潟湖（Rodeo Lagoon）了，因为两三块白色石头冒出海面，迎着灿烂的阳光，引起我的兴趣。我说我想下车好好看看这些石头。里特尔先生讥笑道：“哦，那些石头啊！那是鸟待的地方，很多海鸥聚集在上面，是鸟粪让它们变成了白色！”他一门心思都在考虑如何开发这片土地，因为他听说这里正善价待沽。这条路并非为汽车修建，但我们仍继续驾车前行。这时我们遇到三个骑马的人，一个留着络腮胡，一个是年轻男子，还有一个姑娘。他们全都穿着蓝色牛仔装，看起来就像来自某部西部片。不远处矗立着一座木头畜栏，里面关着一些牛和马。附近必定有个大型牧场。我为我们这么快便踏入典型的西部腹地而惊讶。就在不久前，我们才刚刚经过金门大桥，此刻便遇到这些外表罗曼蒂克的西部牛仔。他们的谈吐就跟电影里差不多。里特尔先生对他们习以为常，因为他最初就是从西部腹地来到旧金山的。他现在试图说服弥尔顿购买一些土地。“每英亩（约4046平方米）只要五百美元。”他确信几年后地价会涨，这片土地也会开发成住房项目或城镇。对具有拓荒精神的人来说，西部似乎仍然充满机遇。

在我童年时代，我那位八十岁的祖母统治着我们这个拥有四十名成员的大家庭，她曾经用一些耳熟能详的中国俗语教导我们这些小孩子。其中她最喜欢说的一句是：“桃核会长成桃树，但没人知道这棵桃树会长成什么样子。”她教我们对任何事情都别过分确信。想起这句俗语，我对金门大桥马林县一端两侧的军事禁区能够继续保留多久感到好奇。

那天傍晚，我碰巧走进住处附近一家店铺“趣好中心”（Hobby Center）。店里没有其他顾客，于是老板便跟我闲聊起来。我刚提到自己去参观了金门大桥并查看了它的结构，他就向我讲起自己在1936年11月登上主吊索的经过，那时主桥跨的两台移动式起重机尚未聚拢，逐渐变硬的桁架也尚未合龙。他只是对这个建筑着迷，想显示自己胆大。在一个漆黑的夜晚，他溜出家门。桥头有两个穿着制服的警卫值班，但他们肯定把他当作一个停车欣赏大桥和夜景的司机。他开始顺着钢缆朝高处攀登，直到他感觉一道手电筒光照到自己。风盖住了他耳边的其他所有声音，当他继续攀登时，手电筒的光已经无法照到他。不过，他也产生了 种幻觉，以为有人在跟着他，于是他比以前爬得更快了。他登上桥塔顶部，又奋力攀着塔壁下去。由于桥跨末端与地面之间仍有一道空隙，他便爬到下面靠近水面的挡泥板处，那里仍然和一个临时的码头相连。随后他回到家，美美地睡了一大觉。他告诉我，登上塔顶时，他什么都没看到：四周一片漆黑，而他也不敢在上面停留。他似乎赞同里特尔先生的话：“上面没什么看头。”第二天早上，报纸报道说头天夜里可能有人试图攀爬金门大桥的钢缆，但警卫经过搜寻却一无所获。这个胆大妄为的年轻人当时不敢声张，一年后，他开始对人们讲述自己的冒险。很多人都不相信他，把这当作一个笑话。

三个月的时间倏忽而过，我必须回到波士顿去做一些调查工作，然后安排返回英国。在我启程之前，弥尔顿及其太太碧薇坚持邀请我去他们家吃晚餐。就像我在旧金山湾区的其他好友一样，他们家也住在灰熊峰（Grizzly Peak）。我可以搭乘巴士抵达他们的住所，但我选择了自己钟爱的旅行方式——步行。我早早出发，顺着欧几里得大道（Euclid Avenue）边走边看。途中我连一个人都没有碰到，但我感觉很多人都从自家窗户里好奇地望着我。西海岸上的人似乎比东海岸的有更多的闲暇时间，比起纽约人就更悠闲了。至于步行，似乎在西部只有懒汉才这么做，因为平均每个家庭都有两三部汽车。我在距离欧几里得大道几步之遥的一个玫瑰园里待了一会儿。接着，我刚刚再次走上这条路，伯克利的中国文学系教授陈世骧[1]就大笑着迎上来，说大家都在弥尔顿家谈论我对步行的狂热爱好，而他是来接我的。他把我推进他的汽车，说："上车吧，怪人兄弟！"然后我们便驱车离开了。他很喜欢说"我们这两个怪人兄弟"。那天晚上，我们聊起我三个月前造访金门大桥的事情。弥尔顿记得我仍然渴望攀登桥塔，结果几天后便打了个电话，告诉我第二天早上10点到金门大桥的行政办公室去。

里特尔先生在大门口等着把我介绍给总经理詹姆斯·E. 里基茨（James E. Ricketts）。他说詹姆斯已经安排人带我到塔顶上去，而他不会和我同往。不等我对他表示感谢，他就钻进汽车离开了。里基茨叫来哈里·沃尔福德（Harry Walford），把我转交给他。"今天早晨天

[1] 陈世骧（Shih-hsiang Chen，1912—1971），字子龙，号石湘，河北滦县人，时任加州大学伯克利分校东方文学系教授，作者在下文中多以其号"石湘"称之。——译者注

气不错，”里基茨先生说，“我在这里等你下来。”

哈里告诉我，他是通过自己的岳父拉尔夫·帕斯塔尔（Ralph Patsel）获得这份消防技工的工作的，拉尔夫曾在金门大桥工作七年。“你可真是追对了女孩子。”我说。这句话为我赢得这位向导的可掬笑容以及此后一个小时的愉快时光。称赞一个人有能力娶个好太太是绝对错不了的！我们很快就从下面来到收费站（Toll Plaza），在旧金山一侧靠着海湾的桥塔上，站在一道小小的钢门前面。从这道门就可进入电梯，它一次最多只能搭载三个人。搭乘电梯上去的途中，我得知哈里当过卡车司机、汽车修理工和消防技工，婚前曾四处旅行，如今结婚成家，无法出去旅行了，但却很享受自己的工作和家庭生活。他还给我看了他年幼的儿女罗伊（Roy）和蕾切尔（Rachelle）的照片。

在我从那道小门扑进“太虚”——真正的“太虚”，只不过我的脚底仍踏着坚实的东西——的一瞬间，我说不出话来，脑子亦一片茫然。片刻之前，我还背靠一堵硬邦邦的钢铁墙壁。片刻之前，我还感觉自己呼出的气息环绕四周，与哈里的气息交融。片刻之前，在一盏微弱的电灯下我的眼皮似乎沉重如铅。仅仅片刻之前，我身上的血肉似乎还在与骨骼争夺空间。此刻却迥然不同！我的背后是虚空，我呼出的气息轻飘飘地飘散。我的眼皮无拘无束地眨动，我的血肉与骨骼也不再斗气。我感觉自由自在，无所依附，高高在上，但在广阔的虚空中又显得那么渺小。可以把这描述成一种震撼吗？是什么样的震撼呢——愉悦还是痛苦？都不是。这是一种我不管用英语还是汉语都无法描述的感觉。但对我而言，它意味着我终于站在了金门大桥的顶上。

我深深地吸了一口气，想让自己镇定下来，这时哈里叫我跟随他爬上一道钢梯，来到上面的航线信标处——哈里每天都维护这盏灯。

在空中爬上那道垂直的梯子？我的胜利感很快消失，觉得自己不过是一个普通人，未经训练，不是像里特尔先生那样的结构工程师，也不是像哈里那样的消防技工。在桥塔底下攀爬那种垂直的钢梯已经让我战战兢兢，而要在露天攀爬一道更高的钢梯对我来说简直就不可思议。假装自己能够做到是没用的，可我又不愿拒绝他的邀请。幸运的是，跟里特尔先生不同，哈里年纪比我小，因此儒家的教养不会让我觉得自己需要服从于他。于是我对他实话实说，让他继续自己的工作，而我则留在这里四处看看。我来到两座桥塔之间的栏杆中央，仰望哈里满不在乎地一步步向上攀登，直到他的身体在旋转式圆形信号灯下方的梯子上变得十分渺小。另一方面，他似乎又比左下方远处躺在碧波之上的恶魔岛（Island of Alcatraz）大了一半。这是一个晴朗澄澈的上午，不仅清晨的海雾已经消散，伯克利丘陵上方也没有尘霾。旧金山的少数摩天大楼——它们彼此之间有些距离——看起来就像一支支白色的蜡烛，准备为某个特殊的节日点亮。每一座屋宇都披上了白色的绸缎。海湾大桥（Bay Bridge）的桥塔若隐若现，看起来就像等距离排列的旗杆，一队壮观的游行队伍或许曾浩浩荡荡地从它们之间通过。天空如同一个巨大的穹顶，用蔚蓝色的丝绸做成。在纯白色的旧金山城对面，伯克利丘陵一片新绿，环绕着深蓝色的海湾，这完美的色彩设计让我觉得赏心悦目。

哈里已经到达梯子顶端，正朝着另一侧移动，可能是去检查那盏信号灯。望着每隔一定时间就旋转一次的灯光，我的思绪回到了乘坐朋友的汽车在浓雾中经过大桥的一个个清晨与傍晚。雾通常笼罩在主桥跨上方的桥塔底部，桥塔顶部却暴露在外，灯塔之光射向高空。面纱似的薄雾为这座钢铁建筑平添了几分柔媚，让它看起来与山东省泰山顶上的南天门有些神似，而山东正是两千五百年前孔子的诞生之地。不过灯塔的光柱却使得这两座建筑截然不同。

在金门大桥桥塔的顶部

南天门将我的思绪引向屈原，迄今已知最早的中国诗人。他在孔子去世约一百五十年后的公元前340年出生。屈原是楚国的贵族和高官，能够接近楚王，帮助起草法律，制定外交政策。不幸的是，楚王后来宠信宵小佞人，其时楚国经常处于其死对头秦国的威胁之中。屈原主张在政府中实施改革，并联合其他小国以确保楚国的安全。但其主张未获采纳，楚王也中了秦国的圈套，失去自己的王国。时年六十二岁的诗人写下了他那首著名的诗歌《离骚》，在英语中被翻译成“The Lament”或“Encountering Sorrow”等。他在诗中表达了自己相信大自然中万物皆有生命、可依随人意加以塑造的信念。他以风神雨师、雷霆闪电、云霓月神为侍从和御者，以蛟龙凤鸟为车驾。他朝着天空疾驰，登上天庭之门。接着他描述自己呼唤阍者为他开门，但对方却倚靠阊阖望着他——不愿让他进去。最后，他叹息着说:“甚至天上也没有好人。”他上下求索，却找不到憩息之所。那是大约两千三百年前的诗歌。现在我自己也到了与天门近在咫尺的地方，事实上我就在它面前。“我是否该叫看门人放我进去呢？”我问自己。但我并非来自混浊尘世的逃避者。我从未有过革新政府的想法，也从不认为自己的生活方式比别人的更高尚宜人并到处宣扬。尘世生活虽有不和谐之处，但也有与之并存的和谐一面，这是我无法回避的，而且还努力充分利用它们。天上或许有人间难以企及的奇迹，但不同于屈原，我更愿意注视天空，并尽可能长久地停留在尘世间。就在我沉浸于自己的白日梦中时，哈里大声问我：“你觉得这里怎么样？”“很好！”我回答，然后感谢他把我重新带回现实中来。

我站在金门大桥的桥塔之上，环顾高天四野，对我而言，尘世是多么宜人。没有画家能够用自己的蓝色颜料如此均匀地画出如此广阔的蓝天。灿烂的太阳直直地照射着我，我却丝毫不觉得热。两侧都有风吹来，我也并不觉得冷。我自由顺畅地呼吸空气，竭尽目力远眺天边。我感觉身体轻盈，仿佛高高地漂浮于水中。我的思绪如天马行空，不受羁绊。不同于身在塔玛佩斯山之巅，我实际上远离大地，撑着一道钢栏，站在水面上方约 690 英尺（210.312 米）处。不同于乘坐飞机，我并不局限于透过一个小小的舷窗望着一小片浮雕地图般的地面，耳边也没有飞速转动的螺旋桨发出的噪音。从金门大桥顶部举目四望，我不仅能够看到有人围绕石灰岬灯塔漫步，还可看到那座古老堡垒旁的一名渔夫。他们看起来比蚂蚁大不了多少。一艘巨型远洋客轮庄严地滑过水面，幽蓝的海水映衬着它灰白色的船体，这幅景象令人难忘。它似乎并不属于目今的机器时代，两股分叉的海浪从它两侧掠过，如同两支划动的巨桨。远处，伦巴底和旧金山半岛周围的一排排房屋看起来不再像房子，却像一幅幅闪亮的白色丝绸，从山坡上朝着空中铺展开来，与中国苏杭郊外丝绸之乡的景致颇为相似。

这时，哈里出现在我面前，问我是否准备好下去。我跟着他走进

员工电梯。他滔滔不绝地讲述自己作为消防技工的工作。每座桥塔上都有两盏信号灯，其中一盏是备用的。经金门大桥进入海湾的这一带，有时天气会非常恶劣，但不管多么恶劣，信号灯都必须打开。他再次讲述了 1951 年 12 月的那场可怕风暴，里特尔先生曾告诉我，那场风暴的风速高达每小时 69 英里（约 111 千米）。哈里不得不到桥塔顶上查看信号灯，可是，当电梯升至塔顶时，电梯门却无法打开。如果不是门被卡住，他可能会一下子被大风刮下梯子来。我本以为我们在到达主桥跨后就离开电梯，但哈里意犹未尽。走出电梯，我发现自己站在环绕桥塔基部的防护墙上。这里距离脚下的水面仅 40 英尺（12.192 米），我能够看到流水奔涌，完全相信其流速可达到每小时八九英里（约 12.8 至 14.4 千米）。这堵防护墙距旧金山半岛的顶部 1100 英尺（335.28 米），我感觉哈里和我就像两个孤独的岛民。为了让水流更加稳定，防护墙下方留着两个 18 英寸（45.72 厘米）宽、24 英寸（60.96 厘米）长的洞。成群的鱼儿在防护墙内嬉游，它们喜欢此处的静水。哈里笑呵呵地告诉我，有时在恶劣天气之后他会得到补偿，在获得总经理的批准后，他可在防护墙周围垂钓。他开玩笑说:“这是我的私人鱼池。”他曾在这里钓到蛇鳕、蓝鳕、胡瓜鱼、海鳟、海鲈、鲑鱼、大头鱼[1]和鳗鱼。有一次他还抓到一条豹纹鲨，

［1］原文“Capozone”，似应为“Cabezon”。——译者注

这种鲨鱼的后半截很好吃。我问他有没有吃过中国的鱼翅汤，但我虽然喜欢喝这种美味的汤，却说不清鱼翅是用何种鲨鱼的鱼鳍做的。跟桥塔顶上的寂静相比，防护墙周围是如此喧闹。不仅水急风猛，而且成群的斑嘴巨鹏鹛就像纪律严明的骑兵一样倏来忽往。斑嘴巨鹏鹛是一种黑色的鸟，飞起来比风和流水还快。它们飞得如此接近水面，我在高处都没有注意到它们。看着它们飞翔时，我也注意到水中的一些海星。偶尔乌贼也会游到靠近防护墙的地方。明朝的冯梦龙编纂了一本《谭概》，里面就有一段说到这种鱼：

> 海中有乌鲗鱼，有八足，能集足攒口，缩口藏腹。腹含墨，值渔艇至，即喷墨以自蔽。渔视水黑，辄投网获之。

有时人也会因为过度小心而陷入麻烦。

回到管理处，詹姆斯·E. 里基茨先生正等着我，他送给我几本红色封皮的《金门大桥》，上面有这位总经理的亲笔签名。我很高兴。而且和蔼的里基茨先生让我搭他的车回城。返回的途中，我得知他很喜欢钓鱼，对寒冷、恶劣的天气也不在乎，因为他来自纽芬兰。跟很多大公司的经理不同，他说话随和、坦率，而且十分友好。我感谢他这样周到地款待我。

几天后，我不得不回到纽约和波士顿。在离开之前，我本想见见里特尔先生，亲自对他表示感谢，但他在别处，抽不开身。如今，天堂的司阍已经让他进入另一个世界。我写下文字向他致敬。我想让他知道，正如他预料的那样，我在金门大桥顶上并没有看到多少东西，但在那上面时却感受颇多；从那以后，每当我回顾那次的经历，都会为自己结识里特尔先生而感到荣幸。

第五章　梦幻之航

当我起身到艾伦·怀特（Alan White）入住的酒店去与他会面时，天空愈加清澈，雾号声也渐渐稀疏。自从艾伦于 1935 年帮助出版我的第一本英文书《中国之眼：中国绘画新诠》（*The Chinese Eye: An interpretation of Chinese Painting*）以来，他就成了我在伦敦的出版商兼朋友。该书是伴随伦敦伯灵顿大厦（Burlington House）的一次国际中华艺术展（1935—1936）而推出的。首次与他见面时，我才刚到英国不久，而他是梅休因出版社（Methuen & Co.）的七位董事之一。他逐渐升职为执行董事，如今是这家百年出版社的总裁，并亲自细心地监督制作了我迄今出版的二十一本书中的十六本。在我离开英国前往波士顿的那天（1952 年 12 月），他曾携夫人玛杰丽和他们的两位公子理查德和朱利安到滑铁卢火车站（Waterloo Station）为我送行。我们就是在那时约好，等他稍后作一次环球商务旅行时，在旧金山见面。此刻我得知他已经从墨尔本抵达旧金山了。

艾伦在旧金山并无公事需要处理，他必须在飞往纽约的途中停留一站，于是决定在此休息几天，趁我在这里，来游览美国西部的这座名城。我提出次日搭船游览湾区，他答应了。午后，我们来到渔人码头，刚好赶上第二班湾区游船。那是一个阳光明媚又不太热的日子，舒适宜人。锚索刚一松开，喇叭里就开始冗长沉闷地介绍周围能够看到的各种建筑和地标。艾伦和我正站在船首注视着前方的金门大桥，并不为喇叭里的声音随风飘走感到遗憾。海湾里的水并非一平如镜，我听说，自从首位来到此地的西班牙船长堂·曼努埃尔·德·阿雅拉（Don Manuel de Ayala）于1775年驶入旧金山湾以来，这里就不是那么平静。正因为如此，站在我们这艘小游船上望去，岸上的建筑才会那么欢快地摇晃不已。

艾伦当时留着罗伯特·路易斯·史蒂文森（Robert Louis Stevenson）式发型。风把他的头发刮到脸上，又刮到他脑后，飘动飞扬，与他身旁那面小小的星条旗争锋。他对自己被刮得蓬乱的头发不以为意，因为他正目不转睛地直视前方，望着迎面而来的风景，除了三个在船上跑来跑去的孩子，所有人都注视着前面。这座城市的天际线对成年人产生了一种催眠般的效果。在游船驶过海洋馆附近那些长长的垂钓码头后，成千上万只翅膀乌黑的鸟儿飞来，以几乎触碰到海水的高度，在海面上低空飞行，就像我“二战”期间看到的那些出现在伦敦上空的轰炸机编队那样，一群接一群地飞掠而过。但从遥远的地面上观看轰炸机编队会让眼睛极度紧张疲劳，而从水面上方近距离地观察这些动作敏捷的水鸟却让眼睛保持警觉，不断转动。它们在我们周围，忽左忽右，忽前忽后，从不停息，只是不断地飞翔。每一群都快如闪电，但这些鸟儿似乎一直在此，因为另一群会很快飞过来，取代刚刚飞走的那一群。要弄清它们有多少是根本不可能的事情，而且水面上是多么生气勃勃啊！那三个孩子不断在船上前后左右地奔跑，仿佛有个看不见的催眠师在指挥他们。其中一个看到又一群飞过的水鸟，突然大叫一声，伸出胳膊跳了起来；另外两个孩子立刻效仿他，他们就这样跳个不停。如果他们朝气蓬勃的大脑没有受到某种催眠术的影响，那他们为何会反复做同样的事情？有人告诉我说海湾里有很多太平洋潜鸟。或许这些鸟儿是些疯子。太平洋潜鸟以疯狂而闻名，因为它们会发出狂野如魔鬼的叫声。我没听见它们叫过，不过它们会以整齐如军队的迅捷动作，漫无目的地到处移动，看起来确乎有些疯狂。

艾伦的眼睛依然紧盯着正前方，他的长发依然在风中飘荡。在风尘仆仆地乘坐飞机从英国飞往澳大利亚和新西兰又接着来到旧金山之后，他看起来略显疲惫，但又似乎陷入了沉思。我们现在即将到达金门大桥，不过离它仍然有很长一段距离。我们中的每个人，包括小孩子们，似乎都在发呆——全都望着那个位于两座石头山丘之间的巨大豁口，它越来越近，看起来就像被一条细长如金属丝的绳子连接起来，而那根绳子又仿佛被两根插在水里的竹竿绷得紧紧的。我们的船逐渐靠近那两座在水波中跳动的石头山丘，而那两根竹竿以及它们之间那条长长的绳索则变得越来越粗，露出一座红色大桥的形

艾伦·怀特在巡游海湾的游船上

状。我颇能理解为何将金门大桥刷成朱红色。如果刷成海湾大桥那样的银色，那么它大部分时间都会难以辨别，因为太阳光下光亮的水面以及晨雾暮霭会模糊它的形貌。另一方面，如果海湾大桥被刷成红色，那么在周遭那些色彩艳丽的建筑中间，就会显得过于惹眼甚至刺眼。

突然，我看见一片如白棉花般浓稠但又蓬松的云雾舒展开来，跟我们前方的所有景物一起上下摇摆，然后逐渐靠近，仿佛想钻到金门大桥的桥底去，顶着我们出发以来就一直肆虐的寒风，将我们整个包裹起来。实际上，它试图挤到桥下去，随即膨胀起来，覆盖了桥底的整个河床，以及两座桥塔的下面部分——我起初还把桥塔当作竹竿呢。此刻，桥塔的上面部分悬浮于半空之中，就像两只红色的中国灯笼。我们的领航员将船略微向北拐去，而后又向东一拐，以避开那艘迎面而来的汽船。当我们拐弯时，我看见位于塔玛佩斯山前面的天使岛（Angel Island）正为晚宴梳妆打扮，穿上一袭薄薄的蓝灰色丝袍。当我们的船继续朝着东边的海湾大桥转过去时，不知从何处飘来几片神秘的面纱，旋即化为小岛的一块黑色天鹅绒披肩。天使岛和圣拉斐尔（San Rafael）显得温和又冷漠，笼罩在梦幻般的神秘气氛中。

喇叭里传来的一声大叫“恶魔岛！”对我们所有人产生了一种最奇怪的催眠效果。海湾北面出类拔萃的可爱风景被荒芜、严酷的恶魔岛造成的恐怖感所取代。艾伦和我随着船上的其他人一起来到船的另一侧，伸长脖子，看能否发现什么人在那块12英亩（约48562平方米）的巨大岩石上移动。观看作恶之徒而非循规蹈矩之人并乐在其中，这难道不是人类的一种天性？自从1933年以来，恶魔岛便作为一座永远沉默的监狱而臭名昭著。据说它对囚犯严惩不贷，凭借一种能够探测囚犯身上任何金属物质的“电子眼”，建立起一套精细复杂的防止越狱系统。12 英亩的岛屿整个被高墙耸立的建筑覆盖了。

我曾想造访那块岩石，但那位答应为我安排此事的朋友不幸去世，我只好改变行程，前往圣昆丁（San Quentin）。毕竟，这些监狱里的囚徒都是人类。这块岩石四周都被寻欢作乐、宜人风景与舒适生活的人间烟火所包围，为什么把他们关押在这样一个花花世界中间严加看守？殖民时代西班牙人在这里修筑防御工事，到了 19 世纪中期，它又被用作军事监狱，这都可以理解。但它缘何在 1933 年被选中设立联邦监狱却令人不解。把它改建成一个供所有人使用的迷人游乐场岂不是更好？在此设立监狱难道是为了提醒人们：人世间存在着无可救药的作恶之徒？我听说这块岩石得名于《阿尔卡特兹的养鸟人》（*The Birdman of Alcatraz*），一本被改编成电影的著名小说，因此，当我们从岛屿前经过时，我也如同被催眠一般随着其他人移动，向它投去犀利的目光。

下一个进入我们视野的焦点是一个巨大的金属浮标，上面系着一只铃铛，随着湾里起伏的海水而叮咚作响。吸引目光的除了那只在水面上自动鸣响的铃铛，还有一些肥硕的鸬鹚，停在上下漂动的浮标上，不时摇摇晃晃。公元 10 世纪以来，鸬鹚就出现在很多中国水墨画中。这些海鸟擅长游泳，有狼吞虎咽的习性。中国的渔人把它们加以训练，带它们出去捕鱼。它们会静静地站在船舷上，渔人一声令下，它们便潜入水中，用长长的喙叼住一条鱼回到船上。如果鱼很大，两三只鸬鹚就会有条有理地合作捕捉。有一次，我在伦敦介绍宋代大师马远的一幅风景画，上面画着鸬鹚站在随波逐流的小船上，这时人群中有一位女士拒绝欣赏这幅画，声称如此对待鸟儿实在是最残忍不过。我对她的话感到讶异，问她看到英国大画家兰西尔（Landseer）的作品有何感受。这位画家以擅长动物绘画而著称，其作品描绘了成堆鲜血淋漓的牡鹿、野兔和雉鸡。人有时会多么缺乏逻辑。我很高兴看到海湾浮标上的鸬鹚依然悠闲自在，就像中国风景画里的鸬鹚一样适于入画。

在游船上，我们的谈话一次又一次地转向人类的行为，又把西海岸居民与美国其他地方的居民作比较。我鲜少沉溺于归纳概括。我认为，当为自己的生意忙得团团转时，一个纽约人会显得脾气暴躁甚至相当粗鲁，不过，如果我们遇到他时他恰好在家里，且身心都很放松，那么他也会像其他任何人一样显得亲切友好。然而，我也不由自主地想起顾问工程师约翰 · 古尔丁 · 里特尔在带我参观金门大桥时跟我说起的旧金山人。他于 20 世纪初在旧金山开始自己的职业生涯，经历了 1906 年大地震和火灾的浩劫。“那是人类史上的重要事件，”里特尔先生说，“它给旧金山市留下一种永恒的精神，指引我们所有人正确地评价自己的生活——尽管如今没有人意识到这一点。”他认为，一夜之间，所有旧金山人都变得平等了：财富已经毫无意义。在那场不期而至的巨大灾难中，没有人知道下一刻会发生什么，每个人都变得通情达理起来，对他人也体贴关切。城里没有明显的恐慌，也罕有抢劫事件发生，因为所有人都同舟共济。所有人都住在相同的帐篷里，从前的富人和依然贫穷的人分享衣食，照料幼齿、老人和病人。全市的人都成为一个友好的大家庭。里特尔坚信，那个可怕的夜晚造就的独特友好气氛仍然飘浮在海湾上空。实际上，我们虽然是初次见面，但他待我却如同亲友。艾伦频频点头，同意里特尔先生的看法，旧金山的气氛显有独特之处。

就在此时，仿佛有什么东西阻挡我们的游船从海湾大桥下穿过。我们前方出现混乱，五六条划艇顶着浪头，冲向那座巨大的建筑下方。艾伦毕业于剑桥大学，我也曾在牛津生活十六年；对我们来说，坐满蓝衣海员的划艇都是熟悉的景象。然而，看到有人居然以牛津和剑桥的正统方式在旧金山湾里划船，我们俩都不由得啧啧称奇。

我们都顾不上看金银岛（Treasure Island），那是为 1939 年金门国际博览会修建的人工岛，如今是海军的军事禁区。直接从海湾大桥下经过是一种独特的体验，而这让我回想起哈得孙河（Hudson River）上的乔治·华盛顿大桥（George Washington Bridge）。但海湾不像河里那样水流平稳，我不知道他们怎么能够在这样的水域举行划船比赛。海湾里不断有风吹过，再加上潮水的涨落，一直波澜起伏。

接下来喇叭里向我们介绍的景点是奥克兰港（Oakland Harbor）和阿拉米达（Alameda），然后船只再次右拐，整个旧金山市的天际线都映入眼帘。尽管我直视前方，但我的眼睛似乎中了魔法。因为眼前这些高楼大厦仿佛忽而蹿高，忽而缩短。乍一看，所有窗户都一样大小，不过须臾之间，有些变大，有些却变小了，一些甚至变成几乎看不清的小点。有些窗户闪烁着耀眼的光芒，当我们的船在水上摇摆不定时，它们不断地眨着眼睛。在黄昏降临之前，我似乎听见一些无

海湾里的划船比赛

形的画家忙碌的声音，他们给这些纯白色的墙壁涂上肉色，然后是粉红色、紫红色。所有建筑都摇着脑袋，蹦蹦跳跳——空气中弥漫着音乐声和欢乐的气氛。我感到有些陶醉了。片刻之前，艳阳高照下的旧金山市富丽堂皇，令人眼花缭乱，此刻它又展示了自己的朦胧之美。我对艾伦说，太阳肯定正缓缓沉入双子峰另一侧。他点点头，对我微微一笑，恍然若梦。他懒得理睬我说的话。他才在旧金山待了一天，又怎么知道双子峰在哪里呢？

我们再次从海湾大桥下驶过，这一次是在小岛耶尔巴布埃纳（Yerba Buena）靠着旧金山的一侧，只有它提醒人们记起整个湾区从前的地名。有天早上，我的中国朋友董鸣凤[1]——他是一名艺人，在旧金山最有名的夜总会之一工作——驾车带我环绕耶尔巴布埃纳岛，但在到达人工岛金银岛后，很快便折返了。因为美国陆军和海军占据了旧金山湾里风景最美的地点。

我们的游船继续航行，进入笼罩着金门海峡、大桥、米尔谷（Mill Valley）丘陵、塔玛佩斯山和天使岛的薄雾中。恶魔岛就快被遮住，变成一个云遮雾绕、恍如出自想象的地方，很适合仙子或国王。它隐约可见，却无法靠近。雾霭不断舒卷，我心里暗暗为它欢呼。从富丽堂皇化为云雾朦胧的一刻甚至比从云雾朦胧化为富丽堂皇更美。现在浪头泛白的大浪逐渐增多。从舷边卷起的飞沫送来阵阵寒意，将我们全都从那种催眠状态中释放出来。

然则被催眠后的影响难以消除。不管是艾伦还是我都无心谈论刚刚看见的那一处处由碧海蓝天与大地构成的美景。艾伦反对在渔人码头的一家日本餐馆盘腿而坐地进餐，而我又不愿让他在格兰特大道的一家中餐馆去挥舞筷子——尽管他现在使用筷子已经相当娴熟。我们

[1] Tong Min-fong，音译董鸣凤。——译者注

一致决定到电报山顶科伊特塔下的一家德国餐厅去尝尝，几天之前，我发现那里食物可口而气氛宜人。我们受到领班的热情接待，他将我们引到靠窗的一张餐桌前，从那里我们可以看到海湾沿岸的灯光。每张餐桌上都点着一支只剩半截的蜡烛，奇形怪状的蜡烛头上滴着蜡油。为了牟取利润，人们可以费尽心思，我们俩不禁对此会心一笑。当罗曼蒂克的一切动机都已失去之后，“营造浪漫气氛”就成了必需。自从枝形吊灯的可爱灯光被闪耀的霓虹灯取代以来，一豆烛光就被用来满足从不餍足的人类的需要了。大多数餐桌都被一对对年轻的情侣占据。艾伦对德国菜比较了解，他点的菜都美味可口。当然，在寒风瑟瑟的海湾里度过一个漫长的下午后，我们俩都胃口大开。我们边吃边聊，触及各种各样的话题，还经常回忆起我们在艾伦从前位于伦敦附近布莱克希斯（Black Heath）的住处以及汉普顿宫（Hampton Court）、牛津和英国其他很多地方一起度过的时光。“有旧金山这样的一个海湾，”艾伦评论道，“谁也不想横冲直撞。”“可是你知道，纽约也有一个海湾。”我提醒他。尽管环境可能会影响人，不过一个人的真正本性才是影响最大的。很多人都倾向于尽可能地安于现状，但也有一些人根本无法这样。为了娱乐我的朋友，我讲述了一个著名的中国笑话：从前有两个人，一个性子急躁，另一个却慢条斯理。有一天，他们围坐在一个老式中国火盆——也就是把铜盆放在一个木架上，盆里烧着木炭——旁小酌片刻。正当性子急躁的那个人扭头欣赏墙上的一幅画时，他的长袍碰到火盆，被烧着了。而慢条斯理的那个人看见他衣服着火，却轻轻拍了拍他的肩膀，彬彬有礼地缓缓说道：

“有件事情我理应告诉你，但因为你脾气暴躁，我不知道当不当讲。不过对我而言，说与不说的结果都是一样。”

“什么事？什么事？快说！”

“喔，是这样的，你那件长袍的衣角掉到火盆里，现在被烧着了。”

“你干吗不早说？”性子急躁的人一把扯出袍子，将火弄灭，然后便冲着他的朋友暴跳如雷。

“人人都说你脾气暴躁，果不其然！”那个慢条斯理的人回答说。*

* 见《笑林广记·殊禀部》。——编者注

第六章　旭日初升

自从我来到旧金山湾，三个月的时光转瞬即逝。我的脑子里差不多每天都会冒出同一个古怪的想法。每次我围绕海湾漫步，看到塔玛佩斯山在薄雾轻霾或耀眼阳光中出现时，它都催促我将自己的想法付诸实现。我希望夜登塔玛佩斯山观看日出。

根据拉卡图特（Lacatuit）印第安人的传说，这座山顶上闹鬼。我得知，大约一百年前，雅各布·莱塞（Jacob Lesse）为驳斥那个传说而成为登上山峰的第一人。莱斯特·贾斯珀维斯（Lester Jaspovice）告诉我，他童年在圣拉斐尔的学校上学时，他的老师经常带着全班的孩子到开阔的海湾里远足。当时，这里还是一片荒野，边上点缀着一个个沙丘。有一次，孩子们正在玩耍，一个戴着羽毛帽子、脸上涂着颜料、身材高大的印第安人突然从一座山丘后面跳了出来。莱斯特和班上的同学被吓得四散奔逃，结果却发现那个印第安人是他们的老师假扮的！莱斯特还记得他的老师带着孩子们乘坐一列由烧油的伐木机车牵引的火车，顺着塔玛佩斯山景观铁路登上山顶。他们一路欢声笑语，都没注意到自己是否看到印第安人。我是在吉里大道上的“趣好中心”摄影店里遇到莱斯特的，他跟我说，那条铁路被称为“全世界最曲折的铁路”。不过，等我来到旧金山时，它当然早就废弃了。

我自己也曾多次被朋友们带上塔玛佩斯山。我知道从山上可以远眺海湾的风景，还曾在众多嶙峋怪石间漫步前往西峰上的防火瞭望塔。塔玛佩斯山展现了自己的百态千姿，每次似乎都与我的情绪相呼应。我听说，大约两百年前，曾经有很多不同的印第安部落散居于所有这些山丘之间，但现在这些山丘已归于平静。我真希望自己是唯一幸存的印第安人，顺着小径默默地漫步几个小时或几天，依靠橡树子维持生存，注视着眼前不断变幻的风景！

希望在塔玛佩斯山上过夜的想法一直在我脑子里翻腾。有一次，在前往山上旅行后，我想找个借口留在山上，但却无济于事——甚至一名巴士售票员也坚持让我加入他带领的旅游团，返回米尔谷。我回英国的日子越来越近，最后我终于鼓起勇气向吉米 · 劳森（Jimmy Lawson）解释自己的计划，问他能否晚上带我登上塔玛佩斯山，把我留在上面过夜。他非常乐意地答应了我的要求，甚至提出跟我做伴。几天后，胡安妮塔（Juanita）说她也决定和丈夫一道加入我的探险，但他们第二天一大早必须回城参加周日的礼拜仪式。她是一位音乐家，在教堂演奏风琴，而吉米则是一名基督教科学会宣读者。我对什么条件都乐意接受，因为终于能够实现夜登塔玛佩斯山的夙愿，我已经高兴得无以复加了。

胡安妮塔把一切都准备停当，包括食物和睡袋。夜里 9 点钟左右，吉米驾车载着我们穿过金门大桥，两侧林立的明亮路灯看起来就像一排排外皮光滑的特大黄色梨子。有我的两位好友相伴，我感到心满意足又心怀感激。公路顺着米尔谷向上延伸，沿途几乎没有什么车辆。四周一片漆黑，偶尔能透过树丛看到远处一些房屋里的一两点灯光，时隐时现，仿佛在冲着我们眨眼睛。

这时，我们的车子拐上了通往瞭望角（Observation Point）的路，因为劳森夫妇想让我远眺旧金山湾的夜景。周围只有我们几个人，大家都默不作声。固体一般的黑暗包围着远处有灯光的地区，让它看起来那么渺小，但又明亮得令人目眩。它会不会是一张飘浮于空中的魔毯，上面配备了现代的霓虹灯具？又或者，它会不会是印度四大天王之一的多闻天王率领一群全副武装、手握火炬与灯笼的扈从，正列队缓缓越过大海？这景色令人沉醉——美如仙境却又真实，既是近在咫尺的现实世界，却又显得遥不可及。楼厦和人群的外形均已隐没难寻。所有灯光都飘浮于黑暗之中，仿佛无所依着，有的眨着眼睛，有的不断移动，渐渐远去。他们勾起我的乡愁，让我忆起自己与父亲在一个节日之夜登上故乡一座小山的经历。

在中国，阴历七月十五的盂兰盆节由来已久，不过现在可能已经不再延续。彼时，佛教徒与道教徒会为亡者诵经，并向神佛及阎王献上精美的供品，祈求他们超度亡灵去投胎转世。据说这个节日来源于释迦牟尼佛，他的弟子目犍连曾到地狱救母。而释迦牟尼告诉他，只有联合所有僧众的力量才能减轻亡灵在地狱中的痛苦。在盂兰盆节的黄昏之后，很多家庭都会到河里放莲花灯，它用红色的防水油纸做成，里面盛着些菜油，插着一截蜡烛。它们会顺水漂流，指引所有刚刚获得超度的游魂野鬼到自己想去的地方。我的父亲是一位思想开明的艺术家，对这个节日非常热爱。他忙着将若干莲花灯放到河上，然后到地势较高的地方望着它们漂走。他曾经告诉我，他也拿不准这些灯能否帮助游魂野鬼，他的乐趣在于欣赏这么多红点漂浮于水上的迷人景象。我第一次观赏这种夜景是在大约十二岁时。我帮着父亲在长江上放完莲花灯，然后便登上附近的胭脂山（Yen-chih Shan）观看。那是四十多年前的事情了，在过去的二十六年，我一直漂泊海外。将来是否有莲花灯指引我回到生身之地还未可知。

尽情眺望欣赏下方远处的旧金山灯光后，吉米驱车带我们来到露营办公室办理了必要的手续。营地里已经搭起几顶帐篷并住满了人，于是我们一边提醒自己不要弄出太大的响声，一边为自己找到一个搭帐篷的地点。我们的所有给养都放在一张野餐桌上。劳森夫妇在离我不远处搭好他们的帐篷。这是我辞国以来首次在山里露天过夜。我在故乡的庐山上有一所自己的小木屋，一条小溪环绕小屋，而后注入下方的一道瀑布。我将一块巨大的岩石挖凿成洞，把床铺在里面，夜里听着潺潺的流水声进入梦乡。但那所小木屋位于海拔 2800 英尺（853.44 米）的地方，夜里会变得非常寒冷。我从来都无法在小木屋外度过整个夜晚。此刻我却准备享受一整个晚上的露宿，因为塔玛佩斯山位于亚热带，干燥而温暖。我闭上一会儿眼睛，回忆自己刚刚所见的一切，因为期待体验一种全新的经历而充满喜悦。

我再次睁开眼睛，惊讶地发现月亮正直直地凝视着下面的我。为什么刚才我没注意到它？这愉悦的惊喜真是无与伦比。透过月光，我发现自己躺在一片美丽的松树林里，四周的树木高耸入云。明亮的月光产生了一种镇定效果：当我悠闲地望着松树树梢上小枝构成的精致图案时，我的所有思绪都平静下来。在深蓝色的夜空映衬下，一根根松针显得那么突出。一轮满月躲藏在这些精致的图案后面，让我无法窥见它的整张面孔。此刻它似乎正在躲避我的直视。空中出现几朵白云，肯定是它们让人产生了树枝摇曳的印象，因为周围并未刮风。仰望夜空，我分辨不出究竟是月亮或云朵在移动，还是树梢在摇摆。

就在此时，附近一棵松树上，不知何物正向上攀爬，稍稍搅乱了我平静的大脑。它移动了一下，又停下来，片刻之后又再次开始移动。窸窸窣窣的声音反复传来，直到一个小黑点在稠密的树干上部显现，很快又消失在树的背面。接着它再次出现，在树颠上顺着一根树枝飞快移动，并抬起两只前爪，在胸前作出中国式的祈祷姿势。那是一只松鼠。映着浑圆的明月，树枝与这个小生灵的黑色轮廓构成一个适合中国单色水墨画的完美构图。夜色渐深，我睡意蒙胧。树枝与松鼠的轮廓开始逐渐淡去，与我的思绪混为一体——然后便彻底消失了。

凌晨3点刚过，我就醒了过来。月亮已经下山，四周仍然一团漆黑。我挣扎着爬出睡袋，尽量不要弄出太大噪音，然后很快地洗漱完毕。回到睡袋旁，劳森夫妇也已经起床，胡安妮塔急匆匆地告诉我，我的早餐肯定被浣熊吃掉了，因为纸袋里的火腿连一片都不剩。幸好还有几片面包原封未动，我便就着一杯牛奶一点点地吃掉两片。我的朋友很快就忙着收拾东西了。吉米建议我独自前往观看日出的地方，他们俩傍晚在家里候我。

我听从了他的建议，迈着沉稳的步伐缓缓穿行于黑暗之中，顺着一条环绕一座陡峭小山边缘的小径，朝着我去过好几次的那个地点走去。一路上，四周一团漆黑，吞没了大海与山丘，我只能看见自己的身形和前后的一小段隐隐约约、略带白色的小路。我没有顺着台阶前往瞭望台，而是留在了上方的小径上，在一块岩石上坐下。我从未如此渴望而专注地窥视无边无际的黑暗。突然之间——实际上只是眨眼之间——陆地与大海的轮廓从依旧黑暗的背景中出现了。谁能用这么快的速度剪出这么巨大的一幅轮廓呢？浓重的夜色逐渐淡去：方才还是黑色的背景现在露出了鱼肚白。那是天空，此时已经与大地判然分明。天刚破晓，曙光愈来愈亮，在接近地平线的地方，透过大陆后面明亮的金色光芒，鱼肚白的天空变成亮红色。而泛着蓝色的那部分天空亦很快与绚丽泛红的天际一道，吸引着一切光线与色彩之源一点点地向上升起。起初它只露出弯弯的边缘，接着露出了四分之一的圆弧，然后是一个半圆、四分之三的圆盘，到最后，它终于浮现在地平线上方——那是一轮巨大的金色圆球，明亮而灼热。虽然它的热度尚无穿透力，但它至少看起来是灼热的。另一方面，它似乎又将欢乐普洒于陆海之上，洒在我四周远远近近的地方。我心里升起一阵难以名状的暖意，让我双目泪光盈盈。

这并非我首次观看日出，但却是最难忘的一次。当我还是一个十二岁多一点的小男孩时，父亲曾带我攀登故乡最高的山峰——庐山。它的海拔大约有 4000 英尺（1219.2 米）。在山顶上，即使夏季干燥，也不会太热——在最高的 1000 英尺（304.8 米），白天气温大概有 70 华氏度（约 21 摄氏度）。凌晨时分，我们越是向上攀登，我就越感觉冷。我父亲知道山上的情况，为我们俩带上了厚厚的衣服。破晓之后，我发现我们完全被羊毛般的白云围住了，四面八方，无边无际。除了我们所在的巨大峭壁，眼前看不到一块陆地。我望着太阳那巨大的金红色圆球努力拨开厚实的云层，逐渐升高。或许我年纪太小，尚无法像父亲那样欣赏这一幕风景：我感觉冷得不行，很快便被带到我们住宿的地方。我还曾望着太阳缓慢但竭尽全力地从大西洋底升起，而海浪似乎一直拍打着它的脸蛋。当时正值“二战”结束后不久，我搭乘丘纳德公司“玛丽女王号”客轮，坐在距离那个大烟囱不远的舰桥甲板上。船上用来运输军队的设施尚未改建。在战后的这次首航中，它运载了两千三百名美军战争新娘和七百名婴儿。而我们男性总共只有八十人，被安排在了角落里，无法在甲板上频繁地四处走动。我大部分时间都待在舰桥甲板上，清晨的海上，待在露天的地方很冷；旭日闪耀的光线给我带来些许温暖。在塔玛佩斯山上，我发现太阳既不是从厚厚的云海中升起，也不是从海底升起。它以雍容华贵的姿态，如船只一般优雅地款款驶来，但它脸蛋上有淡淡的玫瑰色光彩，就像传统婚礼上的一位中国大家闺秀，按照中国习俗，差不多整整一天她都不能说一句话，但会满怀娇羞，面颊绯红。

我突然发现，一团奇形怪状的黄色之物出现了，点缀在靠近水边的白云上方。因为受这团黄色物质的影响，白云似乎染上了紫罗兰色，而那团黄色则随之变得愈加明亮、闪耀。显然那就是旧金山市，看起来不过是远处的一个小点。它在阳光下闪烁着，但依然模模糊糊。

我所在的塔玛佩斯山山坡朝着下方的旧金山湾延伸。它现在展示了一种别样的色效，常绿灌木的绿叶和棕色的土壤，点缀着旧金山独有的浓郁多汁、红绿斑驳的野草，在朝阳的灼热光线照射下，构成微妙而柔和、略带紫色的色调。海湾表面已经浓雾蒸腾，似乎吞没了远处旧金山市的基部，只留下模糊、单薄的高层建筑，明显呈现出银色或水晶般的色彩。太阳冉冉升高，随着海湾的雾霭逐渐淡去，这座水晶城就像被施了魔法一般，变得更加宏伟了。

在我左边不远处，出现了迪亚布罗山朦胧的身影。奇怪的是，它很容易被误认作日本引以为豪的富士山，后者经常出现在众多日本绘画和木刻上，而迪亚布罗山只是山顶没有白雪覆盖罢了。整个这一幕景色——在耸立于我左上方的迪亚布罗山与位于右下方远处的旧金山市之间，太阳冉冉升起——再加上位于索萨利托一角的理查森湾（Richardson Bay）那柔和的线条，直至塔玛佩斯山脚下附近的观景台，向我呈现了一幅适于入画的美丽构图。

太阳——它为普天之下带来欢乐——此刻已经如诗人约翰·济慈（John Keats）所描述的那般，将自己宽阔的肩膀升到天际上方。它四射的光芒让我将目光转向别处。所有雾气都已蒸发——没有一丝一缕残留在海湾上空。海岸线刚刚看起来还像一条响尾蛇，此刻已经历历可见。树木植被如同浓稠的绿色颜料，构成一块表面粗糙的画布，其上露出一条条徒步小径，顺着山边或山腰随意延伸，就像一些弯曲的红线，时隐时现，如同一幅现代风格的抽象画。

现在，我回头望着自己在黑暗中走过的那条小路。一团巨浪般的白云盘踞在远处金门大桥所在的地方，将那座伟大的工程学杰作全部遮盖起来。无边无际的白云就像天幕，虽然它的运动难以察觉，但它一直在不断扩大延伸。中国古代的信仰把这种云当作一条巨龙，正朝着我站的地方伸展它巨大的身躯和四肢。根据那种信仰，龙居住的地方就有“龙脉”或“灵气”。不同于西方传统中作为怪兽的龙，中国传说中的龙一直都被视为最尊贵的动物，是一种活生生的神灵，充满智慧与仁慈，护佑一切生命。在其无形之躯存在的地方，一切都会茁壮成长、欣欣向荣。或许这解释了旧金山何以对所有了解这座城市的人具有难以名状的吸引力：它必定拥有“龙脉”。不管怎么说，这是我的解释！

此时太阳已远远升到地平线之上，高高地悬挂在旧金山市的上方。它不再是一个金红色的巨大圆盘，却像一面小得多的明镜——明亮得令人无法直视。它炽热的阳光让我觉得有点热了，于是我脱掉外套。我突然记起一个有关太阳的复杂问题，它曾让孔子感到迷惑。据说，有一天孔子和他的弟子子路驾车外出，在路上碰到两个争论不休的童子。孔子让子路下车查看究竟。* 原来他们在争论太阳与他们所在之地的距离远近。一个童子说：早上的太阳比中午离他更近，因为早上的太阳比中午大，而太阳看起来越大，它离自己就越近。另一个童子则说：中午的太阳比早上的更热，太阳越热，它离自己就越近。两个童子问孔子是否知道孰对孰错。孔子也难辨对错。于是两个童子便大笑着离开了，一边还大声感叹：“都说孔子是世间最睿智的人，我看未必。”我自己并非孔子，因此我并不介意坦白承认自己也说不清孰对孰错。然后我便顺着山坡往下走，到山屋（Mountain House）去和前来接我的朋友碰头。

顺着小路没走多远，我感到越来越热。这时我看到三两只蜂鸟悬

* 这个故事出于《列子 · 汤问》，原书未提及子路。——编者注

浮于空中，它们的翅膀似乎在不断旋转，而非像其他鸟儿那样扇动翅膀。它们甚至可以退着飞。蜂鸟这种如蜜蜂一般嗡嗡叫着往后飞的姿势颠覆了我对鸟儿的传统认知！因为我在中国没见过蜂鸟。

走到山坡上的雷达站附近，我想起露天的山中剧场离这里不远，上个月刚有人带我去过那里。它肯定是模仿希腊的露天剧场而建的，不过塔玛佩斯山上的这一座跟我在德尔斐（Delphi）或雅典见过的那些没有多少相似之处。据说，塔玛佩斯山上的山中剧场是全球唯一的此类山间圆形剧场。其舞台海拔近 2000 英尺（609.6 米）。到此看戏的观众还能从塔玛佩斯山顶上欣赏周围优美的环境。除了少数例外——尤其是“二战”期间那些年——每年 5 月的第三个周日都是“山中戏剧节”。首部在此上演的戏剧《亚伯拉罕与以撒》（*Albraham and Isaac*）排演于 1913 年，是一部神迹剧，一起上演的还有选自《第十二夜》的几幕戏。由丹·托勒罗（Dan Totheroh）创作的《塔玛帕》（*Tamalpa*）于 1921 年在此首演，此后大约每五年重演一次。它讲述了这样的故事：

> 在塔玛佩斯山上，有一张永不褪色的紫色的床铺，上面躺着一名熟睡的少女，这部戏的标题和主题便由她而来。当塔玛帕登上山顶时，居住在山谷里的那个部落会惊恐地低声说出她的名字，还说她是个女妖。
>
> 塔玛帕的母亲阿肖妮是一个邪恶的女巫，统治着一个邪恶的部落，并给人类部落送来死亡瘟疫。
>
> 最终，伟大的白神赋予人间一件闪闪发光的礼物，可以疗治瘟疫。来自山谷部落的 Piayutuma 被选中上山接受礼物，然后作为世间的首个巫医返回山谷。
>
> 年轻貌美的塔玛帕被阿肖妮派来引诱他，让他忘记自己的使

命。塔玛帕获得成功，但也平生第一次找到真爱。

经过漫长而苦涩的内心挣扎，她试图让他忘掉自己，继续攀登山峰，但被爱情所蒙蔽的 Piayutuma 不愿听从，催促着与塔玛帕早日完婚。

塔玛帕别无他法，作出了至高无上的牺牲，然后便在庄严的盛典中被抬到山顶上，在世人的瞩目中永远长眠。

我真希望自己看过这出戏，虽然它的故事情节与我在别处读到的塔玛帕故事相去甚远。而根据那个传说，数百年前，太阳神化身为人，下凡人间。降落到这座山上之后，他深深地爱上了一位印第安酋长的美丽女儿。返回天堂的时间到了，他一把抱起自己的爱人，升入天空。不幸的是，他的一只脚绊到了迪亚布罗山，他也一头栽进如今成为海湾的那个大湖里。以前湖泊被这条山脉分为两半，但太阳神巨大的胳膊将山脊砸出一个缺口，那就是我们现在所说的“金门”。而那个可爱的印第安少女也在他跌倒时从他怀里摔了出去，一下子摔死了。太阳神轻轻地抱起她的遗体，让她躺在山上干燥的地方。塔玛佩斯山柔和的轮廓正是这位长眠之中的印第安少女美丽优雅的身形。

此时我开始感觉饥肠辘辘了，我注意到瞭望台附近有条被人踩出的小道，它有可能通往山屋，那是山上唯一可以吃饭的地方。英国科学促进会（British Association for the Advancement of Science）的爱德华·艾普顿爵士（Sir Edward Appleton）曾说:“人在面对未知世界的挑战时是最出色的。”我并不想表现出色，但必须找到下山的路。在好几次走错路之后，我终于设法步入正途。这座山丘十分干燥，小道上方的山坡非常陡峭；我每次向前踏出一步，都会踩得沙子和鹅卵石窸窸窣窣地掉下山坡。我身体略往后倾，努力保持直立；可是往后倾斜时，我的脚就会打滑，让我失去平衡。有好几次我差点摔得四仰八叉。这时我注意到一只花栗鼠正站在一块石头上有滋有味地啃坚果，于是气恼地想起自己那顿被浣熊偷吃掉的早餐。当我迈出一步想细细观察这个同伴时，它却消失了。它肯定是担心我想分吃它的坚果。接着我对花栗鼠方才所在的那块小石头的形状产生了兴趣。等我把它捡起来，我才发现它很轻；事实上它根本不是石头，而是一截疙里疙瘩的熊果树树根。它的形状很好看，可以用作室内装饰物。我留下它，打算把它带回旧金山去。渐渐地，我发现了越来越多类似的熊果树树根，我忍不住又捡了一些，然后从中挑出最好看的五块，满满抱了一怀。但我刚刚意识到自己来到一个更陡的山坡，脚下便一滑，一跤摔了下去。让我惊恐的是，我左脚下面一块相当大的岩石松动垮掉，我造成了一场小型地震，估计都能被附近一座地震实验室记录下来了。我没有滚下山去，只是滑了下去，直到我松开手，抓住一棵活的熊果树结实的树根，才没再继续往下滑。可是瞧啊！那五截漂亮的熊果树干树根却跌跌撞撞滚下山坡了，都来不及向我道别！在它们看

花栗鼠

来，再没有比获得绝对自由更快乐的事情了。我摇摇头，抬头望望明晃晃的太阳，它恶狠狠地直直照在我的脸上。太阳神在警告我别从他的爱人那里夺走任何东西！

我疲惫地站起身来，最终还是想办法抵达了山屋。正当我在喝咖啡时，奥利芙·考威尔（Olive Cowell）太太冲了进来，兴奋地宣布说她已经准备好了一切，我们出发前往俄罗斯河的时间到了。我们钻进车里，飞驰而去。她没有询问我从昨晚至今在塔玛佩斯山上做了什么，也不给我片刻时间讲述那位印第安少女的故事，她说她已经知道整个故事了。一路上她有那么多事情要跟我说。不过我还是坚持告诉她太阳神向我显露了一个“奇迹”。她只是笑了笑，然后又继续说她的去了。在我看来，我们的现代生活变得过于现实，几乎没给想象力留下任何空间。现代生活也变得过于文明化了。就我自己而言，我喜爱在泥泞的水中嬉戏甚于在精心铺砌的游泳池里游泳，享受在塔玛佩斯山上的睡袋中过夜甚于在一张舒适的床上睡觉。感谢劳森夫妇让我梦想成真。

第七章　神秘大风

弗兰克·威廉姆斯（Frank Williams）先生是萨克拉门托县一位自学成才的大建筑师，时至今日，他已经在那里修建了两千多所房屋。他想带我去几个地方瞧瞧那些漂亮的住宅，这其中包括一个位于老矿区的城镇草谷（Grass Valley）、他小时候曾与马车夫一起玩耍的赫希曼金矿（Hirschman's Diggins）以及他七十年前出生的地方内华达城。鲍勃·莫里斯驾车载着我们。途中，弗兰克滔滔不绝地跟我讲述他怎样在十三岁时到俄勒冈工作，然后又在十七岁时到内华达的金矿干活儿。后来他来到迪恩建筑公司（Dean & Dean）为一位了不起的工匠查尔斯·迪恩工作，并努力学习，将自己训练成一名建筑师，为人们修建房屋。他过去曾同时修建十到十五所房屋。在到内华达城看过若干漂亮迷人的新英格兰风格小房子后，我为它们的独树一帜感到惊奇，想知道它们是如何在这样一个偏远城市修建起来的、为什么旧金山的新英格兰式房屋这么少——而大多数淘金者都是从东部来的。弗兰克解释说，在“淘金热”时代，其实很少有人在旧金山长期停留，而等到他们赚到钱，这里廉价的劳动力和温和的气候就鼓励他们从新英格兰运来材料，按照他们所了解的老家的风格修建房屋。旧金山寒冷的天气对他们大多数人来说都不太适合。此外，旧金山陡峭的山坡和狭窄的地块也不允许他们修建大型房屋。“从建筑学的角度讲，”弗兰克继续说道，“旧金山从未因漂亮的房屋而闻名。但它一直是个研究建筑方式的迷人城市。”一有机会，他就喜欢在这座城市游荡。在 19 世纪 50 年代，所有维多利亚风格的住宅——主要位于诺布山上——都是由一些大富之家修建的，他们有的是钱，却不知道该怎样修建房屋，于是这些住宅全都具有严格的英国风格，因为这就是当时流行的格调。接着，在 1906 年的大火和地震后，这里又修建起地中海式样的住宅和庭院住所。后来“拼图时代”（jigsaw era）到了，这里不再有大富之家，而是出现很多中上层阶级，他们有钱按照自己喜欢的方式修建房屋了。这开启了一个新的发展阶段，从此以后便丰富了旧金山的建筑活动。渐渐地，加州所特有的加利福尼亚风格得以产生，很多受日本风格影响的房屋将这种技术上的简化形式与装饰结合起来。劳动力、建材的改变、交通和电力的作用全都促成了建筑风格的变化。流畅的线条、匀称的比例、和谐的配色、光线和空气全都成为建筑设计所考虑的因素。在旧金山，优美风景的窗户设计比大多数地方都更受重视。“修建一所房屋，”弗兰克笑容可掬地说，“是生活中最伟大的冒险之一。我不会忘记自己修建的任何一所房屋。”

我尽管没有学过建筑学，但对弗兰克讲到的所有旧金山房屋都感兴趣。在我看来，它们包含的建筑风格多得令人眼花缭乱：摩尔式、西班牙式、英式、意式、法式城堡、罗马式、穆斯林式、日式、超现代式和仿中国式。或许再没有其他世界大都市聚集了如此多风格各异的房屋。位于哥伦布大道与太平洋大道之间的哨兵大楼（Sentinel Building）如今被称为“哥伦布塔”，它作为一个过去时代的象征而鹤立鸡群。它还会继续耸立多久？在我看来，空间是旧金山最主要的建筑问题，修建数百栋相似住所的现代建筑方式正在这座大城市四处蔓延。不过，我经常在非常小的地块上发现一些独具创意的房屋，局促地位于一些山坡的犄角里。有好多次，当我搭乘小汽车旅行时，我们似乎来到了路的尽头，不过拐过一道弯，却不期然地来到一个温暖舒适的小地方，就像隐修院一样。有一次，我们驱车进入路边一个车库，里面的一扇门打开了，女主人迎了出来，邀请我们随她走下台阶。在第一层的底部，我们拐了个弯，又跟着走下几步台阶，然后进入起居室，它其实位于车库下面很远的地方。在这座山丘的下面部分能够看到更美的风景，于是起居室便被修建在了下面，而汽车却不得不停在上面！我觉得旧金山的邮差应该比其他城市的工资更高，因为他们送信时需要如此高超的技巧。所有旧金山的房屋似乎都无意识地模仿了中国梯田的布局——在那些山坡上，每一寸土地都种着庄稼。我意识到旧金山的建筑师跟中国那些不浪费一寸土地的农夫拥有类似的看法，不禁哑然失笑。

哥伦布塔

自然，修建在山坡上的房屋拥有视野开阔的巨大优势。在我进入一所旧金山住宅后，男女主人都要向我展示一样最重要的东西，那就是窗外的美丽风景。大多数依山而建的房屋都会构成巨型楼梯般的布局，仿佛是为巨人格列佛在小人国旧金山拾级而上准备的。到了圣诞节，忙碌的圣诞老人在这里肯定能够更轻松地完成自己的任务，因为

圣诞老人送礼物

他可以从俄罗斯山顶上的第一座房子开始往烟囱里丢礼物，然后逐级而下，同时将礼物丢进各家各户的烟囱里！

有这么多山丘保护这座城市，让它避免受到从太平洋刮来的大风破坏，实乃一大幸事。依照我的判断，寒冷的雾气似乎停驻在旧金山要塞公园（Presidio）和双子峰周围。在市场街上有更充足的阳光，我听说，从传教士街（Mission Street）外通往海湾的一带全年都更暖和，甚至夏季也是如此。不过，除了双子峰，这里并没有乡下那样的山丘，因为所有小山都从上到下布满道路与建筑。或许我最好把旧金山的道路描述成“陆地大浪”，堪与外海的大浪相比。坐在朋友的小汽车里，我总感觉如同置身于一艘小船上，在海上的浪涛中上下颠簸，直到汽车碰到红灯，被迫停下。

从远处看，双子峰颇有欺骗性。从地理学上说，它们是周围一带的最高点，视野开阔。但我们能从上面看到四周的一切吗？根据我的经验，那是看不到的。在我于1953年2月抵达旧金山的第一天，鲍勃和塞尔玛·莫里斯就驱车带着陈石湘和我到那里鸟瞰旧金山。浓浓的海雾盘绕下方，我们只能看到部分城市。当我请求下车看看时，我必须顶着风奋力推开车门。石湘陪着我登上其中一座山峰，而鲍勃和塞尔玛则留在车上。刚设法在山尖上站稳脚跟一小会儿，我们俩就被大风刮得踉踉跄跄。肯定也有能够在上面站立的日子，不过没有一个朋友鼓励我那么做。

双子峰是一座大山仅存的山顶。为了在山的四周修建螺旋形的公路，在阶地上修建房屋，整座山都被有计划地从山脚往上切掉了。除了一大块辟为市政公园的开放空间，山顶上并没有多少有趣的景致，不过朋友们带我去山上的时候，那里几乎没人。我记得自己曾在爱尔兰的都柏林外攀登豪斯山（Hill of Howth），被风吹得痛痛快快，并且在我的书《都柏林画记》里记录了那次愉快的旅行。光秃秃的豪斯山是一个高高的半岛状山丘，从陆地直接伸入爱尔兰海，无遮无挡地迎接着所有海风的吹袭。都柏林有一句俗谚："如果得了感冒，那就到豪斯山去吹吹风。"我认为，即使没得感冒，没有动机，我也愿意回到那里去。风——除非是破坏性的龙卷风——令人振奋。它带给人欢笑，不仅仅是因为它用无形的手指戏谑地掀起你的衣服。有时我渴望到双子峰上吹吹风。有一天，我和鲁道夫·谢弗（Rudolph Schaeffer）待在他位于玛丽坡萨街（Mariposa Street）顶端那块岩石上的设计学校里，猛然发现窗外的双子峰无影无踪了——它们已经被大雾遮蔽。早餐后，我问鲁道夫能否开车带我到山顶上去，但他犹豫不决，因为他知道在那上面什么都看不到。后来，他还是以惯常的友好方式答应了我的要求，驱车上山。到达上面的双子峰大道时，鲁道夫把车开得很慢，几乎是挨着一堵矮墙一步一挪，每次都只能看见墙的一小部分。尽管我们的车身差不多紧贴着它，围墙却显得非常遥远，因为大量的微粒聚集起来，如同帷幕，让它粗犷的线条变得柔和，在它和我们之间创造出距离感。围墙之外，我一无所见。浓浓的白雾盘踞在整座山上，从山顶到山脚，将双峰包裹起来，然后蔓延到我们所在的位置，又继续向下蔓延到海湾幽深的海水上，铺天盖地，无边无际。我们的汽车似乎飘浮在大地上方的空中。四周再没有别的车辆，因为其他车主都没有我这样疯狂的朋友。鲁道夫坐在驾驶座上，双目透过眼镜的黑边，小心翼翼地注视着前方，一声不吭，似乎很享受这种平静。偶尔，我们会相视而笑，耳际只有“嗒嗒”的引擎声。有时，铺天盖地的大雾后面会传来一声几乎听不到的微微叹息。只有在那气息迎面吹来，喷到侧面的车窗上时，我才能够察觉到。那是在我们周围吹袭的山风或海风。侧面的车窗不时发出急促的咔嗒声，下方远处，一只孤零零的海鸥发出不知所措的微弱叫声，迟疑不定地穿过湿漉漉的空气，传入我的耳朵。它是否在提醒我们有它与我们做伴？一切都笼罩在荒诞、迷人的神秘气氛之中。

我建议下车待一会儿，鲁道夫欣然应允。外面刮着风，但成团的白色颗粒物并没有飞快地席卷而过或横冲直撞，而是像旋转木马那样彼此推挤。它们似乎一直待在自己的位置上，但又一直在旋转、翻滚、移动。偶尔会有一团雾气略微飘动，露出一簇簇模糊的物体，同时另一团雾气却变得更加浓稠了。接着这一幅幅帷幕又变得波涛汹涌、彼此交织，恢复先前不可渗透的朦胧。这纷乱的雾霾似乎永远不会消散。

在下面的山谷里，当天空中的雾气散尽后，我经常好奇地观察各种奇形怪状的云，它们有时像头熊，有时像狮子，有时甚至像一条中国龙，这是一种史前时代的巨型怪物。最近这些年，我作过远距离的空中旅行，飞机总是高高地飞在云层之上，从上面看，云的形状更有趣、迷人。我还对那次从纽约飞往安提瓜（Antigua）然后继续飞往加勒比海的巴巴多斯（Barbados）的旅行记忆犹新，从飞机上看到有的云就像高耸的城堡，蔚为壮观，跟罗马圣彼得大教堂以及法国和西班牙的所有辉煌城堡都颇为相似；有的看起来很像英国索尔兹伯里大教堂（Salisbury Cathedral）的尖塔；还有一团让人想到伊斯坦布尔的蓝色清真寺（Blue Mosque）；另外一团则像索姆纳特（Somnath）那座著名的印度寺庙；甚至还有几条高高的柱状云，如同纽约的摩天大楼;但在我看来，它们没有一个像京都的神道教寺庙或北京的皇宫。科学家或许会解释说，云往往会向上升高，而非向侧面扩展成片或成层，如同中式或日式建筑卷曲的屋顶。除此之外，我觉得在辞国经年之后自己的观念也有所改变，这反过来也在一定程度上影响了我的眼界。

此刻我实际上身在笼罩双子峰的云团之中，我意识到，虽然从底下和上面看，云都像是壮观、平静的建筑，但那一团团白色的微粒其实在不断运动。移步换景，我对千变万化的大自然迷惑不已。在我对“现实”或“非现实”的个人反应中，“我”或者说“我的眼睛”发挥了关键作用。我能截然地区分“真实”与“虚幻”吗？

事实上，当我在双子峰上被云雾吞没时，有些东西看起来“亦真亦幻”。那一团水蒸气的后面有些光亮，使得蒸汽中的微粒飘飘悠悠，但又更加神秘了。太阳就在后面。渐渐地，部分云雾游移、飘走，留下一个更加明亮的空隙，直到最后只剩下一层稀薄如纱的轻霭。一道巨大的阳光从上面流注下来，照亮一簇白色的房子，仿佛它是某个住房项目的缩微模型，用银子做成，优雅地摆在距联合广场（Union Square）不远的梅西百货大楼（Macy）橱窗里展出。它们看起来如此虚幻，但又是真的！顷刻之间，这些房屋仿佛在空中飘浮起来，而那一团团环绕它们的微粒不断移动，模糊了我的视线。那一簇房屋是飘浮在雾气中吗？那一刻，我站在彼处，望着这不同寻常的风景，恍如梦中，然后我叫鲁道夫下车来。“这里有海市蜃楼！”我说。不过，等他来到我旁边时，那一簇房屋已经看不见了。海市蜃楼仅仅出现了一瞬间，接着我们复又被方才那一团仿佛密不透风的浓雾吞没了。

现在，我们又像以前那样缓缓地驾车前行。当车子穿过这铺天盖地的大雾时，很多白色的微粒从车窗旁流过，轻轻地敲击着玻璃，似乎在安慰我。我以前从未见过海市蜃楼，不过很多中国古书对它都有记载。汉朝（公元前 202 年—公元 220 年）的史书《汉书》声称，某种名叫“蜃”的海蛇呼出的蒸汽会在空中形成亭台楼阁。我在云层之上看到的那些高耸的城堡很可能就是一条古老的中国海蛇所喷出的气息。另一部古书《博物志》说，在春夏之交的山东省滕州府——它濒临中国的东海，三面环水——海面上方有时会出现一座海市，可以看到城墙和一个熙熙攘攘的市场，这就是所谓的“海市蜃楼”。据说，宋朝大诗人苏东坡（1036—1101）曾担任山东省地方官，在离任返回首都时，他为自己在任时未能看到海市蜃楼而深感遗憾。据记载，他随后到龙王庙烧香，终于在第二天早上看到了海市。《牛津英语词典》把“mirage”解释为在特定空气条件下形成的幻影，例如沙漠中的一个湖泊，或者空中的城市、树木。如此说来，海市蜃楼在东西方世界都是存在的，以前在欧洲和美洲也有人见过。它看似“真实”，其实只是幻象。我刚才看到的是海市蜃楼，是不真实的东西，但对我来说它又那么真切。这是多么令人迷惑又神秘莫测啊！

突然，大雾之中出现一个亮点，直直地照射着鲁道夫那一侧的车窗玻璃，以至于他不得不拉下那里的遮光帘。我们立刻看见又一道巨大的光束照亮了一丛显然飘浮于空中的树木。“那是苏特罗森林（Sutro Forest）。”鲁道夫说。须臾之间，另一道光束照亮了更多缩微模型似的房屋，就跟我刚刚看见的那些一样。或许有一道巨大的光束四处移动，向我们接二连三地展示风景如画的海市蜃楼。每一个都是真实的，但却是作为海市蜃楼展现在我眼前。在高高的双子峰上看到旧金山市虚幻如海市蜃楼的真实景象，我感到如痴如醉。

正当我陷入沉思时，我们的汽车再次启动。鲁道夫就像刚才一样小心翼翼，沉默不语。在我脑海中，我一直在为是否接受一项挑战而挣扎——这是我以前从未遭遇的真正挑战。我在考虑怎样用我的毛笔描绘旧金山这种虚幻如海市蜃楼的真实景象。我从口袋里掏出铅笔，在一本小小的便笺簿上画出几个粗略的记号，决定大胆尝试一次。

我们已经在双子峰上待了好一阵子。但在我们掉转车头下山之前，两座山峰都没有露出自己的面孔。鲁道夫想让我看看他来到旧金山的头十二年居住的房子，那是不下二十五年前的事情了。如今这座城市已经发生了很大的变化，但他住过的那所房子仍在那里。下山时，风越刮越猛。那一团团白色颗粒翻滚得愈加狂乱了。接着，我们面前的雾霭逐渐变薄，屋舍、树木以及蜿蜒如响尾蛇般的道路全都露了出来，不过依旧朦朦胧胧，而远处的树木建筑也依旧笼罩在薄纱般的雾气中。这次眼前的一切不再是海市蜃楼，我们已经来到山脚了。

峰回路转，鲁道夫指着山坡上面对苏特罗森林的一座三层住宅，告诉我说，多年前，他称这所房子为“瑞士城堡”，而且他至今仍然这么叫它。我们驱车靠近，细细观看，不过我们不能进去搅扰里面的住户。从外表上，鲁道夫看不出它有任何变化。他告诉我说，在1917年或更早的时候，他曾拥有这座房子。当时据说里面闹鬼，有位女士在尤里卡（Eureka）附近的加州海岸遭遇船难，她的幽灵会来到她住过的这所房子，因此这里多年都无人租住。鲁道夫搬进来时还不知道这件事。虽然一个人住在里面，但他身体强壮，年轻气盛。有天夜里，他在房子里听见一种怪怪的声音，就像有人上下楼时衣服拂过楼梯和墙壁的窸窸窣窣声。尽管他胆子很大，但听到这声音不断传来，他心里还是有点发毛。他醒着躺在床上，不知道该怎么办。过了一会儿，他鼓起勇气，从床上爬起来，出去查看一番。夜深人静，附近几乎没有其他房屋，也看不到任何灯光。屋外大雨滂沱，风刮过一扇破损的窗户，不时“咔嗒”作响。房子周围，雨水不断从桉树上滴落。那窸窸窣窣的声音肯定是风雨拍打树叶造成的——听起来虽然神秘，却又那么真实。他重新回到床上，但依然无法入睡。他也说不清为什么。第二天早上，他找到一个装满照片的箱子，属于以前的房主，她是一个经营婚介所的女士。其中一张照片拍的是某位“苏西”，据说可能就是那个在海里淹死的可怜女人，于是他把她称为“瑞士的苏西”，也把这所房子称为“瑞士城堡”。除此之外他对她以及导致她死亡的船难就一无所知了。但房子周围那些长长的桉树枝夜晚一直发出“嘶嘶”的声音，雨从桉树叶间滴落时发出令人不安的“沙沙”声也并不罕见。时至今日，鲁道夫仍然拿不准“瑞士的苏西”是否真的存在、她的幽灵是否在夜里来到这所房子。这仍然是一个未解之谜。

“你肯定是第一个住在旧金山第一所鬼屋的人。”我开玩笑说。我不时地听说鲁道夫已经积累了好多个“第一”。他被视为那场大火后来到这座城市的第一批先驱之一。他是这里第一个开办设计学校的人，是第一个通过逐步建立起一家东西方美术馆（East-West Art Gallery）而激发大众对东方艺术产生兴趣的人，是第一个在美国学校里创设色彩课的人，是多年来第一个将桌布和大门染和刷上鲜艳色彩的人。他也是第一个——在 1930 年前后——教授插花课程的人。如今所有这一切都已变得稀松平常。把我送到我住的地方后，他面带微笑，与我挥手道别。

在那天上午到双子峰顶上痛痛快快吹过那场神秘的风接着又造访“瑞士城堡”之后，“真实”与“虚幻”一直萦绕在我脑际，挥之不去。我们都知道鬼魂和海市蜃楼是虚幻的东西，但谈论起来又仿佛它们都是真实的。我现在已经可以说真真切切地遇到过它们，但我觉得它们都很虚幻。生活需要这两个因素彼此交织混合：纯粹真实的生活会时不时地带来恼怒。感到恼怒时，我希望自己能够登上双子峰吹吹风。

想到旧金山早年的鬼故事，我回忆起自己曾发现波士顿早年的幽灵与巫师都不是印第安原住民，而是随着清教徒远渡大西洋而来的——这在我的《波士顿画记》中已有描述。如今，我又颇有兴味地发现早年在旧金山兴风作浪的鬼魂或幽灵同样并非加利福尼亚本地的印第安人。有趣的是，其中一个鬼魂还是夏威夷人。从没有人质疑他是如何在这里出现的。他在一所房子里现身，更确切地说，那是一座拥有多面山形墙的瑞士别墅，位于俄罗斯山的西侧，如今已不复存在。那时，住在别墅里的是一位 J. P. 曼罗（J. P. Manrow）上校，他是个英国人，1856 年曾为旧金山保安委员会服务。其间有一个叫詹姆斯 · 金 · 威廉（James King of William）的人在城里被杀。几个月后，曼罗上校报告说他的房子里开始出现一些奇怪的事情。桌子会无缘无故地翻掉，有时会听到不知从何处传来怪怪的声音。他的两个朋友——科幻小说作家威廉 · H. 罗德斯（William H. Rhodes）和采矿工程师阿尔马林 · B. 保罗（Almarin B. Paul）——不信邪，于 1856 年 9 月 19 日受邀到他的房子去亲眼见证这种怪事。他们一共六个人——罗德斯、保罗、上校夫妇以及上校夫人的姐姐和外甥女——手拉手围坐在一起。突然之间，四周传来敲门声，门铃疯狂地响个不停。一张桌子倾斜过来，在半空中旋转，一本本书从书架上跳下来，沙发垫四处乱飘。他们六个人差不多同时被一个看不见的东西敲了一下脑

都勒教会（Mission Dolores）墓地，杀害詹姆斯·金·威廉的詹姆斯·P. 凯西便埋葬于此

袋，又被踢了一脚。然后一本书跳着越过房间，击中三位女士中的一位。保罗捡起书来，把它放到桌上。书自动翻开了，在被合上之后又再度翻开。后来，上校设法与那个鬼魂说了几句话，后者坚称自己是詹姆斯·金·威廉的鬼魂。经过反复盘问，它后来承认自己是夏威夷土著巫婆卡皮塔娜（Capitana）的幽灵。接着他们要求它以更容易辨别的方式显灵。窗外的一丛灌木立刻剧烈地摇摆起来，一个身影瞬间出现，又很快消失。须臾之后，另一个满脸凶相、态度可憎的身影几乎把他们全都吓死，只有保罗除外，他看见它进入房子，在墙壁上消失了。他们要求鬼魂更友好一些，然后每个人都感觉一双温柔的手拍拍自己的面颊，安抚自己。这样的情形接连出现了三个晚上，罗德斯和保罗全都在场，他们发誓说这一切都是真的，绝无造假。曼罗一家被这个卡皮塔娜继续纠缠了好几个月；有时它会乱扔东西，有时又会

开心地游戏。它从未对房子里的任何人造成身体上的伤害。多年过去了，根据那位科幻小说作家和采矿工程师的证词，卡皮塔娜的存在变得真实可信。在那座瑞士别墅消失后，卡皮塔娜回到夏威夷去了吗？如若不然，它现在身在何处？

显然鬼魂四处旅行时无须付钱，不管是迢迢远途还是高山大海都不会对它们构成阻碍。例如，据传说，1899 年的 1 月，出生于旧金山的演员兼制作人戴维 · 贝拉斯科（David Belasco）在纽约的加里克剧院（Garrick Theater）推出《扎拉》（*Zara*），经过两个晚上令人精疲力竭的演出后，他躺在床上，看见自己的母亲来到床边，用家人熟悉的爱称叫他，告诉他不要悲伤，因为她很幸福。第二天早上，他接到一封电报，得知他的母亲在他们位于旧金山路界（Slot）南边（其实是在市场街的南边）的老屋去世，恰好就在头天晚上她在他床前出现那一刻。显然，他的母亲作为鬼魂可快速旅行，甚至远比一架喷气式飞机快得多。贝拉斯科说，年轻时，他造访过自己听说的所有谋杀现场——这种地方很多……他还知道 19 世纪 80 年代旧金山所有臭名昭著的地方和危险的地方。只有他的母亲理解他，因为她尽管为他担忧，却知道他对生命充满好奇，想目睹一切。他在职业上的成功或许就归功于此。但若是没有那个善解人意的母亲，他或许会在自己年轻时的冒险与漫游中遭遇一些困难。母亲对孩子的关心是人性本善最真诚的表现之一。贝拉斯科夫人甚至在升入天堂之前，也必须给儿子带去爱的遗言。

与鬼魂交谈和鬼屋似乎主要发生在旧大陆，就美国而言，至少也是属于新英格兰地区。没有人想到这种事会发生在这座黄金之城，至少我在首次造访旧金山之前是这么认为的，不过现在我了解得更多了。就在最近，当我到伯克利的一位朋友家赴宴时，加州大学的经济学教授李卓敏（C. M. Li）博士坚持要跟我们讲述一件发生在他朋友宅子里的事情。那所宅子位于弗吉尼亚大道（Virginia Avenue），他的朋友搬进去后过了一段时间才发现里面闹鬼。房主夫妇都是科学家，他们对这种谣言不以为然，但他们也承认时不时地会在深更半夜听到奇怪的声音。不仅如此，女主人还偶然注意到，当自己三个女儿中最小的一个在花园里的一棵树下开心地玩耍时，她一边笑着一边说话。一开始她没太在意，因为她觉得女儿独自玩得这么开心是好事。渐渐地，她的想法开始改变，因为她觉得女儿是在与别的什么人一起玩。这种情况反复发生，他们开始询问小女儿。有时小女孩会给出明确的答案，有时又含糊其词，不过他们确信她是在跟一个他们看不见的人玩耍。最终他们决定搬家。

我经常思索幽灵鬼怪与海市蜃楼的虚幻性，以及“造化”世界与来世的神秘现象，但那天在双子峰上的经历却对我产生了前所未有的影响。我在那两座山丘之上体验到的神秘之风让我写下这样的诗句：

自幼即闻海上市，欲观海市总无从。
而今来到双峰顶，顿觉天都路可通。
车声证未离人境，浓雾追随如御风。
时暗时明多戏谑，亦升亦降任西东。
忽尔阳光争我视，刚柔互让开鸿蒙。
显出层楼银样色，似闻市集闹哄哄。
岂是仙与人无别，何来尘世落上空。
漫说俗传蜃吐气，且乐此时造化工。
奇哉竟偿半生愿，真幻幻真寰宁同。

自幼即聞海上市 欲觀海市總無從
而今來到雙峰頂 頓覺天都路可通
車聲証未離人境 濃霧追隨如御風
時暗時明多戲謔 亦昇亦降任西東
忽爾陽光爭我視 剛柔互讓開鴻蒙
顯出層樓銀樣色 似聞市集鬧哄哄
豈是仙與人無別 何來塵世落上空
漫說俗傳蜃吐氣 且樂此時造化工
奇哉竟償半生願 真幻幻真寰宇同

第八章 啧啧称奇

《聊斋志异》是蒲松龄著于17世纪的一本鬼怪故事集，唐梦赉在为该书所写的序言中说：

> 夫人以目所见者为有，所不见者为无。曰，此其常也，倏有而倏无则怪之。至于草木之荣落，昆虫之变化，倏有倏无，又不之怪，而独于神龙则怪之。彼万窍之刁刁，百川之活活，无所持之而动，无所激之而鸣，岂非怪乎？又习而安焉。独至于鬼狐则怪之，至于人则又不怪。

但我却以人——旧金山人，尤其是早期的旧金山人——为奇怪。我从未特别考虑或惊讶于那些将北京、雅典、罗马、巴黎、伦敦甚或华盛顿造就成首都的人，我认为这些都是理所当然的：在它们成为首都或重要城市之前，已经有人在那里居住了很久；它们是历经成百上千年逐步发展起来的。

而旧金山的形成却是最近的事情，我仍然能够看到和遇到那些参与建城的人。但在这座现代都市兴起之前居住于此的人却没有留下任何蛛丝马迹供我研究。就算他们曾经留下某些痕迹，也已经被旧金山人——旧金山的奠基者——彻底抹掉。他们下定决心修建新城市，于此彻底铲除了所有印第安遗迹。我为此而对旧金山人感到惊异。那些精通历史学、地理学和现代科学的人对海湾大桥和金门大桥的修建掀起一波接一波的反对之声，但旧金山人还是把它们修建起来。他们推平山丘，他们建起电缆车，将人们送上他们不想推平的山丘，如今他们又说服人们无所畏惧地将自己的小汽车开上坡来，安全地泊在陡峭的小山山腰上。这是我对早期旧金山人感到惊讶的第二个方面。

还有第三个方面让我对他们感到惊讶。那就是他们知其不可而为之，并让我们忘记那些不可为之处，而把结果当作顺理成章的事情。换言之，他们创造了大自然。他们在旧金山创造了什么样的大自然呢？那就是金门公园！其中最让我感到惊异的人是来自苏格兰的约翰·麦克拉伦（John McLaren）！

我必须承认，第一次不期然地来到里面漫步时，我对金门公园的面积和历史一无所知。当时我住在朋友劳森夫妇家，就在要塞公园上面的湖滨街。我喜欢步行探索所有地方，既不带地图，也不带指南，如此我就会一直留意于自己遇到的一切，并且时时处于惊喜状态中。住在旧金山的第三个早晨，我从湖滨街向西逛去，然后像头天那样从海蚀崖（Seacliff）沿着海岸走向悬崖小屋。我偶然踏进一道大门，顺着一条浓荫匝地的美丽小径走去，我原以为它通往某座雅致的庄园或城堡，就像我过去在英国和法国旅行时发现的那样。当然，就像我在那两个国家经历的那样，我也随时准备在遭遇一个不太友好的看门人或狂吠的烈犬后原路返回。令人吃惊的是，我的这两个预期都落空了。小径通往一大片开放的空间，那里有精心修剪的牧场和草坪，上面有几个喷水器正忙着让草儿保持新鲜，看起来特别青翠。我还惊讶地看到那么多优雅健康、粗壮高大的松树，以及其他高大的乔木，它们按照自然的方式聚木成林。我想自己从未在欧洲见过如此精心设计、悉心保养的大型地产。不错，凡尔赛宫也有很大的室外空间，但那些花园是按照呆板的对称布局设计的。当我随意地款款漫步时，我不禁怀疑自己是否无意中逛出城去了。在我造访过的欧洲城市中，没有一座拥有这么大的市内开放空间。后来我看到一些形状有趣的树——不是很高，很多树枝都被扭成优雅的姿态，大致按照一些古老的图案编织起来。一些年幼的孩子坐在上面，在弯弯扭扭的树枝间钻来钻去。在这些奇形怪状的树木旁边是一个面积广阔的湖，更多的小孩子在上面划小船，玩得不亦乐乎。接着我环绕湖岸，来到一座希腊式大理石拱门前，它叫作“往昔之门”（Portal of the Past），是从在 1906 年大火中被焚毁的一处著名宅邸搬来的。

这时，我发现自己置身于一片有数千株杜鹃花的花丛里，很多都盛开着硕大的白色、粉色和紫色花朵。接下来我走到一座巨大的围栏旁，里面养着很多动物，如鹿、山羊和美洲野牛，它们都在悠闲地吃草。这个围场如此广阔，所有在里面放牧的动物看起来都像人造的花园装饰一样小。其中三头鹿是白色的，一头牡鹿躺在绿油油的草地上，远远望去，不过是一个牡鹿形状的小白点。甚至那十来头身形庞大的野牛也会被误当作比较大的中国土狗。野牛的眼睛很小，就算是距离我不算远的野牛，我也看不到它们的眼睛。我首次见到野牛是在纽约的布朗克斯动物园，它待在自己狭窄的围栏里，显得有些局促，很不快乐。如今在旧金山，我却看到十头野牛一起待在一个愉快得多的环境中。或许它们没有意识到自己身在围栏里，要么就是对是否身在围栏毫不在乎。在那么粗犷、扁平的脸上，镶嵌着那么小的一双眼睛，脸的边缘又长着那么稠密的一大丛从未梳理的须毛，它们看起来如此精于世故，阅历丰富，就算是天翻地覆它们似乎也不以为意。最近，我曾读到有人把“垮掉的一代”最典型的面孔比作野牛的脸！我

金门公园里的野牛

想这个描述对旧金山是多么恰当，因为它早就宣布首个“垮掉的一代”就出现在这里的太平洋大道和哥伦布大道一带。

不过，对于把“垮掉的一代”当作旧金山的产物，我不知道是否应该赞成。“二战”结束后，我曾经在巴黎圣日耳曼德佩（Saint Germain des Prés）的双叟咖啡馆（Café des deux Magots）坐了几小时，为的是看看这里的存在主义者。我记得在那里看到的人跟我在哥伦布大道遇到的并无多大差别，只不过前者说法语，而后者说英式英语或者美式英语。这让我想起公元1世纪或2世纪的一些中国人，他们组成一个教派，信仰那些让人健康长寿的神灵。这个教派的信徒会在特定的时间举行一种被称为“涂炭斋”（The Fast of Mud and Soot）

的仪式。我曾读到对其中一场仪式的描述，三十八名男女信徒排成一行，手拉手走到一个露天祭坛旁。他们披头散发，脸上抹着锅灰和油污，手上握着一把泥巴。然后领头的便示意他们开始随着音乐蹦蹦跳跳（并非真正的跳舞），就这样一连大叫或恸哭几小时。这个过程在一天中要重复好几遍，等到斋戒结束时，他们全都会“身心舒畅”。我想此后他们全都应该享受到健康与长寿了。我试着想象这些人在斋戒期间的模样，脑海中浮现出的模样跟那些活像野牛的“垮掉的一代”没有多大分别，或许比后者更像野牛，因为中国人的眼睛通常都很小。我不知道在古希腊是否也有这种如“垮掉的一代”般酷肖野牛的人。我想古代印度的圣人很可能也是这般样貌——如果把他们的外表和衣着方式也考虑在内的话。怪异的是，我最近在英国参加了一场“垮掉的一代”的聚会。我的英国好友A. E. 阿尔奈特上校（Major A. E. Allnatt）在埃塞克斯郡（Essex）布莱克河（Black River）河口拥有一座岛，叫作欧希岛（Island of Osea），他邀请我到此参加他特意组织的“垮掉的一代”聚会，时间长达四天。我在乘坐游船环绕若干希腊岛屿游玩后就直接来到那里。参加者共有十四人，男女都有。我们享受了大量美食、各种游戏以及英格兰南部的温暖空气。聚会日程向所有人公布，我们每个人都很开心，没有一分钟闲着。我们的朋友领头参与了所有的游戏。最后也是最重要的时刻到来了，每个人都必须以自己的方式打扮成“垮掉的一代”。遗憾的是，我没带任何可以装扮自己的衣物，也不会跳舞。不过我着手给其他人画起了素描。“垮掉的一代”化装舞会的获胜者是波利和唐纳德·霍尔（Polly and Donald Hall），后者是一位英国作家兼诗人。他们俩看起来就像我在马赛海滨一家咖啡馆里见到的很多跳舞的男男女女。事后，我问唐纳德为何戴着法式贝雷帽，穿着横纹T恤，把自己打扮得像个马赛的码头搬运工，而我听说“垮掉的一代”是旧金山的产物。得知我的想法，唐纳德只是哈哈大笑。不过旧金山确实创造出了“披头禅”（Beat Zen）。我不关心它是否传遍全美国。让我感兴趣的是我能够将“垮掉的一代”的面孔与旧金山那些美洲野牛的面孔做个比较。

后来我再次来到金门公园。我找不到那个美洲野牛牧场了，却找到一个租船的地方。我喜欢划船，在牛津，泰晤士河有条叫伊希斯（Isis）的支流，我曾在那里独自划船，不过这里的船看起来更小。我继续闲逛，望着两个小男孩在水上用短桨而非长桨划着小船，因为这条河更加狭窄。小河一侧的河岸上耸立着一座相当高的山丘，另一侧河岸上则排列着郁郁葱葱的乔木和灌木。所有的植被似乎都已在此生长了数百年，只有水边和小径边上的经过修剪。此刻，两个小男孩进入一条非常狭窄的水道，我想如果对面划来另一条船就麻烦了。他们设法挤进一座小小的石桥下面，钻出来后便进入一大片开阔的水面——那是一个湖。我很快意识到它的水不够深，无法容纳牛津式的长桨小艇，而一种略呈方形的短桨小船却很适合这里。已经有三条色彩鲜艳的小船在湖上随波荡漾，一条是鲜红色的，另外两条是绿色的。它们在水上并不太显眼，因为整个湖上几乎挤满了水鸟——各种各样的水鸟，有野鸭、天鹅、海鸥，而数量最多的是白骨顶。在有限的水面上聚集了这么大一群鸟儿，这对我来说还是新奇的景象，我也从未见过这么多白骨顶作为一个快乐的群体而生活在一起。我知道白骨顶在不列颠群岛是一种非常吵闹的水鸟，但它们在这里似乎并不吵闹。每一只白骨顶额头上都有一块白色的角状骨板，由于脚趾边上有一层宽阔的蹼，因此它们走路的姿势相当怪异。它们让我联想起一群黑人听差或信差，头上戴着一顶浅色帽子，从诺布山的一座大型酒店里蜂拥而出。

很多小孩子跟大人一起坐小汽车来喂这些鸟。在海鸥的短促尖叫声、野鸭的“嘎嘎”声和小孩子叽叽喳喳的说话声之外，我听到瀑布飞溅的咆哮声从一些高大的松树和棕榈树的方向传来。我沿着水边绕行到瀑布对面，在一张长椅上坐下。它飞流直下，如同一块雪白的丝绸，照不到太阳。这个湖不算大，但远处树丛中那道瀑布的景色把它衬托得颇为壮观。我在不同的地方见过很多瀑布，而旁边矗立着少数棕榈树与高大松树的背景却让我感到新奇。我开始勾勒整个这幕景色的草图，但发现瀑布的形状很难把握。和我坐在同一张长椅上的一个人告诉我，瀑布前面有一条小径，我可以走到近旁细细观看。我从他那里得知，这个湖名叫史托湖（Stow Lake），小山叫草莓山（Strawberry Hill）。整座山四面环水，但每一面都建有一座小桥，好让游人围绕它漫步。他告诉我他来自丹麦，在市区工作，但住在公园附近。每当不用上班的时候，他都会来这里坐下来看史托湖上的水鸟。我环绕小山转了一圈，决定第二天早上来画几幅更好的写生。

让我惊讶的是，接着，我走到了一座原汁原味的日本寺庙大门前，大门是用木头雕刻而成的。我看到大门里种着很多日本矮乔木，还有一座惹人注目的四分之三圆弧状的拱桥，两个小男孩在桥的一侧往上爬，看起来仿佛随时会向后摔倒。最后，我喝了杯绿茶提神，端茶的是一名穿着和服的年轻日本女士。这里的整体布置都透出几分异国情调，十分引人注目。但我感觉树木和其他植物的蓬勃生长已经打破了原来迷你日式花园的计划。树叶密密麻麻，层层叠叠，似乎就要将路人推到下面狭窄的溪流或小湖里去。如果将树叶修剪得稀疏一些，还能露出更多别的日式建筑。我想知道，日本的公园里是否也有类似的迷你西式花园，是否也有穿着殖民时代服装的姑娘为顾客端来葡萄酒。

我离笛洋美术馆（de Young Memorial Museum）非常近，自然会进去参观一番。我乐于欣赏众多玛雅、印加、阿兹特克和前哥伦布时

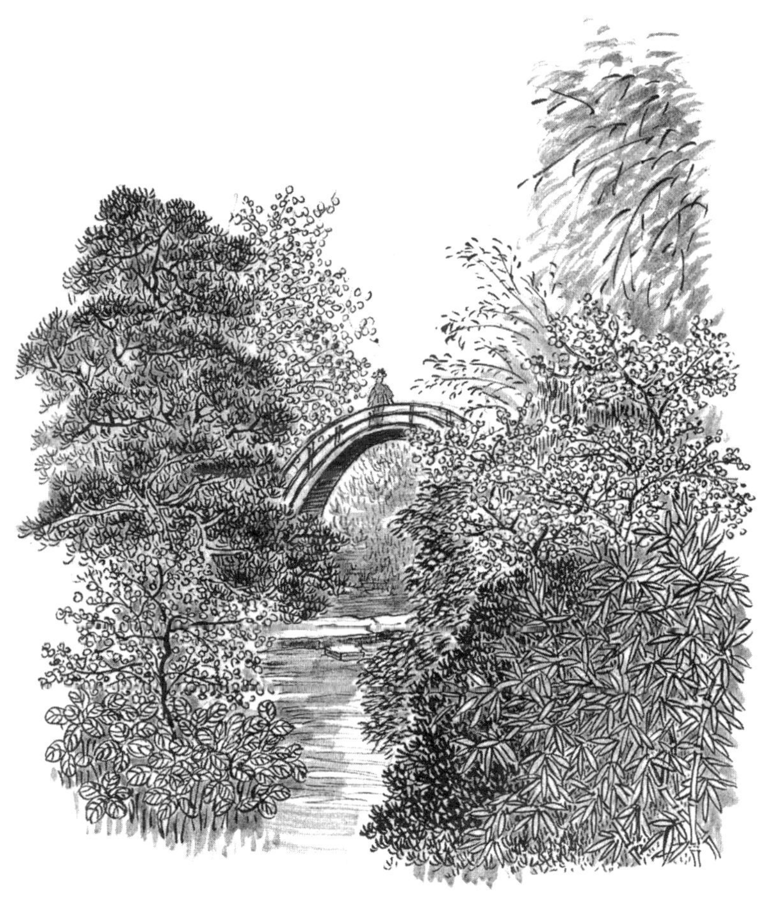

金门公园的日式花园

代美洲印第安人的艺术品，这些东西在欧洲的任何大型博物馆都很罕见。尽管如此，我仍然略感失望，无法理解为何旧金山的艺术鉴赏家或收藏家没有兴趣为这家博物馆组织一次有价值的东方艺术展。此前也有很多人对此不解，因为旧金山如此靠近东方，它跟中国和日本建立联系的时间比美国其他很多城市都更早——仅有的例外或许是马萨诸塞州的塞勒姆和波士顿，那里的新英格兰船长们和中国的贸易兴旺发达。但西雅图美术馆却收藏了不少精致的中国和日本艺术品，托莱多（Toledo）、克利夫兰（Cleveland）、底特律、堪萨斯城、波士顿等城市也同样如此。当然，不管哪个城市都不可能面面俱到。对艺术的兴趣是个人品位问题。早期的旧金山人很可能过度忙于实际事务，而这里的人口来自世界各地，必定在艺术上各有所好。不过我听说有些来自布伦戴奇典藏的上乘作品很快将被送到笛洋美术馆借展，其中包括最精美的中国艺术品之一——一件商代的青铜犀牛尊。我对它特别感兴趣。单是为它，我就会尽量频繁地造访金门公园。我不得不说，笛洋美术馆在一个如此庞大、精心布局的公园里拥有如此优美的自然环境，实在是比其他博物馆幸运多了。游客在博物馆内完成了一次愉快的游览后，步出门外，呼吸新鲜空气，对着众多各不相同的热带植物，游目骋怀，一定会和我一样感到舒畅。

第二天早上，我按照计划带上画具，到史托湖上画更多更好的素描。我轻轻松松地就找到了这个地点和那张长椅，但让我大吃一惊的是，那道气势恢宏的巨大瀑布竟然无影无踪了。我无法相信自己的眼睛，围着草莓山转了一圈，没有一滴水从那条嶙

商代青铜器

峋的深峡滴落，在从前那道瀑布的河床上，只矗立着若干巨岩。这让我迷惑不解，我似乎失去了现实感。我放弃写生，继续慢慢散步。恰好远处出现一个身着制服的公园管理员，我尽可能加快步伐，特意走到他跟前。湖里的水位跟昨天一样高，瀑布怎么会如此突然地干涸？“它是为一次特殊活动打开的。”管理员回答道。这让我更加困惑了。管理员走开，继续他的巡逻，我只好回到斯托湖沉思默想。后来我跨过那座小石桥，遇到三个十几岁的少年攀登草莓山，竞相追逐。最终他们爬到山顶消失了。我对他们的行为感到好奇，跟着他们爬上山去。途中我看到两个巨大的水箱，一半埋在泥土里。一个小男孩大声说，那些水箱是为瀑布装水的，只有管理员有钥匙打开。这时我才终于明白过来！我在《都柏林画记》中记录了伟大的爱尔兰艺术家约翰·B. 叶芝——他是诗人叶芝的兄弟——对我讲述的故事。据说，当英王乔治四世造访爱尔兰的鲍尔斯考特瀑布（Powerscourt Fall）时，那片地产的所有者为接待这位皇家访客专门修建了一个巨型大厅，长180英尺（154.864米），宽40英尺（12.192米）；为了确保有充足的水流，他又在山顶上挖了个水库。不幸的是，国王在用过晚餐后失去兴致，根本不想去看瀑布了。昨天草莓山上的瀑布是否专门为我打开的呢？能够看到它气势磅礴的样子，我感到非常幸运，但现在我很悲伤，因为我想再看到它，而它却没有打开，这说明我毕竟不是国王！

我仍在回想它的壮美，决心以后再来看它，于是继续漫无目标地散步。让我惊讶的是，我遇到一个接一个的湖泊：格伦湖（Glen Lake）、野鸭湖（Mallard Lake）、美森湖（Matson Lake），然后是链湖（Chain of Lakes）。作为一个人口不断增加的大都市，旧金山居然舍得为一个容纳了山丘、树林和如此多湖泊的巨大公园留出这么大的空间，这让我啧啧称奇。在所有的湖泊里，白骨顶依然是众多鸟类中

瀑布和史托湖

惹人注目的一种。

在离开公园前往大洋海滩之前，我看见数千株矮树——很像拥有强健树干的柏树和杉树——密密麻麻地生长在一起，就连瘦子也无法从它们的树干中间挤过去。它们的树枝在上方紧紧交织在一起，如同一块厚厚的毯子，铺在无数深深扎进土里的小杆子上。由于它们如此稠密地挤在一起，因此无法长得太粗或太高。而且这些矮矮的树干全都朝着公园倾斜。它们有柏树那样的树叶，不是深青色，而是黑色，被泥土和沙子弄得脏兮兮的，与公园里随处可见的优雅乔木和美丽绿茵形成鲜明的对比。显然，是海风给这些发育受阻的树木造成了所有那些痛苦；另一方面，在抵抗所谓的“太平洋”的暴风雨和愤怒时，它们的痛苦和不屈不挠的精神又在过去的几日让我玩味不已。就像面对历尽沧桑的人那样，我对这数千株矮树悲哀而不幸的外表不忍直视。不过，意识到它们为避免海风肆虐公园作出了多大的贡献时，我又对它们充满敬佩，并以此安慰自己的良心。

很多小汽车穿过靠海的大门驶入公园，但没有人停下来看一眼大门两侧的巨大风车。这两架大风车分别叫“荷兰”与“墨菲”，它们的状态可不太好，实际上已经朽坏，很快就会从这里消失了。其中一架的扇翼已经破了，而且两架都已经很久没有使用了。它们是早年为

从大洋滩（Ocean Beach）通往金门公园的大门

汲水灌溉公园里的花草树木而修建的，曾经出力浇灌园内的所有生命成长。来自太平洋的风——不管是狂风还是暴风雨——虽然曾经严重地摧残、摇撼了风车周围的矮树，却自有其好的一面。万物皆有两面性。想到这儿，我不由得暗自笑了。拜现代科学所赐，如今旧金山全城都有了更高效的供水系统，这两架风车失去用武之地，被废弃了。创造来自需求，而早期的创造又会不断改进：这是自然的演变规律。从外表看，人从古至今并没有多大变化，但从内心看，现代人的头脑远比其祖先复杂得多。我曾经目睹很多人驾车飞快地穿过金门公园，他们来这里不过是为了避开外面拥堵的车流。

尽管从未见过比这里布局更好的公园，但我认为它的成功更多地源于旧金山的空气而非仅仅是资金投入。伦敦的晴天温和而不炎热，令公园里草地青青，花朵盛开，但天气也会变得寒冷而多雨。夏季，巴黎的所有树木都会变成墨绿，被热浪压得萎靡不振。罗马和雅典的夏季也是酷热难当。北京冬季有令人难以置信的沙尘暴和漫天大雪，而夏季又太热。旧金山拥有伦敦似的平静、温和的日子，虽则早上有些雾霾，但总能在午后散尽，这便造就了一种朦胧、暖和与不受搅扰的气氛，为这么多的松树、红杉和其他树木染上几分甜蜜的灰色，让它们从远处看来尤其动人。雾霭或薄雾也恰到好处地柔化了一丛丛各式各样的远树，将各不相同的形状与色泽和谐地融合起来。松树姿态优雅，红杉高大挺拔，矗立在稍远的地方，在近处的树木衬托下尤为出色，再没有比它们更美的树木了。旧金山夏季会有浓浓大雾，但涌过金门公园体育馆后通常会变成薄雾，并在蔓延到史托湖和东边的过程中变得越来越薄。在这样的天气，我只能欣赏这一团团无处不在的和谐与朴素的色彩。有时雾霭是乳白色的，为这一幕风景的整体构图增色不少。有时雾霭飘到后面，为那些挡住雾霭的树木构成柔和的蓝灰色背景，陪衬着树叶与树枝，显得更有意

金门公园里的户外舞台

境了。我没看过金门公园的日出，但我经常试着想象第一缕阳光拂过每一棵树的顶部然后逐渐向下、向外穿过枝叶的景象。我曾经有幸在日落时分到园中散步，在弥漫公园的柔和气氛中，夕阳为所有树木染上紫色，它的光辉与朦胧的薄暮似乎融为一体，那真是令人难忘的景色和经历。

我在金门公园画了又画。初到旧金山，去公园里的头三天，我画的写生就有满满两大本。然后，在望着这变化万端的景色忘却自我时，我把那两本写生弄丢了。我回到公园寻找它们，但这么大的地方，从何开始搜索？我安慰自己，我还有时间画更多写生。一周后，

倾听乐队演奏

有人将我那两本失落的写生邮寄了回来；因为其中一本写生里夹着一封已经开启的信，上面有我的地址。由于寄还草稿者的善意，我自然对这个公园产生了好感。

有一次，我到温室去观赏那里大名鼎鼎的珍稀兰花和秋海棠。我以前从未见过如此多姿多彩的兰展，便向温室里唯一的同伴——一名园丁——表达了我的钦羡之情，又对温室前那个巨大的花圃赞不绝口，那上面有用花朵拼出的若干词语。我说这个花圃让我想起苏格兰爱丁堡王子大街花园（Princes Street gardens）的巨大花钟。园丁脸上绽放出开心的笑容，回答道：“就是它。麦克拉伦先生一直对爱丁堡的花钟赞不绝口；他决心做一个类似的，这就是他的成果。”

约翰·麦克拉伦是谁？我随后询问了我在旧金山的朋友们。有些就跟我一样对他闻所未闻，另一些则对他非常了解。显然，他是个苏格兰人，19 世纪 30 年代出生于班诺克（Bannock），当过奶牛场工人和牧人，后来成为爱丁堡皇家植物园（Royal Botanical Gardens）的一名助理园丁，并在那里学到了丰富的园艺知识，对种植树木充满热情。他培育出一个新的草类品种“海曲草”（sea bent），来帮助固定福斯河口的沙土。他于 1870 年来到旧金山，立誓要种下数千株红杉，就跟他头一次看到的红杉一样漂亮。当时，这里的大部分海滩都和布雷特·哈特（Bret Harte）和马克·吐温时代差不多，他们曾驾着老旧的出租马车，从北边拐弯处孤零零的悬崖小屋穿过一片片长长的沙丘和沼地。没人想过在这里种树，因为人们认定狂风随时会将树木连根拔起。当时，人们也认为在从要塞公园到大海的沙丘地上修房建屋是不可能的事情。然而，在约翰·麦克拉伦心里，没有什么是不可能的。他在沙漠和不毛的荒山上种树，并获得了巨大成功，这在西海岸已经是人尽皆知的事情。于是他在沙丘上修建房屋的建议得到采纳，而他也在达成一致协议后承担起这项任务。1894 年，金门公园举办了冬至博览会（Midwinter Fair），来到这里的数千名游客中没有多少人意识到集市所在的地方以前覆盖着沙丘。1939 年，已经九十多岁高龄的约翰·麦克拉伦仍然管理着这个公园。看着这里所有的花草树木、沙丘幽谷，看着为老人和儿童修建的游乐场，看着笛洋美术馆、加州科学馆（California Academy of Sciences）、斯坦哈特水族馆（Steinhart Aquarium）和辛普森非洲长廊（Simpson Africa Hall），以及成群结队充满活力的生命——松鼠、花栗鼠、鹌鹑和其他鸟类，尤其是数千只白骨顶，还有活像“垮掉的一代”的美洲野牛等——想到整个公园在不久之前还是 1000 英亩（约 4 平方千米）的沙丘，实在难以置信。

约翰·麦克拉伦肯定遇到过很多困难，遭到很多反对。他总能设法独行其是，只有一个方面除外——雕像。众所周知，他不喜欢在公园里放雕像，他只喜欢种树。但安放雕像属于古老的欧洲传统，目的是纪念当地的诸神和伟人；约翰·麦克拉伦的个人好恶对旧金山市当局无足轻重。不过，据说每次公园里树立起一尊新的雕塑，他都会忙着种树，将雕像遮住。我敢肯定他对那尊距离笛洋美术馆不远的罗伯特·彭斯（Robert Burns）雕像网开了一面。每当我提起罗伯特·彭斯的名字，我认识的苏格兰人没有一个不双眼发光，这位苏格兰诗人一直活在一代代苏格兰人心中。通过卡林顿·古德里奇（Carrington Goodrich）教授的引介，我曾到夏威夷州的毛伊岛（Maui Island）上去拜访罗伯特·布鲁斯（Robert Bruce）先生，他是苏格兰人，是糖料种植园灌溉方面的权威。初次见面，我碰巧说起自己写过一本有关爱丁堡的书，还曾将彭斯的两首短诗翻译成中文，听我这么一说，布鲁斯先生便开始以高地人的方式跳起舞来，并一口气背诵了彭斯的几首长诗。彭斯帮助我在毛伊度过了几个愉快的日子。在旧金山，出生于此的唐·麦克弗森从未去过苏格兰，他想带我到彭斯协会（Burns Society）过节。我婉拒了他的邀请，因为多年前我曾在苏格兰参加彭斯协会的节日活动，并由此品尝了苏格兰特有的羊杂布丁（Haggis），我可不敢再冒险一试。我已经在自己的书里表达了对苏格兰的温柔感情，但我还是无法接受羊杂布丁。

通过创建金门公园，约翰·麦克拉伦将自己不屈不挠的苏格兰精神和信念展露无遗。他不仅仿造了爱丁堡的花钟，而且还种植了大量的杜鹃花，让它们从此成为这座公园的一大特色。众所周知，在19世纪中叶，爱丁堡植物园曾派遣两三位苏格兰植物学家到中国搜集植物，他们带回好几个品种的杜鹃花，这些坚韧的植物便在不列颠群岛落地生根，茁壮成长，我在苏格兰各地都见过盛开的杜鹃花。杜鹃花

金门公园里的德雷克十字架

甚至被视为苏格兰石南的近亲，难怪约翰·麦克拉伦在金门公园种植了这么多杜鹃花。当繁花盛开时，我发现公园的部分区域如同披上一件巨大的披风，由一团团挤在一起的白色、粉色和红色的蓬松花球构成，并衬以墨绿色的叶片，蔚为奇观。欧洲赤松（Scots Pine）是苏格兰最主要的树木，在苏格兰随处可见，但在金门公园却踪迹全无。为什么约翰·麦克拉伦没在这里尝试种植它们？自从首次看见欧洲赤松，我就深深地喜爱上了这种树，因为它有棕黄色的光滑树干和枝条，盘曲如虬龙，强劲而坚韧，枝梢上新生的松针色泽嫩绿，周围的松针则为墨绿。不管是生长在苏格兰各地的群山还是深峡，它们都能从其他草木中脱颖而出。但它们的树干非常纤细，这或许是约翰·麦克拉伦没在金门公园里种植它们的原因之一，因为这里有来自澳大利亚的石松，高大挺拔，还有更加高大的本地红杉，其暗红色的树干和树枝是如此醒目，与这两种树相比，欧洲赤松就显得相形见绌了。

一开始，当约翰·麦克拉伦决定将沙丘变成公园时，很多人嘲笑他的想法，另一些人则充满怀疑，因为他们不知道他从哪里引来淡水浇灌这些树木。但他毫不气馁。入海口的两架巨型风车就是他设计用来汲引海水的，然后过滤后的海水就可用于浇灌了。种植那一片片密密麻麻的柏树也是他的主意，如此海风就无法将它们刮倒，而它们也可充当公园内其他树木花草和建筑的屏障。此外，他还安排人把公园内树木修剪下来的大小树枝一堆堆地扔到海滩沿线。当海水卷起沙子将它们盖住后，他又一次次地重复这个过程，就这样过了大约四十年。在海水的帮助下，他在从悬崖小屋向南一带的海滩沿线建起了平坦的散步道和公路。旧金山不是一个人建成的。但在我看来，金门公园确实是一个独具创意的人从1000英亩光秃秃的沙丘上修建起来的，如在目前。约翰·麦克拉伦的那尊小小雕像隐藏在公园某处，我仅偶然碰到一次，它与麦克拉伦的功绩相比实在是很不相称。这里根本不需要它。只有金门公园才有资格充当约翰·麦克拉伦的纪念物。他在九十三岁高龄时与世长辞，但金门公园将让他永垂不朽。早期的旧金山人固然让我感到惊奇，但真正让我惊奇的是约翰·麦克拉伦。

我的朋友格拉迪丝·布鲁克斯（Gladys Brooks）是范·威克·布鲁克斯的夫人，著有《格拉梅西公园》（*Gramercy Park*）《波士顿与回归》（*Boston and Return*）等书。她曾经向我复述她的老师，哈佛植物园的查尔斯·萨金特（Charles Sargent）教授对她说过的一段话：

> ……因此，就真正的园艺师而言，其工作本质上是无私的；他几乎不指望见证完工，仅有的快乐来自于构思和尽可能地观察它生长；而他的活动类似于父母之责，掺杂着辛劳痛苦……那么，

我们不妨说，再没有其他的艺术作品形态比这样的大师杰作更需要恭敬照拂，更需要保护免遭粗心与恶意之人破坏了，因为他以大地为画布，而颜料就是他描绘的对象本身——草皮、树木、花草、山石、水面，就在变幻万千的天穹之下。

那上千英亩的沙丘曾经是约翰·麦克拉伦的大地画布，他在其上创造出金门公园这幅杰作。每当回想起在那里所见的一切，我都会再次对他感到惊奇。

第九章　笑逐颜开

世间罕有比花朵更令人艳羡的：它们总在微笑，而且总是开怀大笑。人类世界中存在自然的微笑、强颜作笑、假笑或皮笑肉不笑，甚至还有蒙娜丽莎式让人一掷千金的昂贵微笑，全都受制于这样那样的条件。但花朵的微笑是毫无保留的，而且不论种族或信仰，它们对所有人都一视同仁地微笑。我可以十拿九稳地说，花朵在世间没有敌人；任何人，不论好坏，都不会对它们恶语相向。正如美国诗人朗费罗（Longfellow）所言："在我们周围，它们笑逐颜开。"

花儿或许会遇到营养不良、霜冻冰雹、暴风雨和洪水，但幸运的是，在旧金山及其邻近地区，这些肆虐全球的灾害很少发生：在这个地区，我随处可见笑逐颜开的花朵。

对我而言，要推测湾区在成为大都市之前有什么花儿生长于此不过是徒劳。但蓝色的羽扇豆（lupines）和加州罂粟（California poppies）[1]肯定曾遍布这个半岛和一个个山坡。我不记得在自己出生的华中地区见过野生的羽扇豆，而我在英国发现的羽扇豆全都是园艺

[1] California poppies，又译为花菱草。——译者注

植物。由于旧金山地区已经有人定居一百多年，它的每一寸土地都被利用起来，经过耕种，井然有序，如今这里任何野生生物都非常罕见。但我有幸在某一年的 4 月待在旧金山，在前往塔玛佩斯山的路上，当我们的小汽车经过穆尔森林（Muir Woods）时，曾看到一缕阳光照射着一些高大红杉顶部的树枝，以及山坡上生长的一丛丛蓝色的羽扇豆。一层轻飘飘的水蒸气就像薄薄的蓝色面纱，完全遮住了它们蓝色的笑靥：不过，在我们经过时，阳光与雾霭在一闪而过的蓝色中混合起来，造成迷人的效果。我问朋友可否把车停在什么地方，让我好好看看那些野生的羽扇豆，但这是不可能的，因为在这条蜿蜒的盘山公路上一直有川流不息的车辆来来往往。

在这个半岛上看不到一丛丛的加州罂粟，因为几乎每一寸可见的土地都被人迹占据了。所有大型的开阔空间要么被建成高尔夫球场，要么成为被精心照料的公园，哪里都没有野罂粟的容身之地。然而，我却曾经在迪亚布罗山的山脚下找到一大片野罂粟花。一团团的橘黄色小花就像最漂亮的法国哥白林挂毯一样紧紧地挤在一起。在好奇心

罂粟花

的驱使下，我走近了细细观察这些小小的罂粟花，它们似乎全都在对着照耀迪亚布罗山地区的灿烂阳光笑逐颜开。

红皮肤的科斯塔诺人是湾区的早期居民。根据一个有趣的传说，一位酋长有一对可爱的双生女儿，她们特别喜欢花儿。有一天，一位戴着野罂粟（它是大地之神的象征）花环的仙女不知从哪里冒出来，警告这两个年轻的女孩，要她们准备好应对她们父亲在海湾对面的一个死敌的进攻。仙女给姐妹俩一朵魔法鸢尾保护她们，在紧急时刻，它的每一片花瓣都拥有满足她们愿望的魔力。然后仙女便消失在空中了。

两姐妹没向父亲泄露她们的秘密，她们整晚都待在一座小山上，小心翼翼地观察着海湾的水面以及远处的陆地。黎明的光线刚刚刺透黑暗，她们就看到海湾对面有一团浓浓的白烟席卷而来。侵略者正朝着她们的部落进军。于是姐妹俩从那朵魔法鸢尾上撕下一片花瓣，并许愿升起大片的浓雾，遮蔽敌人的眼睛。大地上立刻升起浓浓的大雾，吞没了这座小山和姐妹俩。然后她们撕下第二片花瓣，许愿来一场大风暴摧毁敌人的船只，又撕下第三片花瓣，许愿将所有入侵者变成动物。她们的愿望全都实现了。侵略者变成了海狮，它们游过金门海峡，前往悬崖下的那些岩石。如今我们在海豹岩上看到的海狮据说就是它们的后代。而那两姐妹最终也化为双子峰。她们仍然在那里，不时被浓浓的大雾吞没。不过，据我们所知，那位仙女却再没有现身，而且也无法采集到大量的野罂粟花来为她编花环了。为什么野罂粟花被视为大地之神的象征，如今又成为加州的州花？在“淘金热”之前，它们肯定遍布旧金山半岛。

旧金山没有黄水仙，但它们却为这座城市带来了一个特殊的节日，尤其是在少女巷（Maiden Lane）一带，那是所有街道中最短的一条要道。我是偶然听说这个节日的。有一天早上，我到那里去看看弗兰克·劳埃德·赖特（Frank Loyd Wright）设计的那家店铺，惊讶地发现整条巷子都是黄水仙——成排地装饰着巷子两侧的房屋。明亮的阳光倾洒在街道上，照得每片花瓣都像金子一般闪闪发光。那真是一幕令人难忘的景象。有人解释说这是旧金山每年一度的黄水仙节。经过进一步询问，我得知有一年4月这里黄水仙供大于求：少女巷的商人们购入了太多黄水仙，根本卖不完。他们没法丢弃所有过剩的花，于是决定邀请全市的人到这条街上参加派对，并立刻禁止车辆驶入。那一天，他们甚至设法邀请乐队前来演奏，人们成群结队地涌入这条短短的小巷，大声歌唱，到处欢声笑语。从那以后，这就成了每年一度的节日。节日的日期并不固定，因为这取决于黄水仙何时大量上市。我到那里的时候，小巷并不显得喧嚣——街道似乎一如平常，除了我们头顶上和商店橱窗里的花朵，它们似乎在一视同仁地对着太阳和所有人微笑。

弗兰克·劳埃德·赖特设计的莫里斯礼品店（Morris gift-shop）似乎没有参加这个节日，因为它没有朝向这条街的窗户，只有一个拱门，让我想起通往中式或日式佛寺的主要入口。赖特设计建筑时从不考虑环境，恰恰相反，他总是打算用自己的建筑主导其周边。

很多人都曾告诉我，旧金山人对鲜花充满热爱，且热爱程度远胜于其他城市的人。我想这不过是因为他们如此受大自然青睐：旧金山温和的气候有利于各种植物的生长，因此几乎一年四季都有大量的花朵盛开。几乎每家每户都拥有一个花园。我见过盛开的映山红、杜鹃花、山茶花、玉兰、芍药、蔷薇、仙客来以及我熟悉的其他多种花卉。我不禁想起欧内斯特·威尔逊在其著作《中国：花园之母》（*China: Mother of Gardens*）中的一段话：

> 中国其实是花园之母，因为在我们的花园蒙受恩惠最深的那

些国家中，她是最重要的。从连翘的绽开到怒放，以及早春时节的玉兰，直至夏季的芍药和蔷薇，以及秋季的各种菊花，中国为丰富园艺花卉的贡献显而易见。对花卉爱好者而言，中国是现代蔷薇之母，不管是香水月季抑或杂交香水月季，是蔓生蔷薇抑或多花蔷薇，都来自中国。而种在温室里的各种杜鹃花和报春花，以及各种桃子、橘子、柠檬和葡萄也是同样。我们不妨说，在这个国家乃至欧洲，没有哪个花园里没有来自中国的代表花卉以及各种最优美的树木、灌木、香草和藤本植物。

欧内斯特·威尔逊曾在哈佛大学阿诺德植物园担任园长多年，并且花了十二年时间（1899—1911）到中国搜集植物。他发现的很多物种的拉丁文学名都以他的姓氏威尔逊命名。

旧金山街头花摊里出售的花卉或许与其他城市的并无不同，但不管你在一年中什么时候来到旧金山，这些花摊一直都在，也比别处的更显眼。英国的卖花姑娘会带着自己的花篮来到皮卡迪利广场（Piccadilly Circus），坐在那尊小爱神雕像的台阶上，就像伊丽莎·杜利特尔（Eliza Doolittle）[1]一样，但仅在春季和夏季天气温暖的日子才去。旧金山的大部分花摊都在吉里大道、邮政街（Post Street）和鲍威尔大街一带，离联合广场不远，但卖花的全是男性——旧金山从来就没有“卖花女”！

虽然市场街是旧金山的主要市场，但联合广场才是时尚地区的中心，类似于伦敦的皮卡迪利广场，因为这里有很多百货商店，还有很多打扮入时、老老少少的女性在购物。难怪卖花的人会在附近摆摊，难怪女性不管天气冷热都忍不住想去那里逛商店。而女性走到哪里，

[1] 萧伯纳小说《窈窕淑女》（*My Fair Lady*）里的卖花姑娘。——译者注

卖花的人

男性也会跟到哪里。一位伯克利的教授曾告诉我说，他喜欢住在旧金山而非伯克利的原因就是能够看到穿着体面的女性，不像在气候炎热的地区，瘦得皮包骨头的女性穿着草裙，也不像在寒冷的北方城市里，女性把自己包裹得严严实实，活像缠着绷带，奇丑无比。著名的旧金山单身女性俱乐部（Spinsters Club）的一位会员也解释道，她喜欢生活在旧金山，不过是因为不需要分别把夏季和冬季的衣服放在不同的衣柜里；此外，也不用费神地频繁换衣服。我怀疑这话的真实性。我记得在巴黎看过一次迪奥时装展，其中依次展示了早晨、中午、午后和晚上的服装。难道旧金山女性对这些不同类型的服饰毫无兴趣？不会吧。生活中充满了有趣的零碎物件，就像联合广场附近花摊上摆放在一起的一堆堆各不相同的花卉一样令人迷惑。

不关注旧金山的花展几乎是不可能的事情。联合广场附近所有的百货商店都比纽约的更注重鲜花。巴黎的花展以纯白色的花为主。而旧金山的梅西百货大楼似乎每个月都有新的花展。有一次，那里布置了一种被称为“天堂鸟”的奇异花卉，它们构成的超现实主义图案将我深深地迷住了。这种植物的花朵相当别致，跟我见过的任何花卉都不同。它有着船形的叶片，但似叶非叶，从中长出一条蓝色的“舌头”和几片形状尖尖的棕红色花瓣，看起来更像是康定斯基（Kandinsky）的表现主义绘画。

我经常去旧金山的梅西百货大楼，比去其他百货大楼的次数都要多。它每个月的花展是我造访这里的原因之一，我和梅西总公司副总裁弗雷德里克·阿特金森（Frederick Atkinson）的友谊是另一个原因。弗雷德里克和他迷人的学者夫人乔伊丝生活在纽约，经常到旧金山分店来监督这里的生意。弗雷德里克曾是“二战”期间美军空军运输部的上校，现在也是一位准将，和他手下的二十一万名士兵为驻扎在五大洲的美军服务。在1944年，他曾多次从昆明飞越喜马拉雅山

天堂鸟

的山脊，飞往重庆，去过中国很多地方。他有能力指挥这么多的人，因此适合管理梅西百货公司所有分店的职员。有一次，当我们在纽约见面时，他跟我讲述了新英格兰船长罗兰 · H. 梅西（Rowland H. Macy）的冒险经历，一百多年前，梅西来到加州碰运气，做了一名商店店主。

> 当加利福尼亚发现金子的消息传到新英格兰时，罗兰 · 梅西认定这是尝试一次新冒险的大好时机。1849 年 3 月，他抛下家人，和弟弟查尔斯 · B. 梅西（Charles B. Macy）一起，搭乘双桅帆船“希区柯克博士号”（Dr. Hitchcock），取道巴拿马，在四个半月的危险航行后抵达旧金山。他们在这片新土地上找到两个合伙人，便在位于萨克拉门托以北 40 英里的玛丽维尔（Maryville）开了一家纺织品与杂货商店，取名梅西公司……这个来自楠塔基特（Nantucket）的年轻人（罗兰 · 梅西）不知从哪里学到一些做生意的好点子。说他是从加州大规模的“淘金热”中学到的是否有点太夸张？

我想知道西方世界的首家百货商店是谁于何时创立的。法国人、英国人和德国人或许都声称自己是发明者，但美国有更多更大的百货商店。或许罗兰 · 梅西船长真是想出这个点子的第一人。1849 年来到加利福尼亚时，谁知道他有没有从“水上百货商店”（我这么称呼它的）故事中获得灵感呢？从 1565 年至 1815 年，这种生意在旧金山湾外和那个地区的太平洋沿岸经营了差不多二百五十年：来自菲律宾的马尼拉大帆船，把各种各样的货物从远东——尤其是中国——运到墨西哥。威廉 · 莱特尔 · 舒尔茨（William Lytle Shurz）先生在其著作《马尼拉大帆船》（*The Manila Galleons*）中列出了

16世纪由中国人运到马尼拉然后又用马尼拉大帆船运到墨西哥的丰富多样的货物：

成捆的生丝，是双股的上等货，还有其他质量较次的丝；上好的未捻丝，有白色和其他各种颜色，挽成一小束；大量的天鹅绒，有些是纯色的，有些装饰着各种各样的人物、色彩和图案，另外一些镶着金身并装饰着黄金；多种织物和织锦，在带有彩色图案的丝绸上饰以金银；大量成束的金银线；缎子、绸子、塔夫绸和其他花色多样的布匹;用草编的席子，被称为“lencesuelo”；还有不同种类和数量的白色棉布。他们还运来麝香、安息香和象牙；很多床上装饰品、幔帐、床罩和用刺绣天鹅绒做的挂毯；不同色泽的缎子和戈瓦兰挂毯；桌布、枕巾、枕头和毯子；同样用这些材料做的马饰，上面装饰着玻璃珠和小珍珠；也有珍珠、红宝石、蓝宝石和水晶；各种金属盆、铜壶和其他铜锅和铸铁锅；大量各式各样的钉子、薄铁皮、锡和铅；还有硝石和火药。他们向西班牙人供应小麦粉；用柑橘、桃子、梨、肉豆蔻和姜以及其他中国水果做的蜜饯；咸猪肉和其他咸肉；品种不错的活禽和多种上好的阉鸡；大量新鲜水果和各种柑橘；优质的栗子、核桃和山榄（一种美味的水果，既有新鲜的也有干果）；大量各种各样的上等针线和小玩意儿；小盒子和文具盒；床、桌子、椅子和镀金凳子，上面绘有多种人物和图案。他们还运来家养的水牛、类似于天鹅的家鹅以及马、骡子和驴；甚至还有笼养鸟，有些会说话，另外一些会唱歌，他们让这些鸟儿玩无数的把戏。中国人装饰了不计其数的其他小摆设以及便宜且没有什么价值的装饰品，备受西班牙人喜爱；各种上等陶器；加贺绸，也就是加贺生产的布料，以及黑色和蓝色的袍子；各种各样的珠子；一串串的光玉髓和其他珠子，以及各种颜色的宝石；胡椒和其他香料；还有各种稀罕物，如果让我逐一列出，那我永远也写不完，而且也没有足够的纸张来写。

虽然旧金山的梅西和其他现代百货商店都没有马匹、骡子和毛驴出售，但我是否可以说其实是中国人在 16 世纪开创了百货商店呢？

尽管如今的梅西百货商店没有各种异国的家畜供出售，但它每个月的花展却别出心裁，对我来说一直是这座城市的一个难忘的特征。凭借随时随地可见的鲜花，旧金山自然为包括游客和本地人在内的每个人营造出轻松愉快的气氛。由于鲜花如此易得，每年两次的插花比赛也就成为备受欢迎的活动。我的朋友鲁道夫 · 谢弗被视为这个领域的先驱之一，因为他是鲁道夫 · 谢弗设计学校的创始人，并且在这所学校担任了四十多年的主管。他带我去看过一次比赛，展品的多样性和原创性给我留下了深刻印象。少数几件用鲜花、浮木或干树枝做成的插花让我觉得非同凡响，而亚热带和热带植物尤其吸引了我。它们赋予展览特别的气味、色彩和线条，让我更加坚信应该发展出一种用本地风味与色彩创造出来的艺术。我也很喜欢小畑太太（Mrs. Obato）用旧金山花卉制作的独具创意的日本插花。

胡安妮塔 · 劳森知道，我虽然既非植物学家，亦非园艺师，却对花很感兴趣。她安排沃尔特 · 约瑟夫（Walter Joseph）先生带我去看旧金山的花市。我必须一大早起床，大概是早上 5 点半。当我们于一个小时后抵达市场时，人行道上湿漉漉的，就仿佛头天晚上下过雨一样。其实根本就没下雨，但清晨的浓雾将这座城市包裹在润泽的灰色湿气中，对我来说是一种奇特而又熟悉、美丽却又不安的景象。整个城市的形状以及建筑物和道路的线条都在这铺天盖地的雾霭后变得模糊甚至扭曲了。雾气的小颗粒触碰到我的脸，让我

鲁道夫·谢弗和他的设计学校

感觉凉爽而舒适。

在车上，约瑟夫先生向我介绍了旧金山花市的一些情况。它是少数与美国各地都保持大宗交易的花市之一。洛杉矶也有类似的市场，但旧金山的更有名。差不多所有适合销售的花卉种类都能在该地区种植——只有圣诞冬青等少数例外，它是从俄勒冈州运来的——因为旧金山湾地区拥有最令人艳羡的气候，冷热适中。有些花卉在洛杉矶更早开放，因为那里的春天来得更早，而且一直都很暖和。不过，如果说洛杉矶种植的花卉以量取胜，那么旧金山的则是以质取胜。

花市的入口用绳子拦了起来，有一个穿制服的人看守着，直到早上 7 点开门时才撤掉。在此之前，只有零售商和代销商能够进去。我们受到了特殊照顾。我发现市场分为三个部分：中国区、日本区和欧美区。我们首先步行穿过日本区，然后是另外两个区。在我看来，日本区的花卉布展更好，也比另外两个区的更茁壮，这也难怪，因为日本人以园艺和插花而闻名。后来我被介绍给若干卖花的人，还去参观了他们是怎样在温室里保存鲜花的。经过第五大街时，约瑟夫先生指给我看一家大型店铺，它专门经营石南与金合欢属植物如含羞草。他说这些花卉是东部人——也就是新英格兰人和纽约人——的最爱。旧金山没人需要它们，因为它们在这里的数量太多了。旧金山的萨佩蒂尼（Wm. Zappettini）公司是美国切花行业的三大中心之一，另外两个位于洛杉矶和达拉斯。萨佩蒂尼公司在包装和运输鲜花上享有盛誉：他们发明了“完美花瓣”技术，在过去约二十年里一直使用。这个家族的一名年轻成员向我展示了他们是如何将鲜花包装在“完美花瓣”盒子里的。他还解释道，他们公司刚发明了一种塑料，可把鲜花

冷藏在冰箱里又避免它们变得过湿。这个过程可以重复，这样一来鲜花就可多次使用。他们还试验用一种纸来保护鲜花免受炎热天气伤害，这种纸一面是黑色的，另一面是银色的。这位年轻的萨佩蒂尼又带我参观了他们的仓库，向我解释了鲜花是怎样运输到美国和加拿大各地的。他还指给我看墙上的一幅巨大的地图，地图中的美、加两国全都钉满了两种颜色的图钉——白色代表零售商，粉红色代表花卉组织。

由于约瑟夫先生的好心安排，我对美国的商业有了不同寻常的了解，它们跟我在欧洲看到的有些不同。在参观那些用于花卉保鲜和包装以便于长途运输的设备时，我想起自己在一本小书中写下的话，那本书介绍了十幅中国画的彩色复制品，其中一幅画的是著名的中国水果荔枝。我讲述了一则有关杨贵妃的传说，她是个声名狼藉的美女，唐明皇宠爱的妃子，生活在唐朝都城长安，特别喜欢吃四川产的荔枝，而四川距长安有千里之遥。于是唐明皇下令沿途每隔一段距离就修建起一座驿站，安排人骑着驿马在七天之内将荔枝送到长安。据历史记载，为了让杨贵妃能够尝一口这种新鲜的水果，沿途有很多驿卒和驿马被累死。那是一千多年前的事情了，对现在的喷气式飞机来说，这不过是小菜一碟。

尽管机械化为将鲜花派送到美、加各地发挥了巨大的作用，但萨佩蒂尼公司实际的挑选、分类和包装工作全都由人工完成。从事这些工作的男女工人都小心翼翼、轻手轻脚，同时又动作飞快，效率很高。看起来，不管机器有多么精良、灵巧，都无法取代这些花卉分拣工和包装工。人类仍然是大多数活动的核心。我听说，在所有花卉中，最吸引人、最昂贵但需求量又最大的是墨西哥和南美国家的兰花。它们都有硕大的花朵和长长的花瓣，色彩鲜艳，有紫罗兰色、紫色、粉红色和白色，精致的雄蕊上有黄色的花粉。美国花市上第二类最受欢迎的花卉是中国的紫菀。它易于种植，加工时也无须过分小心，并且有多种多样的色彩。它适合各种花瓶，适合摆放在各种家庭，最重要的是，价格也不贵。

在这个花卉批发市场工作的大部分都是女性。她们每个人都一边干活儿一边聊天，还会唱歌和开玩笑，一切看起来都那么轻松愉快。我无法跟上她们的大部分闲聊，但其中一名工人暗示，她觉得自己的工作更像是度假而非职业。她说："我包好之后装进盒子里的鲜花都没有多大价值，但放置在家中、办公室或医院里，它们就能对看到鲜花的人产生微妙的影响……病人获得安慰，老板僵硬的面孔变得容光焕发，情侣的感情加深……"

这便是花朵的使命。人类出售的一切商品都有自己的功用，但花朵却会产生无形的作用。我想，正是它们无拘无束的笑容让它们受到如此普遍的欢迎。能在旧金山找到一个大型的"笑容供应"中心，我感到心满意足。

第十章　绚丽夕阳

在从1565年持续到1815年的“马尼拉大帆船”时代，那些从菲律宾将一半的中国珍宝运到新西班牙亦即墨西哥的西班牙人曾经把广阔的太平洋当作“西班牙内湖”。在此之前，加利福尼亚的印第安人——尤其是那些生活在塔玛佩斯山的——把这片海洋称为“日落海”。我猜那是因为他们可以从自己的住所里看到夕阳沉入这片大海的缘故。而清晨和黄昏浓浓的白色海雾通常会笼罩着金门周围的大片地区，肯定也遮住了大海。

我顺着大洋海滩悠闲漫步时，这里十有八九都一片晦暗，大风凄凄，甚至狂风骤雨。但在一个晴朗的午后，我步出弗莱施哈克尔动物园（Fleishhacker Zoo），穿过斯洛特大道（Sloat Boulevard），注意到一个叫“日落大道”（Sunset Boulevard）的地名。为什么这条大路如此命名？我拐到这条路上，然后向左拐，来到滨海公路和大洋海滩。阳光明媚，空气相当宁静，层层叠叠的海浪不紧不慢地一排排朝海滩涌来，消失。天气温和而非炎热，因为海风不断吹来，与我亲密接触。大海宜人的气息很快钻进我的鼻子，我觉得自己比马克·吐温要幸运，他在《关于谜底》[“Concerning the answer to that Conundrum”，见

大洋海滩上的龙船

《加利福尼亚人》（*Carlifornian*）*, 1864 年 10 月 1 日］中，描述自己与一位病残同伴去海滩上看一头搁浅的鲸鱼。他们俩都不喜欢那头鲸鱼的气味。根据他的描述，我感觉自己或许就处于当时那头鲸所在的位置。那差不多是一百年前的事情了。在这一百年中，旧金山的变化比世界上其他城市都要大。在过去的大约三十年里，我尽量多地到处旅行。在我看来，全世界只有罗马覆盖了整个人类史的活动，一直不间断地在各个时期都扮演着重要角色，直至目前。也有一些城市比罗马更古老，但它们要么已经沦为废墟，要么湮没无闻，要么未能如此长时间地连续参与一次次历史事件。自从有文字记录以来，人类对整个历史的影响都可视为在罗马一步步地前行。一个人若是不由自主地自觉渺小，罗马对他便是一个不可抵抗的城市。而旧金山向我展示的是人类在相对较短的一百年时间里造成的另一种影响。在这方面，旧金山跟罗马相比就显得十分独特了。再没有其他城市在如此短的时间里目睹如此多的变化，且几乎涉及人类活动的每个方面。马克·吐温和他那位病残伙伴游览过的悬崖小屋并非我此刻看到的这一座。它已经重建了三四次。当马克·吐温看见一块写着“猎鸡”的牌子时，他

* 《加利福尼亚人》是旧金山的一份文学周刊，创办于 1864 年 5 月，马克·吐温曾在其上撰写专栏。——编者注

和朋友便坐下来等待。不过他们最终还是继续往前走了，因为他的同伴认为“那天也许不会有猎鸡活动”。我还不知道“猎鸡”是一种人类活动。肯定存在这样的事情，虽然就连马克·吐温也对此感到困惑。接着他又描述了他们看过搁浅的鲸鱼后在开阔的乡村驾车缓缓前行，当然那是一辆出租马车。然后他们穿过春谷自来水公司（Spring Valley Water Company）。根据我的记忆，在能够瞥见半月湾（Half Moon Bay）之前都没有开阔的乡村。我搞不清楚春谷自来水公司的位置，也没有人能够告诉我。日落大道是在1887年前后由一个野心勃勃的房地产开发商命名的，他希望在沙丘的东边开发出一个社区。可是为什么要叫“日落”呢？

此刻我已经来到靠海的一面，从沿着大洋海滩延伸的滨海公路上看见了守卫着金门公园的风车“荷兰”与“墨菲”。它们曾经使用了多年，让所有人都感到惊讶的是，金门公园仍在种植更多新的植物。如今风车已经废弃，很快就会拆除，永远消失。朋友们告诉我说，过去旧金山人经常带着孩子去看这两架转动的风车。目前这一代人和下一代或许都不知道它们曾经存在过——这里的变化发生得如此之快。

就在我转身眺望辽阔的大海时，三个年轻人穿着鲜艳的黄色、绿色和黄色运动衫，骑着马儿顺着马道小跑，一路说说笑笑。他们为这一幕景色增添了一抹色彩。沙滩上有很多人，老少皆有，以各种姿势躺着，还有一些在海滩边散步或站立，只有少数人在游泳。“海水很冷。”有人说道。那少数游泳者看起来如此勇敢，但又如此徒劳无益，在海里几乎游不动。他们就像被催眠了一般任由海浪拨弄；当海浪将他们高高举起时，我便能清清楚楚地看见他们的身影，而当海浪退却时，他们又消失无踪了。这片海洋十分平静，是名副其实的“太平”洋，但它的海滩似乎并不平静。巨浪翻滚，似乎故意不让任何人一动不动地站在水里。远处的海浪看起来就像鼹鼠丘:越是靠近海滩,它们就越像一座座小火山,喷出白色的水沫而非黑色和火红的岩浆。望着它们永不停息的运动和透明的水沫,我想起了下面这首由我已故的朋友 J. 弗兰克·斯蒂姆森(J. Frank Stimson)——他是范·威克·布鲁克斯同母异父的兄弟,自从 20 世纪 20 年代以来就一直生活在塔希提(Tahiti)——翻译的波利尼西亚歌谣:

她的侧面在席卷的水沫闪着微微白光。
大风吹袭,吹袭!
忽而高,忽而低,沸腾不止!
白沫飞扬兮!
波涛阵阵拍打海岸,
大风吹袭,吹袭!
忽而高,忽而低,沸腾不息!
乘风破浪兮!
轻轻拍打兮!

我感觉用这几行歌谣描绘眼前的海浪是再恰当不过的了。

然而,如果我忽视海边的波浪,那么,这片广阔的海洋看起来真是一平如镜,无边无际,一动不动,亘古如斯。突然之间,我的思绪回到自己最近读过的一篇关于“人类开始探索内部空间”的文章。我以前从未意识到我们人类生活的陆地仅占地球表面积的三分之一。其余的三分之二都被海洋占据,包括 3.6 亿平方千米的海水。那篇文章说:“很久以来,生物学家就一直在研究海里的生命,但对大海深处那些生命却知之甚少。”肯定还有成万上亿的其他生命生活在海洋里,远比我们人类的数量多得多。如果算上哺乳动物和鸟类——它们也同样生活在占地球表面三分之一的陆地上——那么我们人类在地球上所有现存的生命中只占极少数。我们是否已设法解决掉人类自己的一些问题，例如纠缠不清的复杂关系、毫无必要的争吵、因饥荒和干旱导致的意外饥饿？其他生活在海洋深处的生命是否尝试着刺探我们人类的生活方式？为什么我们对它们的了解如此之少？

当我继续顺着沙滩散步时，关于大洋深处那些居民的想法一直萦绕在我心头，挥之不去。它们大多数都被称为多种多样的“鱼”，就像人类拥有不同的民族一样。根据中国古籍《礼记》，人类存在七种情感：喜、怒、哀、惧、爱、恶、欲。我开始思索是否鱼类也会经历这样的七种情感。我脑海中突然一下子浮现出汉代的一首古诗，它描述了一条被困在沙滩上的鱼：

枯鱼过河泣，
何时悔复及。
作书与鲂鱮，
相教慎出入。

这首诗似乎暗示鱼儿不仅有七情六欲，而且知道怎样通过有声的建议指导其生活。我又想起下面这个著名的中国笑话：

河鱼与海鱼攀亲，河鱼屡往，备扰海鱼。因语海鱼：“亲家，何不到小去处下顾一顾？”海鱼许焉。河鱼返曰：“海头太太至矣。”遣手下择深港迎之。海鱼甫至港口便返，河鱼追问其故，答曰：“我吃不惯贵处这样淡水。”*

那首汉代诗歌告诉我，鱼类能够感知不公与苦难，而非只是漫不经心的行动。而这个产生于数世纪之前的笑话则证明海里与河里有着不同的生活方式，跟昔日旧金山那些生活在诺布山上的居民与路界以南地区的居民在生活方式上的差异颇有可比性。显然，即使鱼类世界也存在偏见、不合情理和傲慢！生活多么琐碎而无聊啊！

这时我离开海滩，拐进大洋海滩东端悬崖小屋附近的一座建筑里。它像是一个博物馆，有很多稀奇古怪的东西展出。很多游客在里面四处游荡，还有一些年幼的孩子在蹦蹦跳跳，大声聊天。我正打算转身离开，这时一群人兴味盎然地围着其中一个展箱，把我也吸引了过去。我发现那里有两个令人惊讶的雕像，用木头细细雕刻而成，极度逼真，纤毫毕现。它们由一位日本艺术家和雕塑家伊藤浜师（Ito Hamashi）创作于 19 世纪 70 年代；其中一尊描绘的是他的母亲，另一尊则是他自己近乎裸体的雕像。它们是在六十多年前被带到旧金山来的，在 1906 年的大火和地震中幸存下来。那些人围着展箱，接二连三地惊呼“啊，瞧瞧那头发，跟真的一样”或者“看看胳膊和胸部的静脉和肌肉，它们似乎在动”诸如此类。有人大声读出一段介绍：“伊藤在几面可调整的镜子前摆好姿势，用两千多块木头拼合、粘贴起来……头发是他自己的……”听到最后一个句子，我便尽可能快地离开了那里。然而这种真人大小的人像不断浮现在我眼前，直到我开始头痛。我不知道为什么会这样，因为我看过很多著名的古希腊雕塑，栩栩如生，但我对它们除了敬畏再没别的感觉。我必须承

* 见《笑林广记 · 贫吝部》。——编者注

认，伊藤的技巧和手艺远远高于伦敦杜莎夫人蜡像馆展出的蜡像。可是我仍然认为杜莎夫人没能获得伊藤的服务是一大幸事。是什么让伊藤以这种方式利用自己的天分？日本写实的真人木雕在 18 世纪似乎已经达到鼎盛。其中一个例子出现在日本著名戏剧家近松门左卫门（Chikamatsu Monzaemon，1653—1725）写的一个故事里面，由我在哥伦比亚大学的朋友唐纳德 · 基恩（Donald Keene）翻译出来：

> 传说某个宫女有了情人。两个人爱得死去活来，但宫女身居深宫，那名男子无法到她的住处去看她。因此她只能透过宫廷里屏风的缝隙，偶尔看看他。她是那么不可救药地渴望见他，于是便让人按照他的样子雕了一尊木头雕像。它的外表可不像普通的木偶，而是跟那个男子一模一样。不用说，他面孔的颜色也完美地再现出来，甚至皮肤上的毛孔也勾勒出来了。他的耳孔和鼻孔也塑造得栩栩如生，甚至嘴里的牙齿数量也完全一样。由于它是按照那个人摆出的姿势雕刻的，因此真人与这个木偶之间的唯一区别就是一个有灵魂，而另一个没有。不过，当那名宫女将木偶拉到跟前，细细看它时，发现它是如此准确地再现了活生生的人，让她感到沮丧，很不愉快，甚至恐惧。而她宫女的身份也让她的情人感到沮丧，把木偶放在身边让她感到悲伤，于是她很快便将木偶扔掉了。*

我再也不想看到伊藤的木雕了。但我刚走出这座大楼，就碰到另一群人——主要是年轻姑娘——在摸一尊来自日本佛寺的护法神木

* 出自穗积以贯《难波土产》序文。——编者注

雕赤裸的腹部，“为了获得好运”。我暗自好笑，心想，如果把伊藤那尊精雕细刻、栩栩如生的雕像放在这尊护法神的位置，不知道那些年轻的女士是否也会为了好运而摸它赤裸的腹部。我想，即使能够获得好运，也不会有哪位女士去抚摸一个陌生人的肚子吧！

为了获得好运而抚摸雕像的肚子

我肯定能找个地方让自己昏昏沉沉的大脑清醒一下。我慢慢踱步进入苏特罗公园。尽管天光仍然明亮，里面却只能看见两三个人。这个公园坐落在一个陡峭悬崖的山坡上，弥漫着一股精心布局的欧式花园的气氛，但从它周边的自然环境以及多种多样的花草树木看，又并非真正的欧式。多汁的青草染有几分红色，在这里随意生长，紧贴悬崖上的岩石，营造出一种异国情调。灿烂的阳光直直地照射着闪耀的沙拐枣，让我想起自己年轻时在中国度过的一些特殊节日，那时家里会点燃很多巨大的红色蜡烛，而这些树木尖尖的叶子则让人想到并非中国式但设计精美的祖母绿烛台。公园里点缀着少量水泥长椅，我坐在其中一张长椅上，独自一人，环顾四周，顿觉头脑清醒过来。此刻我位于公园最高处，视野开阔，能够看见广阔的太平洋。我再也听不到、看不见刚才远远地在下面碰到的那些人群。我深深地吸了一口气，开始仔细观察周围环境。附近有一座建筑，看起来很像旧式的堡垒，但只有低矮的胸墙，而且不是用石头砌的。我坐的长椅看起来有些残破。公园里四处竖着一些歪歪倒倒的指示牌。或许不妨把它看作是欧式的古老废墟，但它不过是在大约六十年前设计的。其创立者是出生于普鲁士的阿道夫·苏特罗（Adolph Sutro），在“淘金热”时代到这里来谋生。他是一名采矿工程师，于1851年抵达加利福尼亚，到金矿里去碰运气。他很快出了名，从出售雪茄起家。他没有像其他所有人那样去挖黄金，而是设法运用自己的工程学知识，在弗吉尼亚城（Virginia City）下面设计出一条4英里（约6.4千米）长的隧道，从康斯托克矿脉通往卡森河（Carson River），目的是将康斯托克山里的水抽掉，因为这里储藏着价值连城的黄金。起初，康斯托克没有一个矿主理睬苏特罗的疯狂计划，而他又无法独力实施这个项目。不过，他最终还是达到了目的，建成那条对所有矿主都有利的隧道。钱财自然是滚滚而来，他很快成为弗吉尼亚城最富有的地产所有人。后来，他卖掉了自己在弗吉尼亚城拥有的一切，买下旧金山那些显然毫无用处的沙丘。很多人——包括他的大多数朋友——都嘲笑他的愚蠢，可是不久后，让所有人目瞪口呆的是，这些沙丘也变成了苏特罗的金子。据说苏特罗身体健壮，相貌英俊，有一头黑发，总是穿着一件正式的礼服，酷爱珍本图书。他在1883年买下第一座悬崖小屋。1894年，他成为旧金山的市长。就在那一年，一场火灾烧毁了悬崖小屋。苏特罗不仅将它重建起来，而且还修建了附近那座著名的苏特罗浴场，它是世界上最大的室内游泳池。他建了一座庄园，里面有个巨大的图书室，用以容纳他收藏的珍本图书。我曾在里面散步的苏特罗公园又名苏特罗高地，以前是附属于那所房子的花园。如今苏特罗庄园已经踪迹全无，那个巨大的图书室也一样，花园里，一尊尊美女雕像构成的迷宫曾经为人所津津乐道，如今大部分也已不在，仅有五六尊仍然留在原来的底座上，但全都歪歪倒倒。远远望去，它们就像从古希腊、罗马废墟里运来的雕像。实际上它们全都是用石膏和水泥做的，其中的一部分早就被风暴刮倒或毁坏。苏特罗是个最有争议性的人，但也是最杰出的精英！他原本可以轻轻松松地从欧洲搜集到很多精美的古代雕塑并运到这里来装饰自己的花园。不过他在世时却喜欢石膏雕像，也不在乎它们以后会变成什么样。他似乎想出了这个嘲讽人生的点子！

一尊高高的石膏女士雕像只剩下一只胳膊，浑身盖满灰蒙蒙的尘土，它看起来如此悲伤、可怜，但顷刻之间，它的整个面孔和身体都染上一丝粉红，让它变得光彩照人、喜气洋洋。难道它能窥见我的思想并羞红了脸？不，那是夕阳为它染上红晕，一轮红日正缓慢而坚定地不断下沉，下沉！通往悬崖边缘的小路两侧排列着一棵棵杉树、柏树和松树，它们的每一片叶片与松针顶部也都有了几分醉颜。通常，一簇簇的柏叶、松针间杂着傍晚的薄雾，构成一个墨绿蓝灰的穹幕，

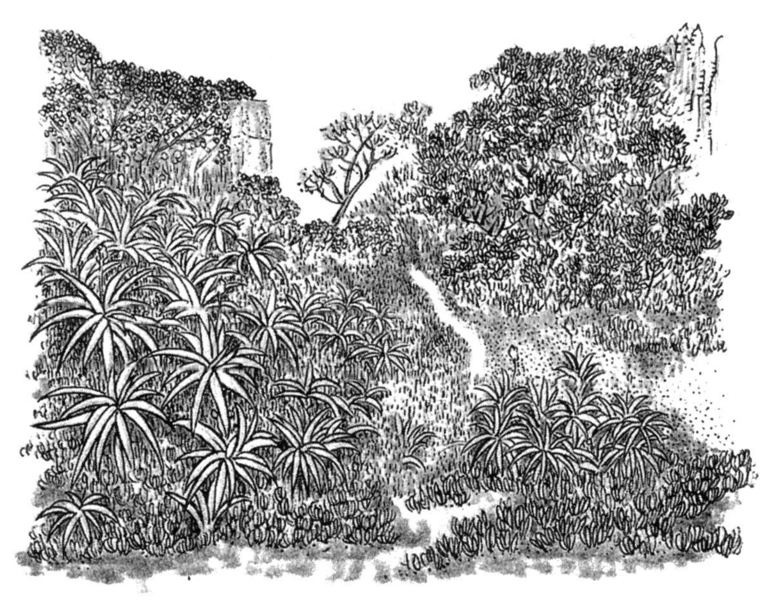

苏特罗花园

而它们强壮、粗糙的树干则充当支柱。透过枝叶间的缝隙，朝着大海望去，天空往往是万里无云的蔚蓝或薄雾笼罩的青灰色，一路行来，让人感觉安详而又兴奋。此刻，当我拾级而上时，树梢上略微发紫的色泽与树干之间紫罗兰色的天空不单单让人产生安详之感，而且还会让人情绪高涨。一轮浑圆的红色落日逐渐出现，一种难以名状的情感从我内心深处油然而生，我不由得屏住呼吸。近乎黑色的树干映衬着绚丽的红色天空和刚刚沉入暗紫色落叶之下的太阳，构成一幅美丽的风景。我不时停下脚步，沉思默想。

此刻，我再次抵达公园的制高点。就像刚才一样，从这里能看到大海方向开阔的视野，但却又与方才大异其趣。我四周飘浮着微微发红的色泽，仿佛大自然中的一切——不单是人——都啜饮了一小口葡萄酒。那无数的海浪在我靠近时显得如此浩浩荡荡、势不可挡，此时却像一股股光彩夺目的金色和银色碎片，朝着我翻滚而来。在天外的邈远之处，必定有个居住于天上的神灵，推着这些金色和银色的碎片涌向岸边，因为他或她知道旧金山周围的土地再也挖不出这些珍贵的金属。海浪就像精巧透明的圣迹。这时它们远远算不上粗野狂暴，令人生畏，看起来显得如此温柔、随和，从从容容，毫无倦态。周围完全笼罩着神秘的宁静气氛。或许这就是它被称为“太平”洋的原因。此前我对深海生命产生了满腹无法解答的疑问，又对石膏雕塑生出许多费解的想法，此刻，在落日西沉之时，大海的魅力让我将它们全都抛在一旁。我望着太阳变成一个实心的金球，如同静止一般一动不动地飘浮在那里。须臾之间，它便朝着地平线下沉一点点。除此之外，它也变得更大了，颜色也由金黄变为铜黄。又过了一会儿，它再次下沉一点点，再次变得更大了。此刻，它不再是金黄或铜黄，却变得像一个康熙年间的红釉瓷盘，形状完美，奇大无比。分分秒秒之间，它变得越来越大，色彩也变成鲜艳的猩红色，不太像中国瓷器那种公牛血的颜色，但形状却最精美不过，让我不仅手痒，真想像从前抚弄一些著名的瓷器那样摸摸它。其实它并非一件瓷器，而是一个可爱的生灵；它并非魁梧男儿，而是温柔女性。难怪在日本古代传说中，作为太阳神的天照大神是女性，而非其他很多古老民族供奉的男性的太阳神。对我而言，一位温柔但外表庄严的女性看起来确实可望而不可即，甚至让人敬而远之；但若是与她面对面地相遇，在畅饮了几巡美酒后，她却会容光焕发，兴致勃勃。落日女神绯红的脸庞如今只有一半在地平线之上，在她向我关上自己的闺房门之前，仍然露出兴奋的赧颜。她散发出的融融暖意又在空中停留了片刻，然后四周便一片阴暗凄冷。而我随后也原路返回了自己的住处。

躺在床上，刚才目睹的一幕幕壮丽美景又从头至尾、栩栩如生地浮现在我眼前。兴之所至，我情不自禁地提笔写下一首诗：

曾观日落庐山后，今见落日大洋边。
太平洋面阔无际，一线苍茫接远天。
上有金圆之古镜，似下不下空中旋。
欲与海洋互亲嘴，形碎随波来我前。
我乃报之以微笑，万里飞红忽赧然。
转眼西沉形反大，波光倩影益婵娟。
浮空四野皆分彩，捉浪紫鸥狂更颠。
岂仅人间歌燕尔，乾坤亦自喜姻缘。
半露半遮半留恋，我欣我慰我参禅。

曾觀日落廬山後　今見落日大洋邊
太平洋面闊無際　一線蒼茫接遠天
上有金圓之古鏡　似下不下空中旋
欲與海洋互親嘴　形碎隨波來我前
我乃報之以微笑　萬里飛紅忽赧然
轉眼西沉形反大　波光倩影益嬋娟
浮空四野皆分彩　捉浪紫鷗狂更顛
豈僅人間歌燕爾　乾坤亦自喜姻緣
半露半遮半留戀　我欣我慰我參禪

第十一章　依俗饮食

海滨对我的吸引力不亚于山巅。而旧金山二美兼具。每次来到这座城市，我都设法在这两个地区逗留相同的时间。内河码头（Embarcadero）也凭借它拥有的北海滩、贝克海滩和大洋海滩吸引着我。有好多次，我乘坐有轨电车前往渔人码头，然后顺着内河码头步行到市场街。我还曾反方向走过一次。不过号称“旧金山地标”的渡轮大厦我却很少得见全貌，因为它是个交通枢纽，除非需要等候搭乘跨越海湾的公共汽车，否则没人会在此停留。听说那是一座优雅的建筑，是仿照塞维利亚的吉拉尔达塔（Giralda Tower）修建的摩尔风格尖塔。到了晚上，它就名副其实地变成灯塔，不同颜色的灯光把它照得灯火通明，从远处看效果最佳。不过，站在里面，我感觉它空荡荡的，有些多余，因为虽然在高峰时段乘坐公共汽车的人很多，但似乎从未把大楼填满。在19世纪50年代的“淘金热”中，这座建筑尚未修建，所有男性和少数女性都会在“汽船日”（Steamer Day）到这里等候汽船到达。从1873年至1877年间，曾有二百五十万到五百五十万的乘客往返于旧金山与奥克兰之间。如今，海湾大桥和其他大桥承载了所有交通，渡轮也就不复存在了。我怀疑渡轮大厦能否

永远保持它作为“旧金山地标”的地位。

作为一个出生于中国的人，任何与自己祖国有关的东西——不论大小——都会吸引我的注意力，这也是情理之中的事情。与内河码头相关，我了解到一个古怪的词语“Shanghaied”[1] 的来源。在内河码头成为一条修葺一新的街道以及水滨的所有码头得以建成之前，曾有很多船只抵离梅格斯码头（Meiggs' wharf）。其中的大多数船都是私人拥有和经营的，有些船长对待船员非常苛刻甚至残酷。一旦上了船，船长便成为独裁者，前往东南亚或出海捕鲸的航行通常持续三年，那是在监狱里辛苦劳动的三年。很多船只都被称为“地狱船”，它们总是缺少船员。于是，一种特殊的职业便在19世纪60年代的旧金山兴起。这一行的人会到巴巴里海岸的夜总会去，想方设法地围捕酒徒，好向那些船源源不断地供应船员，并从中牟利。我对其中一个名叫“上海·凯利”（Shanghai Kelly）的行家很有兴趣。他从哪里获得“上海”这个教名？“上海”一词又是如何用作教名的？难道凯利早年去过上海？听起来这不像是绰号。显然他在与那些孤独的淘金者交朋友上很有一套，那些人没挖到什么金子，逗留在当时几乎是“男人国”的旧金山。有一天，上海·凯利雇了一条船，宣布要举行一个生日派对，并在聚会中让他的所有朋友尽情畅饮美酒。差不多有一百个人参加了派对，很快，每个人都被威士忌放倒。然后凯利便命令那条拖船驶向停泊在海湾里的三艘没找到船员的船只，向

[1] Shanghaied，字面意思是“被上海”，其实就是被诱拐绑架到船上做苦工。——译者注

它们提供了充足的水手，作为交换，他得到了自己期盼的酬劳。那些参加生日派对的客人醒来时已经身在茫茫大海之中。换言之，他们全都“被上海”了。这个凯利待人可真是友好！幸好这种特殊的职业如今在旧金山已不复存在。它是否已经在人类世界的每一个码头上彻底消失？其实“Shanghaied”一词仍在使用，不过其指代的范畴更广了。

有天早上，我顺着内河码头随意散步，目光漫无目的地扫过四周，脑子里隐隐约约想着什么，双腿不由自主地拖着我往前走。再没有比这更安静的地方了，就仿佛以前从未有船只停泊在这一连串的码头上。公路上人迹寥寥，我甚至连一个码头搬运工都没碰到，于是便读着一个个码头的编号以自娱。突然，我注意到12号和14号两个码头之间缺了个数字，不由觉得好笑。这让我想起自己首次造访纽约时，曾花了差不多整整一天在华尔街的众多摩天大楼上上下下，为的是看看楼里有没有第13层。没有！我得知这种情况与建筑师或建筑承包商的迷信无关，只是无人愿意租用带有这个不祥数字的房屋！

这时，我已经抵达渔人码头。这里的嘈杂、色彩和纷扰都与中国的乡村集市、巴格达的巴扎、伦敦的老苏格兰市场、巴黎的跳蚤市场甚至纽约的康尼岛颇有几分相似。但它们没有一个像渔人码头这样拥有位于海湾水滨的迷人环境。渔人码头必定源自早年在“淘金热”后或至少是在金矿接近枯竭时定居于此的渔夫及其渔船，有些人从那时开始捕鱼赚钱。这里最惹人注目的景象之一是那些渔船上林立的桅杆，但最令人惊叹的却是那一堆堆正在烹煮的螃蟹。它们个头很大，有着鲜黄色的蟹壳，很多仍然热气腾腾地摆在随处可见的沸腾热锅旁边。几度造访渔人码头之后，我发现这里并无特别神秘之处，但我感觉那一团团从锅里冒出的热气后存在某个巨大的谜团。通常负责出售这些螃蟹的男人是个胖子，他偶尔会举起一把大刀把什么东西剁碎，而一个身形苗条的年轻姑娘身穿鲜绿色或黄色工作夹克，站在一旁观看，她粉红色的面颊、胳膊与卖蟹人白色的罩衫以及那些红色的蟹壳全都笼罩在灰白色的蒸汽中，在我面前组成一幅神秘而美丽的景象——粗野而又温和，时大时小，时而清晰可见，时而消失无踪，既真实，又虚幻，而且鲜活多彩！在我眼中，这是旧金山生活中一个典型的画面。

我想知道，为什么螃蟹成为渔人码头上出售的海鲜中最主要的一种？为什么聚集在这个码头周围的渔船有那么多都参与捕蟹？在罗伯特·格尼（Robert Gurney）撰写的一篇有关螃蟹的文章中，我读到下面的段落：

> 甲壳纲短尾亚目的蟹类或许可以看作是胸部向侧面扩展而腹部则缩小并塞进胸部的龙虾。毫无疑问，这些蟹类的祖先是长尾的甲壳纲动物，其外表很像龙虾。但这种新造物活得如此成功，因此这些蟹类的属和种的数量都比甲壳纲十足目的任何其他类群要多。就像在商界中一样，在自然界中，成功也会导致模仿，因此也有一些假冒者虽然看起来像蟹，而且其俗名中也带有“蟹”字，但其实根本没资格进入短尾亚目“名人堂”。

接下来他讨论了英文中不同类型的蟹（crab），如寄生蟹（hermit crab）、河蟹（river crab）、椰子蟹（ribber crab）[1]、岩蟹（stone crab）、拟绵蟹（sponge crab）、招潮蟹（fiddle crab）、陆栖蟹（land crab）和其他淡水蟹。让我特别感兴趣的是他论述的短尾亚目“名人堂”和那些“俗名中也带有‘蟹’字”的种类。我想知道，除了真正

［1］原文为“ribber crab,”似应为“robber crab”。——译者注

的螃蟹，要进入这个“名人堂”还需要什么特殊条件？那些在俗名中带有“蟹”字的生物是否被这些真正的螃蟹视为贱民？我真希望动物学家不要在甲壳纲中发现一场种族争端。

在旧金山渔人码头出售螃蟹的人和我脑海中巴尔港（Bar Harbor）和缅因州其他海岸城镇出售龙虾的人形成了鲜明的对比。在那些地方，他们会让每只龙虾保持鲜活，没有任何现场烹制龙虾的招牌。人们通常认为，龙虾应该在烹制之后立即食用，因为那时它的味道是最好的。这种看法是否也延伸到蟹类？难道是因为海蟹离开海水后无法存活很久？最让我迷惑的一点是，蟹类似乎生活在西海岸包括旧金山地区的太平洋海底，而龙虾类（如果真有这个类群的话）似乎生活在新英格兰一带的大西洋里。事实证明，中国那句俗语“百闻不如一见”很有道理。如果没在这两个地方都待过，我就不会意识到存在海蟹与龙虾这两个独立的类群。

我必须承认，自己嗜好新英格兰——尤其是缅因州——刚烹制好的新鲜龙虾。每次吃龙虾，我脑海里都会生动地浮现出吾友温德尔·S. 海德拉克（Wendell S. Hadlock）手握龙虾的模样，他是罗克兰的威廉·A. 法恩斯沃斯博物馆（William A. Farnsworth Museum）的馆长，曾在驱车带我去他家之前向我展示一些活龙虾。当时，就我而言，故意弄死龙虾的做法并不让我感到不安，因为它的味道说不出的鲜美。后来，我回忆起自己年幼在家时，每当我想看厨子做饭，祖母都会向我反复说起孔子的那句教诲：“君子远庖厨。”她说，如果我看到食物是怎样烹煮的，吃的时候就没胃口了。我祖母是个虔诚的佛教徒，从来都不喜欢杀死活物做食物。年幼时，我被孔子的这句话深深感动。如今我却觉得孔子似乎想掩盖什么。他肯定就像我享受新英格兰新鲜龙虾一样喜欢吃好东西。此外，我有很多年都没有自己的厨子，因此不得不自己动手下厨，已算不上严格的儒家门人！

几年前，当我寄居波士顿时，我曾读到一个有趣的比赛：马萨诸塞州州长赫特向新英格兰的另外五位州长发起挑战，声称海湾州*龙虾（Bay State Lobster）是“整个新英格兰——不，而是整个世界——最美味、最细嫩、最可口的龙虾”。另外的几位州长中有四位都对他随声附和，只有佛蒙特州州长李·E. 艾默生（Lee E. Emerson）沉默不语。六盘龙虾肉摆放到这六位州长及其夫人面前供他们品尝，但没有标明它们来自何处。这十二位评委都对其中一盘交口称赞，说它的味道是最美的。没想到那盘龙虾肉居然来自佛蒙特州！没有海岸线的佛蒙特州居然赢得了比赛，这让我兴趣顿生。不过，我们过去在中国也经常举行类似的品茶比赛。不知道旧金山是否曾有某位市长宣称这座海湾城市的海蟹是西海岸所有城市甚至全世界最好的？或许没有其他海岸城市敢与渔人码头的海蟹一较高低。

熟螃蟹壳的棕色或橘黄尽管也很悦目，却不如熟龙虾壳的猩红色那么明艳，尤其是刚煮熟从锅里捞出来的时候。明朝有位诗人对过一句颇为讽刺的下联：落锅虾公着红袍。大意是说只有虾会享受死亡，因为它可以把活着时候的青灰色衣装换成鲜红色袍子。因为明朝的官袍是红色的，而这位诗人从未通过科举考试为自己弄到一官半职，于是他就用这句巧妙的双关语安慰自己。

这里有很多的就餐地点彼此相邻，覆盖了几乎整个渔人码头。它们大多数都有意大利文的店名。我听说旧金山有个很大的意裔社区，其父辈和祖父辈都是在“淘金热”时代像其他很多人一样到此碰运气的。也有一些新鲜的意大利血液注入这个社区。很多渔人都是意裔，潟湖里停泊着大量渔船，在湖边的木码头上散步时，我发现他们聚在一起用意大利语交谈。两根柱子之间的绳子上挂着些正在晾晒的渔

* 海湾州，马萨诸塞州的别称。——编者注

网。两名年老的渔人坐在地上补一张网。我注意到每条船的船首都堆着一些用铁丝和绳索做的圆形罩子，它们显然是用来捕捉海蟹的。

突然，一群海鸟出现在潟湖上空，主要是海鸥，三五成群的路人开始朝着我所站立的码头末端移动。不等海鸥们飞到这里，它们叽叽喳喳的叫声早就钻进我的耳鼓。远处传来的一些叫声把我的目光吸引到潟湖入口处与开放的海湾相交的地方，我看到更多的鸟儿在两艘渔船高高的桅杆上方盘旋，仿佛在护送它们回家。很久以来，海鸥便一直被当作渔夫的朋友。在我们听来，它们的尖叫声或许略显单调，但对于身在外海的渔夫，这声音却可打破眼前海天一色、单调广阔的视野。大多数中国人都不了解远离陆地、在海上捕鱼的渔夫的生活，因为中国虽然有长达数千英里的海岸线，我们却从来不是擅长航海的民族。我们晚近才有了商业舰队，现在却还根本不值一提。渔夫的生活充满焦虑与危险以及不可预测的天气，不过在漫长的中国文学史上，从没有作者描述他们漂泊不定的生活。这是我的同胞未来需要从西方学习的地方。从古希腊人和古埃及人的时代起，航海就已经融入西方人的血液中，而且也融入了作为岛民的日本人的血液中。对我们来说，它依然相当陌生……此时，那两条渔船已经抛锚停泊，每条船上都有四五名渔夫，他们谈笑自如，仿佛想告诉我们：他们的收获不错。现在，海鸥的叫声更加响亮、狂乱，此起彼伏，接连不断。它们飞快地俯冲下来，捕捉那些扔给它们的鱼。它们捕鱼的动作快如闪电，让我目不暇接，顷刻之间，便只看见它们若无其事地扇动翅膀了。这些海鸥很有运动天赋：不管扔鱼的人年老或年轻，也不管扔的鱼是大是小，海鸥都绝不会让任何一条鱼重新回到海里。它们的目光必定极其锐利，大脑聚精会神，保持警觉。它们甚至能够在瞬息之间调整飞行速度，仿佛能够衡量自己与鱼之间的距离。虽然它们在潟湖上空制造了巨大的骚乱，让此刻的潟湖看起来拥挤不堪，但它们彼此之间并未表现出任何憎恶。这确乎是彬彬君子的运动家精神！

值得玩味的是，我注意到这一大群海鸥中间掺杂着几只颜色更暗、体型更大的鸟儿。它们是褐鹈鹕。每次我看到鹈鹕，都对它们为何拥有如此庞大的袋状鸟喙和沉重的圆形翅膀感到好奇。它们走起路来显得如此笨拙、不适，就像刚刚从病床上爬起来的老年病人。大自然为何为鹈鹕创造出这样有违鸟态的身体？现在，我饶有兴味地望着鹈鹕飞行、扇动翅膀和在水面上滑行，其姿态之悠闲、迅捷，丝毫不亚于海鸥，只不过它们需要的空间更大。它们也是优秀的运动家。两种鸟类之间存在一个有趣的区别：鹈鹕在捕鱼时从不表现出任何热切与渴求；它们不会伸长脖子、瞪大眼睛；相反，它们飞行时会缩着脖子，似乎对能否捕捉到鱼不以为意。它们看起来是如此从容悠闲。当它们知道自己靠近鱼儿时，只需张开自己的巨喙，鱼便会落入那个袋子里，仿佛是被它们舀起来的。

有时，我注意到鹈鹕会故意让海鸥抓住小鱼。它们的眼睛似乎能够分辨战利品的大小。我看见其中一只鹈鹕抓住一条大鱼，卡在它的袋状巨喙里，因此它不得不飞落到渔船附近的一根木头柱子上，向上伸着脖子，才让鱼滑进它的喉咙。它尝到鱼的味道了吗？我琢磨着这事，脑子里突然想起一个著名的中国笑话，不过，在讲述笑话之前，我首先得提醒你，根据儒家原则，中国人有重儒轻商的传统；另一方面，儒生通常又是些不懂赚钱谋生的书呆子，他们往往是些穷酸、迂腐的瘦子，而商人却酒足饭饱，体型富态，一副有钱人的模样。有天晚上，一头大老虎在出山巡猎整整一天后空手而归，在窝里大声抱怨腹中饥饿。母虎和其他亲戚问它：“怎么，出去这么久就没遇到一个人？”大虎说：“遇是遇到了，但我没吃他们。”“为何不吃？”“唉！”大虎叹道，“一开始我遇到一个和尚，因为他身上有臊气，我无法下咽。接着我遇到一个秀才，因为他身上有酸气，我依旧无法下咽。最后我遇到一个老童生，还是不曾吃他。”母虎问道：“为何不吃？”大虎回答说：“因为我怕崩坏牙齿。”[1]看到潟湖周围有这么多肥肥胖胖的人，想到那个故事，我不禁哑然失笑，对那头老虎来说，这是何等丰盛的大餐啊！

在渔人不再扔鱼给鸟儿后，所有的海鸥和鹈鹕都立马调转方向，朝外面开阔的海湾飞去。我向两个一直在喂鸟的少年靠近，问他们怎么舍得用那么多的鱼儿喂鸟。那个十岁的男孩很快回答我说，他和他十五岁的哥哥喜欢在放学后来这里看渔船返回码头。在渔夫对捕获的鱼加以分类后，他们会把挑剩下的扔到岸上喂鸟，因为好玩，他和哥哥便把鱼一条条地捡起来喂鸟。这时那个哥哥用胳膊抱着栏杆，弯腰朝下面一条刚刚泊好的渔船张望。他不时扭过头来，生气地望着弟弟，仿佛为弟弟的饶舌感到懊恼。最后，弟弟终于朝哥哥身边走去，也望着下面的渔船，不过他得踩着更高的栏杆才能看到。我便和他们一起，兴致勃勃地看着三个矮胖的渔夫点数、挑拣自己的鱼儿，将它们装进一个个袋子里，并且对兄弟俩如此热切、耐心地注视着这个过程充满兴趣。鱼儿的分拣快要结束时，那个年长的男孩叫道：“先生，先生，请给我一条鱼，一条大鱼，我妈妈喜欢吃鱼！”没有一个渔夫理睬他。但他再三再四地恳求，而他弟弟则一直烦躁不安地在栏杆上爬上爬下。接着，他的乞求声变得更低沉、更悲伤了。三个渔人一起用我听不懂的意大利语商量了一会儿。最后，那个须发尽白、年纪最大的渔人抓起一条大鱼，朝上面的男孩扔来，他就像一只敏捷的海鸥般一把将鱼接住。那个年幼的男孩立刻大叫起来：“还有我呢，先生，我也想要一条鱼。先生，请你们也给我一条鱼吧……”另一条鱼也扔到这个小家伙手里。他们俩高兴地笑着，哥哥用绳子将两条鱼都穿了

[1] 见《笑林广记·腐流部》。——译者注

渔人码头的海鸥

起来，然后哥俩便朝着海洋馆的方向跑去。

我在后面慢慢地跟着他们，仍然能够听到他们的笑声。他们时而弯腰，时而奔跑，在绚丽的夕阳映衬下，两个身影变成轮廓，但他们的快乐依然展露无遗。这时，他们停下脚步，跟路上的行人说话，又举起手里的鱼，我想他们是在炫耀自己的好运。很快，他们再次停下脚步，同另一个路人说话，并再次展示了自己的鱼。等到这样的情形又一次出现时，我已经赶上兄弟俩。他们正试图出售自己的鱼！我看到这第三个路人掏出自己的钱包，递给他们两美元的钞票。他看起来就和两个少年一样高兴。我微笑着扭转身，迎着微微的海风，面朝开阔的海湾。哦，生活！这就是生活，充满奇遇，充满无常，充满出人意料的事情。

太阳就要搅醒塔玛佩斯山上那位沉睡的可爱少女了。有人从金门开始慢慢展开被子般的白雾。我的腹中传来进餐的信号，既然这周围没有就餐的地点，我便走回海湾，在一家繁忙的意大利餐厅里选择了一个靠窗的桌位。这里似乎跟市中心的其他餐馆没有什么差别，只不过向窗外望去时，会看到四周有很多礼品店，潟湖里还有一簇簇渔船桅杆。我发现菜单上有些古怪的食物，那就是"波士顿蛤蜊杂烩汤"和"纽约蛤蜊杂烩汤"。为什么不是旧金山蛤蜊杂烩汤呢？我在波士顿的朋友从来都认为纽约的蛤蜊杂烩汤不够正宗。或许旧金山人在这一点上心胸更宽广。不过，我对这两种杂烩汤都没有兴趣。此外，菜单上还有几种蟹肉菜肴，于是我便选择了其中一种，心想渔人码头的蟹肉应该比别处的更好。我没看到谁声称这是"最美味、最细嫩、最可口"的蟹肉，事实证明这也毫无必要。《旧金山纪事报》(*San Francisco Chronicle*)的威廉·霍根(William Hogan)曾带我到圣弗朗西斯饭店吃午餐，我这位朋友认为我渴望尝尝这座海湾城市的海蟹，便点了一道蟹肉。我回答他："有好友相伴，任何菜肴都会更加美味；这道菜也会因此而增色。"

火奴鲁鲁也有一个渔人码头。夏威夷大学暑期班的教务主任坂卷俊三(Shunzo Sakamaki)曾邀请该校校长斯奈德博士(Dr. Snyder)和若干其他教授——也包括我自己——到那里仅有的一家外形如同一艘大型渔船的餐厅吃午餐。那里的气氛比渔人码头安静得多。菜单上也没有火奴鲁鲁蛤蜊杂烩汤或蟹肉菜肴。席间的闲谈聚焦于垂钓，我无法参与这个陌生的话题。显然斯奈德博士是一位经验丰富的渔人。

说起海蟹菜肴，鲍勃·法洛(Bob Farlow)曾向我推荐一道让他赞不绝口的软壳蟹。不管是在英国还是欧洲其他地方，我以前从未吃过这种蟹，尝过之后发现它确实像鲍勃说的那么美味。后来一位英国朋友告诉我，1877年渔业法案规定出售软壳蟹是非法的，显然这就是我以前从未遇见此类菜肴的原因。

在食用一只新鲜的熟龙虾或螃蟹时，虽然餐厅通常会提供一些小餐叉，但仍然需要不时使用手指，这便涉及“餐桌礼仪”的问题。我因此而联想起有关中国就餐礼仪的很多小问题。每当我在一家中餐馆请客吃饭，都有一些客人询问该怎样拿筷子、端碗或端盘子。有些客人要么去过中国，要么见过中国人吃米饭时举起饭碗放到嘴边将米饭刨进嘴里，会滑稽地向其他人展示一番。每当这时，我总是为他们未能参加一次旧式的中国宴会而遗憾。我们中国人有两种截然不同的就餐类型：礼仪性的就餐和娱乐式的就餐。在正规的宴会上，有各种繁文缛节；而在其他场合，我们只是享受美食而已，也不会有礼节问题。这也是旧金山的一些典型的中餐馆有若干包厢的原因，与现代的时髦餐厅把许多餐桌整洁地摆放在一起是不同的。在这些包厢里，人们可以和朋友们一起享受美食，将传统抛在一旁，随心所欲而不会受到批评。不幸的是，这种带包厢的典型中餐馆甚至在旧金山也开始消失了。

正是在渔人码头，我和一位美国朋友好好地讨论了是否该保持就餐礼仪的问题。在选择餐馆时，他坚持要给我换个花样！这次意大利菜和中国菜都不选，他想带我到一家越来越吸引食客的日本餐厅去尝尝日本寿喜烧。我们踏进门，爬上几级楼梯。一位穿着和服的姑娘向我们迎来，问我们想吃什么。典型的日本餐厅里有一个比地板略高的榻榻米，上面铺着供人盘腿而坐的竹席，中间摆放着一张矮几。有两张餐桌被一个美国家庭占据，甚至一个五六岁的幼童也学着脱掉鞋子，盘膝而坐。我们选择坐在餐桌旁。桌上的主要食物当然是寿喜烧，也就是在一个放在桌子中央的锅里将很多肉片和切好的蔬菜煮沸。除此之外，侍者又端上来各种盛着日本美味佳肴的小盘子。我要求免去吃生鱼片。我的美国朋友从未去过远东，以为中国人和日本人喜欢吃类似的菜肴，包括生鱼片。我开玩笑说，自己刚刚观看过海鸥和鹈鹕吃生鱼，已经看饱了。后来我们的话题转到牡蛎上来。我朋友说："它们应该生吃。""我知道，"我回答，"不仅应该生吃，而且该吃活的。但我不吃牡蛎。"不过我又补充说自己有很多同胞喜欢吃它们。我想起哥伦比亚大学中文与日文系主任的夫人范妮·德·巴里（Fanny de Bary）的话。她告诉我说她母亲是吃牡蛎的专家，而且总是说"牡蛎端上桌吃就已经晚了一分钟"。意思是牡蛎壳刚一张开就该立刻开吃，换言之，应该站在鱼贩子的柜台边吃。我指出，日本人根本不愿意吃牡蛎，因为他们没法站着吃东西。我们频频大笑，次数比实际举筷吃东西的次数更多。那锅一直沸腾的汤需要时时添水，不断增加的肉片和蔬菜让我们的筷子忙个不停。我的朋友有很多话要说，也询问了很多有关东方习俗的问题。最后，我们的话题集中到就餐方式上。

"它咽不下去！"

在这顿正餐结束之前，我和朋友说起一位在牛津大学赢得多项荣誉的美国学者。我曾参加过一次为他举行的宴会。他做了下面这一通最亲切的餐后演讲："在刚刚结束了我为获得必需的学位而作的专注研究后，我必须跟你们说说我的一项次要研究。它涉及就餐的方式。我已经得出结论，世界上存在三种截然不同的就餐方式。英国食客如同建筑师，他们先把肉切碎，然后在餐叉上把它们和蔬菜堆到一起，仿佛在吃之前先搞建筑，最后才将这件已经完成的建筑送进嘴里。美国食客如同数学家，他们用餐刀将盘子里的一切食物切成小片，然后把左手握着的餐叉换到右手上，一片片地吃那些碎片，仿佛一直在计数。第三种类型的食客是法国人和中国人。他们是纯粹的食客！”

“日本人属于哪一类？”我的朋友问道，但我无法回答他的问题。

在旧金山的渔人码头，你能够对就餐礼仪好好做一番研究。

第十二章　交相辉映

每个人脑中的色彩都不一样。通常接受的“红”“蓝”“黄”“黑”等颜色不过是大概的描述。一个幸福的年轻姑娘若是陷入爱河，那么，跟一个生活舒适顺利的中年女士相比，她对红玫瑰的红色就会产生远为强烈的感觉。而对刚刚经历丧子之痛的母亲，红玫瑰看起来是没有颜色甚或是黑色的。在相同的环境下，两双不同的眼睛或许会对“红色”产生相同的体验。然而，如果把它放在其他颜色——例如绿色或黄色——旁边，这种情况就会改变。首先，另一种颜色的映衬会让它发生变化；其次，由于眼睛的光学活动，它似乎还会与其他颜色交换。这就是我对色彩的同时对比的理解，也是我发现旧金山的色彩如此有趣的原因。

很多人都说旧金山是一座白色的城市。乔治·斯特林（George Sterling）在他的一首诗中把它描述为“冰冷的灰色城市”。这两种描述都是正确的，但它们未能将旧金山与其他许多城市区别开来。

旧金山之所以给人留下白色的普遍印象，是因为这里的大多数房屋都被刷成白色。最近，我在盛夏时节造访了雅典。站在雅典卫城顶上，我看到这座古老城市的第一眼便让我想起太平洋畔的现代都市旧金山。拜“二战”后的经济复苏与繁荣之所赐，雅典似乎比其他历史古城吸引了更多游客。高大的建筑如雨后春笋般拔地而起，还有更多的建筑正在兴建。它们全都被刷成白色，在希腊灼热的白色夏日阳光中闪耀。坐在帕特农神庙的石头边上，我意识到雅典位于远离海岸的地方，来自爱琴海的海风几乎不会搅扰这片古老大地上方的深蓝色天空。有这样一片一尘不染的靛蓝色天空作背景，雅典城及其各式各样的白色房屋显得更白、更亮了。

虽然旧金山的房屋也是白色的，也很干净，但它们从未矗立在让人只能半睁眼睛的灼热阳光下，背后也没有一尘不染的靛蓝色天空把它们陪衬得更白。实际上，旧金山位于海湾边上，太平洋就在近旁。来自大海的凉爽空气一直充当着自然之手，将云雾塑造得千变万化。这些变幻无穷的形状时大时小，时浓时淡，如游戏般滑过城里的房屋，有时稍作停留，有时奔涌而过，有时飘拂往复。它们投下浓淡不一的阴影，不让这座城市披上单调的白色。它们也并非总是乳白的色彩与建筑的白色并列。此外，旧金山早就用繁茂的花草树木取代了从前的沙丘，用丰富的绿色与白色或灰色形成对比。结果便是在互补的绿色影响下，让这座城市的灰色或白色仿佛带有几分红色，而绿色则显得更鲜艳——或许是更黄了。因此，我无法赞同乔治·斯特林将旧金山简单地描述为“灰色城市”，除非我们待在这个半岛的顶端，那里每天早上都有海雾，夏季的几个月尤其如此。

我从阅读中获知，乔治·斯特林是一位诗人，一个内心悲观的人，他或许偏爱灰色，要么就是在他寄居旧金山期间总是看到灰色的东西。1918 年，他在波希米亚俱乐部自己的房间里饮下致命的毒药，结束了自己的生命，只因他没有等到自己最崇拜的朋友 H. L. 孟肯（H. L. Mencken）。我不知道该如何评价孟肯，因为我对他的著述知之甚少。但我没想到“名气”居然会导致他人死亡。孟肯或许并未答应从洛杉矶过来参加乔治·斯特林的聚会，不过，人还是应该谨慎地享受自己的“名气”。斯特林对自己如此崇拜的同胞怀有真诚的热情，如今这种热情已非常罕见。

乔治·斯特林并非一直把旧金山看作“冰冷的灰色城市”。下面的几行诗句就证明了他对自己爱之至深的这座城市有着敏锐的观察：

在我们街道的尽头朝阳初升；
在我们街道的尽头桅柱交错；
在我们街道的尽头落日西沉；
在我们街道的尽头群星闪烁。

朝阳与落日每天交替照耀着旧金山的房屋，这座城市暖意融融。斑驳的桅柱与闪烁的群星交相辉映，这座城市不可能长久保持灰色。这几行诗句的描述恰到好处。其实没有人能够轻松看见旧金山任何一条街道的尽头；但在直接面对眼前的大海、山丘、树木、屋宇甚至云彩时，人们却奇怪地以为自己能够看到。第一次来旧金山的时候，每次我认为自己即将接近街道的尽头，都会邂逅接二连三冒出来的一个个惊喜。

我曾经在清晨5点钟之前从塔玛佩斯山上观看日出，但从我站的地方望去，旧金山太过遥远，尚无法看清。不过从金门大桥东侧的小路上，我却看见这座城市在夕阳之下闪耀着令人难以置信的斑斓色彩。我无法步行找到前往那里的路，于是有天下午，一个朋友便在前往索萨利托的途中顺路把我送到彼处。那是一个少有的下午，太阳居然照耀着金门大桥，既没有狂风，也没有浓雾。我慢慢地朝着马林县踱步，四处张望，想弄清自己以前在大桥桥塔高处看见了哪些地方。到达小路的末端后，我继续朝着一处露天的海岬前行，加入一群刚刚下车来远眺这座城市的人。他们感叹远处的旧金山在明晃晃的太阳下显得好白，我不由得赞同他们的评论。回到小路上，我一步一挨，不愿离去，甚至身后快速移动的汽车也无法加快我的步伐。

除我之外，小路上再无别人散步。我觉得自己此刻仿佛拥有整个金门海峡，控制了整个港口。旧金山城离这里很远，可是又没有从塔玛佩斯山顶上看着那么遥远。那一堆堆白色的房子，有的高得如同鹤立鸡群，不过很多都不高，整个看来，就像一些形状不规则的台阶组合在一起，但已经不如一个小时之前那么白了。阳光也不是白的，因为太阳已经开始逐渐下沉。天空有一大片一大片的蓝色，还飘浮着各种条状的红色和粉红色，就像一群红色的金鱼在不同的通道中游动。有些很快变得像红色的海豚，仿佛在跳跃，接二连三地穿过密集的黄色云球，那些云的边缘镶嵌着鲜艳的金线。城市就笼罩在这些对比鲜明的色彩中。科伊特塔、沙丘上的摩天大楼和其余的房屋一起，全都从白色变成纯金色。根据色彩的同时对比规律，由于与之互补的一片片蓝色天空的影响，发白的云朵看起来仿佛染上了金黄色，与此同时，由于上面云彩中与之互补的红色和粉红色条纹的影响，白色的建筑又因为夕阳的光线而看似染上了黄色。海湾的水面上有成千上万的银线朝我移动。很多摩天大楼垂直的窗户线条映射着阳光，变成明亮的银条。渐渐地，城市的周围变成越来越鲜艳的红色，而在位于它正上方的天空中，再也看不到一片片蓝色了。对我来说，这是最难忘的一幕景象。它不像是无法控制的狂喜之中的美，而像是宁静而优雅之中的美。整个场景都让我想起比娜·乔杜里（Bina Chaudhuri）夫人穿的鲜红色纱丽，用印度丝绸做成，边缘用金线绣出精美的图案，并有她闪烁的金耳环和其他黄金饰品作陪衬。鲁道夫·谢弗和我曾到她距离旧金山音乐学院不远的家中享用晚餐。奇怪的是，这也证明了哈里达斯·乔杜里（Haridas Chaudhuri）博士在其著作《真理的节奏》(*The Rhythm of Truth*)——即真理作为创意和弦的概念——中阐释的观点，他在书中证明了单一性与多样性怎样在现实的具体结构中混合起来。那种现实在旧金山体现了出来，或许也解释了乔杜里博士为何把他在城里的静修所经营得如此成功。自从我与他相逢以来，他的追随者年年增加。乔杜里博士是旧金山文化融合协会(Cultural Integration Fellowship)的会长。1953年我第一次与他们见面时，他和夫人有两个可爱的孩子丽塔和奥辛。人世间的友谊是没有边界的。欣赏了旧金山在夕阳之下的宁静之美，又回忆了我的朋友乔杜里夫妇，我感到愉快满足。

从高空中观看这座城市及其周边环境则是又一件幸事。有天晚上，我正打算从A. J. 墨菲夫妇在萨克拉门托举行的有趣聚会中告退，史蒂夫·威廉(Steve William)走过来，问我是否愿意去看那场灾难性的森林大火，它当时正在内华达山肆虐，并已导致数百万美元的损失。“如果你愿意，”他继续说道，“我会在明天早上6点30分去接你。”我笑着答应了，但认为他肯定是在开玩笑。当薇拉和查理·因克斯(Willa and Charlie Inks)钻进他们的小汽车时，他们向我点头告别，又说:“带上相机，你会从空中拍到一些不错的照片。”我又笑起来，拿不准他们在说什么。我寓居之所的男女主人鲍勃和塞尔玛·莫里斯在我们上床休息之前什么都没说，我想，一大早去坐飞机却不用安排订票，这完全是行不通的，于是便把这件事抛在脑后了。不过，第二天清晨我很早就醒来，正要穿衣起床，门铃响了。是史蒂夫·威廉和杰克·墨菲。他们催促我赶紧上车，说我们会在一个小时后回来吃早餐。当我们驱车离开时，我感到相当困惑，但什么都没问。接着，他们让我在一座车库似的大型建筑前下车。史蒂夫按了一下按钮，打开了门，然后就在墨菲的帮助下，把他的私人飞机推了出来。他们刚把这架带有翅膀的庞然大物布置妥当，就叫我钻进后排的一个座位，就像朋友们经常叫我钻进他们的汽车一样。在史蒂夫就座之前，他同一位年轻女士说了几句话，后者打算驾着飞机带儿子飞几圈，她的飞机棚就在史蒂夫的旁边。然后，史蒂夫便驾驶飞机行驶了一小段距离，来到一个地方让几个年轻人加油，就跟在一个汽车加油站差不多。不久后，我们三人便飞到了塔霍湖（Lake Tahoe）上空，很快就看到下方远远地有成团的白烟，如云团般挤在一起。我的脑子还是一片空白；我什么都没想，而且也没法想，只顾好奇地四处张望，有时直直地望着前方，有时望着下面。内华达山中的几座高峰直指我们的飞机，但我却没记住它们的名字。我曾经从公路上远望这些山峰，它们看起来总是那么遥远，高高在上，远离尘世。可能史蒂夫并没有把飞机飞得多高，因为我能够清楚地看到下方的一大片嶙峋的群山——全是石头，上面点缀着一片片阴暗的树林。此刻，我们的飞机直接向前飞，然后向下滑行到被大风吹得浓烟滚滚四处弥漫的上空。史蒂夫试图弄清森林大火在朝哪个方向蔓延，便如此这般地操纵飞机，先是倾斜这个机翼，然后又倾斜另一个机翼。时而上下移动，时而转圈，最后才把我们正下方一些看似烟火的红色火焰指给我看。已经被烧过的区域是最大的，上面布满了光秃秃的树干，而大火仍在熊熊燃烧，不断在新的地点蹿起来。不管科学研究已经多么发达，这样的大火还是无法阻止。关于早先的美洲印第安人，史蒂夫有很多话要说。印第安人生活在这些地区时，差不多每年都会把树根周围的干草烧掉，如此一来，新的草就不会长得太高。即使意外爆发山火，也很少向远处蔓延。如今印第安人已经消失，现代美国人聚居在自己修建的城镇里，任由干草堆积、新草疯长。火灾不经意间爆发后，就会很快蔓延，变得无法控制。

在飞行过程中，史蒂夫忙个不停：有时会好心地向我介绍山火和山脉周围的土地，有时又会拿起麦克风，指挥秘书在他降落之前处理业务。我问他我们现在离旧金山有多远，他回答：“如果你想看看它，我们可以飞过去。”不等我回答，他就叫墨菲接替驾驶，而他又在空中指挥处理了更多业务。加州广阔的土地很快在我下方展现出来。我花了二十分钟左右才找到海湾地区。这是一个阳光明媚、空气澄澈的早晨，没有一丝云彩挡住脚下的风景，当我们飞临旧金山上空时，我也没看见附近有其他飞机。墨菲把飞机的高度降得很低，又盘旋了一两圈。起初，从空中俯瞰城市的想法对我并没有特别的吸引力，因为我见过的很多航拍照片都像是没有任何美感的浮雕地图。不过，当我们的飞机从很低的高度飞过旧金山时，这座城市的各种色彩互相对照的效果远比我想象的更有趣。在海湾的圣拉斐尔和里士满这一侧，夏季的山丘呈棕色；在要塞公园、苏特罗森林、金门公园乃至伯克利山丘，一簇簇的植物呈暗绿色；它们与海湾里深蓝色的海水一起，彼此映衬，互相影响，创造出一幅异彩纷呈的美景。我从空中看到的新住房开发项目是一些发白的平行线条，朝着各个方向延伸，无意识地模仿了早期的美洲印第安陶器图案。金门大桥的红色十分惹眼。两侧山丘的绿色与之互补，再加上略带紫罗兰色的天空和海水，从空中俯瞰，大桥显得更红、更艳了；而圣拉斐尔－里士满大桥则变成一条长长的曲线，海湾大桥变成一条中间膨胀的短线，就像一条响尾蛇刚刚吞下一大头绵羊，卡在了身体中间。从空中看，后两座大桥都很容易被忽略，但红色的金门大桥却绝不会错过。我常常好奇是谁建议把金门大桥的栏杆和桥塔刷成朱砂红的。不同的色彩交相辉映，创造出景深效果：诸如蓝色、灰色和黑色等冷色看起来似乎往后缩，而红色、黄色和橘黄色这样的暖色则向前突出。因此金门大桥的红色从周围环境中脱颖而出，成为海湾地区的一道风景，也成为整个地区的标志。

当我们飞过金门大桥时，墨菲先让飞机朝着一侧倾斜，然后再向另一侧倾斜，尽可能让我从每一个角度看它。如果我此时站在大桥东侧的桥塔上，我会以为墨菲正在我头顶上进行航空表演，没准还会害怕自己被掀起来，掉入水中。然而，眨眼之间，在盘旋了一大圈之后，飞机便再次升到高处，回到萨克拉门托时比预定时间晚了半小时。墨菲带我到附近的机场餐厅吃早餐，这时我才得知，他和史蒂夫驾驶他们的私人飞机已有两年左右。史蒂夫明天早上会单独驾驶飞机前往阿拉斯加做一笔买卖，希望能在随后的下午返回。我真想建议现代医学家放弃发明神奇的延寿药物，因为凭借现代科技，我们已经能够在一天之内做这么多的事情，而在从前这或许需要数日甚至数月的时间才能完成。从这个角度说，我们的寿命其实已经延长了。除了如此意外地乘坐一架四座私人飞机飞行的新体验，我还欣赏到一派出人意料的景致，从空中看到了旧金山的各种色彩相互映衬的效果。

不同的颜色会创造出不同的景深和冷暖效果，而光线能通过强化色彩而增强此类效果。这在旧金山表现得尤其明显。与夏威夷州或南海的岛屿不同——如果一个人在那里停留的时间比较长，会对日复一日万里无云的蓝天和灼热的阳光构成的单一景色感到单调——旧金山的天空既不太蓝，又总是有云彩。这里明媚的太阳似乎经过过滤，感觉更纯净、清爽，肉眼可以非常轻松地四处张望。阳光既不会过于强烈到烧毁一切，又不会过度微弱，如同月光般将万物笼罩在梦幻与冰冷之中。这座城市的每一种色彩都可随心所欲地与其他色彩映衬。旧金山比我见过的任何其他地方都更充分地展示了这些效果。

伦敦雾蒙蒙的空气由来自远处大海的雾气与烟囱里的煤烟相混合而成，因此能够将整座城市包裹在阴暗之中；旧金山的雾岚则不同，它直接来自附近的大海，干净而新鲜，而且从不会蔓延很远，无法吞没整个城市，城里总有一些地方照耀着阳光。我听说传教士街就是雾域的分界线，在它的南侧，差不多每天都阳光灿烂，而在它的东侧，海雾会侵入这里并停留很长时间。望着阳光露出灿烂的微笑，迎接偷偷向前移动的雾气——羞羞答答，犹豫不决——我总觉得十分有趣。此刻它们持久地热情拥吻，就像两个久别的年轻情侣。最终，太阳变得更加温柔，失去了它怒射的光芒。在我看来，这似乎证明了中国古代哲学家老子的原则；他倡导人与自然和谐相处，因为他认为大自然中的一切生灵都像人一样拥有痛苦、热情与爱之类的情感。旧金山的太阳与雾霭是一对天造地设的情侣。

关于这对天造地设的情侣，有一点需要注意。旧金山的太阳投射出融融暖意，但从不过分，因为海上的空气驱动雾霭向前，时时缓和它炽烈的激情。太阳与雾霭的结合无意中影响到它们接触到的各种色彩与事物。而那些恰好在旧金山长久生活的人也相应地受到类似的影响。我在旧金山受到很多人的热情款待，但从未达到过犹不及的地步。

暮色与万千灯火也为旧金山黄昏时分色彩的相互映衬贡献了一份力量。我不知道旧金山的黄昏是否比其他地方持续得更久，但我见过它在大多数街灯和高楼大厦里的灯光亮起后仍久久徘徊、不忍离去。甚至僵硬的钢筋混凝土建筑也因为旧金山的暮色而平添几分柔和。我曾经在多条位于山脊之上的主干道上欣赏这种效果。旧金山人就像其他城市的人一样努力工作，但旧金山柔和的暮色应该可以防止人们血压过高。有天傍晚，我正从俄罗斯山顺着海德大街散步，突然发现海湾大桥的五座桥塔之一变成了光滑的红色。我犹豫了一会儿，想起海湾大桥并未像金门大桥那样刷成红色，而是刷成了银色。或许有人在给它重新刷油漆，把内层油漆换成了红色？我又看了一眼，发现这座桥塔闪烁着灿烂的光芒，仿佛里面装着霓虹灯。当我扭过头来，才看见一轮绚丽的红色夕阳为天空洒满红光，这红光又反射到桥塔上。真是一幅美景。我认定这就是海湾大桥刷成银色的一个好理由：在落日的照射下，以及白昼的各种光线与色彩的映照下，银色可为大桥提供多种色效。

白昼渐渐合上双眼，流光溢彩的旧金山与黑夜笼罩的地方并列，又产生了色彩的对比。那无数的电灯在黄昏时很容易被忽略，现在却变得越来越明亮。接着，旧金山进入了恍惚状态和梦幻世界。旧金山的光四处蔓延，点缀着大地，同时又像金块一般，有大有小，钉在一块巨大的南京织造的乌黑缎子上构成图案。这图案看起来最是迷人，角度不同，便会千差万别。从“马克之顶”（Top of the Mark）[1] 的玻璃望去，眼前的景色如梦似幻，如果游客静静欣赏，这种感觉就更会强化。

我的一些朋友曾带我到他们的窗前看风景，不过，其中最令我印象深刻的，还要算我 1953 年 3 月首次在伯克利的约翰 · 豪威尔宅邸所见。经由纽约公共图书馆的卡尔 · 库普（Karl Küp）介绍，我到邮政街的约翰 · 豪威尔书店去看望豪威尔先生。见面之后，他的第一句话是:“卡尔 · 库普是我儿子沃伦的挚友。沃伦的朋友就是我的朋友。因此卡尔就是我的朋友，卡尔 · 库普的朋友也是我的朋友！”真是有趣的逻辑，跟我祖父过去常说的话非常相似。然后，豪威尔先生便提议带我去波希米亚俱乐部（Bohemian Club）吃午餐，从书店拐个弯就能到那里。来到俱乐部，他带我去看了乔治 · 斯特林待过并自杀的房间。在给我看《金银岛》的作者的一些遗物时，他滔滔不绝地说起罗伯特 · 路易斯 · 史蒂文森来。史蒂文森成名之前，曾在旧金山的一所公寓里住了两年，还经常到这个俱乐部来吃饭，并且非常喜欢花园角广场（Portsmouth Square）及其环境。广场上有一尊青铜大帆船雕塑，竖立在花岗岩底座上，后面种着高大的树木，用以纪念史蒂文森。当时，这个广场其实是旧金山城的核心。1846 年，它还是一片土豆田，属于坎德拉里奥 · 米拉蒙特（Candelario Miramonte），后

[1] “马克之顶”是马克 · 霍普金斯酒店顶层的酒廊，酒店位于旧金山市中心诺布山上，可以俯瞰全城。——译者注

花园角广场

来成为西班牙和墨西哥广场。波希米亚俱乐部的成员在这座城市以及整个西海岸的早期文艺界中扮演了重要角色。约翰·豪威尔自己就曾为俱乐部的“狂欢”（High Jinks）编写剧本、扮演角色。他答应7月带我去看俱乐部的营地，因为俱乐部的成员届时会在位于俄罗斯河的营地待上两三周，在“狂欢”中演出。这个营地最排外了，甚至成员们的太太也不许同去。不等我道谢、告别，约翰·豪威尔就递给我一本由他编辑并出版于1927年的《1860年代的随笔》（*Sketches of the Sixties*），作者是布雷特·哈特和马克·吐温。然后他又盛情邀请我在卡尔·库普回来后到他家吃饭。卡尔每年都要到不同的地点出差，为纽约公共图书馆寻找珍本图书。约翰·豪威尔主要经营旧书和珍本，是这个领域的权威人士。他自己收藏的各种古代《圣经》版本——共有九十八种——就非常有名。

五周后，卡尔回到旧金山，我如约前往伯克利与豪威尔一家共进晚餐。我们先到书店碰头。卡尔已经到了，正和沃伦讨论书的问题。他出生于荷兰，肯定在20世纪头十年的欧洲社交礼仪方面获得了很好的家庭教育。他经常去欧洲，混迹于众多著名的珍本图书鉴赏家和上流社会的艺术收藏家之中，由此形成一种相当罕见的杰出仪态，甚至在纽约的社交聚会常客中也表现不俗。他的衣着整洁考究。我最喜欢看卡尔左手捧着某部珍本图书、右手抬起又富有节奏感地放下然后翻动页面的动作，仿佛在指挥一支交响曲。

这时，书店的门开了，走进来一个光彩夺目、魅力十足的年轻姑娘，卡尔和沃伦都叫她安东尼娅。她眼波流转，举目四顾，卡尔立刻成为她的护花使者。沃伦则驾车将我们送到他父母的住处。

安东尼娅也来自荷兰，跟卡尔很谈得来。一路谈笑风生，前往伯克利的短短旅途很快便愉快地结束了。屋外灯光明亮，约翰·豪威尔的太太让其他人自便，却带我去看她的花园，她有时会和自己的学生在这里演出《仲夏夜之梦》和其他作品。豪威尔太太来自新西兰，她娘家与伦敦的拉斯金家族是亲戚。她是一位受过专业训练的戏剧老师，一直对舞台剧作品和表演很有兴趣。约翰·豪威尔陪着我们，提到他曾参演《威尼斯商人》，还曾在自家起居室演出这部戏剧。在进屋之前，约翰·豪威尔悄悄告诉我，他希望有些事能够很快确定。“你知道的，”他继续说道，“沃伦是个不同寻常的年轻人——很少说话，优柔寡断。”我点点头，仿佛我完全明白他在说什么。当我第一次到邮政街拜访他时，沃伦不在那里。约翰·豪威尔曾表示他希望沃伦很快结婚，成家立业。真是可怜天下父母心啊！我想。

桌上的晚餐已经预备好。卡尔眉飞色舞地对菜肴做了介绍，吃的时候，我们全都对他异口同声地表示赞同。有佳肴美酒助兴，安东尼娅和卡尔又妙语连珠，屋里的气氛活跃起来。稍后，当两位女士和两位绅士兴致勃勃地谈论一些个人问题时，约翰·豪威尔站起来告诉我，他有些特别的东西要给我看，而其他人都已经见过。他领着我来到一个大房间，一道巨大的窗户占据了整整一面墙。他打开部分窗扇，来自海湾的清新空气涌进来，吹得我头脑清醒，目光敏锐。然后，他让我抬起头，只管注视前方。整个旧金山都呈现在我眼前！我以前见过这座城市灯光闪烁的夜景——在塔玛佩斯山上，不过从那里远眺，它看起来那么小，又那么模糊；后来，我又在林肯公园（Lincoln Park）的荣耀宫（Legion of Honor）前露台上看过，但在那里我只能看到城市的部分地区。此刻，整座灯火通明的城市一览无余；无数的灯光仿佛有生命一般，有些向前移动，有些向后退，穿过轻灵的海湾空气。而在窗下的伯克利与另一侧的灯海之间，横亘着一大片幽黑的海湾，它把点点灯火那柔和而优雅的活动衬托得越发惹眼。没有近旁伯克利街道上的各种静止的灯光，海湾对面旧金山的灯火就不会因为色彩对比而显得如此灵动、明亮。拂过海湾的风儿也增强了灯光的柔和与优雅。

我并不总是喜欢观看轮渡大楼钟楼上涌动的彩灯，因为它们是人工的，具有商业意义。但此刻，轮渡大楼的各种色彩补充了附近和远处的灯光。它们也并非静止不动或一直保持同样的色彩，它们不像传统的一弯彩虹，而是构成球形，彩虹般的色彩反复不断地聚集、分散。这一切显得那么神秘、奇妙，虚幻而又真实。我本能地开始低声吟诵。约翰·豪威尔以为我在同他说话，便靠近一步。我解释道，眼前的夜景让我想起一千多年前的一首著名诗歌，它简直就像是在这里写就的。在中国文化达到鼎盛的唐朝，唐玄宗（公元 9 世纪）[*] 享受了一段太平富足的统治时期。作为一个颇有艺术和音乐修养的人，他经常为宠爱的妃子杨贵妃谱写一些特殊的音乐作品，供她与其他嫔妃伴舞之用。那是一个炎热的夏夜，皇宫的高台上正在举行一场盛大的宴会，这时皇帝带着自己的嫔妃、大臣以及一些著名的艺术家和诗人出现了。很快，宴会便在轻歌曼舞中开始。或许就是在这场宴会之中或之后，在当时和整个中国历史上都最有名的诗人李白，写下了这样的诗歌 [**]：

如梦笙歌上紫烟，
霓虹光里影纤纤。
万家灯火连霄汉，
疑是银河落九天。

如夢笙歌上紫煙
霓虹光裡影纖纖
萬家燈火連霄漢
疑是銀河落九天

这也正是我刚刚吟诵的诗歌。

“哦，原来如此！”约翰 · 豪威尔恍然大悟。

如今，约翰 · 豪威尔已过世，不过生前看到沃伦与安东尼娅喜结良缘，他已经备感欣慰。

---

* 唐玄宗在位时间应为公元 685 至 762 年，即公元 7 至 8 世纪。——编者注

** 此诗应为作者戏作。——编者注

第十三章　兼爱天下

除了孔夫子，中国还有两位重要的哲学家：老子和墨子。前者是孔子的同时代人，但比孔子年长；后者比孔子晚三百年左右*，大约生活在公元前479年至前381年的中国北方。孔子倡导人要有道德规范，其思想以“仁”为中心，指的是那种将人与人凝聚起来的善意。老子的思想原则和教诲都包括在一部只有五千字的小书《道德经》里，他倡导的是让人与自然保持和谐的永恒自然法则：自然界中的生命和人类都在秩序井然的宇宙生活中拥有自己应有的位置。在我看来，墨子似乎更实际一些，因为他倡导“兼爱”——被很多英文译者翻译成“Universal Love”（普遍的爱）或“All-embracing Love”（包容一切的爱）。换言之，他认为一个人的爱不应该像儒家倡导的那样局限于一个有限的圈子，因为这样的局限性会在不同的群体中催生敌意和冲突，这反过来会导致战争。总体而言，儒家思想强调对人的爱，道家思想强调大自然与人的和谐关系，而墨子强调对所有生灵的爱。

---

* 孔子约生于公元前551年，墨子只比他晚七十年左右，此处大约是作者笔误。——编者注

我并不认为自己有资格讨论中国哲学，但我总觉得这三位伟大的中国哲学家都在旧金山有追随者，只不过很难说清他们在哪里、是怎样追随其哲学的。“无为而无不为”是老子教诲的关键词。因此，如果对这句话加以引申，我们也不妨说“没有教诲但教诲无所不在”。不管怎样，每次我回到旧金山，都会觉得自己受到了一些教诲。

由于旧金山向空中开放的程度超过其他大都市，因此周围的鸟类必然更多。至少在这里更容易看到鸟儿飞向山丘，因为旧金山的建筑几乎不会阻挡视线。这座城市的位置和建筑方式都使得人能够眺望四周的广阔风景；这也是它最迷人的特色之一。

旧金山似乎拥有我在其他城市见过的所有鸟类。八哥（starling）就是其中之一，不过，在这里，当它们傍晚来到屋檐下栖息时，它们似乎不是那么吵闹。鸽子是这里常见的另一种鸟类，它或许是唯一能够与人相伴的鸟类，而且也喜欢待在人群中，仿佛在炫耀自己有权参与人类活动似的。在路人面前摇摇摆摆地走路，或者在那些闲坐于公共长椅上的人面前展示自己的滑稽动作，都让它们感到快乐。它们的态度传达出一句流行的中国俗语的精髓:“无心无事”。鸽子执意和人待在一起，这或许是其家族如此兴旺的原因；它们已经知晓了生存的艰难。在从公元前10世纪到公元前1世纪的中国古代，鸽子作为一种象征性的鸟类，被刻在玉石或杆子上，作为皇帝（天子）的礼物，赏赐给那些活到八十岁的臣民。它是健康的象征，因为鸽子几乎什么都吃。

不管怎样，我发现旧金山鸽子的习性有所不同。它们并不一定聚集在联合广场一带，因为城里有很多开放的空间和公园供它们漫游其中。它们似乎比自己在其他地方的同类过着更文明的生活；至少，它们像人类一样，学会利用一种被称为“雨鸟”的现代洒水装置。在旧金山，通过“雨鸟”开启水管为房外和公园里的树木和草坪浇水是一种稀松平常的景象。我经常看见鸽子故意走到或飞到喷溅的水花里，轻轻爽爽地洗个淋浴。当它们离开水沫时，我们可以从它们前后摆动的脑袋轻松地观察到它们是多么享受。我时常兴味盎然地望着它们在艺术宫（Palace of Fine Arts）那座老大楼前的草地上做这件事情。

在旧金山的公园里经常可以看到加州鹌鹑，但它们在新英格兰各州的城市里却不多见。我第一次看到它们是1953年在里诺（Reno），当时莫里斯夫妇带我到查理和鲁拉·因克斯的家中过夜。早上，当查理展示自己烤牛排的手艺时，我坐在门边，望着五六只加州鹌鹑悠闲地在花园内那座花圃周围啄食青草。跟匆匆疾行、贪心嘴馋的鸽子不同，鹌鹑总是小心翼翼地移动，偶尔会以优雅的姿势弯着身体。它们是些漂亮的鸟儿，其姿态神色很适合入画。它们头顶上小小的肉冠摇摇摆摆，更是为其进食动作增添了几分优雅；而它们左顾右盼的样子

鸽子享受淋浴

又像极了受过良好教养的中国贵妇，在将筷子轻轻插入菜肴中之前，对女主人准备的美食称赞一番，而不是像一个贪吃的人那样猛戳筷子。在青翠的草坪陪衬下，鹌鹑眼睛周围和羽毛中的白点构成美丽的图案，格外醒目。

我曾经观察到，生活在旧金山的加州鹌鹑过马路时比很多人类更懂礼节。有好几次，我看见几只鹌鹑——大概有八九只——一起站在金门公园主干道旁的杜鹃花丛下，耐心地等待众多车辆经过。当它们意识到路上暂时没有车辆时，就会有一只率领大家排成一队，秩序井然地穿过马路。有一两次，我还看见司机停下车来，让鹌鹑先行。而鹌鹑似乎也理解对方的好意，因为它们会比往常更快地奔跑过去。这让我想起一位高大的伦敦警察，我曾见他示意车辆暂停，给一只鸭妈妈和它的十来只小鸭让路，排成一字长龙，穿过街道，进入圣詹姆斯公园（St. James' Park）。

在中国，我们有一句家喻户晓的俗话：天下乌鸦一般黑。意思是在哪里都能找到黑心肠的人，而且这种人本性难改。当我在都柏林看

加州鹌鹑过马路

到一只白色的乌鸦时，我开始对这句话产生怀疑，直到有人告诉我那只鸟得了白化病。俗语只是概括言之，我发现并非所有乌鸦都有黑色的翅膀，有些翅膀上点缀着红斑。

当我顺着默塞德湖（Lake Merced）散步时，红翅膀的乌鸦给我留下了最深刻的印象。在闲逛了几小时后，我发现自己已经出了公园，来到一个面积广阔的高尔夫球场。形状典雅的柏树树梢上留着一簇墨绿的树叶，被精心修剪的葱翠球道衬托得非常美丽，打球的人穿着色彩鲜艳的运动衫，在球道上构成一个图案。于是，我坐在一张长椅上，望着一群年轻人在湖畔的野餐地点生火做饭。他们玩得很高兴。然后我又顺着湖滩一路走去。让我惊讶的是，一群乌鸦从一片高高的芦苇丛中飞了出来。它们不是普通的乌鸦，每个翅膀上都有鲜艳的红点。它们飞过深蓝色的湖水，朝着对岸飞去，那里有三四座高高的白色建筑，耸立在远处的一些树木后面。这样的配色太诱人了。我自言自语道:“这会构成一幅有趣的画作。”那些鸟儿顺着对岸湖滩飞掠的身影让我想起故乡甘棠湖上一条条小渔船的点点灯火，年轻时，我经常在黄昏之前到那里闲逛。

我不知道中国沿海一带有没有鹈鹕，但我不记得在那些地方见过。我在欧洲见过白鹈鹕，不过只是在动物园里，比起被关在狭小圈舍的大象，它们更令我同情。那些鹈鹕看起来怪模怪样，似乎想伸开长长的翅膀都有困难，珠子般的眼睛里满是隐忍的悲伤，仿佛在说:“将就吧，我只能忍了。”但在旧金山，我见过鹈鹕在自然状态下活动和飞翔。我读到的资料说，在三四千万年前的渐新世沉积岩里，就曾找到鹈鹕祖先的骨骼，而且古希腊人和罗马人就已经知道鹈鹕的存在，并将它们命名为“pelican”。但西班牙人和葡萄牙人称它们为“alcatraz”。1776 年，年轻的指挥官堂 · 胡安 · 曼努埃尔 · 德 · 阿雅拉在其船只“圣卡洛斯号”（San Carlos）上，看到许多鹈鹕亦即

“alcatraz”栖息于巨岩“Alcatraz”（即恶魔岛）上，是不是他首次给鹈鹕取了这个名字？如今，我们已经无法在恶魔岛上看到鹈鹕了；或许都是白鹈鹕，已经被关在了高墙内的围场里。但在旧金山湾的海滩一带还有很多褐鹈鹕。这些鸟的大嘴下有个特别的袋子，相对较小的身体上长着翅展约达7英尺（2.1336米）的翅膀。它们从地上起飞时看起来相当笨拙，不过飞翔的动作却优雅而轻松。我一直很喜欢观看大型鸟类飞翔。在高空中盘旋的鹰隼姿态优美，只是伸长的脖子说明它们目光急切锐利，渴望捕获猎物。搏击长空的海鸥同样动作优美；而在低空飞行时却迅捷如风，暴露了它们的贪婪。鹈鹕在飞翔时会把长长的喙放在缩折的脖子上，和脑袋一起稳稳当当地靠在肩膀上。这赋予它们一种“为飞翔而飞翔”的气质。我逐渐对观看鹈鹕飞翔产生了浓厚兴趣。不同于独自飞行的鹰隼，不同于飞起来一团混乱的海鸥，鹈鹕是纪律严明的群居鸟类，经常是五六只排成长队飞翔，彼此之间保持均衡的距离。我经常发现它们在渔人码头和海鸥一起捕鱼。有一次，我在电报山上看见几只鹈鹕飞到距离我站立之处很近的地方，在它们后面，夕阳的余晖投在海湾大桥上，充当背景——那真是一幕令人印象深刻的有趣景象！

“哺乳动物”听起来比“兽类”更好——至少对我而言是这样。在人类发现旧金山半岛并将它最终发展为西海岸的大都市之前，我不知道有什么哺乳动物居住于此。当然，在悬崖小屋对面，那几块被称为“海豹岩”的礁石肯定从远古时代起就是海豹家族的领地。是谁最早看到并命名这些岩石的？也许还是那位年轻的西班牙指挥官曼努埃尔·德·阿雅拉。不像鹈鹕们栖息的恶魔岛，这些海豹岩尚未遭受人类的干扰，不过它们现在还是有点小烦恼，而且奇怪的是，这烦恼来自我的一位朋友，性情温和、善良的李卓皓（Choh-Hao Li）教授。多年来，李教授一直担任加州大学伯克利分校荷尔蒙研究实验室的主任，其工作在生物化学和医学领域大名鼎鼎。他很少向我提到自己的工作，但有一天，他向我解释，海豹岩上的海豹应该被称为“加州海狮”（California sea lion），是一个独特的物种，而且他正在对它们做一些实验。我很高兴得知从未有人侵入海豹岩，不过对李教授及其同事在加州海狮身上做实验感到困惑，因为他们并非动物学家。在随后的一封书信里，李教授解释道：

> 得知你对我们有关加州海狮脑垂体的实验感兴趣，我很惊讶。我们做这些研究的原因主要是为了鉴别海狮垂体中的生长激素较之其他哺乳动物包括人类的特征。我们采用的方法是免疫化学（immunchemical）技术。结果表明，海狮脑垂体中的生长激素与人类或其他动物物种都不同。不幸的是，我们尚无法获取足够数量的海狮垂体来继续我们的研究以及继续鉴别该物种的生长激素之化学特性。

他还发给我一篇他撰写的文章，标题为《脑垂体前叶激素》（“Anterior Pituitary Hormones”），着力建议我阅读有关“代谢激素”的部分。我反复阅读了几遍，最终还是放弃了。弗朗西斯·培根说：“阅读让人充实。”但阅读这种专业文献只让我觉得灰心丧气。在我年轻时，我雄心勃勃地希望自己能够阅读越来越多的书。等年纪渐长，我却在阅读非中文书籍时碰到困难。现在，我尝试着阅读一些英文图书，然而，面对成千上万的英文出版物，我尽管认得里面的大部分词汇，却无法理解它们想要表达的意思，我朋友的这篇文章就是其中之一。不过，至少我看得出来，旧金山附近海豹岩上的海狮对人类的知识宝库有所贡献。李教授确实提到他无法获得足够数量的海狮脑垂体做进一步的实验。由于海狮能够生活在水里，我起初不太确定它们是哺乳动物。但科学告诉我，海豹和海狮都是海洋食肉哺乳动物，其四肢演化为鳍状肢并适应了游泳，它们长长的身体表面覆盖着厚厚的脂肪或刚毛，身体末端有一条短短的尾巴。

在这个半岛上，有一种哺乳动物是我非常熟悉的，那就是浣熊。我听说它们被称为“熊脸无赖”，是美洲原生动物，不管做什么几乎都能逃脱惩罚。它们是夜行动物，会洗劫禽鸟窝，偷袭垃圾桶，并且在其他哺乳动物的巢内就跟自己家里一样随便。它们与现代文明齐头并进，因为它们知道如何拧开门把手，打开冰箱门。我的朋友劳森夫妇说，浣熊发现塔玛佩斯山是自己的乐园，都懒得到下面海湾的低洼地带来。我不得不说，浣熊是些漂亮的家伙，它们有狡黠的眼睛、尖尖的口鼻部以及黑色与茶色相间的环尾，在树木的绿叶或秋叶映衬下，非常适合入画。

在喜马拉雅山东南部发现一种被称为“panda”的哺乳动物，“panda”是尼泊尔语。奇怪的是，它居然属于浣熊科，而且看起来跟浣熊一般无二，只不过皮毛颜色更红。意大利耶稣会士郎世宁（Giuseppe Gastiglione）于1715年作为传教士前往中国，成为清王朝一位享有盛名的宫廷画师，直至1766年去世。清宫收藏了他的六十二幅画作，其中有一幅描绘了趴在一棵桃树上的喜马拉雅浣熊。由于最近在四川的高山中发现了大熊猫，因此这种喜马拉雅浣熊获得了一个新的名字：小熊猫（lesser panda）。在尼泊尔语中，“panda”一词原来的意思是“熊状猫”。其实小熊猫看起来更像猫，而大熊猫则更像熊。大熊猫最早是在本世纪初由一位法国耶稣会会士在中国西部的高山中发现的，其活体曾于1938年和1939年被运往欧洲和美国。不幸的是，在离开中国后，它们没有一只存活时间超过五年。它们是新发现的哺乳动物，天性和食物——以竹笋和嫩竹枝为主——都需要西方动物学家的进一步研究。大熊猫是濒临灭绝的珍稀哺乳动物，因此中国禁止将它们运出国去，不过还是有一只通过特殊的安排于两年前抵达伦敦动物园。

1938 年，当首批三只大熊猫来到伦敦动物园时，其中一只是仅有几个月大的幼崽，它立刻引起了巨大的轰动，因为这种动物滑稽的色彩组合——两只黑色的耳朵、两个黑色的眼圈、四条黑色的腿，再配上其他部位的白毛——让它成为一个与众不同的丑角，每一个亲眼见过它或从电影新闻片中看到过它的人，都对它一见倾心。人们给这只幼崽取名叫“明”，孩子们喜欢到动物园去抱它。大熊猫长大成年后体重可超过 400 磅（约 181 千克），它们虽然是素食主义者，但凭借自己强有力的手掌和尖利的脚爪，能够在无意中对人造成伤害。不过幼崽“明”却调皮可爱，它的形象很快在英国家庭中取代了传统的泰迪熊，成为孩子们最爱的玩具。它还曾在电影和音乐中表演。我很幸运，当时我恰好在伦敦，因此有机会以传统的中国作画方式，在绢本和宣纸上画下我这些中国同胞的形象。我经常到那座动物园去，并且作为伦敦动物园的一名特别会员，获得了晚上与“明”待在一起研究其夜间行为的特权。后来我出版了一本童书《金宝与大熊猫》（*Chinpao and the Giant Panda*），其中有我的一幅绢本大熊猫画的彩色复本。因为这幅画，纽约动物园园长约翰·蒂文（John Tee-van）博士给我写了封信，告诉我说他读过那本书，喜欢里面的插图，由此开启了我们之间的友谊。

当大熊猫幼崽“明”在英国风靡一时、备受崇拜时，布朗克斯动物园（Bronx Zoo）的两只熊猫也在整个美国引起同样的轰动。在约翰博士的照料下，它们从中国的战时陪都重庆安然抵达纽约，这位和善的园长便赢得了一个新的头衔——“熊猫保姆”。

这位“熊猫保姆”和他照料下的两个小家伙出人意料地与旧金山联系起来。就在他们乘坐的船只离开中国海岸的那一天，日本对珍珠港发动攻击，为了避开日本的军舰，博士的回国之旅绕了个圈子。他们曾在马尼拉城外的塔盖泰（Tagaytay）港口以及若干其他岛屿停留，接着又飞到旧金山稍事休息，然后才继续前往纽约。在他们抵达之前，我完全能够想象，为迎接这两位特殊的客人及其保姆入住，圣弗朗西斯酒店（St. Francis Hotel）的员工和管理人员如何忙乱。他们住在酒店大楼高处一个宽敞的套间里，有差不多一层楼的空间供他们游逛。约翰微笑着描述了这两个小家伙在那间巨大的浴室里度过了多么愉快的时光，扭开水龙头，把水喷溅得满地都是。它们偶尔会出现在楼下的酒店大堂里，接待那些争相一睹两位新奇贵客尊容的热心人群。说起这个故事，“熊猫保姆”总是眉飞色舞，而且经常重复。熊猫毛绒玩具如今成为美国玩具行业最受欢迎的宠儿之一。

如今在旧金山看到的大多数动物都并非本地区原产。多亏了这里的地理环境与温和的气候，很多动物都从世界其余地区被运到旧金山来生活，不过并非全都在此存活。例如，曾经有段时间，斗牛成为一件举足轻重的年度盛事，因此很多公牛被从墨西哥和西班牙运到这里，但它们很久之前就已消失，没有留下后代。有一种哺乳动物绰号叫“最高贵的兽类”，我想它不同寻常的外表曾为这座城市的历史作出贡献，那就是单峰骆驼。在现代科学获得巨大进步之前的 19 世纪 50 年代，狂野的美国西部让华盛顿特区当局的首脑煞费心思。军队的运输和给养问题让他们大为头疼。一名聪明的军官亨利 · C. 韦恩（Henry C. Wayne）少校建

“熊猫保姆”约翰 · 蒂文博士

议用骆驼解决这个问题。这个建议合情合理，因为狂野的西部大片地区都是沙漠。经过美国陆军部的调查，在陆军部部长杰弗逊 · 戴维斯（Jefferson Davis）的支持下，国会决定资助这个计划。若干军官被派到国外购买一队单峰骆驼，有七十六头被运到得克萨斯。它们被用于在加州与亚利桑那州之间运输给养。尽管遭遇了很多困难和障碍，它们仍然完成了自己的工作，被 E. F. 比尔（E. F. Beale）称为“最高贵的兽类”。在以新墨西哥迪法恩斯堡（Fort Defiance）和洛杉矶为起点的那些道路上，比尔用它们取代了四轮马车。不幸的是，当时这个国家正处于内战的阵痛中，这些动物没有得到合适的照料；它们思念故乡，处境悲惨。在加利福尼亚和亚利桑那之间建起一条骆驼邮路的努力逐渐中止，上面提到的那些高贵的兽类也被驱赶到旧金山湾附近一个地方拍卖。随后，它们中大部分都被用来向内华达的银矿运输盐和其他供给。后来，对骆驼的狂热风靡一时，一个叫奥托 · 埃舍（Otto Esche）的人决定进口内蒙古双峰驼，在旧金山和盐湖城之间经营一条骆驼邮路。很多双峰驼在从内蒙古运往旧金山的途中死去，

骆驼经过旧金山历史学会

但大约有十五头活着到达这里。事实证明，这个计划行不通，那些骆驼成为展品。不久，旧金山人便对它们失去了兴趣，它们被再次出售或者扔到沙漠里成为野骆驼。曾经有一段时间，人们偶尔能在内华达和亚利桑那的荒野看到它们，但在当地的气候条件和狩猎活动（尤其是饥饿的印第安人的狩猎）中，它们未能存活很久。

在中国的黄河以南，骆驼并不常见。而在大约三十年前我曾短暂寄居的北京，来自内蒙古的骆驼商队偶尔会进入城里，卸掉它们驮运的内蒙古货物，然后将首都的其他货物运回去。每次骆驼队到来，小孩子们都会围上去看看稀奇。我记得曾有一个中药商人带着一头驮满药草的骆驼，在长江以南逐镇兜售。我还清楚地记得自己年仅八岁的时候在故乡九江第一次见到这种巨型哺乳动物的情形。去年夏天，我从雅典坐游船经伊斯坦布尔和一些岛屿前往克里特岛（Crete）。当我们在皮加穆斯（Pygamus）上岸时，我跟着游客们搭乘巴士游览那里

骆驼展览

的景区。途中，有人看到四头骆驼，便叫司机停车。大约三十名游客跳下车来，给这些“最高贵的兽类”拍照，它们背上驮着沉重的东西，在路边吃草。当骆驼忙着进食时，游客群中那些年轻成员脸上露出惊讶的表情，那场景真是有趣。它让我想见了1854年旧金山布什大街（Bush Street）音乐厅展出双峰驼的轰动场面。

除了在弗莱施哈克尔动物园，旧金山通常看不到驴子或大象，不过，有一次造访这座城市时，我惊讶地在市场街看到许多大象和不少的驴子。有好多天，我都注意到一些商店的橱窗里很不寻常地摆放着形状大小各异的大象玩具。里面也有些毛驴玩具，可是那时离圣诞节还远着呢。有一天早上，在市场街散步时，我发现那里比往常更拥挤了，整条大街上，好多美国国旗都装饰着大象徽标。很快，我听到乐队奏乐的声音，一支长长的游行队伍出发了。那时，已经没有什么花车或其他游行能激起我的兴趣，因为我在纽约见得太多了。在美国，任何重要的活动都会变成商业活动。我发现，在顺着市场街前进的游行队伍中，几乎每个人扣眼上都别着一个或大或小的大象徽标。我旁边有人解释说:“他们全都是大象！”这句话让我感到莫名其妙，我立刻看到游行队伍中的大象充气玩偶鼓胀起来，它们的眼睛显得更小了。原来是共和党大会，刚好那年在旧金山举行。我问了一圈，没人能够解释为何共和党和民主党分别选择大象和驴子作为自己的标志。有人开玩笑说，那是因为大象的肚子看起来总是比脑袋更充实，而驴子有个别称叫“ass”[1]。这些话都超出了我的理解能力。

我听说游行队伍将前往“牛宫”（Cow Palace）。这个名字让我更加困惑了。我知道美国从来都不是由君主和贵族统治的王国；在美利坚合众国的土地上不需要“皇宫”或“城堡”之类的建筑。我决定去

[1] ass，这个词还有“屁股”和“笨蛋”的意思。——译者注

一探究竟。一个自称亲近共和党的人带我前往那里。由于我既非象党亦非驴党，因此并未留在那里等待大会召开，不过我还是了解到，那座宫殿是为湾区的牲畜展览修建的。它非常宽敞，能够容纳成千上万的哺乳动物。旧金山居然有座“牛宫”，这是多么特别啊！

在旧金山成为西部大都市之前，肯定曾有很多鹿和熊在这个半岛上游荡。虽然我在优胜美地（Yosemite）和海湾周围的其他地区见过很多，但在这个人口密集的地方，已经无法再看到它们的身影。加州本地的熊是“灰熊”，一些有关它们的传说与湾区的“淘金热”有联系。据说，从前金矿探矿者在闲暇时取乐，会将一头凶猛的灰熊拴到树桩上，然后放出一头发狂的公牛，用尖尖的牛角去攻击它，反过来灰熊也会用自己尖利的牙齿咬牛，将牛撕碎。这种所谓的运动肯定源自西班牙斗牛，其发明者肯定是个金矿老板而非矿工。另一个传说讲的是一名马萨诸塞州的鞋匠约翰·卡彭·亚当斯（John Capen Adams），他到加州来捕捉、训练和展示野生动物，尤其是灰熊。他

牛宫

赢得了“灰熊亚当斯”的绰号，因为他会在旧金山的表演中骑着灰熊，与它们搏斗，有时甚至是赤手空拳地搏斗。

金门公园有很多鹿，但它们都和若干野牛养在一个很大的围栏里，我一直以为通称为“buffalo”的野牛是典型的美洲哺乳动物，不过据说它们的祖先来自亚洲。大约两千年前，曾经有大量野牛在北美洲游荡，不过迄今为止尚未在这里发现类似于中国那样的野牛岩画。在哥伦布的时代之前，曾有很多有关这种哺乳动物的美洲印第安传说，因为它们在印第安人的生活中举足轻重。直到最近，我才得知“野牛比尔”得到这个绰号是因为他在堪萨斯的太平洋铁路当过猎人。据说他在十八个月里单枪匹马杀死了四千一百二十头野牛。如今野牛几乎灭绝，只有在一些特殊的保护区才能看到。

臭鼬似乎只生存于美洲。我在新英格兰听说了很多它的故事，甚至在未见其影的情况下被它赶走；有一次，我在高速公路的海滩上碰到一个人用皮带拴着一只臭鼬散步。它是一只宠物，就像小狗一样。我不得不承认这种哺乳动物的英文名“skunk”很不动听。尽管它在美洲很常见，欧洲的动物园里却没有。跟中国人通常的看法相反，物并不一定以稀为贵。据说，臭鼬有一个最不值得羡慕的名声：在已知的哺乳动物中，它的气味是最臭的。拥有可怕的臭气是一种最宝贵的防御手段，因为它能够用奇臭无比的气味对付敌人，臭气在敌人身上经久不散，保持数小时，那就没有任何敌人敢攻击它。臭鼬受惊时，会垂直地抬起自己蓬松的尾巴，转身背对敌人，用力喷射出令人作呕的液体。凭借这种防御手段，它的行为举止显得从容而温和，不止一次诱使粗心大意的路人靠近并试图抓住一只如此顽皮可爱的动物。臭鼬能够对其他哺乳动物带来如此不愉快甚至有害处和破坏性的经历，为什么大自然会创造出这样一种生灵？这是大自然的恶作剧。我很高兴看到有人成功地将那只臭鼬驯养成宠物，看到旧金山将自己兼爱众

宠物臭鼬

生的仁慈扩展到能够容纳那只宠物臭鼬的地步！

与臭鼬不同，考拉或树袋熊受到了欢迎，每家动物园都想弄几只去展览，但很少成功。在侨居英国的二十多年里，我听说和读到了很多有关这种动物的故事，还见过它的很多照片，但从未见过活体。我得知，多年前，曾有一对考拉被人从澳大利亚带到伦敦动物园，但它们没活多久，因为它们怀念自己吃的桉树叶，也不喜欢伦敦潮湿的天气。

1953 年首次来到旧金山湾地区时，我惊讶地发现旧金山生长着这么多的桉树。但我从未将它们与考拉联系起来。不过，陈太太梁美真（Grace Chen）记得她读到过澳大利亚曾赠送两只考拉给旧金山作礼物的故事，她建议陈石湘开车带我到弗莱施哈克尔动物园去看它们。我们在动物园搜寻了一会儿才找到它们的圈舍。太阳已经下山，我们来的时机似乎恰好，因为考拉是夜行动物。在一个用铁丝网围起来的巨大围场里，三只考拉待在一棵桉树上，忙着吃嫩叶、嫩芽和小树枝。它们耳朵上有一撮长毛，无毛的柔软口鼻部上方有一对小小的眼睛，那副离奇的表情显得非常可爱。它们吃东西时嘴角总是留着几张树叶，爬树和进食的动作都很滑稽，在阴暗的天空衬托下十分惹眼，这不禁让我技痒，想为它们画画。动物园专门为考拉安排了一位饲养员，站在一旁照顾它们。他用一根桉树枝逗引那只最年幼的考拉，将它放到自己肩膀上带出来。这只幼崽对换个位置进食无动于衷，开始轻松自在地吃树叶。偶尔它会靠近饲养员的头部，将一只前爪放到他头上。美真与饲养员交谈了几句，后者似乎很高兴谈论自己照顾的这几只动物。他自豪地告诉我们："这只小家伙就是在这个动物园出生的，也是有史以来首只在澳大利亚之外繁殖成功的考拉。"然后饲养员又继续讲述考拉爸爸和妈妈是怎样来到动物园的，这只幼崽怎样作为首位澳裔旧金山居民被抚养长大。他是专门照顾这个家庭的保姆。他夸耀说："这个小家伙价值五十万美元！"考拉是一种非常温和的动物，往往在不怎么抵抗的情况下遭到捕捉，而且似乎也不在乎被笼养。在这方面，它与臭鼬恰恰相反。不错，就哺乳动物而言，旧金山是一座独特的城市。

第十四章　规划人生

人能否按照预先的规划生活？在任何地方都能找到很多这方面的例外，而旧金山的例外或许比其他地方更多，因为它的拓荒者中有那么多独树一帜的杰出人物。我觉得自己也像很多早期的定居者和淘金者一样，一直在随意漫游，并非事先规划。人生就像一个谜。很多人来掘金却没有找到。而那些找到金子的人，很多又不幸地被金子吞噬。人生也像一出恶作剧。很多人以为自己的需要得到满足就会幸福。可是怎样才算满足呢？是指物质需求还是精神需要？恐怕这方面并没有任何确切的答案。

在旧金山发现金子之前，本地出生的居民中罕有名人。山姆 · 布兰南（Sam Brannan）于1846年来到旧金山，他的祖先是东盎格利亚（East Anglian）人。他用三明治岛（今夏威夷州）的来复枪创立了一支摩门教军队，成为这里的首位律师和百万富翁，但却一文不名地死去。他是首批被描述为“传奇”的人之一，这个形容词如今仍然被用来描述欧洲人眼中的美国人。约翰 · 奥古斯都 · 萨特（John Augustus Sutter），因为有人在他的锯木厂里发现黄金而开启了“淘金热”，他来自瑞典。阿道夫 · 苏特罗来自普鲁士，他的姓氏随着苏特罗高地而保留至今；作为采矿工程师，他修建了苏特罗隧道，赢得“康斯托克之王”的头衔，当上这座城市的市长，并在悬崖小屋附近设计了苏特罗浴场，那是当时世界上最大的室内游泳池。约翰 · 麦克拉伦来自苏格兰，将荒凉的沙丘变成了林壑优美的金门公园。安德鲁 · 史密斯 · 哈立代（Andrew Smith Hallidie）是伦敦人，他发明了电缆车系统，为旧金山建造了第一辆电缆车。德国工程师 J. B. 施特劳斯设计并指导修建了金门大桥。当囊中羞涩的鲁德亚德 · 吉卜林（Rudyard Kipling）带着《消失的光芒》（*The Light That Failed*）的手稿来到旧金山时，他没能像罗伯特 · 路易斯 · 史蒂文森那么幸运地在文坛一举成名，西部首要报纸的主编没有接受他的稿子。不管是史蒂文森还是吉卜林都没在这里待多久，而当奥斯卡 · 王尔德在蒙哥马利大街拥挤的普莱特大厅（Platt’s Hall）发表他那些妙趣横生的格言警句时，他受到了更热情的接待。中华民国的创立者孙中山博士曾在蒙哥马利街区拥有一间临时办公室，用于其革命工作。他们都是偶然来到旧金山的陌生人，但都在这座城市留下了自己的个人印迹。

来自约克郡的乔治 · 戈登（George Gordon）是另一位在旧金山历史初期为它作出巨大贡献的人物。据说，有天晚上，他同闻名于世的勃朗特姐妹的兄弟布拉姆韦尔 · 勃朗特（Bramwell Brontë）来到当地一个小酒馆，比平常多喝了几杯。当他从醉酒中醒来时，他意识到自己已经与酒馆那位迷人的女招待举行了婚礼。他认为那个女郎爱他，便像一位绅士应该做的那样勇敢地接受了这桩婚姻。然而，在 19 世纪中叶维多利亚女王治下的英国，他的未来注定要毁灭；他无法将那个女招待作为妻子介绍给自己的亲朋好友，便带她来到旧金山开始新的生活。戈登太太很快暴露了自己的阴谋，她故意将他灌醉并与其结婚，这样她就可以过上英国乡绅太太的舒适生活。她要求回到英国去，与此同时，戈登先生也发现自己的太太是个无可救药的酒鬼。他从未向太太的要求屈服，不过，为了从家庭痛苦中转移注意力，他在食糖行业开创了一番事业，并进入旧金山的社交圈。他很快赚到一大笔钱，把太太交给一个可靠的男管家好好照顾。后来，夫妇俩生下一个女儿，她很快成为戈登先生的掌上明珠。不幸的是，他没有意识到自己的太太在暗中实施报复，往孩子喝的饮料中加了威士忌。这个小家伙还没满十七岁就成了酒鬼。戈登发现这个事实后，将女儿送到一所寄宿学校去，可那个放纵的母亲却把一瓶瓶威士忌放在女儿换洗的衣服里偷偷给她送去。在父亲的乞求下，女儿试图戒酒却无法除去这个恶习。最终，她嫁给一名在船上工作的外科医生，这人也是个酒鬼，酗酒而亡，不久后，他那位才二十刚出头的年轻妻子也步了他的后尘。那时，戈登先生已经因心脏病发作而去世，戈登太太没有勇气独自返回英国。于是，作为一个富人的遗孀，她派人从约克郡将自己的兄弟接来做伴，很快他们俩都因酗酒而死去。旧金山戈登家族的编年史充满悲剧意味。如果他们生活在如今这个人满为患的大都市，发生在他们身上的故事很容易被城里的其他居民忽略。但戈登先生当时是社会名流，受到所有认识他的人的尊重。这个家庭的丑闻——他太太和女儿的一举一动——都受到关注，那些歪曲事实、夸大其词的故事很快传播开来。坏事传千里，甚至越过大西洋，最终造就了一部长篇小说《葡萄之女》(*The Daughter of the Vine*)，在戈登先生去世很久后的 1899 年出版。乔治 · 戈登无疑是一位英国绅士，将所有痛苦埋藏在自己心里，并为将旧金山建造成一座优雅的城市作出了巨大贡献。凭借从食糖业中赚得的大笔财富，他策划了一个房地产开发项目。在第三大街与林孔山之间的若干平地上设计了一个椭圆形的英式花园，围绕他那座维多利亚式的庄园，种下许多的花草树木，以桉树为主。他把这个地区称为南方公园，又将土地分成 64 份，卖给旧金山最富有的人。很快，每份土地上都建起了一座石砌的庄园。旧金山的维多利亚式建筑就始于此；只是幸存至今的寥寥无几。没人能够告诉我乔治·戈登是否是首个将桉树引进旧金山的人，但从伦敦引进英国麻雀的却是他，这样他就可以在自己的花园里倾听它们叽叽喳喳的吵闹声，忘掉心中的痛苦了。因此，现在的旧金山麻雀的家谱或许可以追溯到英国。

在马林县，我曾坐车穿过费尔法克斯（Fairfax），一个位于塔玛佩斯山阴影里的小镇，其主街两侧都种着高大的王棕。费尔法克斯有许多带花园的漂亮房子，花园里栽培着叶片厚实的树木——我觉得这是个非常宜居的地方。我得知，这个小镇得名于查理·费尔法克斯“勋爵”（“Lord” Charley Fairfax）。有时他又被称为“查理·费尔法克斯‘男爵’”。查理·费尔法克斯虽然并非出生于英国，却拥有正宗的英国贵族血统，来自维多利亚时代社会地位最高的家族之一，可继承英国古老的费尔法克斯男爵爵位。但查理从来都对这个不感兴趣。就像很多拥有贵族血统的英国人一样，他生来就是有闲的绅士，不过他父亲在弗吉尼亚拥有一大片不动产，很可能有钱让查理做一个比他在大西洋对岸的同类更有闲也更愉快的绅士。不同于大多数维多利亚时代的花花公子，查理喜欢阅读。他对每个人都友好和善，甚至跟自己家里的奴隶交朋友，对家里苛严的维多利亚式繁文缛节感到不快。他不顾父母的反对，扬帆远航，前往旧金山。他并不是跟着“淘金热”随波逐流，也从未积聚起财富，实际上，他一直负有债务。到达旧金山后，作为一个幽默随和的英国人，他那种和蔼可亲的举止一夜之间便为他赢得社会的爱戴。根据我阅读到的资料和通过个人接触获得的证据，从 19 世纪中叶直至 1938 年“慕尼黑协定”签署，这个英国人因为喜欢交际，是个讨人喜欢的好伙伴，似乎很有名望。我不止一次听说，早期的弗吉尼亚人比英国人更像英国人。我乐意相信这种说法，因为我通过阅读得知，查理·费尔法克斯立刻成了“男爵大人”，人人都喜欢他，称呼他查理“勋爵”。他有一副温柔、和善的嗓音和一双可爱、文雅的眼睛，让他遇到的每个姑娘都一见倾心。年幼时，他在家里学到的规矩是绅士不应该拒绝别人的敬酒，因此总是乐意面带微笑地喝上一杯。他喜欢喝酒，而且喝得很多。凭借众多朋友，他很快当选为加州最高法院的书记员，每年有三万美元的薪水——在大约一百年前，这是相当丰厚的报酬。然后他娶了一位漂亮而富有的妻子。但在慷慨地款待了朋友之后，他却常常拿不出足够的钱买一杯饮料或一顿午餐。

这个招人喜欢的人做梦也想不到自己会有敌人。让人意外的是，他偏偏就遇到一个，那人恰好是他在最高法院的副手，因为一件所谓的不公之事，用最无礼的语言向他发出挑战。像查理勋爵这样一位有教养的绅士怎能忍受这样的侮辱：他接受挑战，抓住那人的喉咙，将对方推倒。当那个攻击者握着一把剑朝他扑来时，他赤手空拳地迎战。他的肩膀被刺穿，倒在地上。他从马甲里掏出一把枪，但很快又将枪口垂下，嘴里嗫嚅道：“何苦呢？你是个怯懦的凶手。你杀了我。但你有妻子和幼子。为了他们，我饶你一命。”他被抬回家，人们以为他要死了。

当时这件事肯定在旧金山引起很大轰动，一大群人来到他的门前，哭泣着，就像当初那些英国人得知先王身患重病时聚集在白金汉宫外面一样。我确信英国的报纸上肯定有醒目的头条新闻报道这件事，部分原因是查理 · 费尔法克斯是古老的费尔法克斯男爵爵位的继承人之一，但也因为新闻记者可借此机会增强人们对旧金山根深蒂固的看法，那时他们认为这里的生活野蛮而荒谬。不过，查理 · 费尔法克斯勋爵还是从剑伤中康复了，此后又活了很多年；他于 1869 年在马里兰州的巴尔的摩去世。正是他发现了这个隐藏在塔玛佩斯山脚下的山谷，深深地爱上这里，在此修建了一所宅第，这里最终发展成如今这个令人愉快的小镇费尔法克斯。

造访费尔法克斯几年之后，我到夏洛茨维尔（Charlottesville）度周末，同我在弗吉尼亚大学的好友弗兰克·伯克利（Frank Berkeley）说起了查理“勋爵”。从那以后，我接到他写来的多封书信，向我提供了关于这位有名无实的勋爵的各种信息。我非常感谢弗兰克提供的这些资料，其中还有一张查理的相片，我依照相片画了一幅线描草图。我强烈地认为查理勋爵代表的这种真正的绅士值得我们崇拜，因为他们在现代是如此罕见。在我看来，今天的很多人甚至都不知道（过去和现在）何为绅士风范和谦恭有礼。

诺顿皇帝（Emperor Norton）跟世界各国历史上的其他皇帝都不同，他既非世袭的统治者，亦非南征北战的胜利者。首先，在19世纪50年代，旧金山既非独立的国家，亦非美国首都。诺顿皇帝没有皇冠、宝座和皇宫，也没有大臣和军队，除了名号，他没有皇帝应该拥有的任何东西。尽管如此，他仍然以自己的方式统治了二十七年，旧金山的每个人都尊重他的“皇室头衔”。他作为一个仁慈、民主的“皇帝”而闻名，每天都会带着两名贴身卫士——他忠实的狗儿布默和拉撒路——在旧金山的大街小巷转悠。途中，他与任何有时间理他的人打招呼、聊天。一位与他熟识的印刷商印制了大量面额不一的钞票，最顶上是“美利坚合众国皇帝、墨西哥守护者诺顿一世”的头衔。这些钞票受到城里所有店主的尊重，每次这位“皇帝”使用，他们都会接受。据说从没有人拒收这种钞票，除了一次例外。那一次，诺顿像往常那样前往加州首府萨克拉门托，参加州议会的一次大会，并向议员提出建议。火车餐车上一名新雇用的侍者不认识他，拒绝接受他的钞票。在这个特殊的时刻，诺顿真的怒火冲冲地咆哮起来，捶着桌子，宣布将取消这条铁路的特许权。列车长很快冲上前来道歉，第二天，他收到一张中央太平洋铁路公司总部送来的铁路通票，可在所有列车上使用。这位美利坚合众国的“皇帝”在参议院的旁听室里拥有一个常备的座位，加州当局和议员们似乎并未觉得这有什么异常或不妥，他们甚至会和蔼地听取他的建议。诺顿皇帝总是一帆风顺。他总是穿着一套制服，很可能是他自己设计的，融合了当时的美国陆军和海军的徽章，外加一顶高高的海狸毛帽子，帽子前面的三片色彩鲜艳的羽毛旁有一枚黄铜扣环。不过他没有一位皇后处理他的洗衣事务。旧金山监督委员会的行政会议通过了一条“城市宪章”中的法案，为诺顿一世终生提供每年三十美元的资金，用于购买制服。这笔钱由旧金山纳税人支付。他可在任何餐馆的免费午餐柜台吃饭，参观市场、码头、银行和换汇处，还在散步途中向小孩子派发糖果。大街上的人碰到他总会鞠躬问候。当他晚上进入剧院时，全体观众都会起立。大多数时候，他都忙于批写公文和发布公告，旧金山的报纸总会全文刊发。他还会向欧洲各国的多位君主发电报谈外交事务，包括英国维多利亚女王、俄国沙皇和德国皇帝。他甚至觉得自己有责任为结束普法战争而作一次成功的斡旋。有一次，诺顿皇帝发电报给亚伯拉罕 · 林肯总统，命令他与孀居的维多利亚女王联姻，以促进这两个英语国家的相互理解来维持西方文明。他接到总统秘书的回电，允诺会“慎重考虑这道命令”。诺顿皇帝一直不负其名，直到于 1880 年去世。他在旧圣玛丽教堂前突然身亡。两天后，诺顿皇帝庄严地躺在奥法雷大街（O’Farrell Street）的洛克哈特和波特殡仪馆里，有一万旧金山人从他那口花梨木的皇家棺材前鱼贯走过，向他道别。三万人跟着送葬队伍，送他前往旧金山拓荒者约瑟夫 · G. 伊斯特拉德（Joseph G. Eastland）家族墓地里专为这位君主准备的坟墓。那一天，全城都下了半旗。而这场葬礼的费用由富有的太平洋俱乐部——即现在的太平洋联合房地产公司（Pacific Union）——提供。五十六年后的 1936 年，由于城市开发的需要，诺顿皇帝的遗骨不得不从旧共济会公墓迁移至伍德劳恩公墓（Woodlawn Cemetery），这时旧金山的市政官员和其他公众在他的新墓碑上摆放了数百个花圈。旧金山市乐队演奏了哀乐，一个步兵营在他坟墓上齐发三枪以致敬！

当我读到几个关于这个有趣的旧金山人物的故事时，我觉得这实在是异想天开，不可思议。但诺顿皇帝的生平事迹是真的，这是事实而非童话故事。

约书亚·A. 诺顿（Joshua A. Norton）于1815年生于不列颠群岛。他于1849年离开伦敦，揣着四万美元的资本，在旧金山开了一家商店，店门上方挂着一块木牌:“商人J. A. 诺顿”。他善于经营，很快就将自己的财产增加到二十五万美元。他不满足，还想获得更多利润，但运气不佳，最终破产。不过，他是一个诚实的人，在消失之前尽量偿还了所负的债务。1857年，他带着认为自己是君主的幻觉回

诺顿皇帝和他的两名侍臣

到旧金山。

旧金山的老居民仍会说起诺顿，而新来者也会听说和读到有关他的故事。根据我的理解，他可能是个预言家，能够看到很久以后发生的事情。据说，他曾带着一张三百万美元的支票，去找旧金山最有代表性的银行的总裁，想用这笔钱修一座横跨旧金山湾的大桥。他受到彬彬有礼的接待，但他的建议被当作荒谬的梦呓。如今，海湾大桥承担的交通流量比海湾地区其他桥梁都要大。在 19 世纪 60 年代，诺顿建议圣诞节期间在联合广场放置一棵挂着灯饰的圣诞树，供所有人娱乐。市政府接受了他的想法并把它编入档案，但却认为这很疯狂。如今，美国所有城市的露天广场都会有一棵灯火通明的巨大圣诞树，而纽约公园大道的每个街区中心都有一棵。

在 19 世纪后半叶，旧金山还出现了很多杰出人物，但我认为，在让旧金山成为一座与众不同的城市方面，他们都不如诺顿贡献大。甚至强盗诗人布莱克 · 哈特（Black Hart）的故事都不如诺顿的新奇，从 1877 年至 1883 年，哈特抢劫了 27 辆富国银行的公共马车，每次都会在现场留下一首诗。可是我已经在中国故事书里读过太多这样的传奇。或许我有点过度解读这个怪人了，但我认为诺顿的生平事迹对旧金山的历史具有重要意义。在这座城市粗野狂暴、动荡不安的早期阶段，它由一些孤独的人组成，他们的内心总是偷偷地渴望着帮助与友谊，不过表面上看起来粗暴、自私。每当找到机会缓解自己的孤独感，他们就会伸出援手，试图获得友谊。尽管遭遇了所有那些苦痛和粗野，他们却全都携起手来，为公共利益而工作，因为他们本能地知道，如果其他很多人生活不快，少数人就不可能独享幸福。诺顿二十七年的“统治”在当时受到所有人承认，这明白无误地表现了旧金山人的宽容与互助。只有在旧金山，我才听说酒吧和餐馆有免费午餐柜台，向那些身无分文、偶尔走进来吃顿饭的人提供饮食。

尽管这种柜台现在几乎没有用处了——或许它们再也没有存在的必要——但它们背后的慷慨精神仍然在这座城市显而易见。很多事情都是偶然开始的。任何发现、发明甚至法律都是偶然起步的。尽管人只是偶然出生在某个地方，但很多人现在都为自己出生在旧金山而感到幸运。

第十五章　文明边际

在旧金山湾地区，卜弼德（Peter Boodberg）是个“人物”。如今，那里很少有人会被当作一个“人物”而名声大振，因为这个地区人满为患，每个人都忙得无暇关注他人；而在“淘金热”时代，来到旧金山的人可能会一夜成名。或许用“人物”（character）一词来形容卜弼德并不恰当。对此我深感抱歉，因为我在英文中找不到更好的词来和中文里的“奇人”相对应。

卜弼德是一位十足的绅士和学者。他胖瘦适中，身材矮小，面如满月，走起路来大步流星，就跟你在英国上议院门口看到的那些贵族绅士差不多。实际上，他在人群中并不是特别引人注目，因为他没留胡须，也没穿奇装异服。在人群中，没人会意识到他出生于俄国，会说十来门语言——除了英语、法语、德语、西班牙语和意大利语，他还会说俄语、希伯来语、阿拉伯语、希腊语和汉语，也不会有人意识到他多年来一直是加州大学研究亚洲语言学的教授。我和他初次见面是在杜兰德礼堂（Durand Hall）的东亚图书馆外，当时我恰好去拜访在同一所大学任教的中国文学教授陈世骧。卜弼德微笑的面容与和蔼的姿态很快吸引了我，至今仍然如此。

后来，他给了我几份他那篇《论亚洲语言学》(*Cedules from a Berkeley Workshop in Asiatic Philology*)的油印副本。我对他翻译中文——尤其是中文诗歌——的语言学观点产生了兴趣。他说:

> 大多数研究中国诗体学的学者都会欣然同意，在格式上的对句法规则方面做一些训练有素的探究是所有翻译工作的入门，因为在汉语这门缺乏形态学的语言中，思维的清晰表达和对句法关系的理解往往依赖于对词序模式的严格遵守，言简意赅的诗歌风格尤其如此。然而，很少有翻译作品充分反映这种更复杂的对句结构，汉语诗歌中还存在一种我们不妨称之为“隐对句”的结构，意识到这种句子的翻译作品就更是少之又少了。

然后，他又写道:

> 在所有欧洲语言中，英语和汉语在语法和句法方面最有可比性。这让英文译者比他们在欧陆上的同行享有更大的优势，但也因此而让他们更有义务运用自己在措辞和词序排列上的才智，在翻译中尽可能保持作品的原汁原味，这个目标往往让其他译者难以企及，因为他们的母语具有如下障碍：即一些异于汉语的语法特点，如阳性、阴性的变化，字尾变化，以及动词与名词形式的严格区分。不幸的是，这种义务受到大多数译者的忽视，他们坚持用多余的句法行头，让自己的译本臃肿不堪。

读到这些论文时，我意识到卜弼德是一位专业的语言学家。

有天下午，石湘接我去悬崖小屋，卜弼德及其太太正在那里等我共进晚餐。为了安排这次见面，石湘费了好大工夫。现代生活方式拥有种种便利，但我们这个时代的人似乎比前辈更孤立，更个人主义了。“友谊”的实践已经改变；如今它的意思或许只是通过电话交谈几句。我认为真正意义上的“友谊”是一个珍贵的概念，在人类史上，它标明了社会生活的重要性。它的消失将对人类关系的完整性造成无可挽回的影响。汲汲于物质追求已经对“友谊”一词的精髓造成巨大损害；现代生活中，紧急事务越来越多，导致友谊完全被忽视。然而，我是按照儒家原则抚养长大的，其基础就是人际关系的行为规范，因此我珍视友谊远甚于生活中其他任何东西。

我经常经过悬崖小屋，欣赏它周围的环境，从这里可远眺太平洋的壮阔风景。我得知，原来矗立于此的那所房子——由阿道夫·苏特罗修建，在经受住了1906年地震的考验后被大火焚毁——曾是用作接待美国总统海斯、格兰特、麦金莱、罗斯福和塔夫特的中心，也曾是戏剧界和文学界名流如萨拉·伯恩哈特（Sarah Bernhardt）、阿德利娜·帕蒂（Adelina Patti）、马克·吐温和布雷特·哈特的聚会场所。如今这座建筑肯定也有名人造访。

我们来到这里刚一落座，卜弼德就进来了。在互致问候、开始交谈后，我注意到卜弼德的目光注视着一排排涌向海滩的海浪。他观察到，每一排海浪的影子都在海浪前面移动。“海浪追逐着自己的影子。”多有诗意的想法！我们讨论了汉语中的“波光”和“浪影”等词。明亮的阳光照射着浪头的白沫，让它们看起来像是银铸的，而又大小一致，仿佛是用模子批量生产出来的，就像来自远处地平线上一座巨型工厂的一条条糖块，每条下面都投下一道阴影。当雪白的浪头向前移动时，它的影子跳到前面，不停奔涌，永远在前面。所有银色的浪头都不断向我们移动，但一靠近悬崖便旋即消失。它们消失了，但又仍在不断朝我们涌来。有时它们看起来与其说像一条条糖块，不如说像镶着银边的军帽，或许是戴在来自安纳波利斯（Annapolis）

的军校学员头上，他们穿着深色的海军蓝制服，身体紧紧靠在一起，一路行军，从容不迫，又像一支持续了数世纪的游行队伍。

石湘是选择食物的行家，他点的大多数菜都是海鲜。我享用了一盘小虾，它们新鲜、柔嫩，烹制得恰到好处。海鲜通常比肉类更容易烹制，但把握时机非常重要。卜太太表示自己喜欢对虾甚于龙虾。就像彼得一样，她也出生在俄国。我不知道寒冷的俄国水域是否有龙虾，不过，在北京和上海的菜肴中，日本龙虾一直都价格不菲。华南的沿海一带盛产龙虾，广东人有一种烹制它们的特别方式，“广式龙虾”是一道美味的中国菜，我很喜欢。我认为，在西方世界的餐桌上，一只完整烹制的龙虾躺在一个大盘子中间，周围都是新鲜的绿叶和多汁的白色莴笋，这是最迷人的摆盘设计。深红色的龙虾壳和螯爪如此鲜艳夺目。我曾在一本中文书籍《正字通》（*Cheng Tzu T'ung*）中读到，华南的本地人有时会在自己能够找到的最大的龙虾里放一盏灯，让它看起来如同一条凶猛的龙。使用现代的电灯泡能够获得更惊人的效果，而喜欢制作小玩意儿的美国人已经生产出巨大的塑料龙虾。然而，当自然之物被逼真的仿制品代替后，它立刻就变得不那么有趣了。

“看看美丽的天空，多么奇妙的颜色！”卜太太突然说了一句，我们全都把头扭向旁边的巨大窗户。太阳已经朝着地平线下沉了一段时间。半个天空都是绚丽的红色，另外半个差不多全是玫瑰色。那绚丽的红色恰好是我刚刚想着的龙虾壳的颜色。浪头不再是银白色，而是变成了金色。或许是另一支戴着金边帽子的军团在行军。但这次不是一支大部队，因为很多金帽子在云朵的阴影下变得黯淡了；它们分散在辽阔的大海上，四处挥舞自己如潮的火炬。在宽阔阴暗的海面上，那些火炬的光是多么微弱啊！我产生了一种奇怪的印象，觉得海浪是在太平洋上散步，跟西海岸上罕见的散步者形成鲜明对比。

卜弼德并不认为西海岸一带的人不喜欢散步。他说，每家拥有两三辆小汽车的奢侈还是最近的现象。如果不是因为得克萨斯人找到那么多石油，事情或许会截然不同。石湘插话说，我太喜欢散步了，每次他停下车来都感到头疼，因为我总是溜下车去散一会儿步。卜弼德笑了，仿佛在说那算不得什么。他告诉我们，他曾经一连好几天长途跋涉。他曾经从塔霍湖步行到盐湖城，全程约 700 英里（约 1126.5 千米）。他花了一个月才抵达目的地。途经的大部分地区都是沙漠，每隔二三十英里才有一个村庄，他不得不做好精心计划，在哪里停下来休息和补充饮水等。总体而言，他更喜欢夜行，因为白天亚利桑那和犹他的沙漠气温太高。他说起摩门教徒及其信仰和生活方式。他发现他们是很有原则的好人。他还跟我们讲起他探索布赖斯峡谷（Bryce Canyon）的一段轶事。有天傍晚，他出发去考察布赖斯峡谷的岩石。天色渐暗，时间很晚了，为了回到公路上，他不得不攀上一堵峭壁。爬到顶上后，脚下的一小块石头松动，他掉下去，失去了意识。第二天早上，他被两名高速公路的巡警弄醒。他们不由分说，把他推进他们的小汽车里。还向他出示了高速公路巡警的正规证件："你是那个掉下峡谷的年轻人吗？"他们问道，然后不等他回答，就驱车一路飞奔。他感到难以置信，摔下峡谷居然也是犯罪，于是试图与对方讨论。两名警官粗鲁地让他闭嘴。他继续喋喋不休。过了一会儿，他们让他下车——他自由了，可以到任何想去的地方。两名警官微笑着，然后哈哈大笑，说这全都是玩笑：他们把他救了起来，很高兴他没有受伤。他们催促他继续自己的旅程，但他抗议说自己没钱。于是他们递给他一张免费的火车票，由县政府支付费用。这个故事让我们捧腹大笑。我从没想到高速公路巡警会这么幽默。那不过是二十七年前。我问彼得是什么激发他尝试在三十天内步行 700 英里。"不过是去看望一个朋友。"他回答。他的朋友不善于写信，而彼得当时又买不起火车票或汽车票。于是他抬脚就出发了，也不在乎这需要多少时间。多么深厚的友情，多么坚韧的精神！如今这样的友情和精神是多么罕见啊！

卜弼德喜欢在晚上散步。他以这种方式获得了一些特别的体验，也碰到了一些不同寻常的人物。有天傍晚，他正在乡间散步。天已经黑了，一辆小轿车在他身边停下，车门打开，让他上车。司机是一位农夫——非常沉默的农夫。不管彼得说什么，他都只管默默开车。当他们经过一个村子时，彼得提出请那个农夫吃顿饭，以此感谢他让自己搭车，可是司机既不说话，也不停车，只顾继续开车。最后，车子终于停下，他们吃了点东西。那个农夫胃口很好，甚至把彼得剩在盘子里的食物也吃掉几片。他们俩依然没有交谈一语。彼得在桌上留下一枚二角五分的硬币当小费，但那个农夫却将钱捡起来放进口袋里，依然是一语不发。然后，他们再次钻进车里，继续前进。突然，车子戛然而止，农夫猛地打开车门，让彼得下车。农夫也下了车，微笑着，掏出口袋里那枚硬币扔给彼得，说："年轻人，别再这样浪费自己的钱。"不等惊讶的彼得回过神来道一声"谢谢"，那个农夫就消失了。那时，彼得口袋里只有一枚二角五分钱的硬币和一枚一角钱的硬币，他看了看路旁的一个路标，发现这里距离出发的地方已有 120 英里（约 193.1 千米）。他设法在一个小村子吃了一条面包，并在那里待到天亮。

还有一次，彼得从卡梅尔（Camel）步行回旧金山。"路程不过 120 英里。"他说。他走了九天。最后一天的傍晚抵达旧金山时，他已经筋疲力尽。他在一所大房子的门廊上坐下来歇歇，开始感觉昏昏欲睡。不过他必须保持警觉，因为在三十年前，旧金山的街道上并不像今天这么太平。他突然被一声柔和的低语惊醒："你是谁？你是谁？"他振作精神，准备应对任何紧急情况，但没有回答。他凝神倾听，也没听到什么，于是又睡着了。同样的问话再次将他惊醒，他警惕起来，不过还是什么都没有发生，这样的情况反复出现好几次。最后，一只大鸟扑腾着翅膀，从他头顶上飞走了。他意识到那是一只旧金山猫头鹰，它们叫的声音就像英语里的“你是谁？你是谁？”。这之后，他就呼呼大睡，直至天明了。

在离开悬崖小屋之前，卜太太说，每当游历欧洲后返回旧金山，她都感觉自己来到了西方文明的尽头。在旧金山海岸之外是另一种文明——中华文明——她渴望再次接触它。我高兴地叫道：“我们此刻正坐在西方文明的边际，真是太好了！”与此同时我也感到思念故国，自从大约二十七年前跨过太平洋之后，我再未返回。孔子曾说：“道不行，乘桴浮于海。”孔子出生在封建领主争权夺利的乱世。他找到他们，想说服他们接受自己的施政原则，但谁都对他不屑一顾。于是他长叹一声，希望自己能够乘船离开这个不领情的国家。当然他并没有离开，而是留下来传授和编辑中国那些著名的典籍。如果他真的照自己说的那句话去做，乘着小船漂泊于大海，没准他会在日本海岸登陆。假如——只是假如——他的小船并没有在日本海岸停留，而是继续向西漂[1]，他甚至有可能就在这个海湾着陆。然后他或许会在这里开始讲授自己的思想，在美洲西部传播中华文明，就像他在华北所做的那样。如果是这样，旧金山或许会成为东方文明的起点而非西方文明的边际。人类的起源纯属偶然。人类历史亦充满偶然。石湘、卜弼德夫妇和我这个所谓的哑行者在悬崖小屋的聚会更是这无数偶然中一个可忽略不计的偶然，但它让我发现卜弼德是个“奇人”。

[1] 原文如此，根据上下文，似应为向东漂。——译者注

第十六章　思乡情苦

身在中国时，我从未仔细想过中国是什么模样，它是个怎样的国家。这样的问题是我在离开中国后才开始思考的。在我和我的一个远房亲戚的幼子一起从上海搭乘那艘法国轮船向南海和印度洋出发的那一天，我们平生第一次面对那一张张非中国人的面孔和一个个非中文的文字，而且一连三十三天都是如此。我们俩都不会说一句法语，英语也只会常用的几句话。当时，我们满脑子的憧憬，都顾不得理睬其他乘客。不过，来到巴黎火车站时，在这几十天里看到的第一张中国人的面孔——那是一位从马赛赶来接我们的朋友——却令我们欣喜若狂，我如痴如醉地听他说着中国话，都没太注意他在说什么。一把自己那位年幼的同伴安顿好，托人照料他在法国的求学，我便启程前往伦敦。那是大约二十七年前的事了。来到伦敦一周后，我被带到位于东区莱姆豪斯（Limehouse）的唐人街吃中餐。那个周日的下午，我跟着那位朋友穿过若干悄无人声、空荡荡的街巷，走进一家小店，里面摆着四张桌子，只有一张有人坐着。这里的一切都跟我过去在北京、上海、南京、广东和中国其他地方去过的高级餐厅毫无共同之处。但在当时，这里的食物却比我在中国任何地方尝到的都更美味可口；虽然这些菜装在四个形状不规则的小盘子里，由一个神秘厨师在用一道脏兮兮的门帘隔开的后厨里烹制。然而，我后来又几度造访这家位于莱姆豪斯的小餐厅，发现它提供的饭菜每况愈下，于是几个月后我就不再去那里了。那里的食物真的是每况愈下吗？身兼厨师的店主还是原来那位。觉得饭菜越来越糟其实只是我的个人感觉，因为每次吃起来都跟我在中国吃的很不一样，这让我越来越想家了。“中国”开始在我心头萦绕不去。

我于 1933 年下半年首次抵达英国，当时，那部流行的喜剧《朱清周》（*Chu Chin Chow*）正轰动一时。每次我同一两个中国朋友出去，尤其是来到东区时，都有一帮伦敦孩子跟在我们后面大叫“清、清、中国佬……”。起初我对他们的反应感到好奇，但后来就厌倦了。我偶尔不得不到中国银行办事，但伦敦的警察总是把我引向横滨银行。我后来才弄清原因。即使我“China”的发音正确，警察也根本没仔细听我在问什么，他只看到我整洁的西服就得出结论，认为我不是来自莱姆豪斯。那时候，伦敦的华人要么经营洗衣店，要么经营饭馆，穿不起体面的西装。因此，警察认为穿得好的一定是日本人。当时，在伦敦每天的报纸上，有关中国的新闻都没什么好事。少数在伦敦求学的中国人（包括我自己）不可能露出欢喜的表情，这就给人留下了我的同胞总是面无表情的印象。

这种情况在 1935 年至 1936 年出现了巨大变化，当时伦敦的伯灵顿大厦举行了一次国际中华艺术展。在六个月的展览期间，全英国的日报都经常登载文章赞美中华文明昔日的伟大成就。我不再被正式或非正式地当作开饭馆或洗衣房的人。大型庄园和收藏中国艺术品——尤其是中国瓷器——的私人收藏家向我敞开大门，那时，我结交了很多好朋友，包括乔治 · 尤摩弗帕勒斯（George Eumofopolous）、奥斯卡 · 拉斐尔（Oscar Raphael）、劳伦斯 · 比尼恩（Laurence Binyon）、

尼尔 · 马尔科姆（Neal Malcolm）将军、沃尔特 · 塞奇威克（Walter Sedgewick）太太、庄士敦（Reginald Johnston）爵士（他曾当过清朝末代皇帝的老师）、威廉 · 米尔纳爵士、赫伯特 · 里德（Herbert Read）爵士和其他人。我甚至有幸获得五分钟的时间为萧伯纳画了一幅素描，作为《伦敦画记》的插图。“二战”期间，中国成为西方国家的盟国，我们生活在伦敦的中国人也承担起大量的工作，通过翻译、写作和演讲介绍中国。我自己也收到很多邀请，因为我想专门讨论中国文学和艺术，而非政治。1942 年，当桑顿 · 怀尔德（Thornton Wilder）飞到伦敦参加大型的聚会——国际笔会（International P. E. N. Club）时，我曾和 H. G. 威尔斯（H. G. Wells）坐在一起。“中国”让我感到如此亲切，我每一天、每小时都要提到它，否则就活不下去。

战争结束后，我计划永久地回到中国。但侨居英国的十二年内，我已在此积累了大量的人脉和友谊，这些都让我难以割舍。于是，我改在 1946 年造访纽约。在暂时推迟返回故国后，我试图将“中国”抛在脑后。可是每次走到时代广场周围，“游览唐人街”或“唐人街旅游团”的叫声都会让我想起它。最后，我决定加入旅游团，花了差不多两小时，仔细倾听导游的描述与评论。我从导游那里听到的事情全都闻所未闻，我不再觉得自己对中国有多了解了。实际上，我都怀疑自己是否真的生来就是中国人！

纽约的唐人街有很多不错的餐馆，比伦敦莱姆豪斯那寥寥可数的几家好一些，而且莱姆豪斯在“二战”中已经差不多被炮火夷为平地。首次造访纽约时，我曾多次到莫特大街（Mott Street）吃饭，还发现了“幸运饼干”，这是纽约的发明。经常有人建议我去看看旧金山的唐人街，它以中国之外首个也是最大的华人社区而闻名。不错，跟纽约、波士顿和芝加哥的唐人街相比，旧金山的唐人街要大得多，有更多的中国礼品店和餐厅，而且也展示了更多的中国色彩和气味。我比大多数同胞离开中国的时间都要长，或许我自己已经发生了变化。我已经变得更老，因此现在没有什么东西——不管是真实的还是虚幻的——能够真正让我感到吃惊了。迄今为止，我已经十度造访旧金山，每次都会到唐人街就餐。我到那里主要是为了吃饭——很少为了别的事情到此。我从未跟随旅游团游览这里，不过经常有人叫住我，问我前往云林庙（Joss House）的方向。我试图找到云林庙最初的位置，却得知它早就灰飞烟灭。1906 年的地震和火灾没有饶过旧金山的老唐人街；我遇到的少数老辈人为那座迷人的老唐人街消失而哀悼。一位老华裔工人甚至送给我一本如今十分罕见的《老唐人街》（*Old Chinatown*），由阿诺德 · 根特（Arnold Genthe）配图、威尔 · 欧文（Will Irwin）撰文，出版于 1912 年。我从上面读到了“补锅匠”“鱼巷”“不可能”“身着节日盛装的小女奴”“赌窟”“鸦片烟鬼”“暗夜中的魔鬼厨房”“舞剑人”“抢票子”“算命人”等非常有趣的故事，但里面当然丝毫没有为它们的消失而哀叹。旧金山的唐人街目前仍然是一处名胜，就像往常一样迷人，但没有旧时小女奴、鸦片烟鬼和魔鬼厨房的气息了。每次去旧金山的唐人街，我都能碰到更多来就餐的人。我想它的过去为它今日的热门奠定了基础，但它的现在则变得更好了，因此它不再是个暴露人类无知的神秘地方，而是一个以高雅趣味吸引人们的健康街区。不管人们是哀悼还是喜爱这种变化，唐人街都会同旧金山其余地区一起与时俱进。

我常说，在人类史上，变化是一个不可避免的因素。我确信，在我离开故国的四分之一世纪里，中国也发生了巨大变化。既然旧金山唐人街周围地区的变化速度远远快于古老的中华大地，你又怎能阻止唐人街本身发生变化？不管怎样，有一个古老的习俗虽然经历了种种变异，却仍然让我回忆起过去，引发我的思乡之情。1953 年 2 月，我恰好在旧金山，在阔别故国二十多年后，非常幸运地再次过了一个春节。这里的春节与我在《儿时琐忆》(*A Chinese Childhood*)一书中《过年》("What a Business!")里描述的活动有所不同。在这个传统节日上，灯会是最有趣的事情之一，灯会上的龙灯戏珠尤其如此，通常从除夕晚上一直持续到正月十五——按照中国阴历，这是一年中第一个满月之夜。很多著名诗人写诗描绘过这个活动，但其中最流行的是宋代女诗人朱淑真*的一首小诗：

去年元夜时，花市灯如昼。
月上柳梢头，人约黄昏后。

今年元夜时，月与灯依旧。
不见去年人，泪湿青衫袖。

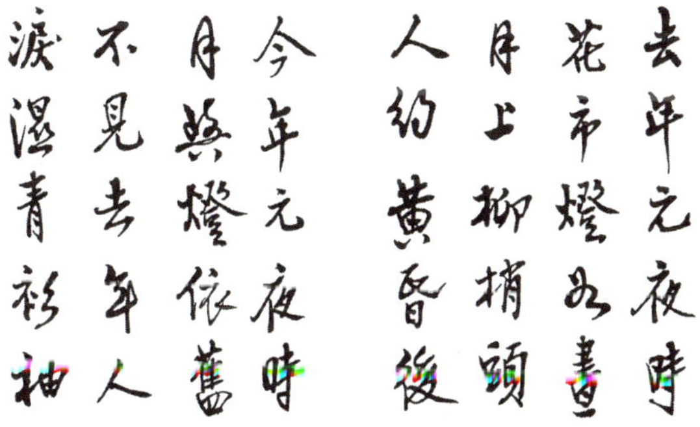

这首诗——更确切地说是一首词——由一位恪守儒家礼教、不敢表达相思之苦的女性写成。从诗中的痛苦之情，我们能够想象数百年

* 这首词名为《生查子·去年元夜时》，作者尚有争议。又有说是欧阳修所作。——编者注

前一个元宵灯会上发生的事情。灯会是春节的一部分，但没人知道它在中国产生的确切时间。根据历史记载，我们知道它在公元7世纪中国达到鼎盛的唐朝就已非常盛行。春节期间的每个晚上，大街小巷和公共场合的每一个角落都挤满人，男女老幼都出来观看城里各种形状的花灯，观看色彩各异的衣装和名闻遐迩的美人。每个孩子手里都会提着某种灯笼，家家户户都会敞开大门，准备向接二连三的龙灯队发放礼物。大户人家会在院子和厅堂里备好一张张桌子，让玩龙灯的人以迅捷的姿势在桌上上蹦下跳。燃放焰火和敲锣打鼓的声音震耳欲聋，也盖住了上面这首诗中暗示的呢哝情话。我还对年幼时在故乡小城度过的一个个快乐的春节之夜记忆犹新。

但格兰特大道附近没有柳树让情侣在下面约会并望着一轮圆月爬上树梢。旧金山的第一个满月之夜也没有能与我童年时代相媲美的灯会，因为这里的人顶多只花得起时间庆祝一两天。我在当地报纸上读到下面这则启事：

> 旧金山人虽然知道今年是公元1953年，但仍准备蜂拥前往唐人街庆祝黄帝纪元年*的到来……
>
> 实际上，周六才是中国的大年初一，但华人社区认为蛇年的到来是一件大事，因此今年将有两天的庆祝活动。

居然有春节花车游行队伍穿过唐人街，我感到新奇有趣，于是婉言推掉了一个华人家庭让我到他们家吃年夜饭的邀请。

---

* 黄帝纪元是由道教历法演化而来的纪年法，以传说中黄帝即位创制历法的年份为元年，由刘师培提出，旨在反对帝制年号，清末革命派广泛使用。黄帝纪元 = 公元 + 2697年。——编者注

必须说明的是，我来旧金山的时候根本没想过参加这里的春节庆祝活动。实际上，在侨居英国多年之后，我差不多已忘掉了这个节日，因为我已经多多少少地适应了西方的圣诞节。由于需要四处游历、写作和绘画，我已错过了一个又一个的春节，直到这次在旧金山赶上这场盛会。一代代的旧金山华人一直以谨遵中国风习与节俗而闻名。我那些在伯克利生活多年的朋友大多数都看过这种花车游行。他们都认为我最好亲自去看看。

周六接近黄昏时分，我乘无轨电车前往唐人街。起初，我并未注意到多少举行庆祝活动的迹象，只有格兰特大道东北端高高悬挂着一排排中国灯笼，不过这里的橱窗总是灯火通明，尤其是在游客经常光临的那些街道沿线。周六晚上，这里的店主一直都很忙。当我到达《世界日报》（*The Chinese World*）——西海岸颇有影响力的华人报纸之一——的办公室时，我看到四个巨大的红字“恭贺新禧”，标志着这个特殊的节日。然后，有人递给我一份节目单，上面说旧金山唐人街的中国春节委员会将呈上十二小时的娱乐活动，包括体育运动、正式的开幕式、民歌、舞狮和舞剑、盛大的花车游行、武术表演、中国艺术展、时装秀和公共的街头舞蹈。这听起来跟我在中国经历的春节很不一样。这些节目要明天才开始。我继续漫步，到处都开始出现燃放焰火的人。很多华裔孩童点燃自己的小爆竹，将它们扔到大街中间。一些美国男孩女孩也欢笑着效仿他们。接着，我碰到一些忙着搭建一个高台的人，另一群人在排练打鼓，还有一些在装饰一辆辆汽车，并在车上竖起类似于神龛的东西，这是为即将到来的花车游行准备的。

周日，我没有参加格兰特大道的正式开幕式，其中有锣鼓队的表演，而是四处转悠，早早来到一个观看盛大花车游行的地方，虽然它晚上 7 点才开始。这是一件大事。观众从四面八方涌来，我很快被新来者一步步地往后推去。我们头顶上悬挂着彩灯和稀奇古怪的灯笼，灯笼的流苏不断飘动。喇叭里播放的广东音乐时不时地被大型焰火的“砰砰”巨响淹没，而一串串的鞭炮也接二连三地燃放起来。这时，音乐预示着游行队伍即将到来，每个人都急切地向前探出头去。在游行中担任大礼官的是美籍华裔老兵乔·黄（Joe Wong）上尉，他出生在唐人街，坐在一辆车里率领游行队伍，身旁是两名身穿美国空军女兵制服的年轻姑娘。美国第六集团军风笛手吹奏着苏格兰风笛，向我展示了出人意料的中国、苏格兰和美国特色的混合体。接下来出现的几辆花车载着若干身穿制服的官员，我听到有人指出其中的市长和市警察局长。有两辆花车装饰得花团锦簇，其中一辆载着 1952 年的唐人街小姐周安玲（Anne Chow），另一辆载着香港小姐但茱迪（Judy C. L. Dann）。大约有三十八个团体参加了这场缓缓移动的花车游行。

后来，两个巨大的动物脑袋——狮子或是龙，但很难分清到底是哪个——出现在人海上方，轮流表演倒立，眨着眼睛，仿佛在叫喊：“让我们向前移动吧！”我望着它们，因为空间太小，舞龙或舞狮的人根本无法施展自己的技艺。它们应该蹦来蹦去，上蹿下跳，但却被四面八方的人群包围起来。格兰特大道的几乎所有住家和店铺都大门洞开，为访客准备好了各色包好的礼物和糖果，我注意到一些华裔业主向小孩子派发一包包的甜食，美国和华裔小孩都有。

这确实是我在二十多年后再次过春节——这种体验包括很多新的东西，那天晚上，我很晚才回到寓所。第二天早上的报纸告诉我，蛇年春节是唐人街历史上规模最大也最精彩的迎春庆祝活动，估计有十万人参加这场庆典。在我看来，这个特殊节日的重要性已不再仅限于唐人街的华人和出生在美国的华裔。旧金山市的一些高级官员出现在花车游行中，这不仅意味着不同民族和谐相处，而且也意味着唐人街欣欣向荣的商业是这座城市的生命线之一。我思索着自己读过的一些介绍自1868年蒲安臣使团（Burlingame Mission）以来加州华人劳工的资料，认定在过去的一百年间，在世界的这个角落，人与人对待彼此的态度已经发生了明显变化。但这种变化的到来并非一帆风顺。

1784年，第一艘开启中美贸易的美国船只“中国皇后号”从纽约启航，前往香港。此后两国互换外交使节，传教团也跟随而去。最早到美国求学的中国学生黄胜（Wong Shing）、黄宽（Wong Foon）和容闳（Yung Wing）于1847年4月12日来到纽约。在加州于19世纪后半叶发现金子以来，并没有中国人来这里当苦力。而在“淘金热”期间，华南遭受了接二连三的饥荒，导致做体力劳动的工人和农民大量失业。其中有少数以这样那样的方式漂洋过海来到美国西海岸——甚至没人知道他们到底是怎么来的。他们接受了微薄的工资而免于活活饿死。那些因找到金子暴富的矿主利用这些几乎要饿死的中国南方人，将他们作为廉价劳动力大批输入，使自己变得越来越富有。必须明确指出的是，没有一个中国人是作为淘金者来到这里的，在被驱赶进最底层的船舱，越过太平洋之前，他们也不会说一句英语。为了生存，他们不得不团结起来，哪里会意识到他们选择自己而非美国的生活方式会触怒美国人？他们只知道第一批移民没有饿死，于是第二批、第三批和第四批涌入加州，希望也能获得生存机会。他们没有一个人获得足够的薪水来改善自己的生活，不得不在一个有限的区域内过着低人一等的生活。他们大多数是文盲，一心只想生存，因此不可能有绅士或圣徒的行为举止。当时经常有人呼吁赶走华人，这背后自然有很多原因。接着，1871年10月24日，洛杉矶发生了一次“华人大屠杀”，结果是国会于1882年通过了《排华法案》。

有本标题为《巴巴里海岸》的书十分畅销，它的成功很可能部分归功于其中两个长长的章节，一章是“华人与无赖”，另一章是“唐人街的奴隶”。它们描述了华人在差不多半个世纪内遭到迫害、歧视、抢劫、殴打和经常被谋杀的故事；华人的洗衣店和餐馆被随心所欲地纵火焚烧；旧金山年轻小混混喜爱的消遣之一就是登上华人乘坐的街车或电车，悄悄将这些黄种人的辫子绑在一起，如果有可能的话，绑到扶手上，这样他们下车时就会被电车拖着跑。有一次，一名捕捉螃蟹的华人被几个小混混抓住，遭到抢劫后，又被他们用山核桃树枝殴打一通，身上被用通红的铁棍烫伤十几处，耳朵和舌头也被割开一道道口子；另一个华人则在老渡口下面被烧死。在早年的《旧金山年鉴》(*The Annals of San Francisco*)中，有更多关于华人那些令加州美国人反感的举止与习俗的评论。B. B. 劳埃德（B. B. Lloyd）在他的书《旧金山光影》(*Lights and Shades in San Francisco*)里生动地描绘了那个时代的华人。有好多次我把书扔到一旁，读不下去。但过了一会儿，我又把它捡起来，看看里面有没有阐述此类事情的原因。这些无疑都是有原因的，因为正如我前面所言，中国劳工无法活得像绅士或圣徒一样，他们只是些没有希望、走投无路的人。身为中国人，看到容闳在他那本《西学东渐记》(*My Life in America and China*)里说的这番话时，我也不禁对他感到同情：

> 在绝望时，我常常希望自己从未受过教育，因为教育无疑扩大了我的精神和道德视野，向我揭示了被无知蒙蔽的双眼从来看不到的职责，以及没有教养、铁石心肠的天性所无法感受到的人类痛苦和过错。一个人知识越多就越痛苦，结果就更不快乐；而知识越少则痛苦越少，因此就更快乐了。但这是一种低下的人生观，是懦夫的态度，不是一个具有神之形象的生灵所应当有的想法。

尽管人类的不公仍然在世界各地发生，却也正在逐渐被消除，如今各个民族之间的关系已经大大改善。我有时希望自己能够早出生几十年，那样就可目睹“淘金热”之后旧金山唐人街到底发生了什么——即使我那条长长的辫子会被多次绑到电车上。另一方面，我又真的为自己晚生几十年、生活在现在而高兴，因为对我来说人类世界远比过去健全。考虑到潜在的核战争，很多人不同意我认为目前这个时代优于过去的看法。但我觉得，一个人被核弹杀死也强于被某种非理性的人类不公所杀死，也许我这个观点过于愤世嫉俗了。

实际上，一切事情都有两面性。中国人认为世界由阴阳两面组成，或者说正负两面，什么原则都一目了然。而误解往往产生于片面的看法，也就是只看到了阴面或阳面。《巴巴里海岸》和早期的其他很多有关19世纪下半叶旧金山及欧美华人的书，不管是否怀着良好意图，都以清楚明白甚至同情的方式，描写了华人目无法纪的可怕生活方式，以及华人内部的虐待现象，却没有人指出，那些华人被大规模地带到了一个尚未确立起法纪的地方。那些喜欢阅读“魔鬼厨房”“赌窟”“小女奴”等故事的人忘记了他们自己作为人类的身份。据记载，1874年4月5日，旧金山举行了一次大规模的群体集会，有两万多人参加，市政府和州政府的多个官员慷慨激昂地猛烈抨击华人。一位特别委员将这次大会的决议与那些演讲的若干抄本送到国会和格兰特总统那里。下面是其中的一些指控：

> 被带到美国的华人女性无一贞洁，这里的华人没有妻儿。
>
> 华人没有购买房地产。
>
> 华人吃米饭、鱼和蔬菜，其他方面的饮食也异于白种人。
>
> 华人对国家无益。

六大公司（Six Companies）[*]私立法庭、看守所和监狱，对华人私自行使司法权。

所有华人劳工都是奴隶。

华人没有为美国金融家和进口商带来利润。

我相信今天的人——尤其是那些经常光顾中餐馆的人——看到这些表述会捧腹。怎么会这样？难道我们现在不是变得更健全了吗？卫生检查员会明确指出华人的厨房是最干净的。那些调查青少年犯罪的人没有在唐人街发现一例案子。难道我们现在不是变得头脑更清醒了？

想到旧金山唐人街在过去一百年内发生的变化，我不禁对那些早期的华人定居者充满好感。他们发现这里时都不知所措。首批中国劳工怀着维持生存的唯一目的来到这里。他们无法在自己的国家接受教育，又因为饥荒而饥肠辘辘，无法从自私的满族统治者和腐败的官员那里得到帮助。他们非常清楚，即使抱怨，也不会得到自己的国家的帮助，因此他们完全准备好面对任何潜在的羞辱，只要有希望活命，甚至不惮粉身碎骨。在他们的一切渴望中，活着且只有活着才是最宝贵、最甜蜜的。于是他们在难以想象的恶劣环境中拼命工作，有些甚至连活命的简单希望也无法满足。但也有一些人不仅经受住所有的屈辱，尽享天年，而且还将自己疲惫但尚未完全干涸的鲜血遗传给下一代甚至第三代。于是，唐人街就这样不断发展，从最初散乱分布于蒙哥马利大街下面的少数棚屋发展成目前这条欣欣向荣的街道，占据了格兰特大道的三分之二，吸引了来自全球各地、满怀钦佩的游客。这是奇迹般的成就。再没有其他民族能在另一片土地上发扬自己的文化并成功赢得另一个民族的理解和信任了，而且他们不是把这里

* 六大公司，即中华会馆，现称驻美中华总会馆，是美国华侨的最高机构。最初是加州的六所华侨会馆联合主办洋务，因此被称为“六大公司”。——编者注

当作殖民地，也没有依靠以军队或传教团作后盾的政府，只凭借自己的血汗、屈辱和努力工作。他们从未想过，是自己把中华文明传播到其他国家的。然而以不同形式出现的中华文化正是通过他们独特而卑微的个体存在才首次在国外扬名。凭借自己的能力和希望，他们已经创造出多个以祖国命名的城区。再没有其他国家或民族像这样在一块外国的土地上创造出自己的市区。“唐人街”并无政治意味或宗教企图：恰恰相反，它让人们觉得那么动听。这难道不是人类史上一段奇妙的轶事？而且也证明人毕竟天生友好善良，如果不把种族、宗教、信仰、肤色、民族和政治强加给他们，他们是能够和平地生活在一起的。我真诚地希望甚至确信，这样的区别会在将来变得无足轻重，地球上的所有人都能作为一个整体而共同生活。尽管这样的状态或许需要一两千年才能达到，它也终归会实现。

有些欧美人士或许仍然记得中国人之间的“堂斗”（Tong Wars）*，还有“傅满洲”（Dr. Fu Manchu）之类的以邪恶华人做主角的侦探故事。而年轻一代或许仍然听过或读过这些故事中的一部分。仍然有人讨论臭名昭著的小皮特（Little Pete）**，他是旧时代一个美国化的中国佬。这些全都是有失偏颇的故事，那些流汗受苦又单纯的华人的名字却没有一个为人所知。这是最不公平的，或许该让我来提提他们的名字了：

1955 年，我来到哥伦比亚大学，在丁龙汉学讲座教授卡林顿 · L. 古德里奇手下教书，我向他询问丁龙（Dean Lung）是何许人也。原来此人是霍勒斯 ·W. 卡彭蒂耶（Horace W. Carpentier）将军的一名华

* “堂斗”指从 1880 年代到 1930 年代美国唐人街黑道团伙的暴力纠纷。“堂”即“堂口”，帮派组织的据点。——编者注

** 指冯正初（1864—1897），旧金山著名的华人黑帮头目。“小皮特”是当时报纸给他起的绰号。——编者注

裔仆人或私人侍从。卡彭蒂耶是奥克兰前市长，加州国民警卫队已故的陆军准将，曾于1901年捐出一大笔钱，在哥伦比亚大学以他的名义设立起汉学系。关于这两个人，古德里奇教授给我讲述了下面这个有趣的故事：

霍勒斯·W.卡彭蒂耶是一名修鞋匠的儿子，住在运河大街（Canal Street），当时曼哈顿岛的那个地区还真有一条运河。他的父亲意识到他的能力，便督促他尽可能多地接受教育。他顺理成章地进入哥伦比亚大学，作为致告别辞的优秀学生代表而毕业。随后他便于1849年绕过合恩角（Horn）来到加州，但并未加入淘金热潮，而是开了家商店，为淘金的人服务，最终积聚起一大笔财富。时间一天天过去，横跨大陆的铁路开始修建，大量中国劳工被运到这里来从事大部分体力劳动。卡彭蒂耶的生意越做越大，于是雇用其中几名华人在他店里和家里工作。丁龙便是其中之一，并且后来成为他的私人侍从。霍勒斯·W.卡彭蒂耶有敏锐的价值意识，而且目光长远。他在现今的奥克兰市中心购买地皮，作为建立市镇的地点，又输入若干红杉"居民"，并于1852年建立了奥克兰镇，并担任镇长。小镇得名于点缀着周围风景的无数禾叶栎（一种常绿橡树）。两年后，卡彭蒂耶将镇扩建为市，彼时，他已经买下整个奥克兰的滨水区，作为交换，他修建起三个小型码头和一座框架结构的学校校舍。在这里成功地创下一番事业后，卡彭蒂耶回到自己的生身之地纽约，回到自己的母校，担任哥伦比亚大学伯纳德学院的董事，并在其他方面提供帮助。1901年，他给哥伦比亚大学的洛（Low）校长写了封信，信中说："在过去的五十多年里，我省下自己在威士忌和烟草上的花销，一直在攒钱，其纯利息或许已达到随信寄出的这张支票（十万美元）的数目。我很高兴把它寄给你，建立一个研究中国语言、文学、宗教和法律的系，并以丁龙命名教席。”然后他用下面的词语将丁龙描述了一番：“他或许只是异教徒……正如苏格拉底、卢克莱修和爱比克泰德也是异教徒……但他具有罕见的正直、温和、警惕、勇敢与和善；恪尽职守，生来就是孔子的追随者，接受的也是这样的教育，从行为看像清教徒，从信仰上说是佛教徒，而性格却像个基督徒。”稍后，哥大汉学系便从来自卡彭蒂耶的这十万美元资金起步。更令人吃惊的是，丁龙也拿出自己一万两千美元的终生积蓄，作为他给汉学系的个人捐款。

这个故事的主要寓意在于：卡彭蒂耶将军虽然从未去过中国，对其他国家也没有兴趣，但却仅仅因为一个人品行端正便被打动。出于同样的原因，他也捐出相当大一笔遗产给加州大学，用于购买有关亚洲的图书。

在与其他华工前往加州之前，丁龙在中国接受过一些教育：他能够读书写字，了解孔子的一些教诲，并以此作为自己的行为规范。他在19世纪50年代开始为卡彭蒂耶将军服务，负责做饭、上菜，照顾

丁龙先生

卡彭蒂耶将军

他的日常起居，尽职尽责地做一名贴身男仆。卡彭蒂耶在公众眼中的地位和他繁忙的生活有时会让他大发脾气。有一天，卡彭蒂耶因为一些小事解雇了丁龙并让其离开。第二天早上，他才想起来厨房里没人做饭，不过，出人意料的是，丁龙还是照常送上他的早餐。这让他非常惊讶，他为自己头天的坏脾气真诚地道歉，愧疚地说："看到你仍然在这里，我真的好高兴。我必须为自己昨天的恶劣行为向你道歉。我需要你，同时我也向你保证，从今天起我会改进自己的行为。"丁龙回答："您的脾气确实很坏，但我认为您毕竟还是个好人。此外，孔子的教诲也不允许我突然离开您。孔子说'与人忠'。于是我就留在这里了。"1889年，当卡彭蒂耶将军回到纽约时，丁龙也跟他一起。将军对他这位贴身男仆说："我非常感谢你这么多年来的服务，愿为你做任何你希望的事情。"丁龙回答，美国人对中国文化及其重要性一无所知，他很希望将军做点事情改进这一点。那一席谈话的结果便是哥伦比亚大学中文和日文系的建立。古德里奇教授于1925年加入这个系，后来成为第三位获得丁龙汉学教席的学者。尽管欧洲开始中文教学的时间要早五十年左右，哥伦比亚大学却与耶鲁、哈佛以及加州大学一起成为美国发展这一学科的先驱之一。如今，已经有大约一百个或更多的高等学府开设汉学研究方面的课程。中文被提升到与其他主要学科相当的地位，而且已经作为现代语言之一而被引入了一些美国高中。三十多年来，古德里奇教授对这个学科的热情从未衰减，他一直向丁龙的努力致敬。我必须承认，即使没有丁龙，汉学研究也会以这样那样的方式在美国开始，其实当时耶鲁大学已经开始这方面的研究了。但令人惊异的是，身为贴身男仆的丁龙虽然地位卑微，对孔子的教诲亦知之甚少，却能够通过在日常生活中表现出的正直，影响了卡彭蒂耶将军这样一个所受的教养完全不同的人。丁龙并未像那些来到中国的西方传教士那样接受传教训练。他按照自己的信条做事，纯朴、自然且毫不做作。这个不同寻常的中国佬的名字其实应该音译为“Ting Lung”：“丁”是中国最常见的姓氏之一，“龙”则是一个常见的名字，跟“虎”“鳞”“凤”差不多，经常被中国人用来给自己珍爱的孩子命名。在19世纪中叶，很少有美国人知道怎样读中国人的名字，而且也懒得去了解。为了方便，“丁”无疑变成了“Dean”，卡彭蒂耶将军和他的朋友们甚至可能是为了开玩笑才叫他“Dean”。如此一来，一个卑微的厨子的名字便有幸通过哥大丁龙汉学教席获得了荣耀和纪念。

卡林顿·古德里奇教授

我接下来要介绍的人物是米尔斯学院（Mills College）的华人男厨工们。我能结识他们，要感谢好心的施特尔·里特尔（Steel Little）太太，奥克兰米尔斯学院的图书管理员。通过我们共同的朋友，波士顿的伊迪丝·坎宁安（Edith Cunningham）太太，她是米尔斯学院的捐助人之一，我受邀于1953年2月末到这所学院待了几天，做一次有关“中国画家如何作画”的讲座，并示范。在讲座开始前，我受到全体教职员工的款待，享用了一顿最丰盛的晚宴。在宴会上，我不止一次得知“这是米尔斯的华裔男厨工们专门准备的”。在造访米尔斯的三天里，我逛遍了这座美丽校园的每一个角落，在心里反复感叹，那些女孩能够到这样一个高贵、宁静和理想的地方学习，是多么幸运。米尔斯学院于1852年创立于贝尼西亚（Benicia），是一所女校，并于1885年正式成为大学，以西海岸最古老的女子学院而闻名。里特尔太太设法从繁忙工作中抽出时间，带我参观图书馆和艺术大楼，还把《华女阿五》（*The Fifth Chinese Daughter*）的作者黄玉雪（Jade Snow Wong）小姐曾经工作和学习的地方指给我看。我们还参观了很多其他建筑，有些是地中海建筑风格，有些是西班牙文艺复兴风格，有些则是多种风格的混合体。最近发展起来的加州现代风格尚未在这座美丽的校园出现。这里还有一个漂亮的湖泊，名叫艾莉索，四周不同类型的美丽树木倒映水中，我喜欢在此思考问题，因为这里的空气总是那么纯净，阳光也很好。离开之前，我觉得必须见见米尔斯的华人厨工。于是我便被带去同他们会面。

米尔斯怎么会雇用华人男厨工，他们最早是什么时候到此工作的？我听说，首批“中国男孩”大概是 1871 年由米尔斯太太带到学院里来的，当时米尔斯堂刚刚建成并投入使用。从那以后，首批“中国男孩”的后代和亲戚便不间断地来到这里工作，直至今日。大约在 1940 年，李昆（Lee Quon）先生接替其兄，担任米尔斯堂厨房的主管。“二战”刚刚结束，李就得知自己的太太在中国去世的噩耗，要求当时担任学院行政管理主任的雷诺兹小姐允许他回家。在他离开之前，雷诺兹小姐对他在米尔斯尽职尽责的工作深表感谢，并询问能否做点什么来表示谢意。李回答：“请确保米尔斯的厨房里一直有华人男厨工。”结果，学院便一直为米尔斯堂的厨房雇用李昆家的男性，只要他们能保持良好的工作水准。他们与最早在米尔斯工作的厨工都有亲戚关系。显然，从首批受雇于此的华裔厨工到目前，他们全都兢兢业业，正直忠实，专心致志。每个主管都按照自己从前辈那里接受的训练那样训练下属，并确保他们的个人行为跟在国内一样循规蹈矩。杨先生微笑着告诉我，实际上，他们都把米尔斯学院当作了自己的家。从 1871 年至我到访的 1953 年，在这八十二年中，负责学院行政工作的每一任主管与这三四代华裔厨工之间从来没有矛盾。雇主和雇员能够保持这么长久的良好关系，这实在是难得。我想向这

米尔斯学院的钟楼

些华人男厨工表达特别的敬意，他们是淳朴的中国人，没有接受多少教育，但其思想却渗透了传统的儒家教诲。著名的儒学思想家朱熹曾说："去谗远色，贱货而贵德，所以劝贤也；尊其位，重其禄，同其好恶，所以劝亲亲也；官盛任使，所以劝大臣也；忠信重禄，所以劝士也；时使薄敛，所以劝百姓也。"* 我想把这段话献给米尔斯的华裔男厨工们。

我想在此介绍的第三位在美国工作的华人是刘锦浓（Lue Gim Gong），他在佛罗里达也被称为"中国的伯班克"。刘锦浓在大概十二岁时来到美国。1872 年 3 月 11 日，他和一群敢于冒险的人乘坐

* 出自朱熹《四书章句集注 · 中庸》第二十章。——编者注

一艘小小的帆船离开香港；在漫长的两个月后，这群人于5月11日在旧金山的金门海峡上岸。当时这座城市正处在反对廉价华人劳工的狂热中，这些初来乍到的人感到自己不受欢迎，非常沮丧。最终，刘锦浓与另外一百五十名华人受雇到卡尔文·T.桑普森（Calvin T. Sampson）鞋厂工作。后来，他又当过商店跑差，但他心中却渴望来到户外，在新英格兰的果园工作，因为在他还是个四五岁的幼童时，他母亲就曾教他给花朵授粉。她从一棵植物上摘下花粉，将它放在另一棵植物的雌蕊上，再用纸袋盖住，不让风或昆虫把花粉弄掉。几天后，等花朵完成授粉，她会摘掉那些凋谢的花朵，好让植物的全部养分都集中到即将成熟的果实上。刘锦浓还是个孩子时就帮母亲做这些事情。他偶然碰到一位伯林盖姆小姐，她有个姐姐生活在佛罗里达，对刘锦浓很感兴趣，并把他带到那里。刘锦浓在佛罗里达温暖的气候里工作了十八年，这里跟他故乡广东的气候那么接近。

柑橘是从中国传播到西方的水果中最重要的一种。美国农业部的沃尔特·T.斯温格勒（Walter T. Swingle）博士在研究柑橘类植物时发现，早在1516年，葡萄牙人就带走了中国的柑橘树，又把它们的种子和幼苗引入葡萄牙。葡萄牙人在南美洲建立起自己的帝国时，也将柑橘树引种到巴西。柑橘树从巴西被带到佛罗里达。后来，其他种类的柑橘又被从中国南部直接引入加州。有趣的是，中国不仅为美国人的食谱添上了柑橘，而且还有一个来自中国的人培育出一个新的美国柑橘品种。此人便是刘锦浓。1911年，美国果树栽培学会和美国农业部因刘氏柑橘而授予他一枚怀尔德勋章。1933年的芝加哥世界博览会上展出了刘锦浓的一尊胸像，宣称他为佛罗里达柑橘产业作出了重要贡献。他将哈茨晚熟柑橘与地中海甜橙杂交授粉，培育出以他名字命名的品种。业界发现，这个新品种的柑橘比其他已知的柑橘品种更结实，种植起来也更经济。这个品种能在8月底和9月出售，那时，其他品种的柑橘都已过季，只能买到来自加州的水果，因此其利润更高。在刘锦浓培育出他的新品种之前，佛罗里达的柑橘种植者损失惨重，因为在通常从 6 月开始并持续几周的雨季中，他们的果子不等成熟就掉到地上烂了。而刘锦浓的柑橘却能安然度过最猛烈的暴雨，而且据说在保存两三年甚至四年后也仍然可以食用。这当然意味着果农只需采摘足以满足市场需求的橘子即可，如果遇上淡季，就可让果子留在树上，等到行情好转后再出售。据说他这种柑橘的汁液和甜度可至少保持两年。

刘锦浓的故事反驳了我碰到的一种普遍看法，即只有美国人才能完成不可能的事情。我的一位同胞真的创造出了奇迹。但我必须说，如果刘锦浓生活在自己的故乡，或许到死都只能做个街头小贩或一个小小的果园工人。美国弥漫着令人吃惊的创新与企业家精神，正是这种精神激励他前进。来到北美洲的刘锦浓很幸运，但我敢确信，当初他踏上这片土地时，都无法想象自己会获得这项成就。另一方面，我们也必须明白，有多少才华横溢的人默默无闻地死去。我们只能向幸运儿致敬。

关于丁龙、刘锦浓和米尔斯的华裔男厨工，最令人吃惊的一点是他们全都没有受过多少教育，但却设法获得了某种长期造福于他人的成就。我们这些花了更多金钱与精力在求学上的人又怎样呢？每次漫步走进旧金山的唐人街，我都忍不住对首批来到这里的不幸同胞充满崇敬，他们凭借自己坚忍不拔的精神和勤勤恳恳的工作而屹立不倒，并创造出一个城中之城——一个不断发展和历久弥新的社区。与此同时，我也厌恶那些因唐人街创造者没受过教育而看不起他们的人，其中也包括我的很多同胞。有些唐人街的年轻人因为在自己的美国同学面前感到自卑，不愿提及自己没受过教育的祖辈和父母是修建铁路的劳工。他们的想法真是大错而特错。我认为，这些年轻人应该为自己的祖先感到自豪，因为他们流血流汗地积攒下目前这份家业，这条占据了格兰特大道三分之二的大街。最近有一种说法，所有西方国家——甚至包括俄国——要联手制服中国人。为了什么？为了从地球上抹去所有中国人？如此虚妄的想法和不负责任的言论居然出自一些责任主体，这让我意识到我们现在的这个时代并不像它看起来那么健全。不义之师不可能长胜。大约一百年前，少量华人设法在屈辱中站稳脚跟，抵抗旧金山的大量不合情理的不利条件。我的思想集中在此刻或许正在别处遭受羞辱的那些人身上。在旧金山的唐人街，我怎能不思念故乡！

第十七章　中秋月夜*

本章英文标题中的“mooning”一词并非我的原创，但我使用时却别有新意。既然有“sunning”（晒太阳）一词，为什么不能有“mooning”（晒月亮，赏月）？我喜欢“晒月亮”。或许这是我的遗传因子，因为有那么多著名的中国诗歌描绘赏月。不幸的是，在我寄居英伦的那些年，我没有多少“晒月亮”的机会，因为月亮在这里难得露面。但我在巴黎却多次赏月，这在我的《巴黎画记》（*The Silent Traveller in Paris*）的“月下痴人”（A couple of Mooniacs）一章里有描述。

“Mooniacs”是我自己杜撰的词语，在牛津或韦伯英文词典里都查不到。在英国，赏月是很罕见的事情：或许是因为传说月亮会让人发疯的迷信，也许是因为有很多故事讲到被月亮弄得发疯的人冲出去杀人却不自知。在英国侨居多年之后，我又到巴黎待过一段时间。看到巴黎的夜空中悬挂着一轮朗月时，我便冲出去散步，作为一个“月下痴人”而非“月下疯人”欣赏它。那个词语就这样在我的《巴黎画

* 本章英文标题为“Mooning Non-Mooniacly”。——编者注

记》中出现了。

在我看来，在旧金山似乎经常能看到月亮。每次晚上来到海湾，我都能看见月亮。熟悉导致差别。它在这里是那么常见，既没让居民变成疯子，也没有让我变成在巴黎时的“月下痴人”。在这座“黄金城”经常晒月亮是我的乐趣，而在一个特别的夜晚到电报山上赏月则是我最美好的回忆之一。

那个特殊的夜晚恰好是中国的中秋之夜。如果不是一位年轻的华裔女士——当年的唐人街选美冠军和另一位代表找到我，问我能否为他们讲讲中秋节的故事，我原本会忽略这个日子，因为我已经多年不用中国的阴历。旧金山商会想举行一场特殊的表演，目的是刺激唐人街的商业。想到一个传统节日居然能促进商业，我不禁感到高兴。我建议他们参考拙作《儿时琐忆》里的“登塔”一章。

中秋节的时间是阴历的八月十五，阴历的日期大概比公历晚一个月。节日的各种活动以明月初升时用食品祭月结束。每个家庭都会按照自己的配方制作月饼，或者到市场购买月饼，用来馈赠亲友。我还记得三十年前在上海一个百货商店看见一只标价一千美元的月饼，上面居然点缀着宝石和珍珠！但我没向那位选美冠军说起这个，也没有向他们讲述下面这个中国笑话：

> 中秋节都要互送礼物，但这礼物不一定是月饼。一个小村子里有两个臭名昭著的吝啬鬼，到了中秋节，其中一个吝啬鬼在纸上画了一条鱼，让儿子拿去送给他的朋友，也就是另一个吝啬鬼。后者对收到这份礼物非常感激，于是，礼尚往来，也派自己的儿子向第一个吝啬鬼回送礼物。等那个小男孩回来后，父亲问他有没有按自己吩咐的做。男孩给出肯定的答案，讲述他向叔叔（中国人总是把父亲的朋友称为叔叔）鞠了个躬，然

> 后说：“为了感谢你馈送的厚礼，父亲让我送这个月饼给你。”（说着用双手比画了一个圆圈）。第二个吝啬鬼对儿子的做法很不高兴，对他大叫道：“谁叫你这么大方？我告诉你给他半块月饼的——那就够了。”说着就用两只手的大拇指和食指比画出半个圆圈的样子。所有村民都认为第二个吝啬鬼的小气更胜一筹。

好吧，管它有没有礼物，是不是商业，我在那个特殊的日期上做了个记号。

当中秋节终于到来时，我到唐人街吃饭，算是过了个节。我没发现这里与其他繁忙的夜晚有多大区别，只不过有一些商店的橱窗上贴着四个汉字：中秋月饼。意思是这里有月饼出售。我怀疑大多数游客是否感兴趣或明白它们是什么东西。我十五岁之前居住于华中，那里的月饼与华南的传统月饼有点不同。月饼有两种，一种用肉和其他配料做馅，非常油腻；另一种用甜甜的豆沙做馅，对我来说稍微有点甜腻。因此这两种我都不爱吃。在唐人街吃过饭后，我顺着街道散步，看见很多年幼的华裔孩子穿着新衣，有的还穿着那种熟悉的中式丝绸刺绣上衣和裤子。显然他们的长辈仍然忠实于中国的老传统。中国伟大的诗人和画家王维（701—761）曾用下面的两行著名诗句作为一首诗歌的开头：

独在异乡为异客，
每逢佳节倍思亲。

一千多年来，远离故乡的游子每逢节日都会吟诵这首诗，尤其是其中的这两行。我来到英国的头几年也一样，但后来就不再如此了，因为异乡对我已不再陌生。此外，我已经上了年纪，甚至都不知道自己的很多亲戚在哪里。

我一时兴起，决定爬到电报山上去。尽管它离唐人街并不算太远，但若步行还是需要走上好一阵子的。当然，也有公共汽车通往山上，而且我也多次乘坐朋友们的车子上山，但我从未在夜间前往那里。我问了问路，小心翼翼地按他们指的方向，慢慢朝联合大街（Union Street）走去，然后向左一拐，便来到了山脚下那条通往山顶的公路上。不幸的是，这条路是专门为汽车设计的，没有为行人留下空间。虽然从唐人街步行过来的这一大段路并未让我气喘吁吁，但在这里，上下飞驰的汽车却让我每走一步都不堪其扰，因为它们总是出人意料地从暗处钻出来。没人在拐弯的时候摁喇叭：司机们当然做梦也想不到会在晚上碰到一个行人朝山上跋涉。我只能尽量靠近路边行走。

终于抵达山顶后，我才算松了口气。我的身体突然有种轻飘飘的感觉，不过幸运的是，这里并没有风将我刮跑。山顶上的一切都比我往常来的时候看起来更怡然，甚至乏味的科伊特塔也显出几分可爱。我在一张椅子上悠闲地坐下休息。几辆汽车开到这个地方，围着那尊新竖起的哥伦布雕像缓缓转了个圈便消失了：只有一对年轻人下车，在那堵矮墙壁前站了一会儿。露天的夜生活不如在室内喝酒、跳舞、观看表演直至拂晓那么盛行。

一想到自己居然步行来到电报山上，再没有比这更畅快的感觉了，也再没有比收获这种感觉更有趣的娱乐了。尽管断断续续有些汽车来来往往，不过，靠着那堵矮墙时，我却仿佛已经入定。一种奇怪的宁静笼罩着这里。我卑微的存在丝毫没有改变这幕景色。甚至汽车内外偶尔传来的低语也有一种神秘感，让气氛显得更加静谧。我先是眺望远处的俄罗斯山，它宽阔的山肩上有很多高大的建筑，就像玩具一样整整齐齐地排列在两边。每座建筑的窗户里都闪烁着小小的灯光，活像焰火。我站立的矮墙似乎从墙根拉起了几根粗粗的绳索，上面挂着无数的灯笼，它们按照相同的间隔排列，一直延伸到远处的其他小山和更远处的山顶上。我左右张望，感觉自己仿佛站在一根巨大的五月柱（Maypole）* 顶上，四周悬挂着闪烁的长长丝带。海湾大桥蜿蜒穿过伯克利，就像春节花灯游行中的一条长长的巨龙。桥上的所有路灯都排列成平行的几排，看起来并不比烛光更亮，在深蓝色的背景中轻灵地摇曳着。成群结队的汽车打开车灯，在这条龙的身体下面移动，看起来，海湾地区的人仿佛全都提着灯笼跑了出来，见证这快乐的时刻！在我远眺时，穿梭不息的车流让海湾大桥不停闪烁，仿佛一直在扭动身体。我非常好奇地想看看这条巨龙是否会来到电报山脚下。它似乎正直直地朝着市政中心冲去。

让我吃惊的是，眺望海湾旁边的电报山脚下，虽然每座房屋和建筑都清晰可见，却只能看到很少的灯光。那一系列顺着内河码头伸入水中的长长码头创造出最奇妙的效果，因为它们看起来就像一架巧妙构建的巨型钢琴上判然分明的黑键。它们怎么会在黑暗中如此清晰地出现在我面前？蓦地，我注意到一轮圆圆的明月已经高高地飘浮在丝绒帘子般的幽蓝天空之上。无数星星点点的小珍珠向它回报以微笑。现在我明白为何俄罗斯山和海湾大桥一带的路灯看起来那么小那么暗了。步行上山时，明亮的路灯晃得我眼花缭乱，让我全然忘记了中秋节的事情。根据中国传统的看法，中秋之夜的月亮是一年中最亮最圆的。今晚我可以证明这一点。我没有想到，在这个中秋节的晚上，旧金山湾上方的月亮会跟过去照耀我故乡九江的月亮一样亮，一

* 五月柱，欧美国家庆祝五月节（May Day）的装饰物。——编者注

样圆。在我年幼的时候，每逢这个节日的夜晚，我的亲人不管在什么地方，都会到当地的小山上赏月。我的一些年幼的堂亲表亲还会在家演奏琵琶或笛子助兴。也许那些巨大的黑色钢琴键是为某个天上的音乐家准备的，正等着他降临人间，在海湾边上演奏一支曲子。

我听不到那支曲子，但我感觉它们正飘浮于空气中。我专注地盯着海湾上空的某种无形又可以触摸的东西。我感觉有什么东西抚摸着我的脸，比我早已去世的母亲温柔的手指更令人感到安慰，比啜饮一口窖藏一年的马德拉白葡萄酒更爽口，比一只温顺兔子喉咙下的毛更柔软，凉而不冰。它激荡着希望，闪烁着喜悦，那极度的纯净令人炫目，满怀深情、依依不舍地照耀着一切生灵。那是一轮明月的轻灵月光，洒落于我所在的电报山顶上。这些光线对我产生了一种净化作用，涤尽了我的一切俗虑，丝毫不剩。

在其他地方和一年中的其他月份，明月之夜可能会潮湿、阴冷甚至冰冷，但 8 月的旧金山即使夜间也相当温暖。地势略高的地方如电报山似乎是赏月的极佳地点，因为穿过金门海峡的浓浓海雾很少能飘到要塞公园以外的地方。我开始琢磨为何这座小小的石头山被称为“电报山”——这个名字如此缺乏诗意，如此平淡无奇。我得知，约翰·B. 蒙哥马利（John B. Montgomery）是第一个在电报山顶上竖起旗杆、升起美国国旗的人。那是 1846 年的事情。稍后，煽动叛乱的著名的摩门教徒山姆·布兰南穿过金门海峡，打算第一个在这座石头山上升起美国国旗，当他看到这里已经有一面旗帜后，顿感沮丧。他组建了一支摩门军队，在三明治岛来复枪的武装下，发动了一场宗教战争，反抗加利福尼亚那些信奉天主教的西班牙人。后来，他不顾自己的亲密朋友约翰·奥古斯都·萨特将军的愿望，向全世界宣布在这里发现了黄金，在数百名同胞和数千名来自大洋对岸其他国家的人中间掀起了“淘金热”。他积聚了大量的金钱，到 1851 年，已经拥有了四分之一的萨克拉门托市和五分之一的旧金山市。他也是第一个与中国开展贸易的美国人，并从中大赚了一笔。他被视为旧金山的第一个百万富翁，但却一文不名地死去。

电报山见证了“淘金热”的开始和结束。这里过去有一座信号塔，一有船只抵达就会发出信号，使得商人、赌场服务员、酒吧侍者和其他人都冲向水滨，争夺各种能够想象到的生意。海上的汽船来来往往，是当时这座城市的主要生活，在“淘金热”期间，数百艘汽船驶入这个海湾。电报山上的信号塔肯定十分繁忙。布雷特·哈特在 19 世纪 60 年代写道：“随着接二连三的汽轮带来一张张来自东部（新英格兰）的新鲜面孔，城里的典范、礼仪和道德也发生了相应的变化。当大街上出现精美的衣裳，而男人的咒骂也减少，人们开始在门上装锁，晚上也不再带着轻便的财物出门。随着精致的房屋逐渐修建，房地产业兴起了……”电报山周围过去都是棚屋和帐篷。现在它已经成为一个备受尊敬的高档生活区。

电报山上的科伊特塔向我展示了旧金山在 19 世纪下半叶的另一个特色：当时的每个人都很警惕火灾。大风经由金门海峡刮进海湾，经常给那些住在棚屋与帐篷里的粗心定居者带来大火与毁灭。甚至在旧金山修建起大量的房屋之后，火灾也仍然十分常见。世界其余地区的很多大型城市过去都曾遭遇大火灾，但没有哪一场有 1906 年的旧金山大火可怕。环境会塑造人的思维方式，早期的旧金山人对火灾最为警觉。城里组建了消防队，消防车成为小孩子最爱的玩具，加入消防队被视为最高荣誉之一。我听说，后来修建科伊特塔纪念其夫的莉莉·希区柯克·科伊特（Lillie Hitchock Coit）[1] 在参加一个朋友的婚礼时，曾穿着伴娘的衣服，冲出去追赶她最热爱的消防车“尼克博克

[1] Hitchock，原文如此，似应为“Hitchcock”。——译者注

莉莉·希区柯克·科伊特和她的消防车

5号”（Knickerbocker No. 5）。就这样，科伊特塔成为旧金山那段火灾肆虐的历史的象征，在1906年的大火后，这座城市几乎没留下别的什么。直到最近，我才偶然读到著名的旧金山演员埃德娜·华莱士·霍珀（Edna Wallace Hopper）的讣告，多年来，她一直设法保持自己年轻的容颜，不愿让人知道她的年龄。受到逼问时，她只是简单地声称她不知道自己的出生日期，因为她的出生证明已经在1906年大火中烧掉了！于是我意识到，这场火灾虽然可怕，对有些人还是有用的。

当我思索电报山和旧金山在过去的漫长历史时，月光愈加清澈、明亮了。再没有汽车开到哥伦布雕像周围来。夜越来越深，但它却在海湾的水面和山坡上自由活动。不知从哪里冒出几缕白云，飘浮在深蓝色的天空中，在我右边那些高高的桉树上，似乎隐藏着一些调皮的精灵，吹动树叶，与我开玩笑。这些树叶仿佛变成无数纤长的手指，急切地想抓我去参加它们的游戏。我是不是在醉人的月光下有些醺然？或者只是昏昏欲睡？四周一片寂静。我脑海里浮现出中国伟大诗人写的很多著名诗句，因为月亮是中国诗歌的典型意象之一。用下面这首李白（701—762）的诗歌描绘我此刻的感觉是最恰当不过的：

花间一壶酒，独酌无相亲。
举杯邀明月，对影成三人。
月既不解饮，影徒随我身。
暂伴月将影，行乐须及春。
我歌月徘徊，我舞影零乱。
醒时同交欢，醉时各分散。
永结无情游，相期渺云汉。

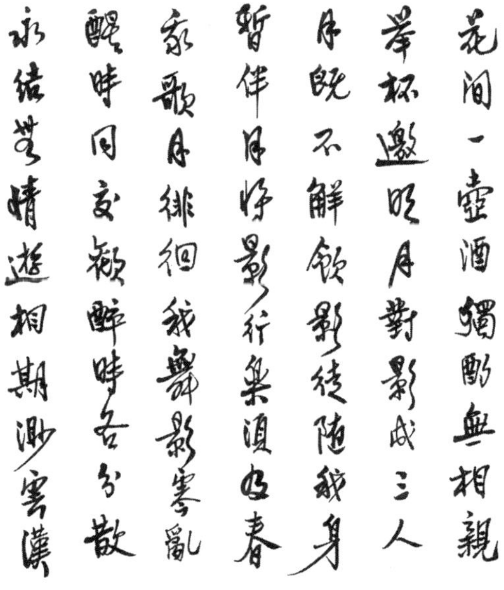

花間一壺酒獨酌無相親
舉杯邀明月對影成三人
月既不解飲影徒隨我身
暫伴月將影行樂須及春
我歌月徘徊我舞影零亂
醒時同交歡醉時各分散
永結無情遊相期渺雲漢

“云汉”也就是我们说的“银河”。这首诗有好几个英译版本，我努力尽可能忠实地译出每句诗的意思。希望不会误导人以为我是个酒鬼，其他英译本就很不公正地把李白刻画成这个形象。李白爱喝酒，但他如果真的喝得烂醉，就不可能写出这样的诗句。他不过是描绘自己喜欢在赏月时小饮助兴。我并没有带着酒来到电报山上，但我喜欢在这里赏月。

现在我开始下山，但并未顺着蜿蜒的公路原路返回，而是找到一条顺着木头台阶通往山下的僻径。坡度很陡，但月光照亮了台阶，仿佛在小心翼翼地护送我下山。我不时抬头观月。突然之间，一团黑乎乎的东西撞到我的右脚，飞快地跳起来，消失在我上方的灌木中。立刻有很多类似的动物冲上来，追了过去，在木阶上掀起一场混乱。其中一只是白色的。我不明白这座 300 英尺（91.44 米）高的小山上怎么会有这么多的猫。或许因为电报山周围的居民有很多是艺术家和诗人，通常喜欢猫。我读过很多有关猫的英文诗，但写到狗的却很少。也许因为狗对具有艺术和诗人气质的人来说有点过于温驯了。很多人发现猫温暖小心，谨小慎微，聪明伶俐，能够照顾好自己，而且相当独立，因为猫更喜欢跟主人做朋友，而非像狗那样充当忠实的仆人。但也有一些人说猫是一种自私的动物，只顾自己舒服，对他人漠不关心，很少留恋某个地方，甚至狡猾奸诈。当我思索着这些彼此对立的观点时，一对棕色珠子似的透明眼睛在月光下闪烁着，从一丛蔷薇底下注视着我，仿佛感知了我的想法，只是不知它对我感到愤怒还是友善。我无从探知它的心思，于是继续下山，搭乘公共汽车回到湖滨街。

躺在床上，我发现自己仍在思考事物的两面性。让我高兴的是，我在电报山上欣赏的月亮跟我在故乡九江自家花园里看到的可能是同一个月亮的不同部分。相对于美国而言，中国位于地球的另一面。我童年时在九江看到的月亮不可能是同一时间在旧金山看到的那部分。如今我在电报山上看到的这部分月亮可能在九江也同样看不到。这种推测并非基于科学，但它让我感到满意，因为我发现同一个月亮的这两部分都一样迷人，令人陶醉，对我也能产生相似的催眠效果。或者说我对这个星球的两个不同地区都能感受到同样的效果。我必须承认，九江并非旧金山这样的大城市，也没有靠着大海，而是位于中国内陆深处的长江畔。尽管如此，它却早在公元1世纪便已载入史册，还有一座闻名遐迩的庐山，从公元4世纪起便有诗歌描绘其美景，过去也有很多画家以之入画。它是我的故乡。不管出生之地多么卑微，人年老时回忆起故乡总是充满热情。美丽的甘棠湖同样为九江增色不少。在海湾旁的电报山上赏月的愉快心情让我对故乡庐山和甘棠湖的思念愈加强烈。年幼时，我对中国那些有关月亮的传说深信不疑，年长之后，我觉得那些传说让这个世界在我眼中显得更有趣。但人造卫星的探险击碎了它们。现在居然有人想飞到月亮上去！现代科学让我们人类作为个体显得无足轻重：太空战可能会将我们悉数抹去。不过，在那一刻到来之前，每当找到空闲时间，我还会以自己的方式赏月。电报山上的赏月之旅让我写出下面的诗句：

天空只有一个月，我却看到她两面。
九江赤壁旧婵娟，金门湾上乃新恋。
旧识新知同此身，此身几经人世变。
漫谈旧识未模糊，且贪新恋须臾倩。
一岛天仙一岛囚，似说人间恶与善。
善恶是非已百年，默对金门桥如线。
上有唐马珮巅印女魂，
下有急流之史实如闪电。

过去现在与未来，史实岂真能再见。
挖金金尽月仍圆，清光普照无贵贱。
能快心处且忘忧，飞上月宫我不羡。
余生何日可还乡，九江金门同眷眷。

天空只有一個月 我卻看到她兩面
九江赤壁舊嬋娟 金門灣上乃新戀
舊識新知同此身 此身幾經人世變
漫談舊識未糢糊 且貪新戀須臾倩
一島天仙一島囚 似說人間惡與善
善惡是非已百年 默對金門橋如線
上有唐馬珮巔印女魂
下有急流之史實如閃電
過去現在與未來 史實豈真能再見
挖金金盡月仍圓 清光普照無貴賤
能快心處且忘憂 飛上月宮我不羨
餘生何日可還鄉 九江金門同眷眷

第十八章　不求甚解

人生一步一步缓缓向前。什么都无法阻挡它的前进或加快它的步伐。尽管如今我们旅行的速度远比从前要快，能够达到每小时 30 至 100 英里（约 48 千米至 160 千米），宇航员甚至能达到每小时数千英里，但这些却不会改变生命的旅程，我们每个人全都不由自主地随之移动。人生总是固执己见，它不在陆上、水上或空中前行，而是遵循自己的特殊路线。人生之路各有不同，但我们每个人都以同样的方式随之步步行来。自最早的人类在大地上出现以来，从婴儿期经童年、青年、成年，到中年和老年，从来没有两个人的人生阶段是完全相同的。不管陆路、水路抑或空中旅行，都是可见的，并且还有返程，与它们不同的是，人生之路是无形的，尽管一直处于当下，却绝无返程。据说人生学无止境。可是我们刚学会在目前的发展阶段如何生活，就会继续走向下一个阶段，无法将我们学到的东西付诸实践。在我看来，这似乎不合情理也很不公平，可是又无法改变。

我早已步出婴儿期、童年、青年和成年阶段，如今就算尚未踏入老年，也即将达到中年的末尾。我尽管不知道怎样改变那种不合情理也很不公平的状况，但有时也会陷入沉思，想知道如果能够重返童年和青年，我会怎样做。因此，有时候，我也会在生存的压力之下，或者也不妨说是在人生固执而无情地不断向前的压力之下，无缘无故地变得情绪低沉。在过去的四分之一世纪，自从我离开中国以来，很多了解我的朋友都认为我个性随和，能够静静地放松，即使碰到无关紧要或没有意义的小事也能玩赏一番。很少有人意识到，我也有很多莫名沮丧的时刻，那是当我厌倦自己的想法时，当我童年和成年时期在中国的种种印象——形形色色、多种多样的印象，但全都那么强烈，苦乐掺杂——在脑海中挥之不去、奚落我时。但我无法重返我在中国度过的幼年、童年、青少年时代，亦无法激起他人同情，因为世间没有两个人拥有完全相同的经历。不过，我总是努力抛开自己那些无由的沮丧，不再沉浸于往昔，而是努力跟上生活节奏。例如，我知道自己已不像在大学时代那样对学习孜孜以求，如果可以我真愿意像从前一样。

未来的美利坚合众国将是学者的天下。那是我的幻想。至少在过去的若干年里，我足迹之所至，总是靠近或位于一个又一个学术机构。纽约、波士顿、芝加哥、旧金山等，似乎都挤满了这样那样的学术机构。尽管中国拥有尊崇学问的古老传统，但北京只有五所著名的高等学府。在我于 1953 年首次前往旧金山之前，我的好友范 · 威克 · 布鲁克斯伉俪曾让我到他们位于康涅狄格州的家中小住几日。在那里，我得知范 · 威克曾于 1911 年至 1913 年在斯坦福大学任教。他一如既往地谦逊，反复告诉我，就像他在一本著作中所写的那样："在斯坦福我很快发现，传道授业并非我的职业，因为从事实上和个人选择上说我都并非学者，我满脑子个人的想法，无法像教师应做的那样将它们灌输给学生。"当我于 1955 年决定来到这个国家时，他很高兴，但在我接受哥伦比亚大学的终身职位后，他皱着眉头说："彝，你绝不能去教书。你该一直写作下去。"他对我的友善无以复加。我喜欢写作，可是，当我试图明白表述自己的看法时，用非母语写作常常让我潸然泪下。我也并非学者，但我感觉，身在海外时，有义务尽可能多地介绍有关中国的事情。最近这些年，整个东亚研究尤其汉学研究已经在美国取得惊人的进步。很多著名的学者已经掌握我的母语，根据对中国不同历史时期的研究，撰写了一些有趣的著述。有这么多西方学者从自己的文化背景和视角阐述中国思想、历史和文化，这是可喜的现象。但也勾起我们这些华裔依照自己第一手的知识补充其研究的欲望。我的教职就是这么得来的。我必须承认，我不是作为一名学者来教学，而是作为一个能用英语解释自身传统文化的中国人来教学，讲述自己在中国接受的教育和阅读的典籍。我遵从范·威克的信念，不向学生灌输自己的想法。“教学”有时意味着“布道”，这是我在自己的所有写作与交谈中努力避免的。我的教学观念是向那些不了解信息的人提供信息或诠释。中国的东西并非全都是好的，也并非全都值得效仿，我也不会宣称自己知道的一切都绝对无可争议。这就是我给范·威克的解释，但他只是笑了笑。

范·威克告诉我，1911年，新婚不久的他还很年轻，遇到自己那些魁梧壮实、为追随时尚而留着髭须的学生时，他感到局促不安。他们全都是早期拓荒者的儿子，对户外活动非常热爱，而且全都比他年纪大。因此，为了让自己的外表显得更成熟，他也不得不留个小胡子。我跟他说，二十六岁的我担任故乡小城的行政和地方官员时，也曾陷入类似的困境。和我打交道的人大多数都属于我的父辈，全都留着胡须。按照那个时代的儒家传统，老人在年轻人面前有着无可争议的特权地位。我们有句俗话叫“嘴上无毛，说话不牢”。所以我也不得不留胡须。不幸的是，中国人要很快蓄须并不容易。与西方人不同，很多中国人并非每天早上刮胡须，更别提一天刮两三次了。我花了差不多三个月才留起大胡子。在它初具雏形之前，我非常难为情。

那是一段难受的时间。我从未想过要为自己的外表担忧，但在那样的处境下我身不由己。

范·威克说，他的大部分学生都应征入伍，参加第一次世界大战去了。他再未听说他们的消息。如今，我是在“二战”后作为游客造访斯坦福大学的。我刚上高中时便隐约听说“一战”的消息，但并不关心此事。我压根没想到自己会在伦敦受到频繁空袭期间生活于彼，成为“二战”中因轰炸而无家可归的受害者。历史书上描述了过去发生在世界各地的一场又一场战争，但再没有像20世纪的两场战争那样，在全球波及如此之广的了。我们能把这当作人类进步的证明吗？过去人们为自己经历过某种非常罕见的事情而自豪，我是否应该为自己经受过两次世界大战并幸存下来而自豪呢？

进入斯坦福大学的校园后，如果不是想起中华军的荷马李（Homer Lea）准将，我原本不会产生上述看法。荷马李1899年成为了斯坦福大学早期的学生之一，开始了他非凡的生涯。他不愧是拓荒者的后裔，对于在校园周围的山丘上制定军事策略很有兴趣，而且玩得一手好纸牌。他本来应该长得高大魁梧，但他有驼背。一场大病损害了他强壮的身体，就连医生也认为他顶多只能再活三个月。这激起了他的拓荒者精神，决心尽量为自己赢得荣誉。他去拜望了中华民国的创立者孙中山博士，很快就自封为将军，手下有六万名中国士兵。他会砍掉手下反对者的脑袋。怎么会这样？这种事情只发生在20世纪初的中国，在北京遭到八国联军的洗劫之后。后来，他回到美国，向海外华人募捐。此外，作为指挥第二师的中华军中将，荷马李聚集起大量华人，在旧金山和洛杉矶的空地上训练他们。他还率领这支军队参加阅兵，他穿着一套自己设计的蓝色军服，上面装饰着铜纽扣、金色的流苏、肩章和一排勋章。1911年，当孙博士最终领导中国革命获得胜利后，李重新加入这场运动，但很快去世。历史书上没有讲述他是否率领自己在旧金山招募的军队前往中国。不过，他并没有像医生威胁的那样在三个月内死去，因此为自己赢得了荣誉。旧金山不仅拥有来自英格兰的诺顿皇帝，而且也拥有一位统领中华军并有军队驻扎于此的将军，他来自帕洛阿尔托（Palo Alto）。旧金山湾区拥有一段有趣的历史。

我想斯坦福大学历史学教授玛丽·赖特（Mary Wright）能够根据校史向我讲述更多有关荷马李的故事。但这所大学显然并未保留他的任何记录，不过，有一本《来自西方的上帝》（*A God from the West*）确实记录了中华军将军华飞烈（Frederick Townsend Ward）的生平，他来自塞勒姆。当我说起斯坦福的胡佛图书馆（Hoover Library）拥有现代美籍华裔历史和文学方面最好最完整的收藏时，兼任图书馆员的赖特教授笑了。当时房兆楹（Fang Chaoying）* 的太太正在帮助整理图书馆里的目录，正是在她和她先生的邀请下，我到帕洛阿尔托过了一天一晚。帕洛阿尔托最初作为大学城而闻名，如今已经沿着一条宽阔的高速公路发展成一个大型商业和住宅中心。房兆楹夫妇带我参观了胡佛图书馆，然后是斯坦福图书馆，用马赛克拼成的莱昂纳多·达·芬奇的《最后的晚餐》，约旦厅里收集的迷人鱼类，以及画廊和博物馆，我在这里饶有趣味地欣赏了一幅约书亚·雷诺兹（Joshua Reynolds）爵士创作的肖像，他的作品很少能够在英国之外看到，此外我还看了一些日本和中国的艺术品、陶瓷和袍子。令我印象最深且至今难忘的是那里不同寻常的棕榈大道（Palm Drive）和校园。说它“不同寻常”是因为我此前从未见过其他两侧种着王棕的车道通往一所大学的校园，而它在这里则被称为“大学方庭”（university quadrangle）。这名字让我想起英国剑桥大学和牛津大学的方庭，但

* 房兆楹（1908—1985）与其夫人杜联喆都是著名的中国史学家和文献学家。——编者注

用浅黄色砂岩砌成的墙壁和摩尔－罗马风格的鲜红色屋瓦在太阳下闪闪发光，构成一幅与灰暗的英国气象截然不同的画面。

有些华人喜欢说，斯坦福大学以及它那些有趣的现代中国文献典藏都主要来自华人的贡献。我认为这种说法未免牵强，不过看看它是如何产生的倒也有趣。他们说，从 1859 年至 1872 年，利兰·斯坦福（Leland Stanford）从自己在萨特·克里克（Sutter Creek）持有的林肯石英矿中赚了些钱，而那里有很多华人做苦工。然后，他用这些利润修建中央太平洋铁路，又雇用了成千上万的华人劳工参与建筑工作。就这样，他积累起一大笔财富，后来把这捐给了斯坦福大学。因此，华人对这所大学贡献巨大。居然有这样的推理！

后来，房氏夫妇又带我前往一家新开张的中国餐馆“北京烤鸭”，店名来自北京最著名的那道菜肴。我们尝了尝他们的烤鸭，非常好吃。虽然在英国待了二十一年，但这是我在离开中国后第一次吃到烤鸭。那天晚上我与房氏夫妇谈话，说起了我们早年在中国的生活，既辛酸，又甜蜜。第二天早上，我帮着在他们的院子里摘了很多甜橙。这让我想起一句中国格言：“半个橘子跟一整个橘子吃起来一样甜。”这样的甜蜜生活，我只过了一天半，但迄今为止，我的生活总体来说还算甜蜜。人生中没有多少时间去回忆不愉快的时期。下午，房氏夫妇驱车把我送回了伯克利。

伯克利也是帕洛阿尔托那样的大学城，但它不喜欢被与后者相提并论。当然，它的历史更悠久。这里有旧金山湾区建立的第一所高等学府，并用爱尔兰哲学家乔治·伯克利（George Berkeley，1685—1753）主教的名字命名，他跨越大西洋，去为印第安人建立一所研究院。在我看来，伯克利一直半闭着眼睛，用一种讽刺的目光，笑盈盈地望着自己旁边那些邻居。它时不时地笼罩在海湾的浓雾或大海的薄霭之中，拥有一种与英国的剑桥和牛津一样沧桑的面容。加州大学占据了伯克利大部分地区，指挥着这里向外扩张，甚至在校外也与之相伴。伯克利就是这所大学，反之亦然。只不过，在我看来，加州大学的校园没有边界，没有界线。自从 1953 年以来，我已经十度造访旧金山。每次我都会与朋友在伯克利待上几天，每次都看到这里大兴土木，也不知道修建的是伯克利城还是伯克利分校。在英国的牛津，大学与城市数百年来一直矛盾不断。而在伯克利的时候，我脑子里从未冒出类似的看法。

尽管在湾区的住处一直都位于旧金山，我到伯克利的次数却比前往其他任何地方都要多。每次我去，都会回忆起已故的约瑟夫 · 亨利 · 杰克逊和我在那里的一个食肆共进晚餐的经历，当时他力劝我在离开西海岸之前至少观看一次海湾大桥开启路灯的景色。谁也说不准海雾何时笼罩海湾，我也无从知晓桥上的路灯何时打开。我只瞥见过一次开启路灯的过程，但只看了不到一分钟；刹那间，我们周围的一切都受到某种无形、怪异、新奇的东西影响。范 · 威克 · 布鲁克斯告诉我，他任教于斯坦福的时候，认识贝利 · 威利斯（Bailey Willis）教授，其父 N. P. 威利斯（N. P. Willis）是美国早期的一位作家。贝利是一位著名的地质学家，考察过海湾周围的所有土地和岩石，宣布这里不可能修建跨越海湾的大桥，因为海湾的海底在逐渐下沉。不过，海湾大桥依然矗立，它每天承载着来来往往、日益繁忙的车流。初至英国的那一年，我听人说起威尼斯逐渐下沉的过程。二十六年后，我看到威尼斯仍然矗立在那里，它不变的美丽容颜一如往昔。

林同炎（Lin Tung-yen）博士 * 告诉我，弗兰克 · 劳埃德 · 赖特是为海湾大桥提交设计方案的众多建筑师之一。赖特的方案将中间的桥跨设计成与众不同的蝴蝶形状，但未受采纳。在去世前一年，他来到

* 林同炎（1912—2003），著名美籍华裔工程师。——编者注

旧金山，市电视公司为他安排了一次专题讨论会，邀请林博士参加。主持人担心我这位朋友会拒绝邀请，但林博士回答："我们教授和工程师跟各种各样的人打交道。为什么我们要害怕弗兰克·劳埃德·赖特？"当然，只需看看赖特设计的建筑，我们就知道他不会轻易向他人的观点表示认同。但我的朋友与他的对手相谈甚欢，也很尊重对方。他说，在他们的讨论中，赖特非常犀利，轻而易举就能把对手难住，但妙语连珠，充满幽默感，是个很有想法也很健谈的人。林博士说："通常，建筑师只讨论建筑，但弗兰克·劳埃德·赖特是用哲学、艺术和文学讨论建筑。他是一位建筑师兼哲学家，而非一位有哲学思想的建筑师。"林博士的话无疑是对的，但他没有意识到这些描述也适用于他自己。林博士是伯克利的土木工程学教授，预应力混凝土方面全球领先的权威之一；他是1957年世界预应力混凝土大会的主席，也是洛杉矶林氏建筑公司的负责人，委内瑞拉和科威特政府以及美国海军和加州建筑局（Division of Architecture）的特别顾问，以及经典著作《预应力混凝土建筑设计》（*Design of Pre-stressed Structures*）和别的很多相关学术论文的作者。他驱车带我参观世界最美停车场（World's Finest Parking Garage），这是他在旧金山市中心建造的混凝土建筑。然后他向我介绍了他在委内瑞拉的加拉加斯全国赛马场（New Hippodromo Nacional）所做的工作，以及他在阿拉斯加与西伯利亚之间用预应力混凝土修建的白令海峡大桥。我跟不上他的叙述，吃惊不已。他意识到我的障碍，于是解释说："预应力混凝土的意思不过是指把混凝土预先压制好。预先压制能够通过挤压而让混凝土更坚固。因为它很结实，能够以更廉价的费用和更快的速度修建更大、更结实的建筑……""哦，哦，"

我说，“欧洲有很多人都认为美国人是幻想家，总想以更廉价的费用和更快的速度修建更大、更结实的建筑。我都没意识到是我的同胞你在做这方面的研究！”如果以为林博士只对工程学感兴趣那就错了，因为他也热爱游泳、跳舞，欣赏各种各样的图画和历史古迹。当我们1953年在伦敦第一次见面时，林氏夫妇及其一双儿女和我一起，仅仅花一个下午就逛遍了伦敦所有闻名于世的地方。我们在伦敦塔关闭一分钟后到达那里，年轻的林伯中（Paul Lin）非常沮丧。我来到湾区后，林博士给我送来一封短笺说：“旧金山什么都有。”他知道我在巴黎很喜欢吃蛙腿，于是驱车带我到西海岸一家以蛙腿而著称的餐厅。我点了一盘，但发现这里的蛙腿有一只小鸡的腿那么大，只是不如法国的细嫩，价格当然也不比法国的便宜。林教授非常开心地大笑起来。1960年，我在火奴鲁鲁碰到林博士，当时他正在为美国建筑师学会开设一门有关预应力混凝土的夏季特别课程。我们在花园般的考艾岛（Kauai）度过一个周末，探索了所有著名景点。林博士的兴趣很广泛，他目光敏锐，言语风趣，非常健谈。他看待预应力混凝土的目光就像一名陶瓷艺术家看待一件黏土陶坯。

林博士出生于福州，在天津的唐山工学院（Tangshan College）获得理学学士学位，然后便到伯克利来攻读了两年土木工程学硕士，并于1933年获得硕士学位。此后，他回到中国为多条官方铁路担任工程师和主要设计师，从1937年日本全面侵略中国到1945年“二战”结束，他在最困难的条件下走遍全国。然后于1946年受邀到他的母校任教，此后便一直待在这里了。

我尝试以非学术研究的方式，不求甚解地学习，因此除了预应力混凝土这个术语之外，对这项技术不甚了了。但通过林博士，我对人类世界中的现代人有了一些了解。现代人拥有多元的文化背景，会利用自己能够获得的最好环境，尽量发挥自己的才能。他不仅擅长自己从事的特定领域，而且将自己的兴趣延伸到这个领域之外。以前的科学家往往兴趣更狭窄，思维也更狭窄，除了数字和公式，对什么都没有兴趣。如今可就不一样了。林博士和自己的家人尽情地享受生活，和他们一起到他能够去的所有地方。从林太太那里，我对中国的战时生活有了一些了解。这位身材苗条的女士身高 5 英尺 3 英寸（约 160 厘米），腰围不到 20 英寸（50.8 厘米），没人能够想象她有着怎样的经历，她总是文文静静，走路轻手轻脚，仿佛害怕踩到一只蚂蚁。当侵华日军迅速地朝着内陆地区推进时，中国的抗日部队无法遏制其进攻，导致了极大的混乱与破坏。人们立刻在毫无计划或秩序的情况下向西南地区转移。当她的丈夫因为某些政府工作而失去联系时，林太太背着尚在襁褓中的儿子，牵着自己的妹妹，跟着人群不断跋涉。没有供民众使用的交通工具。他们每天只能走几英里，姐妹俩相依为命，因为再没有其他亲戚朋友与她们同行。经过好几个星期的跋涉，她们离比较安全的地区不远了，但林太太的步伐逐渐慢下来，她和妹妹被落在了后面。姐妹俩独自继续前进，速度比以前慢了很多。有一天，就在天黑之前，他们看见一个只有几所房子的小村子。来到村里，她们没看到村民，只看到些士兵，或者毋宁说是一些穿着褴褛军装的男人。姐妹俩无法分辨他们是属于政府军还是自封的军队，也就是那种随时准备倒向任何一边的投机分子。村里的一个老太太走出来，给了她们一条摇摇晃晃的长凳坐下休息。这个村子如此偏远，在过去的几百年里，这里的生活几乎没有改变。这里对现代的机械装置一无所知。整整一晚，疲惫让林太太无法入眠，第二天天刚一亮就出发继续跋涉。第二天傍晚，她们到达一个小镇，与另一群难民一起再次继续前进，直到他们最终抵达一所临时设立的大学，那里可接收难民学生。林太太在这里待到毕业，然后才在伯克利与林博士团聚。我跟林氏夫妇已经认识好几年，但在一起到考艾岛上的椰子树酒店

（Coconut Palm Hotel）的后花园观看火炬舞之前，我从未听他们讲过这一切。林太太总是娴静愉快，喜欢和我打麻将，因为她知道我打得不如她好。她喜欢跳舞，包括“扭秧歌”（twisting），开车技术也比旧金山湾地区的大部分华人女性强。我曾经问她是否希望有辆车载着她姐妹俩和她襁褓中的儿子离开那个偏远村子里那些衣衫褴褛的士兵。她对这个问题不屑一顾，说:“那可不一样。而且那里的乡村小路上根本容不下汽车。”确实，没人可以低估女性的力量。

伯克利还有另一位杰出的华人科学家，李卓皓博士，加州大学荷尔蒙研究所所长。他是荷尔蒙方面国际知名的权威，在过去的二十年里一直致力于研究人脑底部一个利马豆大小的腺体中的一小部分。他的成功为他赢得很多大奖，包括阿尔巴特·拉斯克基础医学研究奖（Albert Lasker Basic Research Award）。他曾经说过，他相信荷尔蒙拥有双重职责，不仅要控制人体的生长，而且差不多可以肯定的是，它还控制着泌乳。正是李博士告诉我悬崖小屋外面海豹岩上的海狮是一个独立的物种，而且他曾利用海狮做一些荷尔蒙实验。他送给我他的一些著作，但我看不懂，因为没有学术功底就根本无法学习它们；或许那是因为我的思想太过时，更乐意相信海豹岩上的海狮以前是人类，传说它们是当地一位印第安酋长的双胞胎女儿，被一朵魔花变成了海狮。如果是那样的话，海狮的荷尔蒙就和人类的没有区别了。不过，在我们见面时，李博士从不跟我讲他的专业，但他又喜欢来看我，因为他总想炫耀一下他新买的艺术品。他对东西方绘画艺术的兴趣相当不同寻常。他在阿灵顿的住所是按照李太太的建筑设计特别修建的。李太太也是一位雕塑家和木刻家，对园艺和厨艺兴趣浓厚。这也解释了我为何一受到邀请就从不错过拜访他们的机会。关于李氏夫妇，还有一件事我也一直记得。在他们的房子后面，有一块形状特别的石头，被称为印第安岩，从古至今一直矗立于此。从雕塑的角度，以及从中国园艺热爱山石的角度，李太太都很高兴这块岩石靠近自己的房屋。我在 1953 年第一次拜访他们，吃过一顿最丰盛的晚餐后，李太太让她的女儿安熙和奕梵[1] 带我去看印第安岩。年长的安熙告诉我，据说很久以前印第安岩上有一座瞭望塔和一张印第安酋长的宝座。我跟在姐妹俩后面一步一挨地爬上石头，真希望我们全都穿着印第安服装，头上装饰着羽毛，因为安熙的步伐沉着稳重，就像一位印第安酋长，后面跟着两名随从，正要登上石头举行篝火舞蹈节。来到石头顶上之后，安熙便开始把右手放到眼睛上方，眺望左右，展示那位印第安酋长是怎样扫视和观察周边环境的。奕梵也摆出同样的动作。我的手似乎也不由自主地模仿她们。有好一会儿，安熙非常真诚地讲述有关这块岩石的故事，一点讥讽都没有。她真的想象自己就是那个角色。她现在已经上大学了，奕梵也将于不久后结束中学教育。每次我到李家，都会同她们说起那次游览印第安岩的事情。我不知道她俩是否认为我对那次游览的描述还算准确，她们的孩子也会以类似的方式带领客人去看印第安岩吗？或许他们的客人不会幼稚如我。

在伯克利的克雷格蒙大道（Cragmont Avenue）尽头还有另一块印第安瞭望石。它的形状不像瞭望塔，因为其上修有一座凉亭似的建筑，我曾在里面两次欣赏海湾对面旧金山市的美丽夕阳。在距离这里不远的地方，生活着另一位华人学者。他就是赵元任（Yuen-Ren Chao），东亚语言文学系阿加西讲座教授，也是一位离职教授，在伯克利的教职工中，他的年纪比林博士和李博士都要大很多。尽管是四十多年前在康奈尔大学接受的教育，但赵博士曾回到北京大学任教多年。在中国的时候，他游历甚广，对不同地区的多种汉语方言做过系统的研究。除了学习中文的学生，西方人整体都没有意识到中国有

[1] Yi-fan，音译奕梵。——译者注

伯克利的克雷格蒙特岩

多种方言，却只有一种书面语言。两个分别来自南方和北方的中国人尽管或许无法聊天，却能够通过写字互相了解。对于所有本土中国人和海外出生的华人，汉语的书写形式是相同的，从公元前 1 世纪起就几乎没有多少变化，不过少数词语会时不时地出现一种简化的书写形式。没有一个五六岁的英国孩子能够阅读乔叟的作品，但一个五岁大的中国孩子却有可能流利地背诵孔子的语录。中国自然而然地发展出不同的方言也是可以理解的。中国应该被视为一个大陆而非仅仅是一个国家，因为它幅员辽阔，差不多有欧洲那么大。如果有人想起欧洲存在众多不同的语言，他就有理由对那么大的中国居然只有一种书面语言感到不解，因为甚至伦敦的不同地区也存在若干不同的方言。

在古代，人们在找到一块条件不错的宜居之地后，都会首先修建起栖身之所，保护自己免受风雨和野兽的伤害，然后耕耘周围的土地为自己提供食物，整天忙于生计。他们很少想到离开自己经营多年的土地。而中国的历史告诉我们，由于饥荒、干旱、洪水和战乱，我们的祖先被迫时不时地往东南部和西南部迁徙。那些漂泊了数世纪之后安下新家的人不愿再次迁徙。当我在中国担任地方官员时，我遇到很多老农，他们一直待在自己那个只有几座房屋的小村，从未步出方圆几英里之外，他们说自己的父辈和祖辈也一直如此。他们不与外界交流，对村子之外的事情了解很少。渐渐地，他们的语言与这个国家其余地区的产生了差异。年复一年，经过数世纪的演变之后，这种差异不断增大，于是，一种方言便逐渐形成，而外界几乎对此一无所知。当然，存在不同的方言还有其他原因。例如，上海周边和东南沿海的吴方言以及略靠西南沿海的广东和福建方言肯定源自远古时代。在历史发展进程中，来自北方帝国的军队慢慢将这些地区纳入统治之下，于是，为了方便行政管理，人们被迫采用中国的文字。那或许是如今吴方言及南方各种方言跟北方方言（现在被称为“官话”）的差别如此之大的原因，但在文字交流中，全国各地的人都不得不用同样的文字书写。出生在吴方言区和南方各地的人，若想在政府中谋得一官半职，或者想把生意做得更大，都必须学会说北方方言。古老的交通运输方式，如骑驴、马或骆驼，或者乘坐独轮手推车或轿子，都使得人们的旅行范围极其有限。四十年前，中国没有一条哪怕只有几英里笔直路段的通衢大道。如果中国能够像美国那样尽可能多地修建宽阔的公路和高速公路，如果大多数中国人都拥有一辆小汽车，像美国人一样可四处活动，他们就不得不全都学会北方方言（官话），到那时，中国就能说自己没有方言，只有不同地区间略有差异的口音而已。在那之后，也只有在那之后，中国才会设法消除它那些古老的弊端。最近这些年，中国已经发生了巨大的变化：人们开始四处走动，成百上千的年轻一代除了说自己的家乡话，也能说北方方言了。这对中国文化的未来进步是一个好征兆。现代的电视和收音机也会对此有所帮助。

中国尚无法声称自己没有难懂的方言，与此同时，赵元任博士对中国方言的系统研究在有关汉语的研究工作中堪称一流。其他学者也对这个主题做过深入研究，但从没有像赵博士的研究那么广泛、全面。实际上，赵博士已经成为汉语方面的世界权威，也是这个主题上的首要发言人。“二战”期间，他曾在哈佛大学的燕京学社（Yenching Institute）为美国陆军和海军开设过一些有关汉学的速成班，然后才来到伯克利任教。由于他是我们的长辈，而且对老老少少的所有朋友都非常和蔼，我们都很想拜访他。每次我到位于克雷格蒙特大道的赵府拜访，他们的客厅里总是宾客盈门。我没有一次能够在座位上坐很久，因为女士们有优先权。我们在那里恋恋不舍地待上几小时，谁都不愿离开。当然，赵博士是吸引我们的主要原因，他擅长讲故事，令人望尘莫及，因为他很有幽默感。他曾将《爱丽丝漫游奇境记》翻译成中文，我从未想到居然有人能完成这样的功绩。而这里吸引人的另一个原因是赵家的后厨，让人胃口大开的香味似乎袭击了我们的鼻孔，阻止我们的舌头说出道别的话来。赵元任的夫人一直在厨下烹制美食。赵夫人是《一个中国女人的自传》（*Autobiography of A Chinese Woman*）和《中国食谱》（*How to Cook and Eat in Chinese*）的作者。诺贝尔奖得主赛珍珠（Pear Buck）曾这样评论赵夫人那本畅销多年且至今势头不减当年的烹饪书：

> 作为一名美国女性，我得说这是一本完美的烹饪书。书中介绍的菜肴没有一种是美国家庭主妇无法烹制的，根本无须担心它的难度……我认为这本烹饪书对增进国际了解作出了贡献。

确实，在伯克利，赵夫人的厨艺不可错过。

最近，我与在哥伦比亚大学的同事汉斯·贝林施泰因（Hans Belinstein）教授有过一番交谈。他是杰出的瑞典东方学者高本汉（Bernhard Karlgren）教授的高徒，高本汉教授著有《中国语与中国文》（*Sound and Symbol in Chinese*）和其他很多重要著作。当我提起赵夫人的厨艺时，汉斯的眼睛一下就亮了，因为他在前往澳大利亚的堪培拉大学担任教授之前，曾在伯克利做研究，经常品尝赵夫人烹制的美味佳肴。如今他已回美，在哥大教书。汉斯有一件令人啼笑皆非的轶事：他在伯克利搬过六次家，每次搬家后住过的房子都被推倒建成了车库。在伯克利，越来越多的人拥有轿车，而且很多家庭拥有不止一辆车。汉斯还告诉我他喜欢骑马出城，对优胜美地的风景也非常热爱。这些都是我们的共同爱好。

伯克利向我显露了它早期倾向于希腊式的建筑风格，因为这是菲比·阿珀森·赫斯特（Phoebe Apperson Hearst）夫人在1896年出资兴建一所综合大学时征求国际设计方案的条件。随着这所大学逐渐扩大到其530英亩（约2.1平方千米）的校园之外，最初的建筑方案逐渐在它的众多建筑中失落了。雄伟的惠勒大厅（Wheeler Hall）拥有爱奥尼亚式的白色花岗岩柱廊，在20世纪初的那些年里，它肯定经历过令人难忘的辉煌。但我觉得是很多巨大的桉树和其他枝繁叶茂的乔木将它遮挡起来，让它逐渐显得矮小。这也是伯克利异于雅典和其他古希腊城市的一个方面。古希腊神庙及其爱奥尼亚式的柱廊总是高耸于一块俯瞰周围地区的高地上，也没有高大的树木遮挡视线。有一年夏天造访希腊时，我感觉希腊的空气有一种神奇的纯净之感，无法描述。相比之下，伯克利的空气要么在明亮的阳光下烟雾朦胧，要么在海湾的浓雾中显得黏湿冰冷。

我在伯克利的赫斯特希腊剧院（Hearst Greek Theater）度过了愉快的半小时。它是用混凝土修建的一座半圆形礼堂，可坐下七千多人。对于这所大学的音乐和戏剧活动，它看起来足够大了，不过，回忆起在传说中阿斯克勒庇厄斯（Asklepios）* 的生身之地埃皮达鲁斯（Epidarros）看见的古希腊圆形剧场，我发现它未免相形见绌。那座圆形剧场位于一个山谷里，背靠一面面嶙峋的峭壁，除此之外再看不到其他建筑，也没有任何汽车的噪音传入耳鼓。埃皮达鲁斯那座半圆形礼堂的数据似乎都经过古代数学家和科学家的精心计算，因此，当舞台上表演者发出的声音穿过纯净的空气毫无阻碍地传向四周时，观众能清楚地听到每一个音节和词汇。

第一次漫步前往这所大学校园的主校区时，我对伯克利的希腊剧院一无所知。我去那里是为了欣赏我透过两棵高大的桉树树叶窥见的美丽夜景：远处的月亮在深蓝色天空的衬托下，隐隐约约地照亮了那座纤细的钟楼。尽管身后有很多汽车喧闹地驶过，但它们丝毫没有干扰到我，因为我完全沉浸在这一幕宁静得令人难以置信的风景中了。月亮看起来就像一面中国古代的铜镜，悬挂在一堵覆盖着蓝缎子的墙壁上，注视着那座钟楼灵动的边缘以及一动不动的桉树叶。这是非常美丽的景色。

当然，那座钟楼是伯克利的象征，对这个校园和城镇都是如此。据说它是根据威尼斯圣马可广场（San Marco Square）那座高耸的钟楼设计的。我想起渡轮大厦和伯克利钟楼早期的模样，早在真正的海湾大桥建成之前，它们就像两座高高的桥塔，位于一座想象中的吊桥之间。这想法让我发笑。

我认为，修建伯克利的钟楼时，使用灰色花岗岩而非圣马可广场那座古塔所用的红砖是一个恰当的选择。威尼斯那座钟楼的美存在于它那些用黄金和鲜艳颜料描绘的装饰性壁画中，以及毗邻它的众多意大利

---

* 阿斯克勒庇厄斯，古希腊神话中的医神。——编者注

文艺复兴风格的精美建筑里；它融入了川流不息的游客和朝圣者之中，不论昼夜。我曾登上这两座钟楼的顶部。站在如此高耸于地面之上的地方，我感觉自己是个孤孤单单但同时又无限渺小、转瞬即逝的存在。圣马可的钟楼依旧洋溢着古代的气氛，将本地和国际的风景尽收眼底。而伯克利的钟楼正处于鼎盛期，不过从这里只能看见本地的风景。

有天早上，陈世骧教授设法把我带到大学里一座新建的大厅的屋顶上。从那里我可以更好地俯瞰整个校园的景色，不过它们大部分都被中间那些高大的桉树构成的小树林遮挡起来。那个小树林帮助我构思了一幅有趣的图画。桉树林里放着一些用巨大的树干锯成的凳子。有一次在里面闲逛时，我碰到一群人在那里或坐或站地激烈争论着什么。我想，这是一个有趣的聚会地点。

在伯克利，有很多东西可供人从非学术的角度加以学习。例如我就曾在那里获得一点新知识，我学到了“警察博士”一词。这肯定会逗乐伦敦苏格兰场的人，他们因为自己高效率的工作而备受称赞。在我侨居英国的漫长岁月里，我经常听人说起英国的天气和英国的警察。英国警察因为高高的身材、高高的头盔和罕见的温和步态，而在人群中脱颖而出。他们是英国的象征，英国也为他们自豪。后来，我又在巴黎遇到一位诗人警察，这在我的《巴黎画记》中有过描述：他尽管穿着警察制服，却显得天真纯朴，放荡不羁。伯克利的警察博士对我来说仍然只是一个名字，到目前为止我尚未碰到一个，因为很少看见他们出来巡逻。伯克利的政治学系有一个警察管理教席，在我知道的大学中独此一家。

有天早上，克雷格蒙特大道德高望重的赵氏家族的三小姐赵来思[1]在驱车上班的途中，顺便把我送到草莓峡谷（Strawberry Canyon）的植物园大门外。我特意到此一游，因为这里收藏了两类

[1] Nancy Chao，原文如此，英文名似为 Lensey Chao。——译者注

特殊的植物：五千株罕见的杜鹃花和两千棵仙人掌及多肉植物。我并非研究生物学的学者，因此一直有点分不清仙人掌和多肉植物。我曾读到，“多肉植物”是一类枝叶为肉质的植物，这样它们就能在干旱的沙土区或沙漠里保持水分多日以滋养自身。多肉植物包括仙人掌、芦荟、松叶菊属、金琥属、仙人山属、长生花和多种其他植物。然而，从外行的角度看，尽管仙人掌属于“多肉植物”，但普通的多肉植物却有名副其实的木质树枝、茎干及树叶，只是与常见的薄薄树叶不同，它们的树叶厚实、圆润、闪闪发光，就像出自某个技艺精湛的中国玉雕工匠手下的碧玉雕刻。它们按照一种布局合理的模式生长，空间安排得如此均匀，形状设计得如此匀称，看起来仿佛完全出自人类之手。有些也确实被称为“翡翠木”（jade trees）[1]。在这里的一个温室里，我看到一棵与众不同的植物，它拥有形状奇特的叶子，花朵活像响尾蛇的脑袋，并且还有粉红夹杂着紫色的蛇皮图案。这里也有一些普通多肉植物的样本，我曾在旧金山很多人家的屋外见过，如所谓的“莲花掌”（hen and chickens），被颇有趣味地摆放在另一棵高高的仙人掌周围。它们的叶子构成美丽的图案，吸引了我的目光，挤挤挨挨的莲座状叶片看起来健康、整洁。很多纺织品设计师都肯定从它们这里获得过灵感。

我把仙人掌当作一类多肉植物，它们通常为球形、棒状或扇形，上面生长着或长或短的尖刺，伸向四周，目的是保护自己。它们自成一家，似乎无法与植物界的其他成员和睦相处。每种仙人掌都凭借其众多的尖刺构成迷人的图案。我肯定是挑了个最好的时间来到这个植物园，因为这里有大量的仙人掌正在开花。它们的花朵呈管状，有深浅不一的黄色或红色蜡质花瓣。如果不是因为在大约十年前为了收集

[1] jade trees，又名“玻璃脆”。——译者注

一套约翰·戈尔德（John Gould）出版于19世纪60年代的全彩手绘专著《蜂鸟科》（*A Monograph of the Trochildae*）而对蜂鸟产生了兴趣，我对仙人掌的兴趣原本不是很大。由于我是在中国长大的，父亲从小就教我用丰富的色彩在绢本画布上作画，我试图尽可能多地欣赏我国古代大师的原作和复制品。我父亲专攻花鸟，经常告诉我，从远古时代开始，我国绘画大师已经画过天下的大多数鸟类——包括羽毛绚丽的凤凰。我只希望能够告诉父亲，还有很多其他的鸟类，例如蜂鸟，尚不为我们中国人所知。我或许是首个以传统风格在绢本上描绘红喉蜂鸟的中国人。那幅画的副本被用作插图，放进了我的《纽约画记》。蜂鸟的种类很多，有些仅比蜜蜂略大。蜂鸟在飞行时会发出蜜蜂那样的“嗡嗡”声。它不仅“嗡嗡嗡”地飞，而且能够在飞行中直直地后退或前进，我知道的鸟类中再没有其他种类能够这样飞。观察飞鸟是我的特殊乐趣之一，但我们通常只能看见那些比较大的鸟类在空中缓缓拍打翅膀或滑翔。像黄鹂、雀类、山雀、歌鸫、北美山雀这样的小鸟飞起来快如闪电。观看蜂鸟随心所欲地朝着各个方向飞翔为我的乐趣锦上添花。我曾经在高高的塔玛佩斯山上偶然遭遇红喉蜂鸟，但在山上繁茂的熊果树和其他灌木丛中，要发现或观察这么小的小鸟可绝非易事。如今在植物园里，红喉蜂鸟虽然小，但当它们光滑的羽毛——尤其是喉部周围的羽毛——被太阳光照到时，会变得非常明显。我看到两只红喉蜂鸟围着正在开花的不同仙人掌飞行，一只正对着太阳光，另一只在阴影里。它们悬浮的翅膀拍打得如此之快，让人看不清，我被它们的杂技表演迷住了。其中一只很快不见了踪影，而另一只则悬浮于一朵花前面，将长长的喙伸进花杯里，同时继续以不可思议的速度拍打着翅膀。后来，我碰到另一只蜂鸟在一朵黄色的仙人掌花朵旁忽上忽下、忽前忽后地飞翔。它比红喉蜂鸟还要小些，从阳光里飞过时，我看到空中闪过一个翡翠绿的喉咙，四周是黑色的羽毛。我想象不到还有这么鲜艳的翡翠色。它可能是阔嘴蜂鸟，但我拿不准，因为我不知道在湾区能找到哪些种类的蜂鸟。据说仙人山的花朵是蜂鸟的最爱，仙人山及其球状、棒状或扇状的身体和蜡质的花朵与蜂鸟一起，为我构成了一幅有趣但不同寻常的图画。伯克利的植物园给了我很多回味无穷的精神养料。

我接下来品味的精神食粮是植物园里的五千种杜鹃花。我对杜鹃花——包括映山红（它们其实是雄蕊排列有些不同的杜鹃花）——感兴趣不过是因为其中有很多原产于我的祖国。杜鹃花中那些耐寒的物种仅产于北半球，其中最大的产区是中国西藏的喜马拉雅地区。我曾经在伦敦的邱园（Kew Gardens）见过很多很多小型的高山杜鹃，全都来自云南。在19世纪，很多植物学家如福钧（Fortune）、弗雷斯特（Forrest）、法拉（Farrar）、金敦·沃德（Kingdon Ward）、威尔逊等被派到中国去搜集珍稀植物，他们每个人都带回一些杜鹃。哈佛大学阿诺德植物园的威尔逊至少带回了十四种珍稀样本。他在自己那本著名的《中国：花园之母》中写道：

> 杜鹃花吸引了我的主要注意力和兴趣。它们富丽堂皇的花朵美得无以言表。那里有成百上千的杜鹃花。大大小小的杜鹃花树丛有的足足有30英尺高，直径则更大，全都繁花盛开，几乎将叶子遮蔽。有些花朵是深红色的，有些是鲜红色的，有些是肉色的，有些是银粉色的，有些是黄色的，有些是纯白色的。……杜鹃花是怎样在这些荒凉的巉岩和墙壁上扎下根来的呢？那真是奇迹……

在我故乡的庐山里有一条非常狭窄的山谷叫“锦绣谷”，那里有大量的映山红和杜鹃花盛开。我曾到那里多次观赏。

起初，我对植物园将那么多种类的耐寒杜鹃种在伯克利向阳的地方感到有些困惑，直到我意识到它们并非种在露天里，而是种在仙人掌后面的阴凉区域和下面的山谷里。这次，它们已经过了花期，只有两丛仍在盛开。它们与仙人掌的花朵形成鲜明对比，但并不彼此对立，而是各自享受着自己的荣光。我之所以对伯克利植物园特别偏爱，就是因为它专门收集这两大类植物，而不是像其他植物园那样尽可能收集所有植物。金门公园的花园和植物园也补充了其他很多物种供人研究。

结束在伯克利不求甚解的学习之前，我有幸被带到这里仅有的一个长长的钓鱼码头去。从前它一直延伸到海湾深处，如今已经废弃。四年前，当耶鲁大学的汉斯·弗兰克尔（Hans Frankel）教授仍在加州大学任教时，我曾请他在上班路上顺便把我带到这个长长的码头上来。要走很远的路才能到达这个废弃码头的末端，它上面有很多木板已经掉了许久。当时有很多人带着钓竿和其他渔具来到这里，小孩子在为自己抓到的鱼兴奋地叫喊和争吵，每个人都轻松悠闲，没人匆匆忙忙。我望着他们，又望望刚才朋友送我来时经过的高速公路。二者之间的对比令人吃惊，而海湾大桥上，汽车川流不息。经常听见有人在抓到鱼之前大叫。我靠近那些渔人，看到一些像鱼的动物，但并非常见的鱼。有人告诉我说它们是沙鲨（sand-sharks），对人无害且可以食用，海湾的水域里有很多沙鲨。我还看见几个小男孩将自制的篮子放入水中，不久后将篮子拉上来，里面满是小螃蟹。他们全都高兴得哈哈大笑。如今这个码头已经废弃，真是遗憾，现在伯克利的老老少少在哪里度过几小时的室外悠闲时光呢？

第十九章　细语呢喃

山居数年之后，我在旧金山度过了第一个冬天，把笔记整理成书。我经常到塔玛佩斯山或海湾对面的那些丘陵作短途旅行，既是为了休息，也是为了锻炼，我总会带回大量的花朵——尽可能地多带一些。回家途中，我常常从塔尔沼泽（Tar Flat）的水滨经过，那里有些可怜的孩子，他们受到欺侮，无人照料，衣衫褴褛，身上脏兮兮的。看到花朵在这些小可怜们心里很快激起自然的热情，是最令人感动的了。一看到我手里的一大捧野花，他们立刻停止在肮脏的街道上玩那些令人同情的游戏，追着我，求我给他们一朵花。"求您了，先生，给我一朵花——给我一朵花吧，先生。"他们用可怜巴巴的音调乞求着，仿佛料到自己会遭到拒绝。当我停下脚步分发这些珍宝，给每个孩子一朵百合、雏菊、野姜花、银莲花、吉莉草、开花的山茱萸，一枝鼠李、熊果或一条巨杉树枝，那些肮脏的小脸望着它们，充满敬畏地抚弄它们，就像看着来自天堂的天使的面庞一样望着它们，脸上闪烁着热情，容光焕发。

上面这段话出自苏格兰人约翰·穆尔（John Muir）笔下，他在19世纪80年代讲述了很多旧金山的故事。如果他生活在这个时代，就不会写下那样的话了。随着时光的流逝，很多以前司空见惯的事情如今已经变得罕见甚至不复存在。我造访旧金山这么多次，从未在塔尔沼泽或旧金山的其他滨水地带见过“可怜的孩子，他们受到欺侮，无人照料，衣衫褴褛，身上脏兮兮的”。有些人喜欢怀念过去，却忘记了自己在那些“小可怜”消失后肯定会感到如释重负。归根结底，我们现在生活的时代难道不是比从前更好吗？无法否认，我经常希望自己能够出生在中国的黄金时代，但我仍然坚持认为，我很高兴生活在我们现在这个更健全的世界。不久后，约翰·穆尔的这段话在旧金山人眼中将显得毫无意义甚至不可理解。他们享受着各种可能的舒适生活，无法想象孩子们怎么能够“受到欺侮，无人照料，衣衫褴褛，身上脏兮兮的”。这让我想起查尔斯·狄更斯的故事，例如《雾都孤儿》或《大卫·科波菲尔》。赴英之前，我读过狄更斯作品的中文译本，很多描述那个时代生活方式的段落似乎让我完全无法理解。“二战”之前，在英国待了几年之后，我再次阅读这些小说，不过这一次是原版，因为小说中描绘的背景就在我眼前。这让我想起中国也有很多“奥利佛·退斯特”（Olive Twist）*，但我们却没有狄更斯去描写他们的故事。然而，如今在伦敦或英国的其他任何地方都找不到“奥利佛·退斯特”，这样的人物也不可能在小说中出现了。随着欧美各国逐渐消灭贫民窟，西方文学的性质无疑会发生一些变化，而且事实上它也一直在飞快地变化着。尽管如此，狄更斯的“奥利佛”和约翰·穆尔那些“脏兮兮的小可怜”仍然在世界其余地区大量存在。以前欧洲人和北美洲人没有注意或完全忽略他们的存在，但光阴荏苒，

---

* 奥利佛·退斯特是狄更斯《雾都孤儿》的主角，出生在济贫院的孤儿。——编者注

时代变迁，他们已经受到了所有人的关注，也激发了人们的良知。他们不再会受到忽视。这是我为生在我们这个新时代而感到高兴的一个原因。

从某些方面说，这个时代是人类史上的重大转折点之一，我说的“人类”是尽可能最完整意义上的人类。我们这个时代之前的人类史极度破碎——也就是说，每个国家都有相当多的人受到完全的忽视和压制，就仿佛他们不值一提。世界人口的大部分在历史书中都毫无踪迹。过去，人被武断地分为“优等种族”“其他种族”和“落后种族”，被分为“上等人”和“下等人”。这种概念存在了数千年之久。如今真正的变化已经产生，这种变化已经持续了一个世纪，现在终于出现了。这就是我一开始说的最完整意义上的人类进入新的历史时期的含义。这是人类作为一个整体的进化时代。在全世界的每一个人类成员都按照自己的权利和能力达到类似的生活标准之前，这样的进化都尚未完成，作为整体的人类的历史也不能被描述为完成。不管那些所谓的伟大哲学家、历史学家、经济学家和科学家提出多少理论、意识形态和主张，除非他们把每个人的权利与能力考虑在内，否则就毫无价值。我为自己意识到这一点感到高兴，因此不敢苟同其他人对人类未来感到怀疑和悲观的看法。我并不是说自己不为出生在 20 世纪这个急剧割裂的世界而感到痛苦，但我觉得，为了见证人类史上最伟大的进化，忍受一些个人痛苦是值得的。这解释了我为何喜欢在旅行中看到有趣的新事物，而非怀念过去，为过去的时光而哀悼。我很高兴约翰 · 穆尔笔下旧金山那些“受到欺侮，无人照料，衣衫褴褛，身上脏兮兮的”小可怜已不复存在。我非常希望将来也能看到那些脏兮兮的小可怜从中国、印度、东南亚、中东、南美和地球上的其他地方消失，但是有生之年恐怕无缘得见了。

无疑，约翰 · 穆尔如果仍然活着，将无法理解我上述的看法。但他如果知道我非常羡慕他“经常到塔玛佩斯山或海湾对面的那些丘陵作短途旅行，既是为了休息，也是为了锻炼”，一定会觉得逗乐。他怎么能如此轻松地做到这个？我每次尝试都失败了。从我住的地方到渡轮大厦去坐电车或公共汽车越过海湾就至少需要半小时。在抵达伯克利之后，我已经觉得步行前往里士满然后坐渡船前往圣拉斐尔是一桩难以企及的任务了。就算到了圣拉斐尔，我也不知道该怎样攀登塔玛佩斯山。如今里士满和圣拉斐尔之间的渡轮早已取消，我根本不可能走过金门大桥前往索萨利托。那么约翰·穆尔是怎样跑出去作短途旅行的呢？他如果不是苏格兰的精灵，那一定是中国的神仙。

幸运的是，我的一些好友曾多次驾车带我登上塔玛佩斯山和穆尔森林。穆尔森林是一片红杉树林，位于前往塔玛佩斯山途中的山坡上，由约翰·穆尔创建并以他命名。我曾在《纽约画记》里说：“人是贪婪的动物，贪求财富、饮食、衣物或名气，但我却经常贪求各种悦目怡神之物。”正是对这类悦目怡神之物的贪婪，让我在一位朋友驱车前往米尔谷谈业务时，要求他把我顺便捎到穆尔森林去。

这一次，走进这片森林时，我情不自禁崇拜起充分利用自己双腿的约翰·穆尔来，他曾在自己的一本著作《墨西哥湾千里徒步行》（*A Thousand-Mile Walk to the Gulf*）里描述这种情形。有很多地方都得名于穆尔，例如阿拉斯加的穆尔冰川，威斯康星的穆尔湖和穆尔丘，华盛顿的穆尔营地，洛杉矶的穆尔峰，优胜美地的穆尔峡谷，国王峡谷（Kings Canyon）的穆尔山口，红杉国家公园（Sequoia National Park）的穆尔山脊和穆尔森林，以及蜿蜒攀上内华达山各顶峰的约翰·穆尔步径。如果不是因为去过穆尔森林且对它的名字感到好奇，我就不会知道这一切。

读过一些有关约翰·穆尔的资料后，我对他越发感兴趣了，因为他是一位出生于邓巴（Dunbar）的苏格兰人，而在为撰写《爱丁堡画记》而暂住苏格兰的那一年中，我曾多次经过那里。中国人和苏格兰人都喜欢步行。每次我在苏格兰乡村徒步，都总能碰到其他徒步者。有一次，我差不多从威廉堡（Fort William）经格伦科（Glen Coe）一路徒步到因弗尼斯（Inverness）。我原以为只有自己孤零零地跋涉，没想到却时不时地碰到其他人过来同我互致问候。那是十五六年前的事了。自从来到美国漫游，我从未想过这里的人过去和现在是否徒步，直到读到约翰·穆尔的书。他比我更善于步行，因为他从不质疑路途是否太过遥远，抬脚就出发，在哪里累了就在哪里睡下，有时甚至都不带食物。他是一位了不起的苏格兰人。他和营造金门公园的约翰·麦克拉伦都为旧金山人以及我们这些来欣赏湾区风景的人做了很多事情。

有一次，我被带到米尔谷。那是一个周三的早上，天气阴冷，我们驾车行驶在一条如此荒僻的公路上，就仿佛它是通往英国或法国某座贵族城堡的马车道。再没有其他汽车跟在我们后面。我看见一条几乎干涸的小溪边上有一座尚未完工的木头建筑。我的朋友告诉我那是一座锯木厂的废墟，由爱尔兰水手约翰·里德（John Reed）于1843年修建在通往喀斯喀特峡谷（Cascade Canyon）的一个入口附近，他还曾经出力在索萨利托和耶尔巴布埃纳——旧金山从前的名字之间建立起定期的轮渡服务，作为奖励，墨西哥总督何塞·菲盖罗拉（José Figueroa）在今天的马林县给了他1平方里格*的土地。约翰·里德当时已经拥有4409英亩（约17.8平方千米）的土地。喀斯喀特峡谷早已不复存在。最终这个山谷便以这座锯木厂命名。我想知道约翰·里德的后代有何遭遇，如今还有没有在世的。来到西海岸之前，我听说

* 里格（League），欧洲和拉丁美洲的旧长度单位，1里格=3英里（约4.828公里，仅适用于陆地）或3海里（约5.556公里）。——编者注

了很多有关拓荒者的故事，他们主要来自新英格兰，坐着篷车穿越整个国家。在我看来，苏格兰人和爱尔兰人是真正的先驱拓荒者，就像约翰·穆尔和约翰·里德一样。

跟以前的游览不同，这次只有我一个人在那家小礼品店周围，寻找众多能够在穆尔树林找到的有趣植物和鸟类物种。我对其中一种用各种形状的树木节瘤做成的礼品特别感兴趣。它们所使用的树瘤大小不一，里面全都被打磨得亮闪闪的，但又原封不动地保持了节瘤原来的形状。其制作方法颇有创意，它是这里的一种特产。在踏上主要步径之前，我再次独自面对周遭的高大红杉。我抬头仰望，却看不见它们的树梢，也看不见一线天空。我觉得自己仿佛独享整个树林，不过又意识到自己相形之下是多么渺小。实际上，我已经失去真实感，化为虚无。我有多长时间感到自己渺小了？这些红杉在意我在场或存在吗？我是否该在意自己的本体？所有这些都是没有答案的问题：我只知道，只要那种自我感觉渺小的幻觉持续下去，我就会暂时存在。不管我在宇宙之中显得多么渺小，正是这种转瞬即逝的现实或存在赋予我人生的快乐感。于是我继续漫步，很快就来到一个巨大十字架所在的地方，它用一棵据说已至少生长了两千年的巨大红杉雕刻而成，这样展示出来，人们就可根据它的年轮算出它的年龄。出生于公元前551年的孔子或许能够欣赏到这棵树年轻时的风貌。

我不断地缓缓向前漫步，漫不经心地四处张望。有时阳光会从上面穿过，照亮那些高悬的树枝上的叶片，在巨大的棕红色树干的映衬下，将它们变成闪闪发光的鲜亮翡翠。我且惊且笑地发现，一束阳光投射在树干边的一颗大节瘤上，看起来就像一张毛茸茸的脸上长着一对巨大的眼睛，从郁郁葱葱的蕨类植物和灌木后窥探着，紧紧地盯着我。它让我感觉似曾相识，我失声叫了出来，那是牧神萨堤尔（Satyr）*！我这个中国人的脑子里怎么会冒出萨堤尔的形象？那肯定意味着我已经离开中国太久，我经常看到西方艺术中的素描、油画和雕塑以及西方文学作品描绘萨堤尔。很久以来，所处的新环境必定在重塑我的精神。这就是中国俗语里说的"环境易人"。实际上，我三年前在希腊度过了一个月，在各个博物馆看见很多雕刻在石头和青铜上的萨堤尔。雅典国家博物馆的一位年轻女解说员曾向我们这群游客介绍，萨堤尔不喜欢恶劣天气，他们栖身于一座希腊岛屿的石头上时，总因倾盆大雨或烈日当头而皱着眉头。她还说，有些人相信现在仍有萨堤尔存在。确实，有一个萨堤尔跨过了大西洋，就像以前在希腊岛屿之间蹦来跳去一样，而且刚刚在穆尔森林一棵巨大红杉旁边向我现身！

作为生长于穆尔森林里的主要树种，加州红木（Sequoia Sempervirens）或曰红杉最高能够长到 364 英尺（约 110.9 米）；其树干直径可达到 20 英尺（约 6 米）左右，最大年龄很可能有两千年。我在穆尔森林里看到的红杉最高超过 146 英尺（约 44.5 米），树干直径达 17 英尺（518.16 厘米），树皮的厚度就有 1 英尺（30.48 厘米）左右。它已经在这里生活了多久？我暗自琢磨。很久以前——比如说，三千至五千年前——塔玛佩斯山上肯定也生长着红杉。没准很久很久以前真有个希腊的萨堤尔在如今这个被称为穆尔森林的地方漫游呢，为什么不呢？说不定那个像萨堤尔一样看着我的树瘤过去就是真萨堤尔，只不过最终石化了。

我的好友卡林顿·古德里奇曾告诉我，他读到过王战（Tsang Wang）在四川发现水杉（Dawn Redwood，学名 Metasequoia）的故事，这种树是穆尔森林里那些红杉的近亲。让我感兴趣的一点是，王

* 萨堤尔，希腊神话中的森林之神，半人半羊。——编者注

先生曾带着一根长有树叶和球果的树枝，找我大学时代的老教师——北平静生生物调查所（Fan Memorial Institute of Biology）的胡先骕（Hsien-su Hu）博士鉴定。胡博士发现它们跟日本的某种化石红杉类似。因此，从某种意义上说，这是一种复活的化石——人们以为这种树已经在大约六千万年前灭绝，其实它们一直在华中一些隐秘的山谷里生存着。这一发现引起很大的轰动，在哈佛大学阿诺德植物园的资助下，南京国立中央大学（National Central University）的郑万钧（Wan-chun Cheng）教授组织了若干次考察，由薛纪儒先生率领。他们收集了六百袋种子，并散发到全世界。在美国的几个地方，我都曾看见朋友们花园里种植的很多水杉幼苗，它们看起来健健康康，正在茁壮成长。对我来说，与这次发现相关的另一个兴趣点是我在《自然史》（*Natural History*）上读到的一篇文章，由加州大学古生物学系的 R. W. 钱尼（R. W. Chaney）博士撰写。他曾与《旧金山纪事报》的科普作家弥尔顿·西尔弗曼（Milton Silverman）博士一起去四川考察。钱尼博士说：

> 在总结水杉分布的证据时，我们发现它在白垩纪时出现在高纬度地区，在始新世时广泛分布于此，在渐新世则向南迁徙，大量分布于美国和华北，到了中新世，其分布地区更加分散，接着便在上新世之前或其间从太平洋两岸的化石记录中消失了。在早期如此广泛地生活于世界各地后，它们为什么仅仅在华中地区幸存下来？……因此，它对我们了解华中这些山谷的自然环境也同样重要。它将告诉我们四千万年前中国和俄勒冈州是什么模样……观察水杉如今生活的这个地区的气候，就能让我们反过来做长期的天气预报，了解水杉生活于中国和俄勒冈时的风雨状况，它们在此留下的树叶和球果后来保存下来，变成了化石。

虽然我自己并非研究生物学的学者，但根据上面的引文，我不禁陷入沉思：谁能说清哪个国家才是全世界最古老的国家呢？

此刻，我站在一棵巨大的红杉旁。它的树干低处中空，大得足以容纳一张供人眠睡的沙发床。底部的一道裂缝可以充当房门，两三个大大的洞构成很不错的窗户；有些巨大的树瘤必须去掉。我怀疑早期的美洲印第安帐篷是否就来源于这样一棵中空的红杉。我曾见过一名导游率领一群游客穿过这棵树干，导游说，这样可带来好运。那名导游似乎有满肚子的印第安鬼故事要讲。关于这棵树，我最生动的记忆是和热塞（Jessett）夫妇及其年幼的女儿——九岁的佩兴丝和只有三岁的里甘——到此游玩那一次。他们很快邀请我跟他们一起在这些树干之间玩捉迷藏的游戏。小里甘常常钻进那些高高的蕨类植物中，躲藏在某个巨大的树瘤后。厚厚的树皮上有一些洞，大得足以让里甘钻进去，但又没有高到让我看不到她。然后，她快乐的呵呵笑声就会泄露她的藏身之地。佩兴丝比里甘跑得更快，而跑得越快，她柔和的笑声听起来就越欢快。里甘自然跑不了那么快，但我感觉她好像是故意不跑得离我很远。年仅三岁的她是这么幼小，但又有那么多话要对我说："哦，这是不是很好玩？"她大叫着，停顿片刻，一脸的满足。我无言以对。小孩子的笑声仿佛对我有魔力，现在我脑海中那一幕场景栩栩如生。生活奇异而又神秘，谁都无法用寥寥数语加以定义。很多人发现生活充满苦涩。但转瞬即逝的片刻甜蜜就足以让我短暂的人生值得过活。

片刻的回忆之后，我感觉身体更轻了，飘飘然地一路闲逛。我不怎么注视四周，也不怎么思考，因为那甜蜜的回忆依然伴随着我。我无意中听到某种奇怪的声音，却无从寻找它的来源。头顶上的天空几乎看不见，红杉树林所在的深谷却光线充足。周围没有风，连一丝微风都没有，但树木顶部的树叶却彼此摩挲着，发出"沙沙"的声音。

在穆尔森林

是一只松鼠顺着树枝奔跑，还是一只鸟儿在枝头跳跃，或者是一只花栗鼠在嗑一枚坚硬的坚果却不小心把它弄丢？我也说不清。每隔一段时间，那声音便会隐隐约约地传来，在我心中激起一阵快乐而纯真的感觉。我一点点向上攀登，直到踏上那条蜿蜒的小径，它穿过一片环绕穆尔森林的高地。我的头脑和情绪恢复了平静，继续前行，眼前的大自然美景不断变化。现在我所处的地势比先前更高了，能够看到更多红杉的上面部分，但还看不到树颠。奇怪的是，在我看来，每棵红杉都像一座中式的宝塔，或者说像屋檐飞翘的中式凉亭，有些还有好多层。中国建筑师不可能从史前水杉的形状中获得灵感。几只我无法分辨具体种名的鸟儿在一条条树枝、一棵棵红杉之间飞来飞去。它们高高飞翔，欢快活泼。或许它们的翅膀无法在下层树枝之间获得这么多的自由，因为我此前一只都没见到。有些鸟儿看起来那么小，在红杉面前，远比我更加渺小，却能让红杉的细枝微微颤动。如果静静地生活，再小的动物也能享受这转瞬即逝的生命。现在，我偶尔能感觉到一丝风儿吹动很多长长的树枝一起摇摆。沿着树枝一直延伸到树梢的每一丛稠密的树叶都在微风中拍动；有些照到一缕缕阳光，看起来比其他叶子更鲜亮，雍容而典雅，微妙而陌生，神秘而真实。步径逐渐下行，我感觉到空气有些潮湿。我已经来到一个阴凉的地方，四周长满各种各样美如图画的蕨类、高高的杂草，以及月桂树向外伸展、彼此交错的树枝。我发现走得越远，周围茂密的植被越是彼此纠缠。在它们下方有一条看不见的小溪在慵懒地流淌。

此刻我对月桂树发生了兴趣，我听说它是典型的加州月桂。说到这里，我想起了读过的一些有关加州女诗人伊娜·库布里斯（Ina Coolbrith）的资料，她多年以前居住在旧金山。她是许多杰出人士的朋友，其中包括阿尔弗雷德·丁尼生勋爵（Alfred Tennyson）、乔治·梅瑞狄斯（George Meredith）、但丁·加百列·罗塞蒂（Dante Gabriel Rossetti）、约翰·格林里夫·惠蒂埃（John Greenleaf Whittier）、罗马尼亚王后玛丽和亨利·沃兹沃斯·朗费罗。在 1906 年的地震和大火中，她失去了自己位于高高的俄罗斯山上的家园，此后便成为奥克兰公共图书馆的馆员，后来又服务于旧金山的波希米亚俱乐部。是她劝诱杰克·伦敦（Jack London）阅读和写作。她最爱拜伦勋爵的诗歌，因为维多利亚时代的伦敦人如此可耻地对待那位诗人而对他们充满鄙视，但她自己在旧金山时又被视为最后一个维多利亚时代的人。后来，她通过写信给一些有影响力的伦敦人，开始了一场恢复拜伦名誉的运动。她走过穆尔森林，寻找一些植物来做一个纪念性的花环——最终她选择了典型的加州月桂，它是月桂树的一种。她在自己制作的花环上贴了一首她写的诗歌，委托她的信使华金·米勒（Joaquin Miller）将这两样东西带去。当拜伦勋爵的遗体从意大利运抵伦敦，庄重地重新安葬在威斯敏斯特教堂的时候，伊娜·库布里斯用加州月桂制作的花环被安放在拜伦的灵柩上。她拥有一种永不屈服的执着精神，但对今天的人来说，她的行为几乎毫无意义。不管怎样，就算拜伦没有重新安葬在所有英国伟人的长眠之地，人们也会一直阅读他的作品。如今旧金山还有多少人知道伊娜·库布里斯？在距离俄罗斯山不远的地方，有一座虽然不大但很整洁的伊娜·库布里斯公园，朋友带我去那里游览过一次。

我先前听到的呢喃声驱走了我脑海中的伊娜·库布里斯，那声音

俄罗斯山上的房子

现在变得越发清晰而清新了。渐渐地，一束束阳光窥视着那条微不足道的无名溪流，流水又将阳光反射出来，不时闪烁着微光。我继续闲逛，终于来到一个地方，这里的灌木丛再也无法完全遮挡住那闪烁的微光了。溪水清浅，水下的一颗颗鹅卵石历历可见。实际上它连溪流都算不上，因为里面的水那么少，你甚至看不出它在流淌；另一方面，它的活泼又展露无遗，闪闪发光，令人着迷。它激起又满足了我的好奇心，这就是运动与生命。起初，刚刚踏入穆尔森林的时候，我只对那些又高又大的红杉印象深刻。在那里，我感觉自己仿佛缩小为零。渐渐地，虽然近在咫尺的红杉让我惊讶得目瞪口呆，但那若有若无的呢喃声仍然传入我的耳朵。这让我想起我们这个让人在口头和书面上议论纷纷的现代化大时代：一切都是那么庞然巨大——似乎没人意识到我们也应该将那些微不足道、无人注意的努力考虑在内。必定是那条小溪微不足道的涓涓流水让所有植物和巨大的红杉不断生长、存活下去。在转瞬即逝的人生中，我在穆尔森林里不时听到的呢喃声象征着那些转瞬即逝却又在心头萦绕不去的快乐。

朋友来接我下山进城时，我感到心满意足。他想知道我为何在车里变得更加沉默了，但他有所不知的是我当时正在构思下面这首诗歌：

古木共擎天，似恐天下坠。
天无下坠理，排云耸立几何年。
不知千千万万世，
应有天女天神巢云巅。
我今哑行自东土，未遇神仙不见天。
倏忽阳光穿树出，鹅黄嫩绿各分妍。
树大始知我渺小，山深曲处有流泉。

泉声断续增幽静，飞萝挂壁摇青烟。
青烟迂回绕树杪，隐隐中藏数飞鸟。
鸟语听到听不到，一时喃喃一时杳。
暂了人间尘俗心，且识潺潺万古音。
我生岂能有二次，流连乐此漫闲吟。

古木苦擎天　似恐天下墜
天無下墜理　排雲聳立幾何年
不知千千萬萬世
應有天女天神巢雲巔
我今啞行自東土　未遇神仙不見天
倏忽陽光穿樹出　鵝黃嫩綠各分妍
樹大始知我渺小　山深曲處有流泉
泉聲斷續增幽靜　飛蘿挂壁搖青煙
青煙紆迴繞樹杪　隱隱中藏數飛鳥
鳥語聽到聽不到　一時喃喃一時杳
暫了人間塵俗心　且識潺潺萬古音
我生豈能有二次　流連樂此漫閒吟

第二十章　上下求索

有一天，我被带到了圣昆丁，但不是坐着警车去的。我随口向陈石湘问了一句外人可否造访恶魔岛。他回答:“从没听说过这种事。”

不过石湘还是开始打电话咨询。打过四五通电话后，他微笑着告诉我，我们第二天早上可以去圣昆丁了。石湘已经过上了大学教授的典型生活，对那些在他看来毫无必要的问题，他毫不在乎。当时（1953 年）他独自生活，而我则是个四处漂泊的游子。我们很少准确地按照预定的时间出门，也很少按时抵达目的地。我们从不在乎这个。我们总能得到朋友们的原谅，因为我们出生在中国，而在那里时间无关紧要。

但事实证明第二天早上是个例外。石湘说，与圣昆丁囚徒的约定可不同于朋友之间的约定。我们吃过早饭，在 10 点钟准时出门，赶在其他汽车之前来到开往圣拉斐尔的渡轮的栈桥上。我们是第一个登上上甲板的。海上清新的空气驱散了我们对那一刻的怀疑与期待；宽阔的海面让我深深地吸了口气。在远处的海滩之外，一些浑圆的山丘看起来热气腾腾，一片棕色，偶尔点缀着一片片墨绿。早晨的太阳已经很热，蒸发掉了草叶和树叶上的露珠。远远传来旧金山的雾号，好一阵才响一声，但在我们的视野范围内还看不到海雾。我们在浣熊海峡（Raccoon Strait）后面，离金门海峡很远。除了引擎的轰鸣和几个孩子偶尔冲过甲板、在楼梯上爬上爬下的声音，四周一片宁静。

有人说这条渡轮不会继续运营很久了。里士满和圣拉斐尔之间将兴建一座新桥。我忍不住问自己为何需要再建一座桥，因为这里已经有两座长长的海湾大桥和圣马特奥大桥（San Mateo Bridge）了。看起来，在加州人的眼里，“足够”包含不同的意思。

至少我为这条渡轮即将消失感到遗憾。我得知，在修建海湾大桥之前，曾有一条渡轮往返于海关大楼和伯克利之间，但我来旧金山时已经晚了，没能赶上体验一下。我在这里时，那条顺着内河码头来往于渡轮大厦和奥克兰之间的渡轮还在运营；我曾三次坐它越过海湾，不过是为了玩。正是从渡轮上，我欣赏到旧金山周围的环境、它的自然之美以及它那些人造建筑构成的全景。站在渡轮的上甲板上，会让人感到精神振奋，停止没完没了的担忧，放松身体，觉得自己仿佛超然于熙来攘往的人群之上。正是在这里，人会意识到自己生活和工作在多么美丽的环境之中：无须正经八百地预约医生或医院，就可进行有利于健康的新鲜空气疗法。在我们的现代社会，为什么有那么多事情都是为效率和赚钱而非为健康设计的呢？

如果旧金山的最后一条渡轮注定要消失，我也不会阻止它的离去。我们的古代思想家从来不认为生活环境是一成不变的；我顺其自然地接受变化，很少为之哀悼。但在得知这条渡轮很快将不再运营之后，我仍不禁为之伤感，且不可避免地享受我搭乘渡轮前往圣拉斐尔的旅行。为了看到更多的海湾风景，我从船的一侧来到另一侧。我望着天使岛，它就像一艘巨船，停泊在距离贝尔韦代雷（Belvedere）顶部不远处。我还观察到一大群斑嘴巨鹈鹕飞到接近水面的地方。我们经过的这部分海湾水面开阔，一平如镜，连一丝涟漪都没有。

石湘在甲板上忙着写笔记，因为他即将为圣昆丁的一些老住客做一次演讲。一年前就有人邀请他去演讲，但被他拒绝了。这次他纯粹是为了满足我的愿望，才安排了这趟旅行，因此演讲的任务也就不可避免。他对我的友谊真是难以衡量。中国人常说:“得一知己，死而无憾。”只是在现代中国人中，这种深厚的友情已经发生了相当大的变化。这就使得我更加珍惜石湘对我的感情了。

再没有其他汽车跟着我们前往圣昆丁，曲曲弯弯的公路上只有我们。过了一会儿，后面才开过来一辆更大的车，上面有两个穿着制服的男子。他们看都没看一眼就超车过去了。最后，我们终于在一道紧锁的大门前停下车来，透过大门，我看见一名警卫在一座高塔上走来走去。他们肯定一直观察着我们到来。首先门卫要求我们交出相机，但我们没有。然后我们的汽车被引入一个露天的院子，我们被带进一座现代的食堂，在柜台前坐下。石湘的朋友肖特先生很快便迎了过来，向我们解释这个食堂仅供工作人员使用，囚犯的食堂在别处。一顿丰盛的午餐已经整整齐齐地摆好。饭后肖特表示要带我们参观里面的建筑有很多困难，因为它们全都经过改造，囚犯比以前行动更自由了。接着我们来到一个大厅。当卫兵打开它的大门时，我注意到两个身体健壮、没有刮脸的家伙被带着从栏杆后走过。“那两个到这里还不久，”肖特先生说，“我们要见的那群人是老犯人了。他们已经证明自己行为良好。”

然后我们被带到一个加高的讲台上，在一排椅子前坐下，而一大群人则涌入大厅，坐在台下。接着肖特先生作为主要组织者说了几句话，会议开始。一名穿着蓝色牛仔裤的年轻人走上来担任主席。另一个年轻人担任秘书，宣读了上一次会议的备忘录。随后大家对每一条展开讨论，很快开始争论。当有人要求一名行为不当者退出时，会议的气氛变得热烈起来。那个受到质疑的人拒绝退出，并提出很多改革规章制度的建议。主席变得不耐烦起来，开始用脚跺地板。局势似乎有点失控。然后，一名衣着整洁的年轻人站起来，用克制而谦恭的口气发言。首先，他读了团体的几条规则，对它们逐条加以说明，为那名受到批评的成员辩护。他的发言很长，但却比我听过的一些著名政治家的长篇大论给我留下更深的印象。或许我这么说失之偏颇，因为我没有料到会在圣昆丁听到这样的发言。他发言后，大家明显陷入沉默，其他人可能都觉得自己不是他的对手。但主席仍然很不耐烦，也没被他说服，问题似乎很难解决。

最终，肖特先生站起来，说会议的进程开展得很好，该轮到他介绍演讲人了。石湘站起来，做了一次有关“中国历史概要”的演讲。每个人似乎都对这个主题很感兴趣，全神贯注地倾听着。其中一名听众宣称他读过自己能够弄到的所有有关中国的书籍，甚至毛遂自荐地提出在需要的时候为演讲人画一幅中国的地图。让我吃惊的是，他相当准确地画出了中国的大致形状以及若干大城市的位置。演讲持续了好一阵子，因为这是一个很大的主题。在雷鸣般的掌声后，听众接二连三地提出一连串的问题。他们热情洋溢，我感到好奇，这些生活在圣昆丁的人，在严格的纪律之下，怎么会对他们从未见过的一个国家如此感兴趣呢？肖特先生再次站起来，结束了这种混乱，不过，当他说听众肯定也希望陈教授的朋友说几句时，我感觉自己的脑袋仿佛被一块石子击中。我们以前从未见过面，他都不知道我是否真是个哑子。

但我不得不鼓起勇气，满足这个要求。我觉得他们度过了一小时有趣但紧张的时光，不应该让他们继续坐下去。于是我只是给他们讲了个著名的中国笑话。我说，西方人全都听说中国的家庭体系源自孔子，还认为中国女人受到男人的歧视。但很少有人意识到，在中国家庭里，真正做主的是女人，而且权力一直很大。中国的家庭体系造就了很多残暴的女人和惧内的丈夫。有一次，在一座著名的城市里，十个惧内的丈夫聚集起来，组成一个团体，发誓要抵制老婆的致命压迫。他们按照既定的仪式安排了第一次会议，目的是选出一名老大。首先，他们全都喝了点酒，交换了最近写的一些诗歌，说文论艺，非常愉快。他们不知道自己的老婆早已听闻风声，直到她们突然出现，才惊恐地四窜奔逃，弄得杯盘狼藉，桌椅翻倒。在这一团混乱中，唯有一人安然不动，继续坐在那里，临危不惧。老婆们非常享受这一次偷袭，对着这混乱场面鄙夷地嘲笑一通，没有一个注意到他，然后她们就离开了这些男人聚会的花园。待到老婆们离开后，九个胆小如鼠的丈夫才溜了回来，并且一致认为第十个没有逃跑的丈夫表现出了真正的勇气，应该选他做老大。当他们上前请他接受这个位置时，才发现他已经被吓死了！[1]

大家全都哈哈大笑起来，然后我才坐下。肖特先生让听众们鼓掌致谢。此外，他又询问他们是否应该选石湘和我做他们俱乐部——探索者俱乐部——的荣誉会员。从此以后我的名字后面就有一个新头衔了！尽管会议已经结束，我们却无法轻易脱身。一个肤色黝黑的高个子年轻人带着一副逍遥自在的快乐表情，称我是“孔夫子”，又称石湘是一位了不起的中国学者。而一名阴沉着脸的中年“探索者”身材矮小，开始跟着我。最后他走上前来说道：“我认为那十个丈夫全是懦夫。”“为什么这么说？”我问。“他们不应该让自己的老婆横行霸道，我把我老婆杀掉了！”现在我意识到，至少有一名听众听到我的笑话后没有哈哈大笑。

在离开圣昆丁前往肖特先生位于索萨利托的住所途中，我们了解到一些囚徒的履历。虽然所有参加会议的人一举一动看起来都很友

[1] 见《笑林广记·殊禀部》。——译者注

好、正常，但很多人都曾直接或间接地夺去别人的生命。多年的监禁生活确保他们表现出良好的行为。现在他们按照命令工作，按照命令休息，也在想要读书的时候充分地利用了狱中的图书馆。那位在会议中插入发言的年轻人就经常到图书馆去读书。他上中学时是一个聪明的学生，曾雄心勃勃地希望当上众议员或参议员。他在会议上一直是个鹤立鸡群的人，因为他总是把头梳得油光锃亮，衣服穿得整整齐齐，就像过去在公共集会上那么讲话。他是在纵火焚烧一座房屋并导致几人死亡后来到圣昆丁的。他声称自己是《象童》(*The Elephant Boy*)* 一片中那位电影明星萨比（Sabu）的好朋友，他放火烧掉那所房子是为了行侠仗义，因为发现自己的朋友受到房主的不公对待。在开会时，他仍然认为自己做了一件好事。我们得知，其实有很多人一直坚执着自己第一天来到圣昆丁时的说法。

来到索萨利托后，肖特先生提出想带我们去见他的一位希腊艺术家朋友维尔达（Verda），这是旧金山的一位名人，就住在附近。我们把汽车停在沙滩上，走上一条在水上搭建的跳板。肖特先生解释，这位艺术家不太喜欢客人——尤其是女性——闯入他的住所，于是故意拆掉了他居住的那条船的栈桥。肖特先生呼唤他的朋友，但没人答应。然后我们抓住一根结实的绳子荡了过去，落到艺术家那艘看起来古色古香的大型游艇上。没人出现。肖特先生非常了解自己的朋友，便告诉我们随意欣赏游艇墙壁上挂的画。这些画都是彩色的，很多是用纸剪出的象征图形，贴在彩纸背景上。

肖特先生住的房子是一座现代的船屋，里面有一切舒适的现代设施。肖特太太为我们准备好冷饮，我们来到位于船屋上方的上甲板坐下，边喝边远望天使岛和贝尔韦代雷。但我的眼睛无法分辨这两个地

---

* 《象童》是 1937 年的英国冒险电影，主演是印度裔美籍著名演员萨比·达斯塔吉尔（Sabu Dastagir，1924—1963）。——编者注

方的真正形状，因为旧金山浓浓的海雾正席卷而来。我不禁羡慕起肖特夫妇的生活方式，也为自己只是“探索者俱乐部”的荣誉会员而非普通会员而心怀感激。

晚饭后，我独自一人，开始阅读他们给我的“探索者”章程和议事程序。它并不厚，但里面有些很不错的规定。我读到：

本团体的宗旨是践行“助人者人恒助之”的金箴，为在监狱内外养成良好社会生活习惯的问题寻求正确答案。

1. 帮助每个成员发现自我，使之意识到自己是一个小群体的一部分，养成一种充分利用自身条件的坚韧精神。

2. 培养一种对法律、民主思想和社会章程更深的敬畏精神。

3. 向成员提供下列实践：

（1）参与群体活动。

（2）制定强制实施的规则。

（3）遵守规则。

（4）行为独立，运用民主讨论阐述观点并抛弃不合理的偏见。

4. 提供一个可让自由人接触在押人员并了解其问题、看法、抱负、目标的媒介；希望缩小在押人员与自由人之间的鸿沟。

5. 把这个组织作为一个不断发展的机构来设立，目的是帮助将来那些未能做出正确的社交调整的服刑人员。

6. 倡导和践行种族平等，为帮助减轻憎恶和偏见尽绵薄之力，从而促进世界和平。

一如所有有益于社会的组织，“探索者”的宗旨合理健全。但我觉得他们奉为典范的“金箴”跟那种在中国举足轻重的儒家精神颇为相似。在过去的几十年，儒家思想经常受到攻击，不过那是因为中国最近的统治者和统治阶级滥用儒家思想，坚持要求那些不太幸运的人遵守它，而他们自己却未能付诸实施。我自己仍然认为孔子有至高无上的地位，对他敬畏有加，因为他虽然生活在那么久远的时代，却很有远见，阐述了人类社会中那些长期存在的麻烦问题的原因。他的金箴建立在个人自省基础上。他要求人们保持孝、悌、忠、信：

（1）所谓“孝”，就是孝顺自己的父母。

（2）所谓“悌”，就是对同胞要有兄弟手足之情。

（3）所谓“忠”，就是要忠于职守。

（4）所谓“信”，就是对待朋友要真诚。

我们必须用“礼义廉耻”指导自己的生活。“礼”就是良好的行为，“义”就是正义，“廉”就是清廉，“耻”就是要有耻感。如此一来，一个人才能真正算得上“好人”。我并不是说要用这八点衡量圣昆丁的囚徒。但我怀疑我们现代人是否仍然有是非观和羞耻感。在我看来，现代生活和现代的道德标准已经摆脱了这两种意识。或许，正是缺乏是非感，圣昆丁的一些囚徒才坚持认为自己清白无辜，他们从入狱的第一天就抱有这样的想法。而缺乏羞耻感则可能无法阻止他们做下可耻的事情。面对这个人口越来越多、越来越复杂的世界，要给人们灌输是非观和羞耻感谈何容易？但要减轻憎恶与偏见，就有必要培养这些意识。可是该如何去培养呢？我还在上下求索。

第二十一章　尽情畅饮

通过我们共同的诗人朋友大卫·麦科德（David McCord）引荐，我有幸在1953年听到《旧金山纪事报》的约瑟夫·亨利·杰克逊讲述了几个他珍爱一生的旧金山轶事。我们一起去喝了几杯。他知道我是新来的，他能告诉我城里什么东西最值得一看。他非常谦逊，虽然写了很多有关旧金山和加州的著作，却从未提到其中任何一本。唉！可惜亨利如今已经不在人世了。

那天晚上我们喝酒时，杰克逊递给我一碗坚果和一碗玉米饼，说道：多年以前，旧金山的每家酒馆差不多都会提供一碗下酒菜，但里面装的不是坚果或玉米饼，而是刚刚煮好的新鲜虾米。那些碗排放在酒馆长长的柜台上，全是广东陶瓷，色彩悦目，看起来很有吸引力。客人在喝酒时可免费享用这些虾米下酒，如果他们喜欢，还可在里面加点盐、胡椒，甚至姜和酱油。但杰克逊更倾向于白煮虾米，因为他喜欢它们的鲜香味道。他说："那些华人足智多谋，总能想方设法为旧金山的生活带来很多新东西。"他们过去喜欢每天早上在要塞公园的海湾里捕捉虾米。在此之前，从未有人想过这么做。亨利不知道是谁首先把它们引入酒馆的，但它们很快时髦起来，成为一种颇受喜爱的美味小吃。华人捕捉虾米的地方很快便作为中国海滩而闻名于世。一大早，尤其是周六的早上，很多旧金山人都会带着孩子到中国海滩去看华人捕捉虾米。可是，随着“二战”的开始，酒吧里的新鲜虾米突然消失了。“在旧金山，变化总是来得很快。”杰克逊微笑着说。

“正是这种不可思议的飞速变化让这座城市逐步变成现在的样子。甚至在你待在这里时，你自己也会注意到变化的发生。旧金山绝不会心满意足地停下来休息，否则它就不是旧金山了。尽管如此，它的个性中仍有某些始终如一的东西。其他城市在发展过程中变得面目全非，但旧金山不是这样。那也是我如此热爱这座城市的原因。”我斗胆评论道，肯定是旧金山的自然环境让这座城市一直忠实于它的本性。杰克逊冲着我笑了笑，什么都没说。我对他有关变化的话题很感兴趣，告诉他，西方人被中国文化对自己古老的传统的执着所蒙骗，以为中国四千年来一直没有变化。看到中国突然改变时，他们认为那是不可能的事情。其实中国也在一直变化着，只是其他国家或许没有注意到。有趣的是，中国有一本典籍就叫《易经》，意思是“变化的经书”，据说成书时间是在公元前 11 世纪或前 12 世纪左右，它只涉及世界与人的变化，但能看懂那本书的中国人少之又少，甚至生活于公元前 6 世纪的孔子也曾说:“加我数年，五十以学易，可以无大过矣。”

在这次会面几天后，我接到亨利 · 杰克逊的秘书送来的口信，邀请我到萨特大街 1335 号去。我找到那个门牌号，受到格拉布霍恩出版社（Grabhorn Press）的格拉布霍恩兄弟——厄尼（Ernie）和鲍勃（Bob）的热情款待。格拉布霍恩是旧金山最老的印刷公司，其精美的印刷技术闻名于这个城市乃至整个美国。我的朋友、波士顿雅典娜神庙公司（Boston Athenaeum）的董事沃尔特 · M. 怀特希尔（Walter

M. Whitehill）博士很了解这家出版社，曾在自己图书馆里给我看它印刷的一些首印本。我的另一位朋友哈罗德·雨果（Harold Hugo）先生是梅里登印刷公司（Meriden Gravure Company）的执行董事，每次我们见面，他都会提到自己与格拉布霍恩兄弟的友谊。我还从牛津大学博德利图书馆（Bodleian Library）管理员、已故的斯特里克兰·吉布森（Stricklan Gibson），以及伦敦的印刷专家、已故的乔治·菲兴登（George Fishendon）那里听说过格拉布霍恩出版社。因此我很庆幸自己有机会拜访这家著名的公司，并默默地向杰克逊表达了自己的谢意。

鲍勃·格拉布霍恩正在机器边忙碌，而他的太太简则在辛辛苦苦地排字。哥哥厄尼告诉我说，出版社完全由他们三个人运营，他

在老堡垒垂钓

们没有雇用其他人。出版社是厄尼大约五十年前在印第安纳波利斯（Indianapolis）创建的，后来又训练弟弟鲍勃从事这一行；鲍勃又激发起简的兴趣，让她加入进来。在印第安纳波利斯有了一个不错的起点后，厄尼在20世纪20年代决定将出版社迁至旧金山，几乎是单枪匹马地完成了这项工作。厄尼一直专攻精美印刷技术，从不接受任何他不喜欢或者他认为不值得他献出自己技艺的作品。鲍勃和简也抱有相同的态度。从一开始，他们的每本书就都成为收藏者喜爱的珍品。厄尼给我看了一些他搜集的早期日本木刻，这足以证明他的良好品位。他还向我讲述了大量的逸闻轶事，关于他怎样从日本和其他国家获得这些版画、有时又是如何严词拒绝接受某件作品，等等。我很喜欢他对人性的评价，他似乎对此非常了解。我想，一个专一的人如果想达成自己的目标，在处理事务时就必须坚定甚至严厉。尽管如此，我仍然认为，如果我们人类能够更好地理解彼此的问题，态度坚定就不会变成粗鲁。一直以来，改善人际关系是我们希望实现的目标。在我向格拉布霍恩一家说“再见”之前，厄尼笑容可掬地告诉我，就在“二战”爆发前，他们设法囤积了大量高质量的纸张，而且有大量的工作让他们忙碌好几年。我笑着回答他说:“如果我要求你们给我印制什么东西，你这话听起来就像是明确表示拒绝。”

我对格拉布霍恩的独立工作方式和对自己信念的执着充满敬佩。我记得在哪里读到过，布雷特·哈特胳膊下夹着那份被拒绝的手稿《咆哮营的幸运儿》（*The Luck of Roaring Camp*），回到他在旧金山的小小公寓，对太太大吼，说他再也不会写一个字了，因为没人欣赏艺术。而他的终身伴侣则反驳道:“很好，弗兰克，再也别写一个字，但记住，就算你不写我也得吃饭。”在布雷特·哈特的时代，文学和艺术在旧金山的地位远低于黄金。然而布雷特·哈特的名字流传至今，马克·吐温以及其他很多著名的西方作家也是如此。在19世纪末和20世纪初，美国西海岸没有出现什么重要的文学作品；不过现在格拉布霍恩出版社却为旧金山赢得了声誉，它拥有全美最好的出版社之一。我很高兴——正如我朋友赫伯特·里德爵士所言——“在人类技术朝着全自动发展的时代进步时，人们做任何类型的工作都是为了物质利益，并且按照具体的规则利用各种工具”，但仍然有格拉布霍恩兄弟这样的人拒绝受物质利益支配的“全自动”技术，而且仍然有人欣赏那些凭借个人艺术才能和手艺完成的作品。

在这次拜访之后，又过了几天，我接到一封肯尼思·O. 迪尔斯（Kenneth O. Dills）的信，邀请我到纳帕河谷（Napa Valley）的查尔斯·克鲁格（Charles Krug）葡萄园参观。这次邀请也要归功于约瑟夫·亨利·杰克逊的推荐。当然，我很高兴能获得这个机会，但由于不会开车，我不禁有点为自己该如何到达那里而担心。另外我也不是葡萄酒方面的专家。于是我跟自己在加州大学的“怪人兄弟”陈石湘教授讨论这个问题，他跟我国唐代的著名诗人李白一样喜欢喝酒。他对这次拜访感到非常兴奋，建议邀请奥托·门琴（Otto Menchen）教授及其太太安妮雅一同前去。在约定的那天早上，我来到伯克利，看到我这位“怪人兄弟”小屋外停着一辆簇新的小汽车而非那个熟悉的老朋友——已有十年历史的旧车，我还以为自己走错了地方。他解释道，他觉得那辆老爷车无法载着我们跑那么远的路，而且它怪怪的模样会在我们进入葡萄园时带来一些麻烦。为了我，他希望给他们留下一个好印象。但他笑着说，开着新车进入校园时，他受到大学门卫的指责：“哦不，不，这辆车配不上你。你驾着自己那辆友好的老爷车看起来更令人印象深刻！”

后来石湘给我看了下面这首他写的诗歌《告别老爷车》：

為偕啞子御風行
肯捨跛駘買玉驄
共睥九洲睨千界
浮雲敝屣志猶同

为偕哑子御风行，
肯舍跛骀买玉骢。
共睥九洲睨千界，
浮云敝屣志犹同。

我通常并不哀悼往昔，可是，想起自己多次搭乘朋友那辆老爷车行驶数百英里，而如今却再也看不到它时，我也不由得黯然神伤了。

我们和门琴夫妇互致问候，然后便很快踏上了前往纳帕河谷的旅程。奥托曾在加州大学讲授多年的远东考古学和艺术，而安妮雅曾是著名的弗洛伊德博士门下的高徒，如今在湾区是一位著名的精神病专家。他们都很善于讲故事，是长途旅行的最佳旅伴。当石湘毫不掩饰驾驶自己这辆新车的自豪感时，奥托和安妮雅则轮流用各种逸闻轶事款待我们。安妮雅的一个故事给我留下深刻印象。故事讲的是以前加州大学的一位波兰教授，他一直到生命的最后时光都固执地保持着自己的波兰特色。世间没有什么能跟他所了解的波兰相比。有一次，他望着旧金山的落日，对他的朋友们说这让他想起了波兰。他的朋友们正为这壮丽的风景而惊叹，对他的说法感到吃惊，便询问其中的缘由。“不过是因为它跟波兰的落日如此不同罢了！”他回答。他的口才很好，如果参加辩论，他差不多能击败伯克利的所有人。我们车里这四个人没有一个是出生在美国的，于是安妮雅向我们模仿那位波兰教授为自己出生于波兰而感到自豪的顽固态度，让我们大笑不止。可是我们谁不是像他这样呢？我问自己。在过去的二十几年里，我游历过很多国家，不管走到哪里，碰到什么人，为自己生身之地的美丽风景和可爱个性感到自豪几乎都是他们的典型态度。英格兰人和苏格兰人在全世界都以保持其英格兰人和苏格兰人的身份而闻名。法国人、爱尔兰人、印度人、日本人、奥地利人、中国人也是同样……在我看来，这似乎是一种根深蒂固的人类本能，但在我们今天所过的这种动荡不安、四处漂泊的生活中，是否还能保持下去呢？同样，考虑到如今的全球大都市有那么多不同的种族混居在一起，还会有很多人如那位波兰教授一般，在自己的态度方面保持如此严格的波兰个性吗？我希望仍然有一些人这样，否则生活就会无趣得多。

此时我们已经抵达索诺玛（Sonoma）镇。镇上有一些西班牙风格的房屋，热辣辣、明晃晃的太阳照亮了它们盖着红色屋瓦的房顶，让它们熠熠生辉。这里有很多王棕，高高的树上结着一串串的椰子，树叶一动不动，指向上面的天空，把我的目光引向高处万里无云的蓝

索诺玛市政厅

天。在天地之间，我感觉自己仿佛在被炙烤。当看到两位女士坐在一个长长的阳台上不停地扇着扇子时，我几乎想象自己已经变成了一块烤红薯。索诺玛拥有典型的西班牙式背景，正是这种人工装饰的风景，让加州显得如此不同于其他各州。

按照当地人给我们指的路，我们很快又继续向前行驶了，中途仅停过一次车，在一个小镇喝了点冷饮，它附近有一条可爱的乡村溪流。我沿着小溪探索了一小段距离，从外表看，它更像是条欧洲而非美国的小溪。在宁静的乡村气氛中有一种与众不同的感觉。到达葡萄园后，肯尼思 · O. 迪尔斯、罗伯特 · 蒙戴维（Robert Mondavi）和保罗 · 斯特恩（Paul Stern）带着热情的微笑，到门口迎接我们。我们首先在葡萄园里四处看了看，我同其中一名园丁交谈了一两句，他似乎很享受自己的工作。所有葡萄都修剪得整整齐齐，我得知，加州的气候和纳帕河谷的肥沃土壤有助于它们比法国南部的葡萄长得更繁茂。然后我们被带到其中一座被称为橡树屋的主要建筑里。罗伯特 · 蒙戴维解释道，橡树屋是原来的马车库和马厩，由查尔斯 · 克鲁格葡萄园的创立者建于 1881 年。1865 年，三十三岁的普鲁士人查尔斯 · 克鲁格怀着跟其他很多人相同的想法来到加州，希望能通过黄金赚上一大笔钱。但他并没有去挖金子，而是加入了另外几个行业，包括黄金提纯。渐渐地，他把注意力转向肥沃的土地。或许能够在一个葡萄园里发现金子？他确实发现了。1858 年，他用自己做的一台小型苹果榨汁机——我们参观了这台机器——生产出了纳帕河谷的第一批葡萄酒。克鲁格建于 1861 年的第一座葡萄酒厂被大火焚毁，他在 1874 年和 1881 年又先后重建了酒厂，它们和橡树屋一起，成为加州的历史地标之一。克鲁格的继承者 C. 蒙戴维父子很好地保存了这座建筑的外观，但它现在充当了一个经过加固的巨大混凝土仓库的外壳，里面存放着一桶桶、一瓶瓶的陈年佳酿。我们的鼻子开始为受到挑逗而抱怨。幸运的是，我们接下来被带进一个小房间，里面有几个大酒瓶，装满不同的葡萄酒，供我们品尝。奥托睁大了眼睛，石湘也张大了嘴；奥托读出各种德文和法文葡萄酒的名字，展示了自己在欧洲所受的教养，而石湘则为李白不在人世而感到放心。李白的名字突然钻进我的脑袋，我想起他那首著名的诗歌：

处世若大梦，胡为劳其生。
所以终日醉，颓然卧前楹。
觉来眄庭前，一鸟花间鸣。
借问此何时？春风语流莺。
感之欲叹息，对酒还自倾。
浩歌待明月，曲尽已忘情。

處世若大夢
胡為勞其生
所以終日醉
頹然臥前楹
覺來眄庭前
一鳥花間鳴
借問此何時
春風語流鶯
感之欲歎息
對酒還自傾
浩歌待明月
曲盡已忘情

跟奥托和石湘不同，安妮雅只喜欢口感柔和的酒。我跟她聊起美国最有名的品酒师、波士顿的查尔斯·科德曼（Charles Codman），他曾说：“品酒真的无关科学。这全关乎记忆。秘密就在于能够记住以前喝过的葡萄酒味道。某些葡萄酒有公认的味道，如果发现不同，就必须把这种变化记下来。”安妮雅微笑着说她的记忆力不好，而我则从未把记忆力用在葡萄酒上。不过，我非常喜爱葡萄藤和果子，因为它们盘曲的藤蔓和迷人的图案很适合我的绘画风格。

当我们即将钻进汽车踏上归途时，酒厂送给我们三大箱葡萄酒。奥托和石湘为了表示对刚才品到的查尔斯·克鲁格葡萄酒非常喜欢，于是又另外订了四大箱各种各样的葡萄酒，一箱比一箱大。现在问题来了，我们四个人在车里该怎么坐呢？最后我坐到后排座椅上，负责保护那些葡萄酒。

我们全都感到腹中饥饿。石湘把车开到一棵大树的树荫下。安妮雅小心翼翼地摆好桌布和她为这次野餐精心准备的食物。这是安妮雅一显身手的日子：她总是忙于工作，很少有机会外出。我们刚开始吃饭，一位年老的绅士就从不远处冲我们大叫起来。我们听不清他在说什么，以为他可能不喜欢我们侵入他的地盘。但这里看不到指示牌，我们便忽略了他的叫声，继续吃自己的午餐。奥托和石湘频频举杯，我喝得略微节制些。我曾经读到，帕德雷·胡尼佩罗·塞拉（Padre Junipero Serra）于1760年建立起圣迭戈传教团，并在那里种植葡萄，他发现加州的土壤特别适合葡萄生长。传教团的神父们种植的葡萄是西班牙葡萄的后裔。后来，一位来自葡萄酒之乡波尔多地区的法国人让·路易·维涅（Jean Louis Vignes）意识到，他可以用来自欧洲的上等葡萄酿造更好的葡萄酒。他开始将法国葡萄进口到加州。然后，一位匈牙利贵族阿戈什顿·豪劳斯蒂（Agoston Harazthy）又购买了数十万株葡萄运到加州，从那以后，他就被称为加州的葡萄酒酿造业之父了。

有一年夏天，沃尔特和简·怀特希尔同我一起前往法国科多尔，到我们共同的朋友贝奇和比尔·泰勒（Betsy and Bill Tyler）位于昂蒂尼（Antigny）的城堡去小住几日。途中，比尔说："在接近19世纪末的时候，一种被称为根瘤蚜的葡萄病在法国蔓延开来，很多葡萄园被摧毁。后来发现，从法国运过去的加州葡萄能够抵抗这种疾病，于是，法国的葡萄园逐渐被来自新大陆的这种更坚韧的葡萄树种取代了。神奇的是，法国的土壤和气候让它们能生产出比加州更好的葡萄酒！就像人一样，大自然的产物也产生于各种环境，包括起源、特定的条件和加工方法。因此，生命的广泛性就跟决定原子特性与功能的法则一样复杂。”比尔·泰勒是一位研究中世纪艺术的学者，曾在欧洲做过多年的美国外交工作。我特别欣赏他对生活的达观看法。

这棵给我们大片阴凉的树有向外伸展的长长树枝和稠密的树叶，现在看起来稍微有点疲倦了，因为太阳一直照射着它。它的树叶上似乎聚集了很大的一滴滴水滴或露珠。奥托和石湘背靠背坐着，自从我认识他们以来，还没见他们这么沉默过。从他们坐的地方望去，我无法看到多远。我们酒足饭饱，这会儿就算天塌下来我们也不在乎。安妮雅开始收拾勺子、叉子和其余东西，再次装进篮子里，她认为我们该出发了。我们慢慢打起精神，钻进车里。让石湘也让我们极为吃惊的是，汽车拒绝动弹。石湘试了一次又一次，它就是不挪动。“车子喝醉了。”石湘宣布。我们全都下了车，想着必须处理那一箱箱的葡萄酒。然后我们全都试着推车，这时我们才意识到它已经深深地陷入了泥泞的土壤中。现在我们明白那位年老的绅士为何冲着我们大叫了。我们感到很惭愧。可是，既然他进去的那所房子是周围唯一的房屋，奥托和我只得鼓起勇气，找他借几把铁锹和厚木板，想把车子从泥里撬出来。他微笑着把东西借给我们，但一句话都没说。我们费尽力气却无济于事，不得不打电话给美国汽车协会求助。差不多过了一个小时，汽车协会的拖车才抵达这里，终于将石湘引以为傲的车子从泥里拖了出来。

汽车又恢复了正常，我们全都情绪高涨。奥托记得曾在附近见过一座意大利风格的城堡，建议我们去看看。不幸的是，他不记得城堡

“车子喝醉了。”

的名字和准确的路线了，但他对大概的方向非常确信，于是便指引石湘驾车登上一座小山。过了一会儿，汽车来到一个看不到明显道路的地方：我们不得不想办法下山来。那条路其实是刚用红色沙土铺的，路基还不够坚实。尽管石湘一路上都为自己驾驶的新车感到骄傲，现在似乎也有点害怕了，因为下山的路是一连串不规则的之字形弯道，在沙子松动时相当滑。我们知道他是开车老手，确信我们非常安全。然后我们又尝试了另一条路线，但这一次我们面对的是一些不可翻越的石头。奥托对自己的记忆力充满信心，就是不愿放弃。我们尽管已经花了一些时间徒劳地四处转悠，但还是顺着一条狭窄的车道继续行驶，穿过灌木，来到一片树林后面。我问奥托为何在这个地方会有一座意大利而非西班牙城堡。他猜测早期可能有意大利人移民至此，并且像其他很多欧洲人那样赚了些钱。最后，石湘叹了口气，说他已经上上下下地转晕了头，我们应该放弃搜寻了。

刚才兴兴头头地想看看那座城堡，现在我们在返回伯克利的路上全都陷入了沉默。但我的思绪却漫游到意大利。我曾经读到 C. T. G. 福尔米利（C. T. G. Formilli）教授写的一个故事，描述了他和一位朋友探索瓦莱达奥斯塔（Val d'Aosta）那座最古老的城堡的经历。尽管他们知道它的确切位置，但它所在的地方却很难进入。在挣扎了六个小时，经过一番艰苦的攀登后，他们最终来到一个大型广场，它通往一道防御严密的小门，就在城堡后面的巨大围墙上。福尔米利教授和他的朋友比我们四个人更走运。

关于这座意大利古堡，他讲述了一个精彩的故事。在 1450 年的一个雨夜，当时的一个大人物圭多 · 德 · 费希尼（Guido de Fessigny）来到这里，他是尚贝里议院（Senate of Chambéry）的议长，城堡的主人蒙马耶尔伯爵（Count of Montmayeur）也是其亲戚，在伯爵邀请下，他到此参加一场盛大的庆祝活动和奢华的宴会，目的是弥合他们之间那场小小的争端，而尚贝里议院在发生争端期间决定起诉伯爵。身材魁梧的圭多 · 德 · 费希尼是个正直的人，他冒着倾盆大雨骑马来到那道门前。城堡的窗户里没有一丝灯光，整个广场空无一人，一团漆黑。他还以为自己记错了日子，正打算扭头回家，这时那道门突然打开，露出了伯爵微笑的脸。伯爵为自己迟迟没有开门表达了深深的歉意，并解释说其他客人都因为天气恶劣而拒绝了邀请，还为看到议长不畏风雨而感到高兴。餐桌上已经摆好了上等的美食与佳酿。主人和他唯一的客人友好而彬彬有礼地聊了起来。在喝过第一杯罕见的葡萄美酒后，管家离开了房间，屋里的气氛突然变得紧张起来，当一扇门摇摆着打开时，风吹灭了桌上的蜡烛。主人转向客人，用单调而庄严的声音问他是不是个好基督徒。回答是肯定的，可是伯爵为什么要这么问呢？那位主人然后叫他看看身后，客人透过通往旁边那个房间的门，惊恐地看见一块盖着黑布的木头和一把巨大的斧头，握在一个身形庞大的刽子手手中，周围是十二个年老的修道士，为即将离去的灵魂念诵着祈祷词。议长以为这是个玩笑，但伯爵说他不得不为输掉官司支付十万里拉的费用，然后宣布这位客人的最后一刻到了。伯爵发出信号，那名受害者的脑袋便滚到地上，而修道士们则念诵着祈祷词消失了。伯爵平静地把那个头颅装进一个皮袋子里，把它当作自己那天晚上的枕头。第二天早上，他带着皮袋子骑马来到市议会，宣布他带来一件涉及官司的重要档案，然后将皮袋子扔给他们查看。等到市议会发现里面装的那个可怕的东西时，伯爵已经走远，在被抓住之前就越过边境进入法国了。据说他就在那里平静地过着日子，直到人们忘记他的残忍行为。多年后，死亡已经带走了卷入那场官司的所有议员，伯爵这才冠冕堂皇地回到自己的古堡，不受打扰地过完了余生。

这个故事发生在15世纪的意大利，我知道中国古代也有很多类似的故事。或许我们应该为没有找到纳帕河谷那座意大利城堡而庆幸。当然，我们全都很高兴回到家里。一箱箱的葡萄酒从车上搬了下来，我们四个人又喝掉一瓶。那时我其实已经喝醉，也把那个伯爵忘得一干二净了。

第二十二章 匆匆一游

我希望奥利芙·考埃尔不会介意我用“匆匆”一词描述我们到旧金山湾偏远地区的多次旅行。那些旅行都是在短得惊人的时间内完成的，只能“匆匆”前往。

我人生的头三十年是在中国度过的，但我童年时备受呵护，要等到去南京上大学之后才开始学会分辨不同类型的人。我当时只有十年的时间去研究本国人中的此类差异。尽管我们每个人都同样拥有两片嘴唇、一双眼睛和两只耳朵，但形形色色的人却可分为不计其数的种类。我的同胞并非全都高深莫测，而且他们没有一个是真正的面无表情！接着，从1933年起，我就一直生活在欧美，遇到来自世界各地的人，其中经常有一些新的类型。但他们没有一个拥有奥利芙这样敏捷而活跃的思维。

1953年8月，在他们距离戴维森山不远的家中，我第一次见到她和她当时已经九十岁的丈夫哈里·考埃尔。是我们共同的朋友陈石湘把我带到那里的，而石湘则是通过考埃尔先生的儿子亨利·考埃尔（Henry Cowell）认识他们的，在五十多年里，亨利被视为一位杰出的音乐先驱和直言不讳的人，曾在作品中融入很多来自其他国家如印度、日本、印尼和中国的曲调。来到考埃尔家，大门豁然敞开，两只细长的胳膊就像分开的浪花一样，给我们的朋友来了个热情的拥抱。那是奥利芙的胳膊。她又高又瘦，穿着一件略带紫色而笔挺的新亚麻袍子，显得更高了。她立刻解开一些别针，打开部分袍子，让我们看看它是用一长块新买的爱尔兰亚麻布做的，为了这次见面，她特意把它做成类似于印度纱丽的样式。宽敞的起居室里充满喜气，这也是奥利芙布置的。

然后，我被带到哈里·考埃尔先生旁边坐下，和他静静地聊天。他出生在都柏林，知道我曾在那里住过一阵子。他是在20世纪开始之前来到旧金山的，给我讲述了地震前后旧金山的很多逸闻轶事。他说，从爱尔兰来到加州时，他还是个毛头小子，跃跃欲试。他到处跑，什么都尝试过。他过去喜欢唱爱尔兰老歌，这或许解释了他儿子的音乐天赋来自何处。在上下诺布山的电缆车刚刚开通时他甚至还当过电缆车司机。他微笑着说自己从事的每个职业都很成功。“在你获得的所有成功中，”我提出，“再没有比娶到奥利芙为妻最大的成功了。”他赞许地咧嘴大笑起来。我们成了好朋友，每次奥利芙带我出去旅行，她都会为哈里无法与我们同往而遗憾。有一次，她递给我一张纸条，上面写着下面的句子：

献给金嗓子的哑行者

献给蒋彝，一位迷人的主人，
在海岸之间穿行，
家中宾客盈门。
我且为你祝酒为敬：
他啊总是慷慨不吝

献出友善多多，
献出艺术杰作，
他的主要成果。
他会活得最好，寿比山岭，
直到他献上自己的灵魂；
他曾带来喜悦浓浓，
哪怕墓穴凄凄冷风，
他也仍将活在人们心中。
我用自己微弱的声音歌唱
绘画与诗歌韵文，
虽不绝对，
却可不朽永恒，
还有它们永不褪色的美好春光
在美丽中尽情绽放。
它们会千年存留，
比玛士撒拉还要长寿，
就这样千古传颂，
带来喜悦与笑容。
（白哈里·考埃尔，感谢哑行者的款待）

奥利芙告诉我说，这是在1954年1月19日哈里去世前几天写的。我为在此呈上这些有关我的溢美之词而惭愧，因为我配不上这样的赞美。但引用它们是为了向我的爱尔兰好友哈里致敬。真遗憾我晚生了若干年，没能与他一起在整个湾区徒步漫游。否则那将是何等快事啊！

奥利芙和我一起用四个下午作了几次长途旅行。她当时是旧金山州立学院的政治学教授，上午不得不教学、工作。在黄昏之前，她总是匆匆忙忙地回去照顾哈里和处理家务。考虑到所有这一切以及她的其他社交活动，她能抽出时间带我四处游览，那真是太友善了。我是在以自己的方式，用双腿载着自己探索过旧金山之后，才被介绍给她的，于是她提议我们到城外游览。

她为我安排的第一次出游是在我夜登塔玛佩斯山观看日出之后，她中午到山屋接我。她准时到达，都懒得浪费时间问我日出后的整个上午在山上做了什么。我刚狼吞虎咽地吃下一块三明治，我们就匆匆忙忙下山进入马林县。远眺群山，它们有的为棕色，有的为鲜黄，有的带有几分紫色和蓝色，一如每年夏季的模样，这一幕全景最为有趣，可是却从我眼前一个接一个地一闪而过，我仿佛在看一部宽银幕电影。我们的汽车飞速行驶，有时我感觉自己如同置身于外海上的一叶扁舟，时而升上高高的浪头，时而坠入深深的波谷。我的朋友打算让我抓紧时间去见一位著名的陶瓷艺术家。我们经过一条河流，成群结队的人在河边划船度假，撑着五颜六色的遮阳伞。我得知这就是俄罗斯河，俄国人过去曾到这里设陷阱捕捉水獭以获取其皮毛。转瞬之间，我们再次顺着陡峭的坡路攀上山峰。这一次公路如螺旋般蜿蜒向上，窄得仅能勉强容下两辆小汽车会车。每次拐弯，我都以为我们的汽车会翻过路界，但它总能飞快地绕过去，继续向上攀登。我的朋友为自己高超的驾驶技术而自豪，每次拐过一道弯，都会冲我咧嘴一笑。经过漫长的行驶，我们终于抵达那所房子，但令我们失望的是，我们无由得进。显然那位艺术家不在，而且也没办法告诉我们她何时回来。我透过门缝向里窥视，看见中间的花园里点缀着各种各样颇有品位的陶瓷和现代图案。除了回城，我们别无他法。返回途中，我的朋友口若悬河，滔滔不绝，舌头转得比车轮还快。关于湾区，她有太多的话想说，也对如何欣赏旧金山最佳美景有着强烈的个人见解。但我对自己这次新体验和窗外海湾的大全景心满意足。感到不满的是谁？是奥利芙。

为了弥补第一次旅行的美中不足，她又安排了第二次出行。奥利芙说我应该看看旧金山湾外一个最迷人的地点。我们启程前往。坐车经过金门大桥时，我从不会错过近距离观察大雾滚滚而来的机会，它要么会盖住几座桥塔的底部，要么朝我们的汽车席卷过来，让我们减慢车速。但这一次我却没有也无法做到，因为等到我们已经过桥来到曼赞尼塔－博利纳斯（Manzanita-Bolinas）公路上，我才反应过来。在斯廷森海滩（Stinson Beach），我们下车散了散步。细细的沙子堆积起来，我每走一步，都会连鞋带脚陷进沙里，沙子埋到脚踝。周围只有寥寥数人，没人在水中嬉戏，因为海风相当猛烈。风的活泼与它惊人的力量在这里体现得最明显不过：我看到无数叶片厚厚的柳树，它们的树枝一齐朝着沙滩摆动。我以前从未见过种着成排柳树的海滩，也是头回看到柳树上覆盖着沙子；它们通常随着微微春风在河流沿岸轻轻摇摆，在这里它们看起来不是那么新鲜、和顺。居然把它们种在海滩上，这真是一种奇怪的想法！我朋友说我们不能流连太久，于是我们再次钻进车里驱车向前，几分钟之后，我们便站在博利纳斯嶙峋的峭壁上，面对一个平静的潟湖。

片刻之前，我们还在一片面朝太平洋的开阔海滩上，看不见的风呼啸着冲过海面。此刻，潟湖的表面就像一块玻璃，清楚地映出周围的一切，从高高在上的位置俯瞰，我看见一片优雅的碧蓝天空，四周是上下颠倒的矮矮的树木与悬崖。有一块长条形的陆地从斯廷森海滩延伸过来，几乎跟我站立的峭壁底部相连。海浪从未进入这个潟湖。它看起来像一个湖，但又不完全是湖。那片狭长的陆地上只有两棵小树。或许它们原本是大树，只是从我所在的高地看去显得有些矮小。它们肯定时时遭受猛烈海风的吹袭，但是看起来十分健康，置身于一静一动两片水域之间，显得相当惹眼。我的目光久久停驻在一片异常明艳的色彩之上——春色般的嫩绿，绿中带黄，它就在那块狭长陆地中段的树木后面。那里肯定有水——很可能是一片仍能让鲜嫩小草生长的湿地。我听说，在夏季的几个月，尤其是8月，山上的野草全都会变成棕色或橘黄色。在一派棕色与橘黄以及树木的墨绿之间，这块绿中带黄的新绿是那么明显而悦目。博利纳斯村虽然靠近大海，却不像斯廷森海滩那样直接向大海敞开怀抱。达克斯伯里角（Duxbury Point）上那块突出的岩石似乎在海风吹到博利纳斯之前就将它半途截住了。因此这个村子里的几所房屋被遮挡保护起来，篱笆上种着可爱的农舍蔷薇。我突然觉得这是退休隐居的好地方。

当奥利芙去那几所房子之间逛了一圈回来后，我告诉她我想在下面那条狭长的陆地上走走。“没时间了，”她回答，“我有很多别的地方让你看。”很快我们又再次出发了。“上次我们一直向下，向下，”奥利芙笑容可掬地扭头对我说，“这次我们不断向上，向上。我想让你看看沿着海岸线一路攀上塔玛佩斯山的风景有多美。”我很快意识到自己再次恍如置身于一条颠簸的小船上。尽管如此，我仍频频扭头回望我们来的地方；那里有一片海岸和崎岖不平的陆地，上面长着一簇簇的树木，点缀着一片如驼绒地毯般的广阔大地。然后我再次将目光转向前方，看见了旧金山半岛清晰的海岸线，但金门大桥和悬崖小屋却被挡在了塔玛佩斯山的后面。我们曾顺着塔玛佩斯山山脊公路行驶，它沿着群山的顶部一直通往州立公园。一小片树木聚集在一起，树叶墨绿，发白的树干露出一部分，在模模糊糊、如同覆盖着驼绒地毯一般的山丘的映衬下，它们仿佛是剪纸。这些剪纸般的树木迷住了我，它跟我在中国、欧洲和新英格兰各州所见的风景大异其趣。这是夏季的加州。突然之间，我感觉一阵天旋地转，我的脖子仿佛变成了铜丝拧成的螺旋：我们的汽车刚刚飞快地向左一转，此刻又再次顺着陡峭的下坡路行驶。“你不会希望再看到塔玛佩斯山州立公园的，”奥利芙笑着说，“你已经去过那里好多次。我想带你去看看一些美丽的山间湖泊——位于高山旁边的迷人湖水。”我耳朵里满是我们的车轮碾压鹅卵石的声音，这条路铺得不太好，很少有司机开车到这里来。只有我的体重阻止汽车时不时地跳入空中。然后，我们便来到了凤凰湖边，停下车来。我沿着湖边漫步，湖面看不到一丝涟漪，甚至没有一只小小的昆虫搅破水面。整个湖的形状就像大写的“L”。四周没有大树。它肯定很深，从没有哪个凡人画家画出如此均匀的深蓝色水面。它的周围都是棕黄色的沙质土壤和野草。“为什么它叫‘凤凰湖’？”我问道，“它得名于象征着复活的欧洲凤凰，还是那种仅在太平盛世才会出现的中国凤凰？”“哦，别管那个！”我的朋友回答道。

下一次我们钻出汽车是在拉古尼塔斯湖（Lake Lagunitas）边上，一条细长的小溪汇入湖中，一起流向阿尔派恩湖（Alpine Lake）。我不敢提议步行环绕阿尔派恩湖一圈，但我设法越过了那座狭窄的水泥桥，它修建在那条靠近拉古尼塔斯湖末尾的小河上。几只油桶放在一些机械旁边，说明这里正在修建水坝。一名工人穿着满是泥的蓝色牛仔裤走在我前面。另一侧的一块山石上长着几棵我不认得的树木，它们外表奇特，为这里的风景增添了几分绿意，但这里的气氛却不如那个“L”形的湖泊安静。尽管如此，奥利芙依旧容光焕发。我们再次上路，很快进入一条阴凉的大道，两侧排列着王棕以及很多漂亮的房屋和花园。这就是费尔法克斯镇，我们的汽车缓缓通过小镇，因为我的朋友想让我“鸟瞰”一下这里的景色，接着我们又匆匆穿过罗斯（Ross）、肯特菲尔德（Kentfield）、寇提马德拉（Corte Madera）、阿尔托（Alto）、索萨利托等城镇，然后才回到我在湖滨街的住处。我们很快安排好下一次出游的日子，都没时间让我表达自己的谢意。我一次又一次地想起有关费尔法克斯镇的记忆;那真是个宜居的好地方。我在前面记录了查理·费尔法克斯“男爵”的故事，是谁告诉我那些事情的？反正不是奥利芙!

第三次出游的日子到来。我坐着车从金门大桥、索萨利托飞驰而过，然后是圣杰罗尼莫（San Geronimo），一路畅通地飞快驶过弗朗西斯·德雷克爵士高速公路后，我在一块路牌上看到了这个名字。在塞缪尔·P. 泰勒州立公园，我们从一大片树林的浓荫中钻出，其中大多数树木都是桉树。我朋友看到一些穿着蓝色牛仔装的人在小河里奋力挖掘。又发现金子了？不是的，这是加州最干旱的一个夏季，一名工人告诉奥利芙。河里过去有点水，不是太多，但今年夏天他们必须浚河了。我们不能停留太久，因为我朋友希望让我看一样东西，某种非同寻常的东西，她认为我以前从未见过。于是我们便顺着弗朗西斯·德雷克爵士高速公路的内陆路段继续行驶。过了雷耶斯角（Point Reyes）后，我看见一片位于山脊之间的可爱水面，看起来那么宁静，水边各处停泊着很多帆船和游艇。跟我们刚刚经过的棕黄色风景不同，它的两岸都一片翠绿。“那是因弗尼斯。”我在车里得知。车子又行驶了十分钟左右，我们才下了车，在一片原野上漫步，这里长满深深的野草，地势较高的地方还有高高的树。我跟着我的朋友一路下行，来到山坡边上，从这里可以看见下面的水。“瞧，这就是漂亮的凤梨松萝（Spanish moss tree），”奥利芙指着我右边叫道，“它看起来多美。我想你肯定没见过这么美的树。中国肯定有这种树，我在一些中国画里见过有些树跟它们很像。”“好吧，那你怎么知道我没见过这种树呢？”我揶揄道，“真的，它很美。你说它叫什么？”我的朋友没有听见我刚才的话，因为她已经踱步离开，留下我独自欣赏这些凤梨松萝。这种树很大，松萝包裹着向往伸展的长长树枝，看起来就像英国老橡树一样，仿佛已经在此矗立了数百年，但树叶的形状我从未见过。树上挂着柔软的松萝，非常柔软，就像一把长长的丝线顺着树枝聚在一起，似乎取代了真正的树叶。在这个避风之处，海风已变成缕缕微风，摇着流苏般的松萝，就像摇着垂柳的嫩枝。或许正是这个特征让它们与中国画中的柳树有些相似。确实，我以前从未见过树上长着凤梨松萝。我忽然想到，这种树证明了伟大的中国哲学家老子的一句话:“无生有。”海雾不过是一些微细颗粒松散地积聚在一起形成的水蒸气，在消散或蒸发后并不会留下实际的物质。然而，接触到这些巨大的树木时，它似乎却物质化了，并有所残留，留下的东西继续不断生长，变成长短不一的松萝。所有悬挂在树枝上的松萝都呈黄绿色，看起来十分柔嫩，表面有一层略带白色的粉状物，仿佛被谁碰一下就会飞走。但它生长在如此强壮、粗糙的老树上。换言之，老与幼、弱与强以最快乐的方式共存于一树。这景象让我深感愉悦。

此刻，我们开始步行穿过一片杂草丛生的土地。这整片土地都是绿色，长满树木与杂草，不时有岩石突出地面，跟因弗尼斯附近的苏格兰高地不无相似之处，我曾在那里从威廉港步行穿过格伦科。来自因弗尼斯的苏格兰人詹姆斯·布莱克（James Black）曾于1832年定居于此，附近那个建于1908年的小镇便因此而得名。我们并未一路沿着弗朗西斯·德雷克爵士高速公路行驶直至尽头而是一直想看看德雷克三角湾（Drake’s Estero）的源头——在这里，海水流入内陆，以类似于博利纳斯潟湖的方式形成一个湖泊——而从低处只能看到它的一部分。然后，我们继续沿着德雷克湾表面白色的断崖朝大岩角（Big Rock Point）移动。这个地点的名字再确切不过了。一路上都有很多石头，或散或聚，但大岩角的石头真的很大。有很多岩石都杂乱地沿着海滩向外延伸，不过似乎乱中又有序。它们各具特色，又能和谐共处。每块都独立对抗自己碰到的任何不利条件。我朋友一向喜欢自得其乐，我便设法登上几块我能够得着的大石头，眺望着这一大片平坦的海面。它从我眼前一直延伸到天边，中间没有任何障碍。这样宽广的大海怎么能如此宁静、温和、一平如镜？但远处似乎有什么东西在缓缓移动，不止一个，而是好多个排成一列，仿佛迈着正步向前行军。它们似乎不急不忙，一点点地向我爬近，扩散、铺展开来，接着，顷刻之间便在悦耳的低声合唱中全部消失了。海浪退却。我俯瞰下方，发现这些岩石周围的海水非常清澈，前后流动，轻轻拍打着岩石底部，欢快地冲向一些色彩鲜艳的鹅卵石；我甚至看到一些鱼儿游向更浅的海水，仿佛要向我显示它们的机敏；很多细小的植物开着小花，还有一些像是活物的东西附着在岩石上，都是值得探究一番的有趣之物。突然之间，让我吃惊的是，这一幕景象蓦地变成壮观而混乱的骚动——成堆的巨浪飞快地向我扑来，翻滚着，泛着白沫，最终将飞沫喷溅到岩石和我的脸上。我不得不朝着内陆方向往回跑。我的朋友也是同样。但在接下来一刻，一切又恢复了先前的平静与温和。在这个海滩上，我看见了很多美丽、狂野、生机勃勃的壮观景象。

德雷克爵士是否也如我一般目睹了这一切？身为中国人的我难道就跟英国人如此不同？不管怎么说，他来这里的目的跟我是不同的。据说，在1579年6月17日，德雷克的全体船员曾驾驶“金鹿号”在此避难。它在两年前扬帆离开英格兰，被暴风雨、无法穿越的浓雾和严寒困住，后来才在三角湾或小港湾里的这个以德雷克命名的海湾找到避风港。那艘船在这里停留了近六周，他的很多船员都上岸探索陆地了，而当时生活在此的加利福尼亚印第安人则聚集起来，惊恐地观察着他们。甚至还有记载说，有一位印第安酋长穿着兔子皮和其他皮毛做的衣服，带着几名高大、尚武的随从，来请求德雷克接受他们的领土或王国，担任他们的国王。如果德雷克是苏格兰人或爱尔兰人，他或许会接受这个提议！“金鹿号”在这里停泊了六个星期，在此期间，肯定也有很多天气晴好的日子，就像我们享受的这个下午般舒适宜人，阳光明媚，夏日空气轻盈，天空中几乎没有云彩。他的一些手下肯定曾逛到稍微远点的地方，看到了南边旧金山半岛所在的土地。在船只经过六周的修整与调试之后，他们为什么没有继续向南航行？我不明白。很多人都写到，德雷克的船员没有看到旧金山，笼罩着那个海港入口的浓浓大雾挡住了他的船。这种描述应该加以修改，德雷克及其手下肯定远远看见了那个半岛，只不过出于这样那样的原因，他们虽然在附近待了六周，却并未靠近它。我为自己扮演业余历史学家的角色而暗自发笑。是谁让我对历史这么感兴趣？是奥利芙。

“你不能连月亮谷都没看就离开旧金山！”奥利芙说。于是我们便安排了第四次出游。这次陈石湘也加入，并且负责开车，关于行车路线，他们俩有很多需要讨论的地方，而我则漫无目标地望着车窗外面。在前往索诺玛的途中，尽管汽车顺着一条路况良好的公路飞驰，不过，就像上次同石湘和门琴夫妇前往纳帕河谷一样，我还是设法追踪到了沿途的很多地标。这一次我们没往右拐，而是直直地向前开，前往埃伦峡谷（Glen Ellen）。途中，他们把远处的瓦列霍故居（Vallejo home）、博伊斯温泉（Boyes Hot Springs）和费特斯温泉（Fetters Hot Springs）指给我看。据说，早期的加利福尼亚印第安人已经知道硫黄温泉的保健功效。我还得知，在距离索诺玛不远的地方，可以找到大量巨型的红杉化石。我们没法去看那些温泉或红杉，因为我们此行的唯一目标就是月亮谷，并非游览整个山谷；甚至也不看牧场，除了杰克·伦敦为自己修建的那个牧场，它使得月亮谷闻名于世。

在索诺玛，阳光照耀着那些西班牙摩尔式房屋的白墙红瓦，似乎显得更明亮也更灼热了，而那些高高的王棕呆板地直立着，树干顶部雨伞似的叶子向高处伸展，在静止的空气中一动不动。墙边与庭院里种植着大量多刺的仙人掌属植物，表明这里有着热带的气温。而后，我们来到距离索诺玛不远的埃伦峡谷，景色也变成缓缓起伏的丘陵，上面树木蓊郁，呈现出夏季的墨绿色，一层略呈蓝色的朦胧雾气笼罩着一切——而苔痕历历的溪谷则是一派鲜嫩而精致的葱绿。难怪西班牙人和墨西哥人很久以前便利用这个山谷来养牛。俄罗斯人也曾在附近漫游，猎捕海獭。有些历史学家甚至提出，弗朗西斯·德雷克爵士曾在 1579 年率领一小群手下，翻越月亮谷的一条条山脊。其实“月亮谷”或“多月谷”的名字不过是其印第安名“Sonaoma”的意译。我认为印第安人的意思并非“多月谷”，因为如果我没理解错的话，很多印第安语词汇都跟汉语类似；如果是这样，“多月”的意思就是“多个月份”。如此一来，杰克·伦敦用“月亮谷”作为自己一部小说的标题也就非常恰当了。他在埃伦峡谷修建了一座养牛场，最终导致“月亮谷”从索诺玛镇独立出来。据说，每个夜晚，月亮都会照着这个山谷。

在进入养牛场的范围后，我们原以为会有人拦住我们，告诉我们能否四处游览，可是根本就无人出现。我们顺着大树下的浓荫和平房的屋檐闲逛，透过窗户，看见一张桌子上放着很多的书。后来，我们来到一座废墟，白色的墙壁仅剩下半截，墙里杂草丛生，外面则有很多枝叶向外伸展很远的高大乔木。“这肯定是杰克·伦敦修建的‘狼屋’的遗迹，但它在完工前六个星期被火灾焚毁，”奥利芙说，“他从未在里面住过。”

石湘感觉口渴，却找不到一个水龙头。我们跟着奥利芙来到另一排平房，有人从房里走出来，递给我们每人一杯水。这个人告诉奥利芙，杰克·伦敦的夫人每天仍会出来一小会儿，不过年近八旬的她身体每况愈下，不想见任何访客，而且这也是医嘱。他指给我们看很多站在树荫里的牛，因为此时太阳高高地悬挂在半空中，天气很热。没有一丝风，就连我们自己也暂时懒得动弹了。四周一片平静，但气温太高，我们大汗淋漓。因此我们心里并不平静——至少我不是。

在我的想象中，杰克·伦敦是个很有吸引力的人，敢于冒险，孔武有力，可这个山谷似乎并不符合他的个性。他怎么会选择这里安家？令人好奇的是，我大约四十年前就听说了杰克·伦敦的名字，那时我还在中国念大学。我曾与两位同学去看一部有关日俄战争和黄热病的默片。它从一个在船上拍的镜头开始，其中，一名水手正反抗一群欺凌他的水手同伴；在拥挤的居住区，他试图在艰难的环境中写点东西。当时我听说这位水手便是杰克·伦敦。我那时并不研究西方文学，因此他的名字对我来说毫无意义。实际上，我有好多年都将他完全忘记了，直到有一天我同一位朋友前往小巧玲珑的伊娜·库布里斯公园，得知她是一位多么伟大的女诗人、她认识当时的多少著名的文人墨客，以及在她担任奥克兰公共图书馆馆员期间曾如何鼓励、引导和启发杰克·伦敦读书和写作。如今，杰克·伦敦作为一名生长于旧金山湾的本地人重新出现在我的想象中。他出生于 1876 年，在十二岁时第一次见到伊娜·库布里斯；在这位女诗人的鼓励下，他成为一位自学成才的作家；他的父母太穷，无法让他获得良好的教育。我还听说奥克兰有个酒吧叫作“第一次和最后一次机会沙龙”（First-and-Last-Chance-Saloon），当杰克·伦敦还是个崭露头角的作家时，那个酒吧的老板曾好心地借给他一块没有上漆的木板，充当他学习和写作的书桌。发表第一部作品时，他才十几岁。我开始阅读他的一些书籍，包括短篇小说。根据我阅读的少量资料，他是一个才华横溢且态度坚决的人，充满想象力和颇有说服力的观点，但非常自私自利。在他年轻时，旧金山正处于“鸿运时期”的鼎盛阶段，贫富差距非常大。有人挥金如土，也有人食不果腹，没有地方坐下来读书写字。那个时代将很多不同寻常且几乎不可思议的事件——杀人、抢劫和决斗——都记录在案，但肯定还有很多我们一无所知的事情。所有这些事可能都在杰克·伦敦这样的人脑子里留下了深刻印象，他们富有想象力和天才，而且敢于独立思考。在欧洲和亚洲，很多伟人和作家都出身卑微，有些甚至有时连吃的都没有，但他们毫不嫉恨贵族的炫耀与浪费。可是在旧金山，没有人系出名门，都跟他一样出身平凡。这或许是杰克·伦敦在写作中如此痛恨生活的原因。他活跃的创作期总共才持续二十年左右，因为他在1916年就去世了。写书赚到钱后，他希望像那些从金银矿中大获其利的投机商一样生活，大把花钱，挥金如土，拥有一条游艇，并修建了一座城堡。在开始拜访伊娜·库布里斯寻求灵感的那些年里，他对人生的深深痛恨似乎已经形成。如果他生活在如今这个时代，我不知道他是否还能走红。但在那时，年仅三十岁的他便已经是世界闻名的文学家了。他对社会主义的倡导极大地帮助他传播了他对当时环境的憎恶。虽然有如此活跃的思维和如此积极的计划，他还是在三十三岁前后回到旧金山，在月亮谷修建起“狼屋”。当时他不得不每天早上逼迫自己写一千个字来获取报酬、偿付债务，我怀疑他是否真的心平气和。也正因为如此，虽然我的两位朋友在快乐地交谈，我却感觉不到在这个地方的气氛有多么安宁。甚至在回城之后，他们也没有意识到我脑子里在想些什么。尽管如此，对我来说那仍然是个令人难忘的下午。

从那以后，我就经常思考是什么让一本书多年来长盛不衰、不断吸引读者阅读。这不单单是呈现故事的方式，还需要更多的东西才能保持这种状况。那个“更多的东西”就是生活的完整性，它在书中如镜子般反映出来；作品尽管只描写了生活的一个侧面，但却必须让人感觉到另一面的存在。单是攻击生活中的阴暗面往往会堕入政治宣传或布道，无法让作品经久不衰。就拿戈德史密斯（Goldsmith）的《东方故事》（*An Eastern Tale*）来说，如果痛恨人类的阿瑟姆一直沉思默想，直到死亡，却没有精灵来向他展示他所忽略的东西所造成的结果，今天这本书就不会再版供我们阅读。在杰克·伦敦的短篇小说《中国佬》（*The Chinago*）里，阿丘、长甲、阿三和阿舟不过是些无知的赌徒；但在布雷特·哈特的《异教徒中国佬》（*Heathen Chinee*）中，阿欣设置骗局却自有其原因。因此，后者至今有人阅读，而前者如今却罕有读者问津。杰克·伦敦那篇《空前的入侵》（*The Unparalleled Invasion*）以预言的方式写到1976年至1987年的中国，似乎背叛了他倡导的社会主义。确实，当作家以自我为中心时，要创造出一部文学作品是多么艰难啊，因为它必须反映生活的完整性。只有洞彻生活中苦涩的一面，我们才能充分享受它甜蜜的一面。杰克·伦敦沉溺于酒精，忽视了自己年轻时就已错过的生活中更美好的一面，这真是遗憾。我仍然无法理解他为何年仅三十三岁便到月亮谷来修建一座城堡，那时他还如此年轻。

从这四次旅行中，我对旧金山和人生都有了更多的了解。谁是我最应该感谢的人呢？是奥利芙！

第二十三章　鼾声如瀑

优胜美地尽管距离旧金山200英里（约321.8千米）左右，却为这里提供了日常所需的淡水。我怎能在毫不提及它的情况下离开旧金山？正是因为来旧金山游览，我才能够知晓优胜美地并爱上它。

我迄今已三度造访这个可爱的国家公园：第二次和第三次分别在两个不同年份的6月和7月，我和朋友们去欣赏了所有的夏季活动和广受欢迎的美丽景点。在那个季节，它是一个秀场，有各种各样的娱乐活动，包括从高高的山峰上抛火、一场露天篝火节、关于这个公园的人类史和自然史故事会、社区演唱会和多次黄昏音乐会等。作为人类的一员，我在一年中的任何时候都自然地倾向于与同类做伴。说我更喜欢离群索居是不正确的。不过我首次造访优胜美地却是在早春时节，且仅与一个同伴同往，尽管如此，那仍然是一次最生动且最难忘的旅行。

当时我已来到旧金山三个月，已经安排好到波士顿一游，然后于1953年6月坐船返回英国。我告诉陈石湘，我想先去看看优胜美地，然后再去“悠闲地追寻洋基人（Yankee）的起源”。（在《波士顿画记》中，这是我那首有关波士顿的诗歌的最末一行。我必须承认，彼时我早已习惯以英国的方式称美国人为“洋基人”，直到有一天我在旧金山的市场街碰到一个佐治亚州的人，他愤怒地大叫道：“别叫我‘洋基人’，我来自南方，而且一直在那里长大！”）*

石湘一直对我热心相助，于是他对在伯克利上的课做了些调整，这样他就能带我到优胜美地玩上三天了。第二天，也就是4月26日星期日，我们一大早便离开伯克利，到默塞德吃午饭。阳光如此明亮，晃得我几乎睁不开眼睛。一路上，除了偶尔出现的少数绿色斑点，公路两边的风景都是黄色和棕色。山丘上的草也变成黄色了。在阳光下的薄雾中，那些山丘看起来就像热气腾腾的馒头。我们得知，自从4月的愚人节以来，这里就滴雨未下。显然，在加州，3月和4月已经算夏季了，湾区尤其如此。

这时，一块木板吸引了我的注意力：它上面写着“契丹”（Cathay），是中国在西方语言中的古称。在“契丹”，山丘都是绿色的，有很多有趣的岩石突出地面，为那些奇形怪状的松树构成如画的背景；整个景色就像出自某位宋朝大师之手的中国画。我请求石湘停停车。肯定有条小河，不过我们看不到它。因为茂密的草丛和沼泽地里有很多蛙在叫，不受任何交通噪音打扰。我们似乎是这里仅有的游客，“呱呱”的蛙叫似乎让周围显得更加寂静了。我突然问石湘：“你知道为什么青蛙会‘呱呱’叫吗？”他冲我一笑，没有回答；我的朋友知道我提到的是一个古老的故事，有关一个愚蠢的年轻皇帝汉惠帝（他在公元1世纪统治过中国一段时间）**。在古代的中国，皇室成员——尤其是王子和公主——都在深宫中长大，对外面的世界知之甚

* 洋基（Yankee），指美国北方新英格兰地区的英国移民后裔。美国南方人以此讥讽北方居民，意近“北方佬”，所以不喜欢被外国人这样称呼。——编者注

** 原文如此。应为晋惠帝（290年至307年在位），问青蛙叫的事迹见《晋书》卷四《惠帝纪》。——编者注

少。然而，这个年轻的皇帝在童年时便已学到，一切发声之物，如哭泣的小男孩或小女孩，都肯定有发声的原因。有一天，他被带到乡间散步，听到青蛙的“呱呱”叫声，于是问大臣青蛙是在为公共事务还是私事而大叫。他的大臣不知道该如何作答。

我们穿过马里波萨（Mariposa）和萨米特（Summit），在这里，贝尔河（Bear River）看起来已经大大缩小，不过就是一条山间小溪。在距离熊溪小屋酒店（Bear Creek Lodge）不远的地方，盛开着很多红荆花。这时，由若干巨石构成的一道拱门映入眼帘，我们已经进入优胜美地国家公园了。在我们的左边，咆哮的默塞德河激起团团水雾，席卷而过；而在我们右边，则庄严地屹立着一面巨大的峭壁，我都看不到它高高的顶部。我们位于动与静之间。我无法分辨我们究竟是在移动还是在静静地站着。在此刻一平如镜的河面之后，出人意料地露出一片郁郁葱葱的嫩绿草地，一帘瀑布如同一条白色的缎带，悬挂在远处的悬崖上。这里有多么丰富的景色供我们观赏啊！自从进入这个山谷，空气早就变得更加清澈、凉爽甚至有些寒意了。我们的车子沿着一条似乎在数百年前就已从巨石上凿出的公路行驶，许多形状美丽的高大树木守卫着它的沿线。没有风吹乱它们墨绿色的制服和向往伸展的粗大胳膊，也没有太阳穿透云层——直到我们抵达优胜美地山地小屋，得知自己该在何处搭建帐篷。在这里，明晃晃的太阳照耀着山谷中央。

在前去晚餐的途中，我们循声朝优胜美地瀑布底部走去，随着我们一步步靠近，它的声音也越来越响了。其时太阳已从山谷中消失。夜幕似乎已经笼罩着通往瀑布的狭窄入口并逐渐向外扩散开来。众多高大树木的顶部被包裹在如巨幅黑色天鹅绒的暮霭之中。这条瀑布的上半截就像一把巨大的中国宝剑，切开了天鹅绒，下半截却像一个小小的山洞。四周再无别人。在周围的一片寂静中，我们倾听瀑布的声音越久，它的轰鸣就变得越发清晰。“我们来得正是时候，”石湘说，

“再过两三个月水量就没有这么充足了。”

有趣的是，在填饱饥饿的肚子后，我们在小木屋无意中听到的第一句话却是：“唉，我们来得不是时候，这里太冷了！”人与人就是不一样。

返回帐篷过夜时，石湘发现自己忘记带香烟了。当他回车上取烟时，我开始整理我们的东西准备睡觉。突然，我听见门口传来一阵骚乱声。我打开帐篷的口盖，却发现一头巨大的熊站着我面前！它在那里停下脚步，抬起口鼻部转向我这边，仿佛在询问是否有人在家。但它根本没注意到我。接着，它便转过庞大的身躯，走开了。它可能不喜欢这里明亮的灯光。稍后，我听见门阶旁的垃圾箱被推倒的声音。我们尚未往里面扔东西，这未免又让它感到失望了。等石湘回来时，他说自己在路上什么都没碰到，还开玩笑说我在做梦，是个胆小鬼。我们为此狠狠地大笑了一场。我躺下，迷迷糊糊，半梦半醒，但我们今天看到的美丽风景仍占据着我的脑海，最后，我清醒起来，写下下面的诗句：

驱车出橡城，来游幽美地。
朝日隐云中，一路风凉意。
满眼四月花，问我谁最媚。
忽睹群山松，崇高远天际。
熊涧水潺潺，默江流无忌。
怪石抗白波，古木藏妖魅。
远远来巨声，飞瀑从空坠。
不知几何长，散如新妇帔。
悬流几何年，何时见人类？
渺小我之生，相识岂易易？
既识万念开，我生如有寄。

驅車出橡城　來遊此美地
朝日隱雲中　一路風涼意
滿眼四月花　問我誰最媚
忽睹群山松　崇高遠天際
熊澗水潺潺　默默流世忘
怪石抗白波　古木藏妖魅
遠遠來巨聲　飛瀑從空墜
不知幾何長　散成新婦帔
懸流幾何年　何時見人類
渺小我之生　相識豈易易
既識萬念閒　我生也有寄

“哦，你好！”

我没弄出任何声音打扰我朋友的睡眠，现在也心满意足地闭上眼睛。我睡得很香，到第二天早上 6 点才醒来。我的朋友打破沉默，抱怨说他一夜未眠，我问他是否愿意同我去做清晨的漫步，他的回答是让我最好吃点东西自己出去逛逛，因为他想补补觉。

“闻则从之。”我旋即来到帐篷外，深深地呼吸了一口无比新鲜、清澈的山间空气。我觉得自己仿佛回到了庐山之巅，那是我在中国的生身之地。不过，这二者之间却有不同。在庐山海拔 3000 英尺（914.4 米）的牯岭上，我曾经拥有一座小木屋。在那里我很早便起床，观看清晨的云雾缓缓从下面升起，逐渐将我和小木屋吞没，直到我在一片虚无中消失。我那时常常认为山下的人会把我当作神仙。但在优胜美地山谷，我却脚踏坚实的大地。太阳尚未出来，我头顶上一团混乱，巨大的乌云追逐着灰色的云，朝着一团团如白羊毛般悬挂于空中的云朵涌去。虽然天上风起云涌，但我站的地方却没有任何东西在移动。从附近的帐篷里听不到一点声音。其实，很多帐篷还没住人呢。突然，一头黑熊再次出现，想推翻其中一顶空帐篷旁边的垃圾桶。我走上前去，仿佛要为我昨晚的粗鲁表示道歉，告诉它露营季节尚未完全到来。那家伙甚至都没有扭头看我一眼，就走开了。当它若有所思地继续移动时，我就慢慢跟在后面。

不久，它就消失了，我的目光被一对美丽的鹿吸引，它们在开阔的地里吃草。在我的左边，我看到阿瓦尼酒店（Ahwahnee building）的模糊轮廓，它因为那些从高大的红杉之间升起的神秘晨雾而变得柔和。蔚为壮观的半圆丘（Half Dome）高耸于前方远处，在周围群山的衬托下，显得清清楚楚，很容易辨别。空中露出大片大片的蔚蓝，尽管现在还看不到太阳，但上面非常明亮，我的目光能够看到四面八方。温暖的大地已经给地面加热，将薄薄的蒸汽送入低空中。眼前的一切都笼罩在薄纱般的晨雾里，显得很不真实。

就在这时，我感到右手碰到什么又湿又凉的东西，不由自主地缩回手来。唉，我吓着了一只鹿！我没有注意到它走到旁边来，舔我的手，跟我要吃的，它肯定习惯这样乞食了。它本来温顺而友好。现在，当我试图靠近它时，它却离开了。它误解了我的意思，不愿等待我的解释。这只鹿多么敏感！而在人类之间又有多少类似的误解啊！不过，鹿不同于人，它只是走开，并不会通过沉思默想而加深误解。我很高兴能更近地观察这只鹿修长、优雅的腿。那就是我在一次无心的误解中的收获。

在回去和朋友会合之前，我想再好好看一眼优胜美地瀑布。所有红杉的树颠都包裹在白云里，瀑布的上面部分也是同样，不过它咆哮的声音却非常清晰。那些云也在沿着相反的方向朝我移动。它们碰到我的脸，那么清爽。不久，树梢便露了出来。现在我意识到并非所有的云都在朝我飘来，有些也在向上移动，仿佛有一双神秘的天堂之手，在自下而上地揭开瀑布的面纱，并在中间停顿了一会儿。优胜美地瀑布的大致轮廓线分为三个部分，中间部分向后缩，很容易受到忽略。上面部分最为壮观，落差达 1430 英尺（约 435.8 米），一场夜雨之后，它现在的水量是最大的。在我眼中，它变成了一幅无法丈量的纯白缎子，在阳光下闪闪发光，偶尔轻轻抖动，仿佛有人从上面拖着它。中国的绸缎和锦缎早就为西方所知，它们通过古老的丝绸之路被运到罗马，自从 16 世纪以来，又通过马尼拉大帆船被运往墨西哥和西班牙。但我从未见过一匹巨大的白色绸缎。这幅悬挂在优胜美地高处飘飘摇摇的绸缎很可能早在人类史开始之前就已存在。

一大片薄薄的云仍然缠绕着上面的岩石，迟疑不去，那嶙峋的岩石表面几乎被遮住，显得柔和了许多。我望着这一整幕风景，越来越感兴趣，因为它越来越像一幅美丽的中国卷轴，仿佛出自宋代的一位大画家笔下，他故意用单色或浅色的朴素颜料描绘这幅风景的上面部分。换言之，优胜美地的嶙峋山石有些地方跟中国的很像，实际上，它与我故乡庐山的一个部分有些相似。这景色让我技痒，我小心翼翼地为一幅大型绘画绘制了草图。在我的教学过程中，我发现自己很难清楚地向学生解释中国绘画大师是如何构图的。如果他们能在这样一个清晨看到优胜美地瀑布，就能在中国画方面上一堂不错的实例课。

我走近瀑布的底部，发现流水以令人目眩的速度向下倾泻，发出震耳欲聋的响声。飞瀑拍打石头溅起的水沫凶猛地向我扑来，几乎将我击倒在地。我变得闷闷不乐起来，飞快地构思出一首小诗表达我的感情：

怒水喷雨雪，
激石声洪烈。
有如人世争，
扰攘何时息。

怒水噴雨雪
激石聲洪烈
有如人世爭
擾攘何時息

恰在这时，一辆小汽车从我附近经过，我意识到自己该回去陪伴我的朋友了。石湘心情愉快，正在阅读什么东西，这一向是他爱做的事情。

早餐之后，我们出发开始白天的探索。石湘就像我一样情绪高涨，敢于冒险。尽管有人警告我们通往冰川峰顶（Glacial Point）的道路路况极差，他还是驾车朝那个方向开去。我们到达海拔更高的地方，向左边拐去，这时我们发现地上覆盖着一层薄薄的雪花，如同白色的天鹅绒地毯。石湘减慢车速，一点一点地向前挪动，而我则尽情欣赏眼前朦胧的风景。在我们前方，朦朦胧胧地，成百上千的雪花就像白色的塔夫绸或丝绸碎片一样在空中飘飞。再次左转之后，我们进入一个位于两块峭壁之间的山口。现在，我们的视野被限制在树木、灌丛和奇形怪状的石头中间。塔夫绸似的雪花变得更大，比刚才下得更紧了。我们的车子稍微打了一下滑，因为我们根本没想到带上防滑链。石湘还想继续驱车向前，但我提议下车去走走。于是他把车停到一个安全的地方，便在前面一步步地向上攀爬，我以前从未见过他如此精力充沛。一只小小的花栗鼠从草丛深处钻出来，用它珠子似的眼睛焦虑或愤怒地注视着我们——除此之外，万籁俱寂。此刻，石湘开始查看地图，时不时地拂去雪花，最后说道："继续往前走也没用，我们今晚到不了冰川峰。"确实，我想，为什么我们非得到那里呢？我们并非登山者或极地探索者，来这里只是为了欣赏风景，于是我们扭转身来，朝山下走去。刚一钻进汽车，石湘便开始抽他的烟斗，但我的思绪却飘飘悠悠，回想起自己从前的生活。中国有个著名的故事说到那些住在南方、从未见过雪花的人。有一天，那里真的下起雪来，他们所有的狗都冲出去，惊恐地狂吠！我曾以为加州人和他们的狗跟中国南方人没有多大区别。但这次前往冰川峰的短短步行驳倒了我的看法，向我证明自己对这个世界的了解仍然是多么匮乏。此时，我们已经回到下面没下雪的地方。越是往下行驶，一些山峰就显得越清晰。云缠雾绕，它们随之时隐时现，让人产生幻觉，仿佛它们也在时时移动。

当我们抵达山谷和克里营地（Camp Curry）时，已是下午 2 时。这里没有丝毫雪花的踪迹，也没有一滴雨；空气清新、纯净，一如往常，不过太阳仍然躲在云层后面。我的下一个提议是造访春天瀑布（Vernal Fall）。于是我们继续驾车，先是看了一眼快乐岛（Happy Isles）。然后来到一片开阔地带，柏油路在此到达尽头。眼前有少数房屋，却看不到有人居住的迹象。在距离最大的那所房子不远的地方，两棵高大、优雅的山茱萸正繁花盛开。单瓣花和均匀排列的四瓣花特别显眼。这些树生长在一个相当阴凉的地方，在阳光下看起来肯定更加迷人。我们把车停在这里，然后便顺着那条主要的小径去游览春天瀑布。

这条小路十分潮湿。我想飞流而下的默塞德河一路拍打着两侧突出的石头，飞溅的水花可能润湿了小路。但事实并非如此——不过是在下雨罢了。我们并不着急。我看到好几只居住在山区的鸟类：一只冠蓝鸦，一只黄莺，还有一只可能是北美红雀，不过它很快地从我视线中一闪而过，消失了踪影，因此我拿不准它到底是什么鸟。

山禽先我行，
一路清泉响。
野云合复开，
停步共欣赏。

站在默塞德河的桥上，我脑子里冒出上面四句诗。我俯瞰右侧，看到白云正从一个缺口进进出出。从桥的另一侧，我们能够听到大量流水倾泻而下的轰鸣声，但还看不到它。在我们上方，很多奇形怪状的巨石挡住了飞快流动的河水，溅起一团团的水雾，远远地飞向高处，像蒙蒙细雨一般从我们头顶飘落下来。

现在，步道变成石头上方的一条小路，崎岖不平，蜿蜒倾斜，台阶的高低很不均匀。有些路段还有大量的水流漫过。我们设法快速向上攀登。石湘远远地走在前面，因为我总是忍不住环顾四周。我们现在已经来到刚才所站的那座桥上方很高的地方。我都不明白我们方才怎么能站在那里，因为它看起来又小又窄，而且似乎并没有与那条覆盖着水沫的蜿蜒小径相连。我们来到一个中空的巨大缺口中间，四周的悬崖峭壁朝着中央向下倾斜，被一条由白沫构成的线分开。无数细小的水珠喷射出来，在我眼前彼此冲撞、摆动，但它们又触碰着我的面孔，轻轻拍打我的双手。此刻流水的轰鸣比先前更响了。水的声音和运动都没有妨碍我，倒让我觉得悦目而动听。它跟时代广场高峰时段的奔忙与喧嚣是多么不同啊！

我抬头仰望，看啊！石湘正飘浮在半空中！我只能看见他隐隐约约的身影和他所在那块巨石的轮廓。密集的水珠构成薄雾，如面纱一般笼罩着下方的地面，让他和那块岩石看起来都恍如悬挂于空中。在他背后很远的地方，巨大的春天瀑布从他右肩上方露出一部分来。此刻他似乎变成了一个仙人，又像很多古代中国佳作中描绘的一个不可接近的道家隐士。稍后，我也上去到他身旁，发现他已经到达一个休息地点，一道铁栏杆将那块石头的边缘围了起来，石头上还有一个座位。我们相视而笑，沉默不语。然后我伸长脖子，仰望上方远处，发现一头母鹿或公鹿正披着淡棕色的皮毛，站在另一块突出的岩石边缘。现在，我们已经可以看到瀑布的全貌，多么壮观的瀑布啊！如此巨大，如此磅礴，从人类登上历史舞台之前就一直在不停地飞泻而下。古老的悬崖、高耸的红杉和白色的瀑布衬托着那头鹿的小小身影，共同构成一幅美丽的图画，我又靠近一些，画了一幅写生。石湘很快走到我身边，嘴里依然叼着烟斗，心满意足地说道：“我们成功

优胜美地的春天瀑布

了。”在春天瀑布上方，高耸着两座形状美观的山峰。有时其中一座的颜色显得更蓝，有时它们又会互换彼此的色泽。然后其中一座从我们视野中彻底消失，接着它们俩都不见了踪影。云团在那上面飞快地移动，两座山峰仿佛是活的。我们俩都专注地盯着它们。

两峰踢飞瀑，
云里捉迷藏。
有如湘与哑，
啸傲乐清狂。

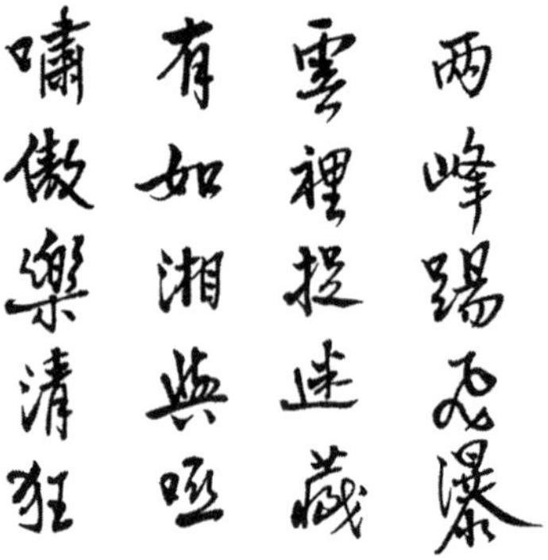

我嘴里再次吟诵出一首小诗。石湘问我今天怎会如此诗意勃发。我喜欢他的幽默感，想引诱他跟我玩一个诗歌游戏，却没有成功。这个游戏被称为“联句”。其中一个游戏者先构思一句诗，另一个对出它的下一句；他们就这样玩下去，直到完成诗歌。至少从公元 6 世纪开始，中国的文人就在聚会中玩这种游戏了。

中国有句古话叫“曲则全”。我们希望完整地保留我们的乐趣，于是便将位置让给了后来的游客，开始慢慢向下走去。我们为这一天的游览感到心满意足。汽车载着我们回到山谷，我们去那个古老的村子吃过晚餐，又去看了看村里的教堂。这时天尚未黑尽。一大团云飘过我们刚刚走过的主要步径，很快升到半圆丘上方，渐渐扩散开来，遮挡住了附近的其他山峰。我不由自主地吟出下面的两句诗：

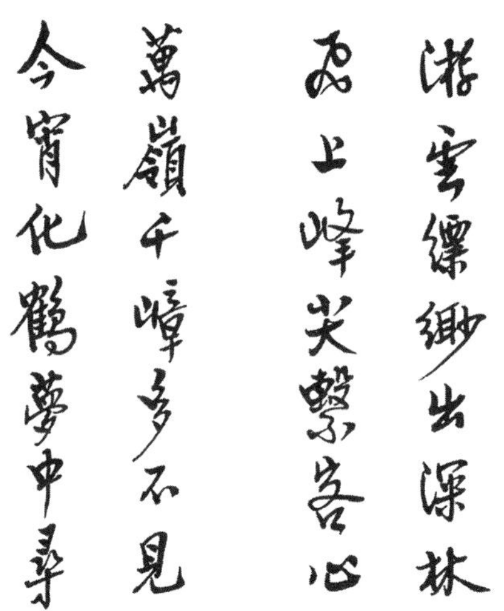

游云缥缈出深林，飞上峰尖系客心。

而石湘也出人意料地跟着吟出两句：

万岭千嶂多不见，今宵化鹤梦中寻。

对我们今天的游历来说，再没有比这更好的结尾了。很快我们便各自进入了梦乡。

第二天一大早，我翻了个身，朝窗外望去，发现我的朋友没在自己的床上。他的行李箱和几件随身用品也同他一起消失了。我困惑不解，不敢相信那头巨大的黑熊会在夜里来到我们的帐篷把他吃掉。我不能像从前中国那些偏远乡村的村民那样，敲着锣宣告有人失踪。我躺在床上，想起我朋友寻找山峰的梦，迷迷糊糊又睡着了。等我再次醒来，外面天已大亮。洗脸时，我注意到我的枕头外贴着一张纸条，上面写着："被鼾声赶跑了……"仿佛被一位禅宗大师给了当头一棒，我恍然大悟，不由得呵呵地笑起来。我肯定一直在模仿瀑布的轰鸣。前一天晚上，我模仿优胜美地瀑布的鼾声很可能让我的朋友大部分时间都难以入眠。但昨晚我需要模仿两条瀑布，于是干脆就将他赶跑了。天生有个不受我控制的鼻子，这全都是我的错。我并没有立即跑去看他，而是出发去散了散步。天上突然下起雨来，而且下得很大。我跑到一棵巨大的红杉下避雨，但在这里却本能地觉得不快。在中国，我曾多次站在故乡庐山那些粗壮的松树下，也曾站在山东孔庙的古老柏树之下，但从未觉得自己渺小，而在这里，我觉得自己仿佛缩小到空无一物了。我试图抛开这种沮丧的想法，但它反复钻进我脑子里。我是在一个信奉儒教的古老中国家庭里长大，从小接受的都是修身齐家治国那一套。我从未真正把自己当作什么重要人物，但也无法接受此刻在巨大的红杉旁被衬托得如此渺小的我。就在此时，一阵大风席卷而来，疯狂地撼动所有长长的树枝。巨大的水滴纷纷洒落在我的脸上和身上，仿佛这棵树在大喊："从我树底下滚出去！你们人类是多么的忘恩负义啊！"

我立即来到外面的开阔地里，因为这时雨已经停了。天空中出现了几条鲜艳的蓝带。空气非常清新。很多松散的薄云慢慢向上飘去，加入山峰顶上的云团。它们在贴近峭壁的地方顽皮而谨慎地移动，就像攀岩者在奋力向上登攀，看起来十分美丽。循着优胜美地瀑布隐隐约约的声音，我在远处成千上万的高大树木后找到了它。从那里，我试图辨别出酋长岩（El Capitan）、新娘面纱瀑布（Bridal Veil Fall）、三姐妹峰（Three Sisters）、哨兵岩（Sentinel Dome）和其他地标。仅仅瞥了一眼群山、云团、树木和附近的河流，我似乎便俯瞰了整个宇宙。很多的鸟儿在树枝间活泼地飞来飞去，唱着歌。这是我在优胜美地度过的最有趣的瞬间。当我静静地推开我朋友搬进去的那所小木屋的门时，他还在酣睡。于是我便坐在外面的长椅上，构思出下面的诗句以自娱：

> 天公笑我贪看山，故作霪雨阻我意。
> 谁知山色更濛濛，忽隐忽现逗我戏。
> 怒瀑高与浮云齐，长松绝顶流青翠。
> 且别飞禽赋归来，石湘犹自拥衣睡。

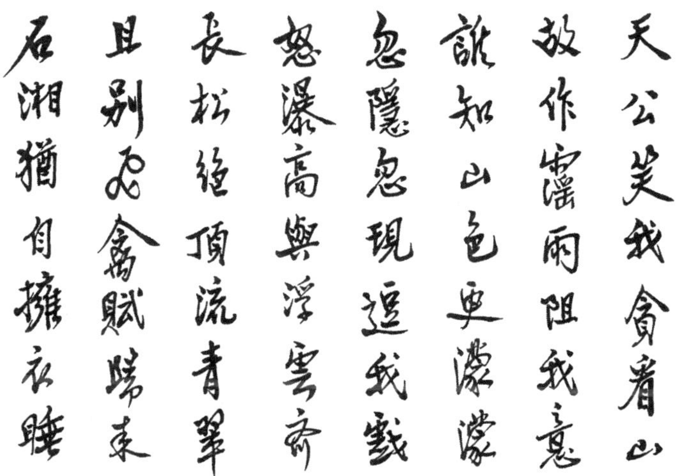

吃早餐时，石湘拿我那些永恒的山峰、瀑布和流云开了一两个玩笑。他提议我们驾车穿过优胜美地峡谷，发现有趣的东西就停车。我们尽情地欣赏了“教堂尖顶”（Cathedral Spires）、篮丘（Basket Dome）和“华盛顿纪念碑”（Washington Monument），后者是一堵很高的峭壁，顶上尖尖的，石湘在这里碰到住在伯克利克雷格蒙特大道的赵元任教授的一个邻居，跟他兴致勃勃地聊了一会儿。而我则像往常那样，到处画一些写生以自娱。高大的红杉形状各异，它们那些盘曲但强壮有力的树枝令人着迷，使我的手一直在随身携带的那本小拍纸簿上忙个不停。然后我们穿过幽暗的瓦沃那隧道（Wawona Tunnel），来到一处最令人难忘的狭长深景面前，左边是高耸入云的酋长岩，远处，位于中间的半圆丘上蒙着薄薄的雾霭，仿佛被缩小了一般，而在右边，则是“三姐妹峰”倾斜的身体守卫着新娘面纱瀑布。一排又一排高大、粗壮的松树顺着我们眼前这个山谷一路向下延伸，又朝着上面的山坡扩散，把后面的风景衬托得越发壮丽。

石湘坚持要下去面对面地欣赏新娘面纱瀑布，虽然方才看到的远景已足以让我满意，但我还是同意了。如果采用中国顺着山路步行访山问景的老办法，优胜美地恐怕没有几个人知道。如今，石湘只花了一分钟便来到官方停车场，把车泊在另外几辆车旁边，然后我们便开始沿着山谷向上攀登。这条路没有前往春天瀑布的小路那么陡，不过我们不得不在形状不规则的巨石上行走。看着清澈的山泉顺着石头之间蜿蜒的缝隙向下流淌，实在有趣，让人忍不住想把手脚放进水里凉快凉快。啊！多美的瀑布啊，这么高，美得这么令人难以置信，被称为“新娘面纱”真是名副其实，从远处看，它恰恰就像新娘的面纱。站在离它非常近的地方，我不得不挣扎着才能站稳脚跟。跟新娘头上轻柔的面纱不同，在瀑布近旁，飞溅的水珠就像瓢泼大雨，而且很凉。抬头仰望大自然从陡峭、雄奇的悬崖顶部将流水泼到我们站立的地方，那浩浩荡荡的气势是那么壮观。我也产生了一种难以名状的奇怪感觉。假如面对的是尼亚加拉瀑布，它会显得磅礴、宏大、难以置信，但却不会给人机会去感受它。而站在新娘面纱瀑布脚下，我确实有所感受，而且是一种奇妙的感受，一种难以描述的人生苦短之感。

稍后，我们又来到酋长岩脚下。石湘和我找到一个相对干燥的地方坐下。他一如往常地吸着自己的烟斗，而我则为眼前的一整幕风景画一幅写生。我曾在什么地方读过，构成酋长岩的花岗岩数量达到整

酋长岩

个直布罗陀岩（Rock of Gibraltard）的两三倍之多。为了让画显得灵动，也为了显示酋长岩有多么庞大，我后来在它脚下画上了一匹正在饮水的马。

回到酒店，天色尚早。我的朋友喝了杯酒，我也喝了一杯提神的黑咖啡，坐在休息厅里望着新抵达的游客。我们讨论了一下明天在返回伯克利之前还能做些什么。不久后，饥饿驱使我们去吃了顿饭，然后便回去休息了——石湘回到他的小屋，我则回到帐篷。晚上九点一刻，石湘到帐篷来同我聊天。我打开门，看到明亮、干燥的地面，便挽着朋友，到月光下漫步。夜晚清新的空气仿佛施加魔咒一般，让我们不想说话。在月光的指引下，我们轻轻松松就能看到眼前的路。尽管远处一片漆黑，石湘却看到了自己的车，于是我们开始驾车缓缓而行。在酒店和其他露营地附近有少量路灯，但两盏灯之间距离很远，明亮的月光让它们全都显得昏昏暗暗。此时，我们进入了一个月光也无法穿透的地方。汽车撞上了像是岩石一样的东西，颠簸了一下，停了下来；我们就在这里下了车。我意识到我们来到了镜湖（Mirror Lake）边上，现在它变成了一面深蓝色的镜子，极其光亮，月亮就躺在里面。半圆丘也倒映在里面，此外还有它近旁的那些山峰。空气静得出奇。步径并不平坦，也不完全是半圆。有时我们漫步于树木之间，有时在高高的芦苇后面。有时月光在前面给我们指路，过了一会儿又飘到了我们后面，但湖面一直如同一幅没有丝毫破裂的绸缎，华丽得令人无法忍受，就在一块蓝黑色的玉石里面。我脚下绊了一下，水中立刻响起“扑通”一声。我以为自己踢到一块小石子，但石湘觉得那是一只青蛙跳进了湖里。倏忽间，我们听到一片“呱呱呱”的蛙声从高高的芦苇叶后面传来，这场音乐会不仅悦耳，而且也更衬托了夜晚的寂静。与此同时，我回忆起中国 17 世纪记录各种鬼怪故事的《聊斋志异》，我曾在里面读到一个青蛙音乐家的故事。此人有一个专门制造的音乐盒，里面有十二个小格，每个小格子里都装着不同种类的蛙。他打开盒子开始演奏时，就会按照不同的旋律，依次用一根小棍敲敲那些蛙的头，它们便会发出音调不同的叫声。[*]

我们已经顺着同一条小径回到起点。此时，月光正直直地照在半圆丘上，也直接面对着我们，紧盯着我们迈出的每一步。周遭只有我们两个移动的生灵，我们非常敏感地意识到自己的存在，于是步子就越来越慢了。石湘出人意料地坐到一块大石头上面。在黑暗中，我被眼前的整个夜景深深地吸引，都没有注意到他手里握着一支笛子。但现在，他的笛子中飘出清脆的声音，在迷人的清澈空气中显得更加清脆了。我不由得吟诵起下面这首由公元 3 世纪一位无名诗人写的短诗[**]：

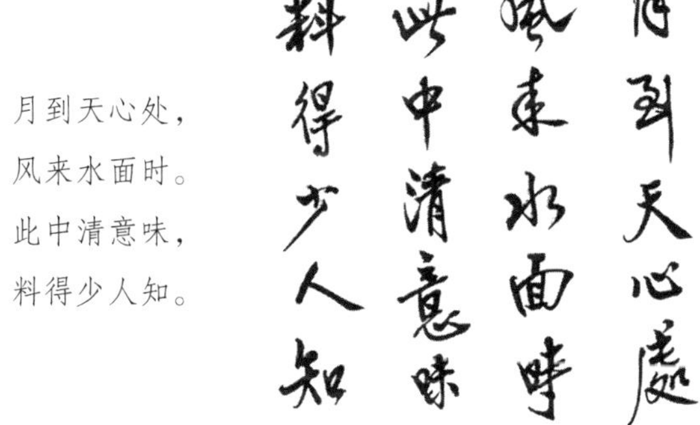

风摇动着树叶与嫩枝，仿佛与我们同乐。最后，石湘到小屋去享受他的黑甜美梦了，我则在帐篷里第三次试验模仿瀑布的轰鸣。

---

* 见《聊斋志异》中《蛙曲》一篇。——编者注

** 这首诗应为宋代邵雍（1011—1077）的《清夜吟》。——编者注

第二天早上，当我们到酒店结账时，柜台上的一个年轻人微笑着询问帐篷里的床是不是有问题，因为我朋友换了住处。我们一时语塞，因为这需要巧妙的回答。我说自己一直在夜里试图模仿优胜美地瀑布的轰鸣，这才让气氛缓和下来！于是我们的旅程便在微笑中结束了。

第二十四章　盘曲松柏

在欧洲生活——主要是大不列颠群岛——时，除非是作长途旅行，否则我到哪里都靠双腿步行。美国的城市可让旅客过夜，然后继续前进，与此不同，欧洲的大小城镇却不让我轻易通过。那里的道路最初是为步行修建的，曲曲弯弯，让人无法飞快地冲过去。在每一个拐弯处都找不到超市或药店，只有某种生活，那是人类多面生活的一个侧面，以自然的方式运转。人自己的身份也保留在那里。最近，我在威尼斯度过了两个星期，参加了一次招待多国客人的晚宴。宾客中有一位是美国总领事，他看起来相当疲惫。他告诉我们，整个夏季，他一直受到电话另一端传来的吼叫声轰击：他的大多数同胞都把威尼斯人称为“白痴”和“傻瓜”，因为威尼斯人不许他们把车开进城里去！他用如此幽默的方式模仿、讲述，逗得我们哈哈大笑。我微笑着评论道，在威尼斯，他可以通过逼迫人们充分利用自己的双腿进而发现自身个性，来为人类服务。我半开玩笑半认真地说，他应该劝说他的同胞来威尼斯，不单单是为了这里的历史背景，而且也是为了他们自己的身体健康。

然而，美国的城市规划也自有其优势：它们可防止路人左右张望或偏离自己的路线。没有这些尽可能修得最直的高速公路，我就无法在几个小时内从旧金山驱车前去游览蒙特雷（Monterey）或卡梅尔。按照在欧洲旅行的标准，蒙特雷和卡梅尔是不能包括在旧金山地区的。但按照“旅行”一词在美国的含义，大多数来到旧金山的游客都会要么先去蒙特雷和卡梅尔，要么在游览过旧金山之后去。

曾有三拨朋友带我去这两个地方，虽然单程就有200多英里（超过321千米）远，但每次都是在一天之内往返。头两次，要么是季节不对，要么是浓浓的海雾覆盖了大部分海岸线，反正我们都没能像自己希望的那样看到很多东西。不过第三次弥补了前两次所有的缺憾。

在从旧金山驱车行驶两小时后，我们便抵达了帕西菲克格罗夫（Pacific Grove）。一路上，阳光照亮了沿途的一切。帕西菲克格罗夫跟我在中国或欧洲见过的任何城镇都很不一样。宽阔的公路直直地穿过小镇，两侧有若干外表整洁的房屋，周围是一片片鲜嫩的绿色草坪，上面的喷水装置正在工作。很多高大的棕榈轻轻挥舞伸向四周的胳膊，懒洋洋地低头注视着我们。几乎感觉不到一点从海上吹来的微风。阳光肯定非常毒辣，因为房子外面没有一个人。我们找不到人给我们指路。鲁道夫·谢弗慢慢减缓车速，这时我注意到一簇桉树中有很多金色的小点在阳光下闪烁。“就是那里！”鲁道夫大叫一声，掉转车头，朝那个方向开去。一道大门上方，有棵红杉上挂着一块牌子，上面写着“蝴蝶树林”。我们驶入大门，泊好车，然后小心翼翼地朝那无数的金色小点慢慢走去。每一个小点都是一只黑脉金斑蝶（Monarch butterfly），伸展着棕色与金黄色的翅膀，在阳光下扇动。它们似乎在一个空中舞台上表演一出精致的芭蕾舞。我们刚好在中午12点后抵达，在灼热阳光的温暖下，很多蝴蝶都在疯狂地活动着。更多的蝴蝶——大概有数千只——依然折拢翅膀，紧贴着低垂的桉树叶。它们棕色与橘黄色翅膀的内侧是淡黄色的，上面有清晰的墨黑色图案。在明亮的阳光映衬下，就像在中国丝绸幔帐——出产于杭州，那里以丝绸而闻名——上编织的图案，悬挂于绿缎子般的桉树叶底部。只不过，它们不像丝绸幔帐那样一动不动：无数扇动的翅膀就像闪烁的金箔，使整个画面生机勃勃，美得让人难以描述。我以前从未见过这么多相同种类的蝴蝶聚集在一起。

这并非我们的偶然发现，而是我们此行的目标。“蝴蝶树林”非常有名，位于蒙特雷半岛一带的帕西菲克格罗夫，现在恰好是观赏它们的最佳时机，因为蝴蝶通常会来这里待上好几个月，从头年 10 月直至次年 3 月。我得知这些树是在 1907 年发现的，不过那些蝴蝶很可能从远古时代就一直聚集于此却没人注意。人们坚信这些不可胜数的蝴蝶年复一年地长途跋涉，回到这几棵树上来。科学家得出结论说，它们是从阿拉斯加南部开始年度集体迁徙的，途中又有很多来自不列颠哥伦比亚、华盛顿、俄勒冈和加州北部的蝴蝶加入。据观察它们会花三天到达一个特定的地点，每天飞行四五十英里（约 64 至 80 千米），并在大约两三个月后从阿拉斯加南部抵达蒙特雷。它们在距离地面五六十英尺（15.24 至 18.288 米）高的空中飞行。跟成群迁徙的鸟类不同，它们是单独飞行的，而且从未有人看见它们在夜里飞行。大约在 10 月中旬，它们会一起抵达这里，像金子一样在午后的阳光中闪烁。最近这些年，这些蝴蝶树让帕西菲克格罗夫变成一个闻名遐迩的地方，当地居民开设了一些礼品店，出售各种带蝴蝶图案的小纪念品，生意兴隆。这个城市甚至在每年秋天举行一次花车游行——“欢迎黑脉金斑蝶返回帕西菲克格罗夫”——来自小学和幼儿园的小孩子会戴上黄色的翅膀，打扮成蝴蝶模样。

这次愉快的旅行让我在脑子里提出好多问题。黑脉金斑蝶如果能够用它们脆弱的翅膀飞这么远的距离，为什么会专门选择帕西菲克格罗夫而非其他很多更温暖的地方如南美洲或非洲呢？也许是因为它们

黑脉金斑蝶的迁徙

无法飞越大海。可是，既然蒙特雷半岛的气候几乎全年都没什么变化，那它们为何要在春天飞行数千英里返回加拿大的落基山脉和阿拉斯加南部呢？如果我没有理解错，大多数蝴蝶的寿命都不会超过两三个月，有些仅有几天。黑脉金斑蝶的寿命最长不到九个月。它们怎样告诉后代按照同样的路线返回同样的树林呢？我想知道这是否证明了东方的轮回转世思想，这是大自然的一个难解之谜。下面这个故事摘选自著名的《聊斋志异》，由蒲松龄写于1710年，或许提供了另一种解释：

长山王进士斘生为令时，每听讼，按律之轻重，罚令纳蝶自赎；堂上千百齐放，如风飘碎锦，王乃拍案大笑。一夜梦一女子，衣裳华好，从容而入，曰："遭君虐政，姊妹多物故。当使君先受风流之小谴耳。"言已化为蝶，回翔而去。明日，方独酌署中，忽报直指使至，皇遽而出，闺中戏以素花簪冠上，忘除之。直指见之，以为不恭，大受诟骂而返。由是罚蝶之令遂止。*

此后，王县令不再让人缴纳蝴蝶以取代惩罚。多么巧妙而有趣的报复！当然这只是个故事，中国有太多类似的故事，从古代流传至今。尽管如此，这个小故事却包含了一定的寓意，因为中国古代的思想家一直倡导所有生命——不单单是人——都有权利按照自己的方式生活。这个故事警告孩子和成年人都不要捉弄蝴蝶，以此取代挂上巨大的告示牌警示世人。帕西菲克格罗夫与中国相距遥远，如今离王县令的时代也有好几百年。此外，这些黑脉金斑蝶是自愿造访这些桉树的，因此附近那些旅馆的老板无须担心这些无害的生命报复自己。毕竟，你永远不会在自家门口看到皇家派来的直指使，即使他真的出现，你那顶插着白色花朵或其他装饰物的帽子也只会激发他的幽默感！

在中国人脑子里，蝴蝶一直与美好事物相联系；实际上，它们代表了幸福。蝴蝶经常作为“幸福”的象征而出现在几乎所有的中国艺术形式中。我们那些伟大的诗人至少从公元4世纪以来就一直在赞美它们，而中国文学艺术中很多有关蝴蝶的故事都来自伟大的道家哲学家庄子（于公元前275年去世），他在一个著名的段落里描述他曾经梦见自己变成一只蝴蝶，快快乐乐地飞来飞去。醒来时，他不知道究竟是蝴蝶做梦变成了人，还是人做梦变成了蝴蝶。“人”只是一个名词，“蝴蝶”也是同样。我们不应该过分区分“人”与“蝴蝶”或其他任何事物。一切都是幻象。我们只能在自己转瞬即逝的人生中尽量享受生活。

此刻，鲁道夫和我开始驾车行驶在一条非常平坦的车道上，前往

* 见《聊斋志异·放蝶》。——编者注

著名的“十七英里路”（Seventeen-Mile Drive）。鲁道夫提醒我，这17英里（约27.3千米）的公路已经作为国家公园而保护起来，在其边界范围内禁止修建任何建筑。我的反应有些迟钝，因为我仍然沉浸在对帕西菲克格罗夫那些黑脉金斑蝶的回忆中。我已经放弃了询问为何黑脉金斑蝶会选择这个地点。它们出现在帕西菲克格罗夫，正如我刚刚出现在那里。我开始专注地望着车窗外的景色，看到左边有一大片湿地，上面长满了繁茂的植被，就像一张色彩最艳丽的巨幅波斯地毯。这里有一丛丛各种颜色的加州多肉植物，主要有粉红色、红色和嫩绿色。它们与其他野花交织在一起，规模如此宏大，只有在“十七英里路”才能找到，我想在波斯是找不到的。扭头去看右边的风景——广阔的太平洋，我深深地吸了口气，感觉自己似乎比往常大了一倍。刚刚看过黑脉金斑蝶翅膀上的细小图案，这对比是如此鲜明，我差不多能听到自己的眼球抱怨骤然面对这一大片广袤的海洋了。我突然打破沉默，吟诵起下面这几行大卫·麦科德的诗：

> 如今想想那些词语，就拿天空来说
> 问问自己这是为什么——
> 例如太阳、月亮、云朵与星辰——
> 为何念起来如此动听，
> 若是将它们白纸黑字印出，
> 看起来又如此赏心悦目。

“好！”鲁道夫说。“它本来就写得很好。”我回答。大卫的诗歌《就拿天空来说》（“Take Sky”）已经因为他为小读者写的众多诗歌而变得非常有名，而且还印在了《纽约时报书评》的头版上。我已经认识大卫十多年，一直喜欢朗读他的诗歌。在我听来它们是那么悦耳，而且很容易记住。这首小诗及其铿锵的韵律让我也构思出四句诗：

天空一片蔚蓝，
云彩稀稀纤纤，
阳光灿烂明媚，
海鸥染石为白成堆。

“这首也很不错。”鲁道夫笑着说。我从来不敢用英文写诗，这首诗不过是个玩笑。在距离海滩不远的地方有一些奇形怪状的岩石；它们不像其他岩石那样为棕黑色，而是白色的。知道海鸥也是画家，运用自己的特殊手法作画，这真是有趣。我想知道它们花了多长时间才将这些石头全部染成白色。

我的朋友把车停下，建议我们下车四处看看，休息一会儿。一座嶙峋的巨大峭壁伸进海里，海水无休止地拍打着它底部的两侧。沿着峭壁往海滩方向望去，可以看到那里长着很多高大的树木，包括松树和大量其他植物。只有一棵孤零零的柏树威严地站在那个向外伸出的岩石半岛上。一条人工修建的步径蜿蜒通往那里。我们悠闲地顺着步径走去。我觉得自己似乎在观看一幅由宋代大师创作的中国山水画。这一幕景色是那么像古代的中国画杰作，足以向西方人证明，中国画家并非如许多人认为的那样，是完全凭空创造出作品的。实际上，中国的美学理论就暗示艺术家可以设计自己的构图，但创作决不能背离现实。能找到这个样本，我是多么高兴！孤独的柏树也是中国艺术家最爱的主题，他们欣赏独树的个性，而不是一大片郁郁葱葱、难以分辨的绿叶。这棵孤独的老柏树已经在这里生长了多少年？它威风凛凛、不屈不挠的外表让周围的一切都相形见绌，甚至大海也不过是它的背景。蒙特雷半岛的天气有时肯定也很恶劣，但这棵树却没有表

孤松岩

现出丝毫枯萎或疲惫的迹象。古代的中国人早就把柏树作为坚贞的象征，因此数世纪以来中国文学艺术就已描绘过它。当我的朋友自得其乐地审视这个地标时，我构思出了下面的这首小诗：

岂容幽岸隐，岩前当大风。
上与日月友，下有涛声洪。
经年任抨击，千载自为雄。
四望无云雾，孤秀海天空。

豈容幽岸隱
岩前當大風
上與日月友
下有濤聲洪
經年任抨擊
千載自為雄
四望無雲霧
孤秀海天空

在“十七英里路”的尽头附近，我们刚要穿过大门进入卡梅尔地区，海滩上一些扭曲成奇形怪状的柏树吸引了我。我的朋友笑我迫不及待地要去看看它们，因为在卡梅尔的洛博斯角（Point Lobos）有更多这样的树可看。

美丽的卡梅尔被人们当作一个全年都可造访的度假胜地。那里的很多居民都是退休人士，住满了“悠闲绅士”*。或许我们不妨将卡梅尔称为“悠闲城市”；当我们到达时，它在我眼中就是这样。卡梅尔颇有英国气氛：这里的气候总是温和舒适，从来都不会过于炎热，恰似大不列颠群岛的夏日，只是没有英国那样的潮湿。我得知很多英格兰人和苏格兰人退休后都到此居住。海雾不时席卷而来，而且会非常浓，我前两次游览就碰到这种情况。幸好我们这次到达时阳光明媚。我们去参观了卡梅尔教堂（Carmel Mission），它由塞拉神父（Father Serra）创立于1771年，他也于十八年后在此去世。教堂的建筑为橘黄色和棕色，外观是典型的西班牙风格，到市中心有一小段距离。后来我们不得不找个小饭馆吃午餐。饥不择食的时候什么吃起来都是美味的，但我们真的吃得很满意。这不仅让我们恢复了精力，而且还恢复了我们观光的视力。卡梅尔的大街太直，很多支路却弯弯曲曲。总体而言，城里的房屋和店铺都只有两层。我个人颇感兴趣的是，我发现很多人坐在那里喝茶，吃着黄油面包或烤面包片，享受英式下午茶。从严格意义上说，卡梅尔无法代表现代美国。

这是一个温暖宜人的下午。海滩上吹来习习微风，驱走了令人难以忍受的热浪。天空中没有一丝云彩。我们正前往卡梅尔的洛博斯角，很快就把这座城市甩在了身后。洛博斯角周围的地区是一个州立

---

* 悠闲绅士（gentlemen of leisure），英国习语，类似中国的“富贵闲人”等。出自英国幽默小说家佩勒姆·伍德豪斯（Pelham Wodehouse，1881—1975）的同名小说 *A Gentlernen of Leisure*。——编者注

公园，除了少数供车辆行驶的公路，它完全保留了开放的自然状态。我们首先来到一片相当僻静的区域——说它“僻静”是因为这里的水是死水，远离开阔的大海。它看起来很像个潟湖，停泊着少量帆船，有两艘在海滩上晾着，也就是在“倾侧”检修。一道石坡上生长着一丛梨果仙人掌，离它们不远的地方，一个五口之家正在野餐。车子又拐过一个弯，我被一块路牌上的名字“中国小海湾”（Little China Cove）吸引了。朋友提议让我上去看看这个海湾与我的故国之间有什么联系，而他则到一块突出的岩石上躺着看看辽阔的大海。我登上一个小土丘，转向一大片位于海水上方的土地。一位老年绅士坐在一块石头上，在温暖的阳光中打瞌睡。除此之外再看不到别人。海水朝着无穷无尽的地平线延伸，看起来似乎非常平静。但我的耳朵里却充满了声音。在陆地裂成很多缝隙的地方，海水拍打着岩石，向上溅起无数的飞沫。有些缝隙很大。它肯定是在数世纪之前裂开的。这是一幕令人心神恍惚的迷人风景。

我顺着小径返回，从一道梯子似的长长台阶下去，来到一个马蹄状的小海湾，里面满是细细的沙子。四周植被茂盛：在太阳照射着的一面，是深浅不一的鲜亮绿色，而在另一面则是更暗的绿色。峭壁上也有很多亭亭如盖的高大树木。这肯定是个适宜游泳或洗浴的可爱地点，对我而言则是一个完美的冥想的地方，我在此逗留了好一阵子。当我再次站起身来，像那些高大的树木一样伸开胳膊，我仍然没有弄明白为何这个小海湾被称为“中国海湾”。

我回到鲁道夫身旁，车子顺着公路行驶了很长一段距离，经过了一丛接一丛的茂密灌木。最后鲁道夫指着很多柏树大叫一声：“终于到了！”我从未见过这么多树干和树枝被扭成如此迷人的奇形怪状。每棵柏树都有一两根强壮的树干，不是直的，而是每隔一段长短不一的距离就出现扭曲弯折。它们看起来就像一群古希腊的阿波罗，身强力壮，以自己的方式舒展胳膊和腿，而他们浮雕般的静脉泛着蓝色，也顺着胳膊和腿蜿蜒。没有两棵树完全相同。每根树干上都有胳膊似的长长树枝，上面长满深青色的树叶。每条树枝都以自然但奇异的方式盘曲扭折，总是与其他树枝彼此交织或平行伸展，仿佛知道自己在整个构图中的准确位置。从任何角度、任何侧面看去，它们都会呈现出新的形状，新的构图，新的图画，新的雕塑，比我在罗马、威尼斯、巴黎、伦敦和纽约看过的任何现代艺术作品都更复杂。在《中国书法》（*Chinese Calligraphy*）的“抽象美”一章里，我曾写道：

> 有一种美会立刻吸引心灵——例如，它存在于自然风景中，以及一些绘画中。还有一种美半露半藏于形式之中或之后，只向那些“见多识广”的敏锐目光显现出来。头一种美是有迹可循也可分析的。第二种美则并非产生于强大的思维或理性，也没有特定的来源：它就是线条的“抽象”之美……
>
> 对中国人自己来说，书法是民族精神在艺术上最基本的表现……那些中国鉴赏家为了一根或一组没有明显逻辑含义的线条，就甘愿丢掉脑袋，他们的热情看起来丝毫不亚于疯狂；但这样的热情并没有放错地方……
>
> 中国人重视书法……纯粹是因为它的线条具有令人满足的本性；他们承认思想不需要表达得很美。中国书法的美学不过是：美丽的形态应该以美丽的方式表现出来……

当然，线条的选择和构筑需要良好的品位，而良好的品位是需要培养的，这要通过观察大自然中的美丽形态来实现……就像其他所有中国艺术一样，书法的基本灵感来自大自然。

洛博斯角的柏树

很多中国书籍都记录了一些伟大的艺术大师观察虬曲的老松树和柏树、摇摆的柳枝、老虎四肢的肌肉、马儿跳跃的腿，并从中获得灵感并创造出新的书法风格。他们全神贯注地观察着，然后飞快地挥动毛笔，试图在几个笔画中表现出充满阳刚气的力道。不需要任何额外的润色，毛笔的笔画形态天然，仿佛活的一般，这是所有中国书法家和画家追求的美学目标，如果得以实现，他们将难以名状地喜悦。作为画家，我在卡梅尔获得了机会，也遇到了挑战。我徘徊不去，画了一幅幅写生，然后继续漫步。

突然，大多数粗壮的树干和树枝都不同程度地染上几分红色。它们是在刹那间由灰白变成粉红、淡红和紫色的，仿佛被施加了魔法一般。“啊，我可以用红色墨水而非通常用松树烟灰做的黑墨来画它们。”我低声自语道。太阳逐渐西沉。朋友和我往柏树林里走。它们在我们头顶上弯成拱状，就像一座大教堂的屋顶和圆柱，又像北京紫禁城里那些朱红色的木梁和柱子，或者更确切地说，像中国乡村茅屋或适合隐士居住的小木屋的柱梁，比任何建筑师设计出来的造型更好。它们的外面包裹着暗青色的小叶，有些在夕阳余晖中变成了鲜红色，有些则在阴影里变得更暗了。这一切是多么神奇！

我们继续行走，一语不发。过了一会儿，我们来到一个相当隐蔽的区域，甚至连海水都看不到。一束明亮闪烁的阳光再次刺透树丛，在深蓝色的大海的陪衬下，很多略带紫色的柏树树干露出了有趣的形状。墨绿色的柏树叶子构成低矮的天棚，在它们下面，我无法看到前面的全景。然后，一块漂亮的粉红色岩石屏障出现了。一分钟之后，我发现它其实是一大堆白色岩石聚集在一起形成的，一直向外伸展到海水里，位于两条胳膊似的石质陆地之间。夕阳的柔和光线照到这个岩石屏障上，让它们看起来像巨大的珊瑚或略带粉红的巨型石英。岩石的大部分表面都是光秃秃的，但顶上生长着若干形状美丽的柏树和松树，威风凛凛地排成一排。同样地，这番景象就像一幅宋代的风景画。

然后，我们顺着一条石头步径，朝下面的一个凹湾走去，直到来到里面一块突出的岩石上，我靠着一棵部分枯死的柏树的树干。刚才那片珊瑚似的岩石伸进海里，但它们的形状变了，因为我正从一个新的角度面对它们。我每走一步，它们都呈现出新的模样。我很快意识到，洛博斯角独特的野性和多样性都主要归功于这些如迷宫般错综复杂的高高石头海岸。这里的柏树是大果柏（Cupressus Macrocarpa），又名蒙特雷柏树。它是所有柏树中最顽强的，曾被称为“健壮老兵”。它仅生长在蒙特雷以南靠近太平洋的两片小树林里。柏树角（Cypress Point Grove）是其中比较大的一个，有2英里（约3.2千米）长，宽却不到1英里（约1.6千米）；另一个就是我们所在的洛博斯角树林，它要小得多。我的朋友看见一名当地的警卫，便过去与他攀谈。那名警卫说没人知道这些柏树在洛博斯角生长了多长时间。“它们肯定从成千上万年前就在这里了，”他说，“年复一年，在我看来它们总是老样子，牢牢地站在那里，从未改变。有人或许以为它们的部分树枝和树干已经死了。但它们并没有死，活得好好的。我知道我最终会离开这个世界，”他皱皱眉头，补充道，“但我也知道这些树绝不会离开这些多石的峭壁。”

我记得曾在山东见过那条通往孔陵的著名的柏树大道，是人们特意种植的。那条长长的甬道两边都排列着外表沧桑的老柏树，据说早在汉代（公元前206年—公元220年）就已种下。有人还指着其中一棵告诉我它是孔子亲手所植（他生活在公元前6世纪）。孔子在中国古典著作《论语》中讲过:“岁寒，然后知松柏之后凋。”他似乎暗示松柏拥有超人的所有品质：刚直不阿，强壮，就算被暴风雨扭曲、拍打，也依旧巍然耸立。孔子在世时未能为传播自己的思想做多少事情，但他倡导的原则流传至今。

为了表达我对卡梅尔柏树的感情，我又写了一首小诗：

嘎美古柏树中奇，铜筋铁脉竟雄姿。
风神有时肆狂恶，屈曲相依难为移。
造出异形少俗态，天生傲骨摇青枝。
似笑人间纤嫩质，临危即断如游丝。
浩浩乎
四周碎金满沧海，

下有乱石争涛

群浴儿。

日夜跳珠不知止，俯仰万世无穷期。

嘎美古柏樹中奇
銅筋鐵脈競雄姿
風神有時肆狂惡
屈曲相依難為移
造出異形少俗態
天生傲骨搖青枝
似笑人间纖嫩質
臨危即断如遊絲
浩浩乎
四周碎金滿滄海
下有亂石爭濤
群浴兒
日夜跳珠不知止
俯仰萬世無窮期

第二十五章　暂且作结

对一个地方了解一段时间后，我通常会对它形成一种固定的印象，不过在今后的造访中也可能增加一些新的细节。我觉得，像伦敦、巴黎和牛津这样伟大的古老城市都被往昔所主宰。一旦它们的过去给我留下深刻印象，我在世时发生的事情以及它们将来的发展都只会蹑手蹑脚地从我脑际穿过，留下寥寥印迹甚或全无印迹。伦敦、巴黎或牛津的往昔势不可挡，让我时时沉浸于其中，甚至忘却自己作为现代人的身份。但在旧金山，我从未幻想自己是那数千名被运抵此处修建太平洋铁路的华人之一，或者布雷特·哈特《异教徒中国佬》中的异教徒阿欣，或者一名东方的巫师。旧金山拥有不同寻常的过去，但它的现在与未来要有价值得多，这也是我关注的地方。每个城市都不可避免地时时发生变化，但很少有城市能够像旧金山那样，在如此短暂的时间内发生如此巨大的变化。它一直在向前行进，因此我只能"暂时"总结对它的各种印象。

我对旧金山那些山丘的名称如电报山、俄罗斯山和诺布山都不太在乎，只有双子峰除外。在我看过的地图上，双子峰都被画得如同比基尼的顶部，但如果诺布山是头，那么它就得长一个很长很长的脖子才能与作为胸部的双子峰相连。

海豹岩的名字在我听来十分悦耳。我希望恶魔岛只是海湾里一块巨大的鹈鹕岩。尽管我从没有当预言家的偏好，我却觉得恶魔岛早晚会再次变成一块纯粹的礁岩，或许会重新被命名为“鹈鹕岩”。

作为举行1939年世界博览会的场地，金银岛借用罗伯特·路易斯·史蒂文森那部小说的名字在某种程度上还算恰当，但容易导致误解，因为博览会的场地是人工修建的，除非你认为它与耶尔布埃纳相连，否则它就不能算是真正的岛屿。不为外界所知的是，那里现在已有很多东西，但绝无金银财宝。此外，就算那里真有金银财宝，凡人也别指望分得一杯羹。它在“二战”期间成为美国海军的一个储备基地。如今战争早已结束，我怀疑金银岛上未来会发生一些变化，希望有一天我能看见。

对我而言，天使岛一直都是天使。它一直在那里供我远观，有时在浓雾中若隐若现，有时被雾气或轻霭罩上一层薄薄的面纱，有时又

诺布山上的教堂

在明媚的阳光下清楚现身，但我从未上去或靠近它。有一次，我曾从布斯夫妇位于贝尔韦代雷顶端的住所非常近距离地观察它。贝尔韦代雷是另一块突出并伸入海湾里的巨大岩石，但有一片狭窄的土地将它与蒂伯龙（Tiburon）半岛相连。天使岛距离贝尔韦代雷不远。我曾好几次被带去游览贝尔韦代雷。吉米和胡安妮塔·劳森想让我看看那里的玩具屋（Doll’s House），休伊特太太曾居住于此。那所房子就像是按照一本童书上的插图修建的。在很少有人敢于住得远离旧金山城区的时代，这所房子的建造者肯定能够随意花钱修建他喜欢的任何东西。另一次造访贝尔韦代雷是因为德金太太叫鲁道夫·谢弗带我去和她一起喝茶，这样她就能带我参观她的日式花园了。在带我顺着台阶下去看她那些按照日本风格布置得漂漂亮亮的日本槭树、竹子和其他植物时，德金太太告诉我她的祖先是帕萨迪纳（Pasadena）的早期拓荒者。她母亲曾经在自己的土地上饲养了很多设得兰矮种马（Shetland Pony），她后来还给我看了一张那些马的照片。但德金先生在湾区有生意，于是他们就在贝尔韦代雷买了一所房子并设计了这个花园。我们步行穿过一条相当狭窄的公路——说它狭窄是相较于旧金山的街道而言。在贝尔韦代雷，这条公路的宽度仅容一辆小车行驶，从山脚下一直通往那座石头小山的顶部。早些年它肯定只是一条步径，就像英国德文郡那些种着高高树篱的乡村小路一样。除了这条公路，贝尔韦代雷的每一寸土地似乎都归私人所有。德金太太向我讲述了更多她对设计和艺术的兴趣，直到我们抵达一道高大的铸铁大门。进去之后，立刻映入我们眼帘的是一些布置得漂漂亮亮的花圃和精心修剪的灌木，它们一直顺坡延伸到海湾的水边；红色的金门大桥正俯瞰着我们。在那块山石突出部分的顶部，矗立着一座刷成白色的房屋，它有一个长长的阳台，将海湾的风景尽收眼底。我们并未立即到上面的房子去，因为布斯太太想让我们看看花园，并领着我们四处逛了逛。花园里点缀着一些彩色的广东陶瓷人物和鸟儿。各种各样的花朵正在它们光滑的叶片中间盛开。鲁道夫和我继续向前走，来到下面的一片杜鹃林里，一边赏花，一边倾听一条小溪温柔的潺潺流水声。后来，鲁道夫回去陪伴女士们，留下我独自待在山坡边缘一棵巨大的松树旁。现在，我能够远远看到整座红色的金门大桥了。午后的光雾让倒映于水中的影子更加鲜亮，那座桥看起来仿佛并非凡间建筑。不管从哪个角度看，大桥都很迷人，但从远处看无疑更加精美。我的目光跟着一个小红点由远及近。渐渐地，那个红点呈现为一艘帆船的形状，上面有深红色的船帆，不过，从我所在的位置望去，它看起来仍然小得如同玩具。它开始在我和对面丘陵起伏的山地之间移动。那山地便是天使岛。我无法看到它的全貌，因为它是海湾里最大的岛屿。我能辨别出它远处那一侧边缘上的一些白墙红瓦的房子，我能看见的人造建筑仅有这些。众多的乔木、灌木、岩石和其他自然之物让它看起来那么吸引人，让人真想上去四处逛逛。这时，一大片灰色的云顺着海峡向上移动，仿佛推着天使岛往后退去，好让出路来，让云朵得以通过。稍后，它又恢复了自己原来的位置，像先前那样在阳光下对我微笑。接着，又一团云朵飘了过来，一路翻着跟斗。布斯太太告诉我，她特别喜欢观看雾霭在天使岛上移动，从不厌倦。我从前以为旧金山的大雾是经金门海峡进入海湾的，但布斯太太解释说，也有很多的云从圣海伦娜山（Mount St. Helena）至圣帕布洛湾（San Pablo Bay）一带聚集起来，飘过天使岛。德金太太向我保证将来会安排我造访天使岛。“那对我来说将是一个特殊的日子。”我心怀感激地告诉她们。

1775 年，胡安 · 曼努埃尔 · 德 · 阿雅拉驾船驶入这个海湾，将这一大片土地命名为“天使”。他肯定有一双诗人的眼睛。它就在那里，又不在那里——因此他只能把它描述为“天使”。我怀疑阿雅拉是否踏上过天使岛。人们对它一无所知，直到一艘囚船从 1851 年至 1853 年在它附近停泊了三年。到 1854 年，它已经作为一个举行决斗的地方而为人所知。那时旧金山遍地都是白手起家的强壮男人，他们非常重视自己的荣誉和名声。如果当时城里有更多的女人，而且是体魄健壮白手起家的女人，或许就没有这么多致命的争吵了。但男人们总是争吵不休。班克罗夫特在其《加利福尼亚史》（*History of California*）中写道：

> 在 1854 年，这里似乎出现了决斗狂热。编辑们去决斗，律师、法官、流氓无赖、医生、面包师也去决斗……如果公共报纸上有一两周没刊登这种仇敌聚会的告示，人们就会觉得哪里有些不对劲。

编辑爱德华 · 吉尔伯特（Edward Gilbert）和詹姆斯 · W. 丹佛（James W. Denver）将军的决斗是在萨克拉门托附近的橡树林（Oak Grove，如今已不复存在）而非旧金山举行的。旧金山的拓荒者赛马场见证了律师乔治 · T. 亨特（George T. Hunt）及其朋友努马 · 休伯特（Numa Hubert）的决斗。另一场著名的决斗于 1859 年发生在默塞德湖南岸的一个地方，参与的双方是美国参议员戴维 · C. 布罗德里克（David C. Broderick）和州最高法院大法官戴维 · S. 特里（David S. Terry）。但大多数决斗都是在天使岛上举行的。每次那里出现决斗，都有数百名旧金山居民坐着帆船或划着小船过去观看。在天使岛上的这些决斗中，最有名的或许是州参议员威廉 · I. 弗格森（William I. Ferguson）与旧金山联邦巡回法庭书记员乔治 · P. 约翰斯顿（George P. Johnston）的那一场。1858 年 8 月的一天晚上，他们为了一点与后者女友相关的小事而争吵起来。几天后，他们以手枪作为武器举行了决斗。州参议员的右大腿被击中，在锯掉这条腿几周后死去。为什么旧金山地区发生了这么多的决斗？就拿波士顿来说，我在它的年鉴中就找不到决斗的记录。我知道英国和法国的很多决斗故事。我甚至听说，在我抵达伦敦前两三年的1933年，汉普特斯西斯公园（Hampstead Heath）还出现过决斗。我认为，在进入20世纪之前，决斗是一种欧洲现象。显然，正如新英格兰的早期定居者从旧大陆带来其他很多东西——就像我在《波士顿画记》中所写的那样，其中“包括对巫术的恐惧——从英国大规模输出，或者说大规模输入美国”；同样地，旧金山的早期定居者也将决斗的做法进口到了这个地区。

在“淘金热”时代及之后，这个岛屿很容易进入。哥伦比亚大学校长格雷森·柯克（Grayson Kirk）的夫人曾告诉我，在三四十年前，她经常乘坐渡轮从旧金山到贝尔韦代雷和天使岛上野餐。最近这些年，旧金山人似乎很少使用它。这个岛屿如果属于私人或企业，无疑早就被彻底开发了，布满栉比鳞次的房子。幸亏它不属于私人！大旧金山湾区的未来也取决于这个岛屿的发展。在我看来，它目前被用作移民归化局（Immigration and Naturalization Service）的地区总部和拘留所似乎只是过渡阶段。我或许是个梦想家，但旧金山的很多早期拓荒者又何尝不是。我的特殊梦想是看到天使岛变成一个伟大的艺术中心，成为20世纪美国令人难忘的纪念碑。距离我们这个有趣且值得纪念的世纪结束尚有三十多年。我确信，就算我的梦想不会有什么结果，天使岛也会发展起来一些新东西。我希望不会建起任何桥梁或隧道将它与海滩连接起来，也不许任何机动车在上面行驶！

最近这些年，关于旧金山表演艺术的标准，我曾听说和读到一些争议。只要这些艺术与经济条件联系起来，出现这种情况就很自然。纽约能够凭借纸醉金迷吸引最好的艺术家。但洛塔·克拉布特里却坚持回到旧金山演出，有一年的圣诞前夜，世界著名的路易莎·泰特拉齐尼（Luisa Tetrazzini）曾在旧金山的一座喷泉下演唱，不过她开玩笑说从未想到自己会成为街头歌手。难道今天就没有像洛塔和路易莎一样热爱旧金山的演员和歌唱家？在17和18世纪，支撑艺术的是欧洲的贵族；在19世纪，它们又受到新富的资助；现在，到了公众好好供养和照顾它们的时候了。表演艺术只有不再依赖观众的钱包时，才能获得最高水准、最纯粹的成果。

几度造访旧金山的过程中，我观看了若干演出。格兰特大道上唐人街中国剧院里上演的粤剧十分精彩，足以勾起很多美国人的好奇心。不过，单是艳丽的戏服还无法真正描绘出中国文化的全貌。

《花鼓歌》（*The Flower Drum Song*）的作者黎锦扬（C. Y. Lee）把旧金山的唐人街用作自己的主题。演出大获成功。汉默斯坦（Hammerstein）和罗杰斯（Rodgers）将黎的故事改编成音乐剧，再次大获成功。但旧金山真正的唐人街近在咫尺，很容易形成对比，因此这部音乐剧不可能在这座城市上演很久。

我曾在伯克利花一个晚上观看德薇·迪加（Devi Dja）夫人和印度尼西亚的爪哇巴厘舞者在惠勒礼堂的表演。她跳了几支简短的巴厘寺庙舞蹈，身体的动作非常灵巧，还表演了她根据自己所受的西方训练改编的其他印尼舞蹈。

在旧金山有很多地方可听到美妙的音乐。不过我必须承认，虽然已经离开中国差不多三十年，却仍然无法像喜爱其他西方艺术那样喜爱西方音乐。尽管如此，我仍然尝试着欣赏它，对它的喜爱程度也加深了。我曾造访位于马里波萨街的旧金山音乐学院，还到一片美丽的桉树林中参加了斯特恩树林（Stern Grove）的一次排练。林肯公园的荣耀宫离我在雷克街的住处很近，因此我好几次造访那里。有天早上，我到公园里散步时看见几个人在市政高尔夫球场上打球，突然注意到几块写着中国人姓名的墓碑，意识到这个球场肯定是在老华人公墓上修建的，早期那些被带来修建铁路和在矿山里工作的华人就埋葬在这里。我相信，没有西方人能够明白，在中国人眼中和中国的律法中，祖先的坟墓受到打扰是多么大的罪过，因为数世纪以来，“祖先崇拜”都是所有中国人的信仰。在修建林肯公园时，格兰特大道上的华人肯定曾为保留这块古老的华人公墓而据理力争。有人还把我们称为“牌楼”或“牌坊”的石头建筑指给我看，它顶头的横梁上写着两个巨大的红色汉字，然后又向我解释说，牌楼底下有石头祭台和一个石头炉子，是制作烤猪求神灵宽恕时使用的。我微笑着望着他问：“是什么神灵？”根据“祖先崇拜”的原则，我们中国人从小接受的教育就是把最高的敬意献给祖先，因此每年都会带着酒肉到家族坟墓去祭祖，将食物仪式性地摆放在死者面前，就仿佛他们还活着、可以享用这些食物一样。烤猪是广东的美味佳肴，因此埋葬在林肯公园里的肯定是广东人，在世的时候就喜欢吃烤猪肉。在祭祖仪式后，死者的后人就能尽情享用烤猪和其他酒肉了。

荣耀宫美术馆一直都有有趣的展览，但我特别喜欢旧金山歌唱家协会举办的一系列音乐会，总共有七场。晚上的演出从赖内·马利亚·里尔克（Rainer Maria Rilke）的《玛丽的一生》（*Das Marienleben*）开始，由保罗·亨德米斯（Paul Hindemith）作曲，女高音多萝西·伦兹（Dorothy Renzi）演唱；然后是由埃德娜·圣文森特·米莱（Edna St. Vincent Millay）创作的五首美国诗歌，由阿瑟·布利斯（Arthur Bliss）作曲，男中音埃德加·琼斯（Edgar Jones）演唱。在中场休息之后，是三首威廉·布莱克（William Blake）的歌曲，由伦纳德·拉斯顿（Leonard Ralston）作曲，女低音亨丽埃塔·哈里斯（Henrietta Harris）演唱。最后一支歌曲的题目是《伦敦》，唱得非常迷人。当时我还不认识亨丽埃塔本人。一年后，我被带去观看她出演的一部滑稽歌剧《改过自新的酒鬼》，又名《死神的婚礼》（*The Reformed Drunkard or The Devil's Marriage*），她在剧中扮演妻子马蒂兰。演出结束后我们到后台去看她。等到她卸完妆，我们五个人就一家接一家咖啡馆地寻找身穿奇装异服的“垮掉的一代”。我们没有看到多少与众不同的人物，但在那个夜晚过去之前，倒是我们自己个个都很像我们要找的那些人。第二年，亨丽埃塔到欧洲来，第一站就是伦敦。我在皮卡迪利附近的香港餐厅为她举办了一次晚宴。餐厅的老板张孟荣[1]是我的朋友，据他说，他献上了自己最奢华的菜肴，但所有中国宾客都只顾欣赏亨丽埃塔脸上如中国酱油般的皮肤和她那双向每个人闪烁着光芒的眼睛。时隔五年之后，每当我那些朋友碰到我，都会问起她的消息。

我以前从未听说阿瑟·布利斯的名字，但“布利斯”作为姓氏却引起了我的兴趣。第一个以此作为姓氏的家庭肯定把它当作一个吉兆*。我有两位姓布利斯的朋友，约安和安东尼·布利斯（JoAnn and Antony Bliss）。安东尼是纽约大都会歌剧院联合会的董事长。而约安除了自己的家庭和社会责任，也是哥伦比亚大学一位充满活力的学者。对我而言，西方歌剧大体上仍然像谜一样难以理解，但我很希望能够欣赏它。我对观看《图兰朵》（*Turandot*）的想法特别着迷，这个故事是根据一个古老的中国传说改编的，可是，当它在旧金山上演时，我却错过了演出。约安·布利斯的母亲亨利·戴维斯太太住在旧金山，当我碰到约安时，我们的谈话经常触及湾区。既然我错过了在旧金山上演的这出特别的歌剧，约安·布利斯就坚持要带我到纽约大都会歌剧院去看一个由日本导演执导的新版本。按照安排，我和其

---

* 布利斯（Bliss），原意为赐福，极乐。——编者注

[1] Chang Meng Young，音译张孟荣。——译者注

他宾客将在宴会厅与我们的男女主人见面并共进晚餐。安东尼·布利斯焦急地等待着日本大使的到来，后者当时正忙着参加联合国的会议。从我们的包厢里，我能够看到整个舞台。女士们与大使一起坐在前排，另外两位客人坐在后面。我非常幸运，不仅能看到舞台，还能看到包厢里的观众。塞西尔·比顿（Cecil Beaton）新做的舞台设计和那些异国情调的戏装都让我着迷。我特别喜欢为大臣平、总管庞和主厨彭设计的怪异服装，他们三人总是一起出现。我有点跟不上歌词的内容，在没有多少歌唱的时候，就将目光转向我前面的观众，发现每个人都一脸紧张的表情：嘴唇紧闭，眼睛一动不动，仿佛处于入定状态。歌剧表达了这样的主题："在每天晚上出生又在每天黎明死去的是希望；像火焰一样闪烁却并非火焰的是鲜血，冷若冰霜却又热情似火的是图兰朵。"而卡拉夫代表的则是"爱与生命的力量"。我想，自从诞生以来，人类就已经将这样的主题牢记于心中了，但需要戈齐将它们编入剧中，并由普契尼谱写出具有强烈感染力的音乐。我怀疑，若是没有音乐，单凭表演能否对观众产生这么大的影响。这让我想起普契尼的音乐中有几处运用了中国五声音阶的旋律。据说普契尼在为这部歌剧谱曲时，曾到处搜寻中国音乐——不管是老的还是新的，任何形式都可。但他在《图兰朵》于1926年在斯卡拉大剧院（La Scala）首演之前便与世长辞了。后来，在那晚的演出中，当中国皇帝阿尔图姆出现在舞台上时，我挠了挠脑袋，回忆了一遍中国历史上所有的朝代，想不起哪个皇帝叫这个名字。突然，我们的一位同伴对我说："你可以去演那个皇帝。"我戏谑地回答："我的确可以演，因为他连一个词都不需要唱。"

自从我于1953年首次造访旧金山以来，这个城市已经发生了很多变化。例如，过去从索萨利托环绕海湾前往蒂伯龙的途中只有很少的房屋，但现在这条路线沿途几乎再没有空间容纳其他房屋

哑行者扮演的阿尔图姆皇帝（模仿的是一幅宋代的帝王图*）

了，而且在贝尔韦代雷后面修建了一个潟湖。我曾经目睹新城石头城（Stonetown）修建起第一座房屋，如今它已经变成一所老房子。那个时候，我曾与唐·麦克弗森到夏普公园（Sharp Park）去看他的朋友练习来复枪射击，然后继续步行到半月湾去看望后石，它是弗朗西斯科·德·加利（Francisco de Galli）于1585年首次发现的——那时它是个懒散的地方，但如今却有很多新的城镇如雨后春笋般拔地而起。我最有趣的漫游之一是在一个阳光灿烂的日子从海蚀崖沿着崎岖的海岸步行。晨雾已经散去。我发现一条修得很好的步径，它从一个高尔夫球场边上的一些树木之间穿过。显然没有汽车能开到这条路上来。

* 这幅画模仿的应是唐代阎立本《历代帝王图》。——编者注

我继续向前走，不断回头看看金门大桥，偶尔停下来画几幅写生，又时不时地爬到海滩旁的一些石头上，找到很多画金门大桥的绝佳视角。也有其他观光者找到这条路，但最后却回到公路上和他们的汽车里。我停下来观察数百只小型水鸟，像是某种鸻，它们就像纽约时代广场上熙来攘往的人群一样，在沙滩上到处跑。这条步径从海滩开始略向内陆延伸，海滩上点缀着各种石头和折断的树枝。习习海风、海的色彩和大片宽阔的水面都增加了散步的乐趣。然后，我沿着一条支路来到地之角（Land’s End）的尖角上，从这里望去，轻柔雾霭中的金门大桥显得有些神秘。转过观景台（Lookout Point）下方远处路上的一个拐角，我看见一个年轻人躺在一块岩石上读书——这里肯定就是洛博斯角了。我从那个年轻人身边走过去，到海蚀崖去看看。那是最愉快的一次散步，每次回到旧金山，我都想故地重游，但在很长一段时间里都没有找到机会，要么是因为雾太浓，要么是因为我有太多的其他安排。1958 年 4 月，我追寻自己从前的脚步，穿过高尔夫球场——如今这个球场看起来荒废了，边上堆了一些垃圾——上的同一个缝隙，顺着那条步径走去，它看起来也有些残破。我连一个人都没有碰到，也没有任何疑虑。我低下头，爬过一个小树林，里面有无数的树木彼此交织，形成最复杂的图案，我为它们画了一幅写生。然后，我顺着被水冲刷、蜿蜒狭窄的小路，来到它的尽头，站在那里好好地看了看四周的景色。返回途中，我刚从小树林里钻出去，就听见有人吹了一声哨子，一名骑警向我招手示意。他问我为何不理会入口处的一块告示牌。我压根就没看见它。我告诉他，我来按照几年前走过的路线散步一次。他看起来相当生气，说有两个人在一次大风暴中从那条小路上被冲走了，那条路很危险。他暗示我违反了法律。我问他是否想把我带到警察局去，但他只是笑了笑。如今这段长度只有 1 英里多一点的海岸已经被切断，一条柏油路从林肯公园外面绕过，而海滨路（El Camino del Mar）则穿过公园。我想知道大自然会否在几年时间里为这条海岸线的另一部分带来变化。

变化意味着机遇。* 这是我对《易经》中有关变化的观点的阐释。该书是最复杂的中国古代哲学著作，如今已经根据卫礼贤（Richard Wilhelm）博士的德文译本翻译成英文，并由荣格（C. G. Jung）博士作序。变化产生于机遇；没有机遇，就无从寻求变化。我们得知，早在中国历史的初期，公元前 11 世纪，中国人就用《易经》来占卜和阐释那些产生于偶然的事情。大自然中的每一个过程都部分或全部地服从于偶然机遇的干预。偶然发现旧金山湾，偶然发现金子，偶然将旧金山建成一个大城市，这些全都是对这片土地上的原初自然风貌的干预。寻求黄金的机遇需要投缘的人，他们在美国历史上被称为“拓荒者”。只有拓荒者抓住了来旧金山的机遇，为的是有机会挖到金子。根据《易经》的说法，“生生之谓易”，意思是“生命创造出生命”，而这就是变化。不管拓荒者走到哪里，他们的生活方式都会引起新的生活方式，带来变化。清教徒移民将自己的根扎得太深，几乎没给一代代新人留下机会，于是很多拓荒者就抓住机会离开了新英格兰。最终，新生活扩散到每个地方，造就了一个新国家——美利坚合众国。那些抓住机会来到旧金山的早期拓荒者，很多都没机会看到一块金块就以自然或非自然的方式去世了。我崇拜那些奋力与死亡抗争并走出死亡谷的人，我曾与朋友鲍勃和塞尔玛 · 莫里斯在那里唯一的养牛场度过一个夜晚。我想象早期那些拓荒者被困在这里、在致命的烈日下不知道该往哪个方向走的情景。不管我个人的同情多么微不足道、毫无用处，我也要把它献给那些在金矿母矿区的唐纳山口（Donner Pass）走到人生尽头的人。他们是为了寻求生存机会才

* 变化（change）与机遇（chance）在英语中形音相近。——编者注

天使岛，我的梦想所在的地方

在那里死去的。是什么让他们这么做？他们原本可以在自己的故乡设法生存下去，但他们想过上更好的生活。这就是我所说的“拓荒者精神”。如今拥有这种拓荒者精神的人已经不多了。但在旧金山，我感到它充溢着海湾的空气。

在《波士顿画记》中，我讲述自己发现拓荒者精神仍然在波士顿逗留不去，并且相当活跃，在1953年至1954年，各种反对外国人的运动曾经造成一年的艰难岁月，但这种精神仍然从中幸存。如今在旧金山，我发现拓荒者精神也依然存在，不过表面上我们或许更容易感觉到这里存在一种轻松的生活方式，墙上挂着裸体画的夜总会以及野牛似的面孔。就在最近，我才听说有些旧金山人被核战争的威胁吓坏了，开始以歇斯底里的幼稚方式修建防空洞。但根深蒂固的拓荒者精神很快纠正了他们的行为，带着他们穿过自己想象中的死亡谷，走出梦魇，以从前的欢快精神，享受海湾的大雾、轻霭、光雾和夕阳。

美利坚合众国是多么幸运，因为它拥有两种而非一种持久的精神——彼此互补的清教徒精神和拓荒者精神。我既非历史学家，亦非政治家，但我认为美国的巨大潜力和力量并不在于它的自然资源或金子，而在于这两种精神的混合体。清教徒精神帮助它建立起一个致力于普遍自由原则的国家，其他更古老的国家没有一个是建立在这种基础之上的，但这种清教徒精神可能会导致停滞，美国本来可能堕入那种与欧亚古国相同的模式；如今，没人能够在美国的议会中再支持清教理论。幸运的是，拓荒者精神仍然保持了活跃，刺激美国抓住机遇。如果没有清教徒精神的掌控，单是拓荒者精神可能会导致混乱。旧金山历史初期的清教徒精神确保自警团得以建立，提出了反对华人廉价劳动力的呼声，确保令人难以置信又并不长久的罗尔斯顿生活方式得以出现，也确保这座城市在经历了大火与地震之后能够重建起来。受清教徒支撑并得以保持稳定的拓荒者精神最终在沙丘之上创造出了金门公园、海湾大桥和金门大桥，它们原本看起来都是不可能做到的事情。如今，有清教徒精神与拓荒者精神肩并肩地发挥作用，在美国没有什么是不可能做到的。那正是美国的力量所在。

或许有点过度偏离主题，在抽象话题上纠缠不休，但我以一种非常具体的方式感觉到旧金山仍然充满机遇，拓荒者精神至今仍然存在。我能预见的机遇之一便是，凭借海湾大桥、金门大桥和现在这座从圣拉斐尔通往里士满的大桥，旧金山有可能成为一个在国内和国际享有盛名的花园城市。日内瓦凭借美丽的湖泊而成为国际公园。伊斯坦布尔凭借漂亮的海湾原本也能够成为另一个国际公园，但不同于旧金山，它几乎没有机会成就这样一个未来。只有将清教徒精神与拓荒者精神相结合，才能造就我梦想中的旧金山。我说不准电缆车会保留多久，但我梦想天使岛能成为20世纪的著名艺术中心，而其余的海湾地区——贝尔韦代雷、索萨利托、金银岛、恶魔岛，每个都能为造就一个国内外知名的花园城市贡献其力量。我希望有一天能看到这样的发展。这也是我说它们对旧金山的未来至关重要的原因。

我在旧金山遇到的很多人都声称旧金山的过去多么精彩，却发现我面无表情的脸没有什么反应。我的好朋友逼我告诉他们为何我在过去的十年中不断回到旧金山，但我无法告诉他们。我从不追求完美。我只能说旧金山的进步让我着迷。我知道它会取得更多进步，做出更多的改善。因此我只能暂时对这座城市加以总结。

哥伦布发现的这个国家以此作为基础

文
景

Horizon

社 科 新 知　文 艺 新 潮

旧金山画记

[美]蒋彝 著　焦晓菊 译

出 品 人：姚映然
责任编辑：苗　雨　王　萌
封面设计：曲培煜
美术编辑：安克晨
营销编辑：孙　倩

出　　品：北京世纪文景文化传播有限责任公司
(北京朝阳区东土城路8号林达大厦A座4A　100013)
出版发行：上海人民出版社
印　　刷：山东临沂新华印刷物流集团有限责任公司
制　　作：北京大观世纪文化传媒有限公司

开 本：890mm×1240mm　1/32
印 张：11.5　字 数：281,000　插页：10
2019年5月第1版　2019年5月第1次印刷
定 价：62.00元
ISBN：978-7-208-15690-6 / I·1803

图书在版编目（CIP）数据

旧金山画记 /（美）蒋彝著；焦晓菊译. —上海：上海人民出版社，2019
书名原文：The Silent Traveller in San Francisco
ISBN 978-7-208-15690-6

Ⅰ.①旧… Ⅱ.①蒋… ②焦… Ⅲ.①游记-作品集-美国-现代 Ⅳ.①I712.65

中国版本图书馆CIP数据核字（2019）第008703号